KB237150

하늘땅
별땅
밀땅

하늘땅 별땅 밀땅

초판 1쇄 찍은 날 | 2013년 11월 23일
초판 1쇄 펴낸 날 | 2013년 11월 30일

지은이 | 이정숙
펴낸이 | 서경석

편 집 장 | 권태완
편집책임 | 장미연
편   집 | 손수화

펴낸곳 | 도서출판 청어람
등록번호 | 제1081-1-89호
등록일자 | 1999. 5. 31
어람번호 | 제5-0354호

주소 | 경기도 부천시 원미구 심곡2동 163-2 서경B/D 3F (우) 420-822
전화 | 032-656-4452 팩스 | 032-656-4453
http://www.chungeoram.com
E-mail | chungeorambook@daum.net

ⓒ 이정숙, 2013

ISBN 978-89-251-3567-0 03810

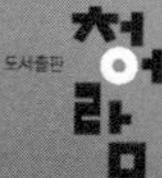

이정숙 장편소설

하늘땅별땅밀땅

도서출판 청어람

Chungeoram romance novel

목차

Prologue. 세력 다툼

"다음 주 일요일에 약속 없지?"

마시던 커피잔을 내려놓으며 정우가 묻자 생과일주스를 빨대로 휘휘 저어가며 장난을 치고 있던 시연이 고개를 들었다.

"왜?"

"진수 결혼식이잖아."

"진수?"

"내 친구 진수."

정우가 미간을 살짝 찌푸리며 대답하자 시연이 겸연쩍은 듯 웃었다.

"아, 진수 씨. 벌써 날짜가 그렇게 됐나?"

"넌 가끔 나보다 더 무심할 때가 있어."

"날짜가 빨리 가는 걸 내 탓으로 돌리는 거야?"

“말을 말자.”

“근데 나도 꼭 가야 돼?”

“여자친구 있는 녀석들은 다 데리고 오라네.”

시연은 그 말에 그제야 자신이 이정우의 여자친구라는 걸 깨달았다는 듯 ‘아, 그렇구나’ 하고 고개를 끄덕였다. 그런 시연 때문에 정우는 고개를 절레절레 저었다.

“그럼 가야지 뭐.”

뜨악하게 대답하고는 다시 빨대 장난을 치던 그녀가 뭔가가 생각났다는 듯 갑자기 비명을 내질렀다.

“앗! 그날은 안 되는데!”

“왜?”

“그날 NEO 콘서트 날이란 말이야!”

그녀의 기가 막힌 대답에 가지런한 정우의 얼굴이 확 구겨졌다.

이정우, 하시연의 남자친구. 스물여덟, 다큐멘터리 제작자 겸 PD이다.

하시연, 동갑, 퓨전 레스토랑의 셰프. 하지만 직업보다 아이돌 빠순이라는 부업에 더 집중해서 살아가는 철없는 청춘이시다.

“그걸 말이라고 하는 거냐?”

“왜 말이 안 되는데? 내가 스탠딩 예약하느라고 얼마나 고생한 줄 알아?”

“일반적으로 A와 B의 경중이 같을 때 두 가지를 놓고 무얼 할까 비교하곤 하지. 그런데 넌 지금 뭘 하고 있지?”

“왜 경중이 다를 거라 생각하는데?”

정우는 철없는 막내 동생을 바라보는 눈빛으로 시연을 봤다.

"현재 네 나이가 스물여덟이란 건 자각하고 있지?"

"하필이면 왜 그날이지? 다음 콘서트는 수원이라서 이번에 꼭 가야 하는데."

사람 말을 아예 안 듣고 있다.

"도대체…… 그 어린애들의 어디가 그렇게 좋다는 거냐?"

"너 '응답하라 1997' 알지? HOT와 젝스키스 팬들의 그 피바다 같은 혈투. 서로 내 오빠 건드리면 부모 죽인 원수 갚듯이 달려드는 거. 내가 좋다는데 한심하다는 듯이 그렇게 디스하면 유혈사태가 벌어질 수도 있어."

"하……."

"정 억울하면 너도 적당한 걸그룹 하나 찍어놓고 팬질 해보든가."

"하시연, 설마 그들을 두고 오빠, 라고 부르는 사태까진 없겠지?"

정우는 아이돌에 푹 빠져 있는 여자친구 시연 때문에 골치가 딱딱 아팠다. 아직까지도 여고생처럼 왕성하게 팬클럽 활동을 하며, 콘서트가 열리면 지구 끝까지라도 쫓아가는 저 꼴이 이제 적응이 될 때도 됐건만, 그 끔찍한 색색의 풍선과 야광봉까지 흔들며 이성을 잃어대는 모습엔 두 손 두 발 다 들었다. 작년엔 그의 생일과 NEO의 일본 콘서트가 겹치자 결국 일본으로 쫓아가는 걸 선택했다.

뿐이랴, 하루 종일 그를 끌고 백화점을 몇 바퀴나 돌아서 겨우 구입한 고급 선글라스를 연예인 조공으로 고이 바쳤을 땐 그야말로 머리가 어질했다. 정작 자기 남자친구의 생일 선물은 십자수 휴대폰 고리가 다였다. 그것도 손수 직접 한 것도 아닌 구입한 것으로.

바로 이 여자, 자신보다 일곱 살이나 어린 가수를 따라다니는 철없는 저 여자가 이정우의 여자친구였다. 아이돌 멤버가 연적이라니. 지겨울 정도로 진도가 안 나가는 둘의 사이가 지금껏 깨지지 않고 유지되는 게 오히려 신기한 일이었다.

"나이에 관계없이 NEO는 오빠야."

정우가 듣기 싫다는 듯 그녀의 말을 막았다.

"그래서 결국 콘서트를 선택하시겠다?"

자신의 감정을 드러내는 일이 잘 없는 정우였기에 그의 짜증 섞인 어조가 시연의 확고부동한 마음을 조금 흔들긴 했다.

"하아, 가는 날이 장날이라더니."

"정말 못 말리겠군."

"왜? 너 좀 이상하다? 너도 촬영 스케줄이랑 내 생일이랑 겹치면 촬영 스케줄 선택하지 않았어?"

"흠."

할 말이 없는 듯 정우가 잠시 조용해졌다.

"할 말 없지? 이 뭐 묻은 개가 겨 묻은 개 나무라는 컨셉의 녀석아."

"그래서, 복수라는 거냐?"

"본인의 죄는 모르고 남의 티끌만 공격하는 것에 대한 부당함을 말하는 거지.”

“그래. 내가 벌받을 짓을 하긴 했네.”

“아유 참, 하필이면 그렇게 겹쳐선. 이걸 어떻게 하지?”

정우는 심각한 내적 혼란에 퐁당 빠져 있는 시연을 조용히 쳐다보았다. 미간을 찌푸리며 고심하고 있는 표정으로 봐선 두 가지를 놓고 득실을 따지고 있음이 분명했다. 엷은 갈색 눈으로 그 모습을 물끄러미 쳐다보던 정우가 커피를 마시자 시연이 그런 정우를 빤히 보며 물었다.

“넌 에스프레소가 좋니? 난 진해서 싫은데.”

“좋아, 난.”

“NEO도 에스프레소 좋아하는데.”

“왜 아니겠냐.”

턱을 괴고 중얼거리는 시연의 무심한 표정을 보며 정우는 안주머니를 더듬어 담배를 꺼내 물었다. 그녀의 입에서 또 다른 말이 흘러나왔다.

“넌 멘솔이 좋니?”

“시원하잖아.”

“NEO도 멘솔 어울릴 것 같은데.”

“…….”

정우의 손이 멈칫하더니 불을 붙이려던 담배를 그냥 다시 넣었다.

시연은 남자치고 참 섬세하고 하얀 그의 긴 손가락을 바라보았다. 손가락이 예쁜 남자가 이상형이었다. 그런데 바로 그런 남자와 실제로 사귀게 될 줄은 몰랐다. 문득 그녀의 머릿속에 그와 처음 만났던 날이 떠올랐다.

그때가 아마도 고2 여름방학 때였던 것 같다. 그를 처음 만난 곳은 버스 안이었다. 이어폰을 꽂은 채 당시 좋아하던 가수 오빠의 발라드에 심취해 있는데 엄청나게 요란한 음악 소리가 자꾸만 그녀를 방해했다. 바로 옆에 서 있는 키가 엄청 큰 남학생의 헤드셋에서 진동하는 소리였다.

"저기요! 소리 좀 줄여줄래요?"

그 한마디로 두 사람의 관계가 시작됐다. 시끄러운 잡음이 제거된 상태에서 접한 그 남학생의 모습은 사뭇 달랐다. 아니, 일순간 심장이 두근거렸다.

하얀 교복 칼라. 시원스레 큰 키에 잡티 하나 없는 하얀 얼굴은 진짜 작았고, 반듯한 이마, 시원스런 콧날, 그러면서도 약간 고집스러워 보이는 입술 선은 정말이지 예술이었다.

그러나 무엇보다 시연의 마음을 끌었던 건 정우의 무뚝뚝하면서도 어딘가 심란해 보이는 눈빛이었다. 마치 비 오는 날 골목길에서 주워 든 버려진 강아지의 눈동자 같았다고나 할까? 순수하면서도 쓸쓸해 보이는 그 투명한 눈빛이 좋았다. 바로 시연이 좋아하는 아이돌들의 특징을 그대로 오려서 붙여놓은 듯한 느낌. 당시 시연이 좋아하던 그 어떤 아이돌보다 잘생겼다고 감히 말할 만한 얼굴이었다.

미친미모를 심각하게 찬양하는 시연은 아마도 한참을 넋이 나가서 그 남학생을 쳐다보았던 것 같다. 다음 정차역에서 내려야 한다는 게 너무 아쉬웠다. 그런데 하늘이 도우신 건지, 그도 같은 곳에서 내리는 건지 뒷문으로 옮겨가는 게 아닌가. 시연은 놓칠세라 얼른 남학생을 따라붙었다. 그런데 내리는 사람들이 꽤 많아서 이리저리 치이다가 홀랑 넘어질 뻔한 시연의 어깨를 바로 그 남학생이 탁 감싸주었다.

두근두근.

꼭 어깨에서 심장이 뛰는 것 같았다.

안전하게 버스에서 내려설 때까지 매너 있게 시연의 어깨를 감싸 지켜준 그가 곧 시연의 어깨를 놓아주곤 자기 갈 길을 갔다.

아, 잘생긴데다 시크하기까지 하구나.

"저, 저기. 잠깐만요!"

불굴의 하시연은 그대로 그를 향해 뛰어갔다. 사인을 받기 위해서라면 바닥을 기어서라도 인파를 뚫고 목표를 쟁취해 내는 그 정신으로 다다다 달려가 그를 부르자 남학생이 천천히 돌아봤다. 그 은혜로운 꽃미모를 바라보며 시연은 숨도 쉬지 않고서 남학생에게 이렇게 말했다.

"혹시 연습생이세요? 어디 기획사 소속이세요, 옵빠?"

빠순이 인증을 제대로 한 것이다.

후에 안 사실이지만 그는 연습생도 아니었고, 오빠도 아니었다.

아무튼 그렇게 시작된 두 사람의 인연이었고, 굳이 따져 보자면 시연이 정우에게 먼저 한눈에 반해서 사귀게 된 케이스였다.

그 어떤 아이돌 멤버보다 예쁜 얼굴을 갖고 있던 이정우. 물론 지금은 그때보다 성숙해지고 남자다워져서 예쁘다는 말보다는 잘생

겼다는 표현이 어울리게 되었지만, 지금도 그는 가끔 처음 봤을 때
의 그 눈빛을 할 때가 있었다. 물에 흠뻑 젖은 듯 쓸쓸하고 곱던 그
눈빛을 말이다. 그래서 시연은 그를 끊지 못하고 있었다. NEO의 팬
클럽 활동을 끊지 못하듯.

"왜 안 피워?"

"갑자기 담배 맛이 쓸쓸할 것 같아서."

"질투하는구나?"

"내가 연예인을 질투할 만큼 할 일 없는 인간으로 보이냐?"

"발끈하기는."

"이번 주 토요일엔 뭐 하는데."

"늦게까지 레스토랑에 있을 거야. 새 메뉴를 개발할 생각이거든."

"잘됐네. 나도 그날 잠적해야 하거든."

"또?"

"……."

"어머, 근데 웬일로 이번엔 미리 말까지 하고 사라지는데? 어디
촬영 가?"

"총각파티."

순간 시연의 눈동자가 멈칫했다.

"총각파티? 그게 뭔데?"

"뭐긴 뭐겠냐. 들리는 그대로 총각딱지 떼주는 파티겠지."

시연은 좀 기분 나빴지만 아무렇지 않은 척 되물었다.

"그래? 친구들 중에 몇 명이나 총각인데? 총 몇 명이나 딱지 떼

준다는 건데?”

“하아, 처녀가 얼굴 하나 안 빨개지고 당당히도 물어보는구나. 그들 사정을 내가 알아?”

“그럼 넌?”

정우의 눈썹이 찌푸려졌다.

어차피 결혼식 전에 친구들끼리 모여서 노는 정도였지만 하시연의 반응을 보고 싶어 일부러 짓궂게 말해봤던 건데, 하시연은 전혀 원하는 반응을 보여주지 않았다. 도리어 이렇게 도발이나 하고 있으니.

두 사람 사이의 공기가 고요해졌다.

시연은 사실 정말 궁금하기도 해서 물어본 거였다. 물론 자신과는 없었으니 다른 여자들과의 경험을 말하는 거였다. 그를 처음 만났을 때가 고2. 하지만 서로 워낙 방목하며 사귀어 온 관계라 그런 지극히 개인적인 일에는 문외한일 수밖에 없었다.

떨어져 지낸 시간도 워낙 많았고, 군대라는 변수도 있었고.

이정우를 믿고 안 믿고와는 별개로 사람 일이란 게 모르는 거 아닌가? 이정우도 일단은 남자니까.

빤히 쳐다보는 시연의 눈동자를 정색한 채로 마주 보던 정우가 이내 고개를 설레설레 저으며 담배를 집어 안주머니에 확 넣었다. 손동작에 막을 수 없는 신경질이 배어 있었다.

“여자친구 자격으로 물어보는 거냐?”

“글쎄. 그냥 호기심?”

“참 겁도 없는 호기심이다.”

"있어? 없어?"

"정신없이 취해서 눈 떴는데 옆에 여자가 누워 있었던 적은 없어."

"참…… 재미없는 인간이네."

"……따질 부분이 그 부분이냐?"

"그럼 뭘 따져야 하는데?"

"통상적인 반응으로는 파고들어야 옳겠지. 정말 없었던 게 확실하냐, 기억나지 않는 게 아니냐. 일단 너도 인간계에 산다면 그런 보편적인 반응을 좀 보이길 바란다."

"어차피 있어도 없을 거라 대답할 텐데 따지면 뭘 해?"

"내가 너랑 뭘 하고 있는 건지 모르겠다."

"왜? 재미없어?"

시연이 놀리듯 웃자 정우도 빙긋 웃었다. 실상은 속이 끓고 있었지만. 그럼에도 불구하고, 저런 남달리 해맑은 모습 때문에 도통 눈을 돌릴 수 없는 건 아닌가 하고 생각했다.

"그래서 이번에는 한 번 옆에 눕혀놓고 눈 떠보려고."

"……."

정우와 시연의 시선이 마주쳤다. 그런데 그 녀석은 뻔뻔하게 차가운 태도를 취하고 있었다. 그게 너무도 얄미워서 잠시 침묵하고 있던 시연이 천천히 입을 열었다.

"욕 한마디 해줄까?"

"그런 반응이라도 보여주니 고맙다."

"고작 반응 따위 보려고 그런 반인륜적인 언급을 했다고?"

"과연 어느 정도 수위여야 하시연이 반응 비슷한 거라도 할까, 그걸 아직 잘 모르겠거든."

"기본적인 예의는 지켜주었으면 좋겠어. 일단은 애인이니까."

"일단은, 이라."

"……."

"뭐, 기본적인 질투는 해줬으니 그나마 다행이라고 해야 하나?"

"그걸 질투로 해석한 거야?"

"그럼 뭔데."

"질타."

정우가 고개를 설레설레 저었다.

"남자들은 참 이상해. 결혼은 진수 씨가 하는데 왜 친구들이 기대하고 있는 거야?"

정우가 다시 담배를 꺼내 물었다. 한 번 안주머니에 넣으면 그날은 더 피우지 않는 그였지만 지금은 상황이 달랐다. 이 얄미운 아가씨 때문에 속이 뒤집힐 것 같았다.

남자치고 특이하게 붉은빛이 도는 그의 입술을 통해 담배 연기가 흘러나왔다.

"다른 여자랑 자겠다는데도 질투가 아닌 질타라……."

"너처럼 깔끔하다 못해 감정 청소를 너무 열심히 해서 아주 무심한 성격의 남자가 본능을 따를 거란 생각은 안 들거든."

시연의 디스에 정우가 빙긋 웃으며 담뱃재를 털어냈다.

"무심한 남자는 남자 아닌가? 그리고 무심이랑 본능이랑 무슨 상관이지?"

“몰라. 자꾸 물어보지 마. 어쨌거나 그거 괜히 끈적끈적한 느낌이야.”

“그게 뭔데?”

“유도심문하지 마.”

“혹시 섹스 말하는 거냐?”

정우가 짓궂은 미소를 띠며 묻자 시연이 바로 도끼눈을 하고 째려봤다.

뭐라는 거야, 저 녀석이.

자신도 모르게 얼굴이 빨개지는 게 느껴졌다.

두 사람에게는 사실 문제가 좀 있었다. 키스 이상의 접촉으로 이어지지가 않았다. 키스할 때까지는 괜찮은데, 그 이상을 넘어가면 그녀 쪽에서 기겁을 하고 펄쩍 뛰거나 간지럽다고 피했다. 아무튼 분위기는 확 깨지고 정우가 접어버리는 것으로 매번 중지되곤 했었다.

자신도 왜 그런지는 모르겠지만 아무튼 그랬다.

하기 싫은 건지, 못하겠는 건지 그게 구분이 잘 안 됐다.

“남자들은 다 똑같아. 너도 예외는 아니구나?”

“나는 남자 아니냐.”

“누, 누가 뭐래니?”

시연은 당황을 숨기려는 듯 일부러 고개를 스윽 돌려 창밖을 쳐다보는 척 시치미를 뗐다.

정우의 눈에 그런 시연의 하얀 목덜미가 들어왔다.

또 똑같은 반응이다. 그녀는 언제나 이런 대화가 나오면 반사적으로 거부하고, 비정상적으로 무심하게 반응한다. 그 흰 목덜미가 그를 자극시킨다는 것도 모르고서.

"그래. 어쨌거나 나도 남자니까."

몇 개 풀어진 블라우스 단추 너머로 드러난 옴폭 파인 그녀의 쇄골에 시선을 둔 채 그가 재차 중얼거렸다.

"주스 다 마셨네. 어쨌거나 토요일에 바쁘다고? 알았어. 어머! 시간이 벌써 이렇게 됐잖아. 그만 들어가자."

서둘러 이 자리를 벗어나려는 그녀의 의도가 빤히 보여 정우는 더욱 일어나질 못했다. 아래를 내려다보며 그가 빙긋 웃었다. 분주하게 일어서는 그녀를 향해 낮지만 힘 있게 말했다.

"총각파티 가는 거라고."

시연이 멈칫했다. 정우가 천천히 고개를 들었다. 시연을 가만히 올려다보며 말을 이었다.

"그래도 괜찮아?"

"……."

"넌, 괜찮은 거냐고."

시연은 아무 말도 하지 못했다.

정우는 답답했다.

싫다, 라는 그 한마디면 되는 건데.

과연 이 관계가 이어져야 할 이유가 있는 걸까?

그가 눈꺼풀을 아래로 내린 채 피식 웃었다. 입술 선이 위로 끌려 올라갔다. 그러나 그 미소 속에는 알아채기 힘든 옅은 한숨이 배어 있었다.

"내가 널 꽤 많이 답답하게 만들었어. 그래, 인정한다. 하지만."

그가 고개를 들었다.

"어쨌거나 우리 사이에 전혀 진전이 없는 이유가 내 탓만은 아닌 것 같은데. 그렇지 않냐, 하시연?"

시연과 정우의 시선이 한참을 부딪친 채 움직이지 않았다.

누구라도 먼저 나서서 도화선에 불을 지피기 전에는 꿈쩍도 하지 않을 바위 같은 모습을 한 연인이라는 이름의 남녀. 각자의 길로 돌아서자마자 그들은 누가 먼저랄 것도 없이 동시에 외쳤다.

"You driving me crazy!"

1. 섹스냐, 이별이냐

토요일 밤.

할 일을 마치고 예정보다 일찍 레스토랑을 나선 시연은 NEO의 콘서트 실황 DVD라도 봐야지 생각하며 걸음을 서둘렀다. 그런데 아파트 단지에 들어선 시연의 고개가 갸웃했다. 누군가가 건물 앞에서 자신을 기다리고 있었다.

이정우?

시연이 다가가자 인기척을 느낀 정우가 천천히 일어났다. 다가와 선 그의 길게 늘어진 그림자가 시연의 몸을 다 덮었다. 깔끔하고 모던한 스트라이프 정장을 차려입은 정우의 모습이 다른 때보다 더 근사해 보였다.

'총각파티 간다고 제대로 차려입었군.'

골 때리는 인간이었구나, 이 인간.

잠적하신다기에 아예 며칠 동안 안 보일 줄 알았더니 이번엔 또 뜬금없이 나타나셨다.

하긴 전부터 느닷없이 사라졌다가 느닷없이 나타나는 건 이정우의 특기였다.

그중에 최고는 아마 그때 일이 아니었나 싶다.

✻

시연의 나이 스물셋.

그때 시연은 세계 3대 요리학교 중 하나인 ICIF(이탈리아 이치프 요리학교)에 입학하기 위해 준비를 하고 있었다. 며칠 내내 꽤나 바빴는데 어느 날 갑자기 정우한테서 전화가 왔다.

〈나올 수 있지? 밥이나 먹자.〉

당시 이정우 군은 다큐멘터리 촬영차 지방에 내려가 있었는데, 한 달 만에 예고도 없이 불쑥 연락을 해온 것이다.

"나갈 수야 있지. 나가서 널 패 죽이고 싶을 것 같으니까 그게 문제지."

〈그렇다고 진짜 패 죽이진 말고.〉

"잘못한 건 알아?"

〈뭐가? 밥 먹자고 한 게?〉

"너, 진짜……."

이러니 약이 바짝바짝 오르지. 진짜 자기 잘못을 모르는 건 아니겠지?

“이렇게 대뜸 연락하는 것도 스트레스라고. 갑자기 휙 사라지는 스트레스엔 비할 바가 못 되지만. 아무튼 넌 들고 나는 게 다 스트레스야.”

〈알았어, 알았어. 패 죽이더라도 밥은 먹고 해줘.〉

에휴, 말을 말자.

어차피 다큐멘터리에 미쳐서 싸돌아다니는 정우와 시연 사이에 일정한 데이트 주간 같은 건 없었다. 이정우가 카메라를 놓으면 데이트를 하는 거고, 갑자기 연락도 안 되고 휴대폰이 꺼져 있으면 어디 멀리 간 거다. 철새를 쫓아다니거나, 전라도 어느 지역의 음식 로드를 기행하고 있거나, 한국의 돌담의 아름다움에 취해 있거나.

하지만 대학 재학 중에 해외에 작품을 출품해서 수상까지 했던 그였기에, 시연은 재능 많은 천재 남친을 둔 박복한 여자친구로서 그 정도는 감수해야 한다고 생각했다. 게다가 그의 일은 단순히 일을 떠나서, 그의 사랑하는 삼촌이 관계된 추억 밟기 같은 거였다. 그걸 알고 있으니 시연으로선 함부로 막을 수도 없었다.

다만 한 가지만 살짝 바란다면,

“제발 어딜 갈 거면 간다고 미리 연락 좀 해줘. 물론 오는 것도 마찬가지로!”

아무튼 또 귀신같이 갑자기 나타나 주신 잘난 남자친구 덕분에 부랴부랴 약속 장소로 달려간 시연은 화들짝 놀랐다.

“대체…… 너 또 어느 바닷길 어디 염전에서 뒹군 거니? 대체 그 꼴이 뭐야?”

그도 그럴 게 그 예쁘고 섬세하던 얼굴이 대체 무슨 고생을 어떻게 하고 왔는지 아주 완전히 망가져서는, 애가 거지꼴이다. 옷도 일주일은 안 빨아 입은 듯 넝마에, 머리카락은 새집처럼 헝클어져 있고, 면도까지 안 한 탓에 노숙자 저리 가라였다. 그 잘난 얼굴도 저 특수 분장 수준의 꽃거지 코스프레엔 묻힐 수밖에 없었다.

"촬영은 잘했어?"

"어."

"무슨 촬영이었는데?"

"글쎄……. 닭?"

"닭? 꼬꼬댁 닭?"

"닭…… 갈비를 먹을걸 그랬나? 닭갈비 먹고 싶은데."

저러고 있다.

"또 뭐 딴 건 없고? 사람이 묻는데 자기 먹고 싶은 거 불쑥 말하지? 닭 말고 또? 돼지, 소 같은 건 안 먹고 싶고?"

"음, 네가 구운 쿠키."

그 말에 그나마 시연의 기분이 조금은 좋아졌다.

짜식이, 먹는 입은 있어 가지고.

그나저나 먹는 데 별로 집착 안 하던 녀석이 오늘따라 왜 이렇게 먹는 거, 먹는 거를 주절대는지 모르겠다.

"그렇게 배가 고파? 혹시 굶으면서 일했어?"

그런데 그 순간 순대국밥이 나오는 바람에 대화는 중지되었다. 아니, 중지시킨 건 이정우였다. 시연은 좀 더 대화를 이어가면서 음식을 먹고 싶었지만 이정우는 밥 먹을 땐 밥만 먹는다. 야상에 빈티지한 청바지 차림으로, 아니, 거지꼴로 잘난 이정우가 순대국밥을 먹기 시작했다. 그래서 시연도 그냥 같이 퍼먹었다.

우걱우걱.

깍두기도 시끄럽게 씹어주시면서…… 일부러 더 오도독 오도독 뼈를 씹듯 씹어 먹으면서 그를 노려봤지만, 이정우는 자기 국밥만 먹었다.

저러는 걸 보면 이 연애가 도대체 왜 지속되어야 하는 건지 의심이 들다가도,

"콜록콜록."

너무 째려보며 먹느라 그만 목에 국밥이 걸렸나 보다. 그런데 국밥만 퍼먹고 있던 인간이 그건 또 언제 봤는지 물컵을 불쑥 내밀고 있으면…… 확 끝내 버리려던 마음도 흐물흐물해지는 것이다.

전혀 관심 없이 구는 것 같다가도, 밥 다 먹으면, 냅킨으로 불쑥 입술 옆에 묻은 걸 무뚝뚝하게 휙 닦아주기도 하고, 어느 겨울 살짝 잔기침을 하고 있으면, 언제 사둔 건지 감기약을 품 안에서 불쑥 꺼내주기도 하고, 같이 드라이브 하다가 화장실에 가고 싶어 죽겠는데 괜히 창피해서 말 못하고 있으면, 또 불쑥 휴게소로 쑥 들어가서 갔다 오라는 듯 무심하게 딴 데 보고 있기도 하고.

그런 사소한 것들에서, 이게 또 사람을 아예 무시하는 것 같진 않으니 좀 더, 좀 더 연애 기간이 연장됐다는 거다.

"근데 돌아올 거면 하루쯤 전에 연락 좀 미리 해주면 어디가 덧나?"

그래도 명색이 찬란한 청춘 남녀의 데이트인데 여자로서 준비 같

은 걸 할 시간을 줬으면 싶은 것이다. 미리 말해줬으면 큰마음 먹고 사두었던 노란 원피스를 룸메이트에게 빌려줄 일은 없었을 것 아닌가. 그래서 따졌더니 이정우답게 영양가 없는 대답이 돌아왔다.

"빨리 끝날 줄 몰랐어."

"그러니까. 바로 그 설명을 좀 해달란 소리잖아, 내 말은."

"……알았어."

"뭐가? 진짜 알아들어서 알았다고 한 거야? 그냥 귀찮아서 알았다고 한 거야? 어느 쪽이야?"

"……다 먹었지? 나가자."

저러고 있다.

계산을 마치고 식당을 나가 버리는 정우를 따라 시연이 얼른 따라붙었다.

'참자, 참아.'

노란 원피스는 못 입었지만 그래도 근 한 달만의 데이트인데 이러고 다투기만 하다가 끝낼 수야 없지 않은가. 적어도 영화도 보고 드라이브도 하고 근사한 카페에서 좀 더 근사한 대화도 하고…….

"잘 먹었냐? 그럼, 잘 들어가라."

그런데 그놈이 무뚝뚝하게 그 말을 툭 던지곤 돌아서는 게 아닌가.

"야!"

결국 참다못한 시연이 빽 소리치자 그 수상한 남자친구가 갸웃하며 돌아봤다.

저 표정 봐라. 자기가 뭘 잘못했는지 전혀 모르고 있는 게 확실한 저 뻔뻔한 표정을!

열이 치받치다 못해 뚜껑이 열릴 것 같은 얼굴로 시연이 버럭버럭 소리쳤다.

"뭐가 어쩌고 어째? 강의까지 빼먹고 달려왔는데 이깟 순대국밥 하나 먹여주고, 뭐? 잘 들어가라? 넌 도대체 애가 왜 그렇게 생겨 먹었니? 기본적인 의사소통 이런 거 몰라? 배려, 매너, 이딴 건 딴 나라에 팔아먹었어? 네 생각엔 이게 데이트 같니? 내가 보기엔 식욕을 채우기 위한 아무 의미 없는 행위, 그 이상도 이하도 아닌 것 같은데. 이럴 거면 그냥 지나가는 사람 아무나 붙들어서 같이 먹지 사람은 왜 불러냈는데?"

정말이지 약이 올라 죽을 것 같았다.

이 열통 터지는 걸 어떻게 해야 있는 그대로 다 표현할 수 있을까?

"내가 이러려고 나 할 것도 다 미루고 너 만나러 나온 것 같니? 아니면 순대국밥 못 먹어서 죽은 귀신이라도 되는 줄 알아? 너, 대체 왜 그래? 진짜 한 방 맞아봐야 정신 차릴 거야?"

그때까지만 해도 시연에게는 아이돌 그룹보다 이정우가 조금 더 위였다. 지금처럼 온 신경이 NEO에게 다 가 있을 정도의 미친 상태는 아니었단 거다. 그래서 화가 나도 내팽개치지도 못하고 이러지도 저러지도 못한 채 애만 탔었는데.

정작 당사자인 이정우라는 인간은 이랬다.

"어, 미안."

"그 덜된 밥 같은 사과는 뭐야?"

“흠……."

“너도 꼬치꼬치 따지는 내가 짜증 나지? 나도 너 때문에 진짜 돌아버리겠거든?"

“……그래."

“그래? 그 ‘그래’는 무슨 ‘그래’인데? ‘그래’의 ‘그래’야? ‘그래?’의 ‘그래’야?"

다다다 따졌더니 한쪽 눈썹을 찌푸린 채 시연의 말을 진지하게 듣고 있던 녀석이 아주 신중하게 대답했다.

“……정신없다, 무슨 소린지."

에효.

“다 같은 소리 같은데, 내가 좀 더 곰곰이 생각해 볼게."

“그래……. 내가 너랑 무슨 말을 하겠니. 일단, 집에 가서 좀 씻어! 몇 달 동안 왕초 밑에서 살다 온 것 같은 그 그지 같은 꼴부터 어떻게 좀 해보라고. 제발 정상적인 이정우로 돌아간 후에 말하자고. 알았어? 내일 어떻게 하는지 내가 아주 제대로 지켜볼 거야."

“음, 내일은 안 되는데."

“뭐야? 그럼 언제? 또 어디 가는데?"

“아무튼 곧 올 테니까 갔다 와서 보자."

시연은 고개를 설레설레 저었다. 이번 작품은 꽤 정성을 들이는가 보다, 라고 그냥 그 정도로 생각하고 그날은 정우와 찢어졌다. 이정우가 집중하는 시기에는 그냥 놔두는 게 좋았으니까.

워낙 인간 자체가 말없이 슝슝 사라졌다 돌아오는 녀석이었기에 그날도 똑같은 일이려니 했다. 로켓보다 더 빨리 저 먼 미지의 우주로 휙휙 날아다니는 그 녀석을 어떻게 잡겠느냐 싶어서. 하지만 '곧 올 테니까 갔다 와서 보자'라고 더없이 간단하게 말하고 그 녀석이 간 곳은 기가 막히게도, 군대였다.

그러니까 그 다음날 이정우 그 개시키가 입대를 해버린 것이다.

"뭐? 지금…… 어디라고?"

〈음, 여기 논산.〉

'아프지 말고 잘 지내고 있어. 아무거나 막 먹지 말고 밤에 너무 늦게 다니지 말고.'

같은 다정한 당부의 말 같은 건, 물론 없었다.

기가 막혀서 휴대폰을 든 채 굳어버린 시연이 차마 아무 말도 하지 못하고 있는 사이에 집합 명령이 떨어진 건지 아니면 다른 일이 생긴 건지,

〈갔다 와서 보자.〉

그 말만 다시 반복하고서 녀석은 사라졌다.

먼지처럼…….

그게 이정우의 방식이었다.

입대하기 전전날까지 주구장창 다큐멘터리 찍겠다고 카메라 들고 설치다가, 입대 바로 전날 여자친구 불러다가 순대국밥 한 그릇 뚝딱 비우고, 꼭 잠깐 어디 갔다 올 사람처럼 그렇게 날라 버린 것이다.

뭐, 그런 놈이 다 있는지.

대체 그게 말이 되는가?

입영열차 앞에서 찍으려 했던 내 애틋한 이별 장면은?

편지할게, 군화 거꾸로 신지 마, 고무신 안 꺾어 신을게, 라고 주고받으려 했던 그 수많은 오그라드는 멘트들은?

안타까움과 슬픔을 애써 눌러 참고 나누려 했던 애틋한 입맞춤은?

그저 보듬고 있는 것만으로도 하얗게 지샜어야 할 그 긴긴 밤은?

함께 바라보려 했던 새벽의 여명은?

새끼손가락 꼭꼭 걸고 기다릴게, 젖은 목소리로 고하려 했던 슬픈 진심은?

따지면 뭐 하겠는가. 다 날아가 버리고 만 것을.

그런데 더 기가 찬 건, 알고 보니 시연한테뿐만 아니라 자기 부모님한테도 '다녀올게요' 한마디만 하고 사라졌다는 것이다. 사실 그의 부모님도 워낙 바쁜 사람이라 아들을 일일이 챙겨주는 스타일도 아니었지만, 그렇다고 저따위 말만 달랑 던지고 그렇게 멋대가리 없이 집을 나가도 되나?

이쯤 되면 이건 무뚝뚝이니, 멋대가리 없다느니 그런 걸 넘어서서 뭔가가 많이 결여된 인간으로 의심해 봐야 하는 게 아닐까?

"그런 분이 촬영지에서 올라오자마자 같이 아침 먹으려고 하시연을 굳이 불러내서 얼굴 보고 사라졌으니 고마워해야 할 일인가?"

그러고 보니, 닭갈비니 수제 쿠키니 난데없이 먹고 싶은 음식에 집착을 보였던 게 다…….

"자기 군대 갈 거라는 힌트였던 거냐!"

겨우 그딴 걸로?

"어떻게 그게 '나 이제 군대 가'의 다른 말이 될 수 있냐고, 이

호랑말코 같은 시키야!"

이미 꺼진 휴대폰을 잡고 부르르 떨며 미친 듯 분노를 터뜨리는 게 시연이 할 수 있는 전부였다.

상황이 그쯤 되니 얘는 날 전혀 안 좋아하는 건지도 몰라, 싶기도 하고. 하시연을 여자친구로 생각하기는 하는 건가, 의문도 들고.

아무리 그런 성격이라고 하더라도 정말 사랑한다면 그렇게 가버릴 순 없는 거다. 그것도 군대를!

아무리 생각해도 원인은 하나. 남자가 여자에게 별로 관심이 없는 거다.

해서 열받은 시연은 자신도 단호하게 결정을 내려야지 싶어 헤어질 생각으로 출국을 감행했다. ICIF 요리학교에 다니기 위해 그대로 이태리로 떠난 것이다. 당시 시연은 이미 8주 동안의 예비과정을 거친 후였기에 남은 과정만 마치면 되었다.

이정우 따위 잊고 꿈을 향해 달려가고자 맹세했다.

그렇게 칼을 갈며 우수한 성적으로 마스터 코스를 마친 시연은 한국에 돌아와서도 마찬가지로 일만 하며 남은 시간엔 철저하게 아이돌에 빠져들어 지냈다. 공개방송을 쫓아다니거나 사인회를 찾아가거나. 그렇게 적당한 '빠순이'였던 하시연이 완전한 '빠순이'가 되어버렸다.

그런데 이정우는 자기가 무슨 죄를 지었는지도 모르고 휴가를 나오거나 전화할 시간이 주어지면 시연에게 연락을 해왔다. 꼬박꼬박.

물론 시연은 철저하게 외면했지만.

참 신기한 인간이었다.

"……여긴 왜 왔어? 그냥 군대에 말뚝 박지?"

그래서 시연은 제대한 이정우가 언제나처럼 불쑥 찾아왔을 때 그렇게 퉁명스럽게 말했다. 누가 반긴다고 집 앞까지 와서 기다리고 있는 건지 모르겠다.

그때 이정우가 웃으며 말했다.

"고무신, 거꾸로 신었는지 확인하려고."

이정우는 좀 변해 있었다.

훈련 덕분인지, 내무반 밥을 잘 먹어서인지, 아니면 군대에 잡혀 있어 싸돌아다니지 못하고 규칙적인 생활을 한 탓인지 입대 전보다 훨씬 각이 잡히고 얼굴도 더 남자다워졌다.

역시 남자는 각이지, 라고 생각할 때가 아니었다, 지금은.

두 사람은 정우가 몇 년 전부터 혼자 살기 시작한 오피스텔에 함께 앉아 있었다. 오랫동안 비워둔 탓에 오피스텔 안에선 빈집 특유의 텅 빈 냄새가 났다.

이곳은 사람 사는 곳이 아닌 꼭 무슨 촬영팀의 사무실 같았다. 온통 둘러봐도 영상 기기들이 정신없이 쌓여 있었다.

청소라도 해줘야 하나…….

그런 한가한 생각을 하고 있는데 정우가 시연의 옆으로 와서 툭 앉았다.

"잘 지내고 있었지?"

"잘 지내고 있으란 말이나 하고서 물으시지? 그냥 갔다 와서 보자며. 그래서 지금 그냥 보고 있는데?"

가시 돋친 대답에 정우가 소리 없이 웃었다. 그런데 참 이상했다. 예전엔 저 소리 없는 미소에도 그저 좋아서 심장부터 쿵쿵 뛰곤 했었는데, 이 심장이란 놈이 참 조용했다.

나 생각보다 더 많이 삐쳐 있나 보다.

"고무신 거꾸로 신지 않은 건 확인했지? 일단은 너 말고 다른 남자를 만나고 있진 않으니까."

"일단은……?"

"그래, 일단은. 하지만 또 모르지? 진짜 이상형이 나타나면 그 지고지순한 고무신이 휙 변해서 세련된 웨지힐이 되어버릴지도?"

이정우가 큭 웃었다. 그러더니 불쑥 손을 뻗어 시연의 머리를 쓰담쓰담 하는 게 아닌가.

아무튼 이정우는 뭐든 불쑥불쑥.

자신은 현재 토라져 있는 콘셉트였기에 저 손을 휙 쳐내 버리고 싶었지만, 갓 제대한 인간한테 차마 사회의 비정함을 알려주고 싶지 않아 무던히 참았다.

"그대로라서 다행이다."

"……뭐가?"

"모든 게 다. 너도, 네 머리카락도, 네 목소리도, 네 웃음소리도 다……."

잠깐 심장이 두근, 하려고 했지만 시연은 휙 째려봤다.

"나 아직 한 번도 안 웃었거든?"

"그냥, 들리는 것 같아. 네 얼굴을 보고 있으니까."

그 순간 눈이 마주쳤다.

아주 오랜만에 마주하는 이정우의 눈동자.

그가 자신의 여러 가지를 기억하고 있듯이, 자신도 그의 저 눈동자만은 기억하고 있었다. 처음부터 그녀를 끌었던 왠지 쓸쓸해 보이면서도 고요하게 빛을 발하는 저 특이한 분위기의 눈동자를.

천천히 심장이 뛰기 시작했다.

마치 당연한 것처럼.

아니, 이 순간을 기다렸다는 듯이 다시 심장에 온기가 지펴졌다.

두 사람의 시선이 한군데로 섞여들고, 정우의 손가락이 시연의 머리카락을 빗어주듯 쓸어내렸다. 시연은 꼼짝도 못한 채 그의 손길을 받고 있었다.

분명히 심장은 다시 뛰었는데 어쩐지 그의 손길에 무게가 담길 때마다 흠칫흠칫 몸이 뒤로 물러나려 했다. 그래서 그의 손이 턱에 닿는 순간 자신도 모르게 상체가 뒤로 확 빠졌는데, 이정우가 그런 시연의 턱을 확 잡아당겼다.

닿는다, 라고 생각한 순간 다행히 두 입술이 부딪치기 직전 정지했고, 시연은 지척에서 그의 눈동자를 바라보았다. 숨결마저 맞닿을 거리에서 정우의 눈이 진지하게 그녀의 눈동자를 들여다보았다. 그리고 슬며시 미소가 담기는 동시에 그가 시연의 바짝바짝 마르기 시작한 입술을 혀로 살짝 핥았다.

그 순간 번개 같은 감각이 시연의 뇌리에 내리꽂혔다. 그건 키스를 앞둔 순간의 설렘이나 긴장, 심장의 쫄깃함, 그런 게 아니라…… 낯설다는 감각이었다.

아, 미치겠네. 진짜 어색해!

하지만 시연의 마음과 달리 정우의 체온은 뜨거워지고 있었다. 그는 겉으론 남들보다 몇 도 온도가 낮은 인간처럼 보였지만 키스할 때는 좀 달랐다. 좀 더 따뜻하고 좀 더 강렬한 뭔가를 추구하는 남자였다. 그래서 그와의 키스가 좋았었는데…….

그런데 지금은 다른 연예인의 얼굴이 떠오르고 있다!

그 가수가, 그 영화배우가, 그 드라마 주인공이…… 머릿속에 떠올라 집중할 수가 없었다.

오호, 통재라. 이제 이정우는 자신에게 더 이상 설렘을 주지 못하는 존재가 된 것인가? 이건 아니잖아?

이정우가 누구야? 하시연이 오매불망 쫓아다녀서 겨우 사귀는 데 성공한, 그 연예인 같은 남자친구잖아. 그런데 어째서 이정우를 두고 다른 연예인이 떠오르는 거냐고?

시연의 어깨를 감싸듯이 안아주며 그가 고개를 살짝 틀었다. 그리고 천천히 입술을 겹치려는 순간, 시연은 자신도 모르게 정우를…… 밀어내 버리고 말았다.

정적.

당연히 이정우는 멍한 표정으로 일단 정지인 상태였고,

시연은? 힘껏 밀어버린 자세 그대로 굳어 있었다.

"……미, 미안. 우, 우리 너무 그쪽만 집중하고 있는 것 같아서. 일단 하, 할 얘기도 산더미처럼 있고 네 얼굴도 참 오랜만이라 다시 익혀야 할 것 같기도 하고……. 아, 아무튼 키스보다 우선 하고 싶은 일이 엄청 많아서……."

분위기 후끈 달아올랐었잖아? 나름 그의 눈동자에 노스탤지어가 밀려들었었고, 서로 마주 본 순간 뭔가가 찌릿하고 왔었고, 그래서 이런 쪽으로 흐르리라는 걸 예감했었는데…….

그동안은 그래도 키스까진 무난히 갔었다. 그래서 오히려 시연이 왜 그 이상을 안 해주는 거냐고, 혼자 서운해서 입술을 삐죽 내밀고 투덜거리며 집에 온 적도 많았었는데.

어째서 자신은 이렇게 된 걸까?

서투른 변명을 하며 이정우의 얼굴을 마주 보지 못하게 된 걸까?

"이게 다 네 탓이야!"

그냥 직구를 날렸다. 이정우를 째려보며.

"서운해!"

"뭐가."

"뭐가, 라고 묻는 네가 서운해. 멋대로 군대 가고, 멋대로 너 할 거 다 하고 다니면서 내가 너한테 필요한 이유 같은 것도 제대로 심어주지도 않았으면서……."

군에서 나오자마자 키스는 하고 싶니? 나한테 있는 것 중에서 너한테 필요한 건 내 입술뿐이지?

이정우는 진지하게 고민하는 것 같았다. 그래, 고민 좀 해보라지.

"이정우."

"……."

"아까 전에 일단은 고무신 거꾸로 안 신었다고 내가 그랬었잖아. 근데 그거 뻥이었어."

정우의 눈이 살짝 커졌다.

"나 사실은 다른 남자 생겼어."

그가 시연을 뚫어지게 보는가 싶더니 천천히 허리를 펴고 똑바로 앉았다. 딱딱해진 표정으로 그가 가만히 팔짱을 꼈다. 눈매가 제법 날카로워지는 게, 좀 무섭긴 하지만 이쯤에서 진실을 실토하는 게 낫겠지.

"아, 그래? 그건 어떤 놈인데?"

"너무 멋진 놈…… 아니, 놈들이야."

"놈들?"

시연이 하죽 웃더니 가방에서 주섬주섬 뭔가를 꺼내 정우에게 보여주며 말을 이었다.

"인사해. 내가 가장 사랑하는 보석들."

그건 당시 한창 뜨고 있는 아이돌의 사진이었다.

그리고 그렇게 하시연의 불감증은 시작되었다.

✻

"이 시각에 왜 여기 있어? 총각파티한다고 들떠 있어야 하는 거 아냐?"

"들뜨긴, 누가."

"너지 누구겠어. 재미는 있었니?"

"여자친구라는 게 그런 질문이 잘도 입으로 나온다."

"그러는 너야말로 뭘 잘했다고 큰소린데?"

생각보다 더 날카로운 소리가 나갔다. 하지만 시연은 곧 자신을 다독이고서 평정을 유지하려 노력했다. 조바심 비슷한 감정 같은 건 이미 둘 사이에 유물이 되어버렸을 줄 알았는데 그게 그렇지도 않았었나 보다.

'너 때문에 내가 오늘 하루 얼마나 신경 쓴 줄 알아?'

목까지 넘어오려는 말을 시연은 애써 밀어 넣었다. 지금 와서 이정우한테 정색하고 따져서 무엇 할까.

"신경 쓰였어?"

그런데 그 녀석이 사람을 긁고 나왔다.

"대답 안 할래."

"오랜만에 너 화내는 거 보니까 나쁘진 않네."

"그래, 너 잘났다. 어찌나 긍정적이신지 세계평화도 이루겠어."

"두 시간 이상 여기서 기다렸어."

시연은 정우를 흘끗 봤다. 피식 웃었다.

"왜? 의외로 빨리 끝났나 보네?"

"정말, 할 말이 그거밖에 없는 거냐?"

정우의 시선이 시연을 파고드는 것 같았다.

"……."

"그래, 의외로 빨리 끝났다. 여자는 꽤 괜찮았어. 서로 잘 맞았고 몸도 예쁘더군. 질척하게 굴 것 같지 않아서 잠시 시간을 보내는 여자로는 적당할까 싶어. 그 이상도 괜찮을까 싶기도 하고."

"너, 지금 뭐 하는 거야?"

"네가 원하는 게 그런 대답 아니야?"

"아니야!"

"그럼 뭔데."

"……정말 이참에 확 욕 한 바가지 해줄까?"

"넌 날 안 믿고 있어, 기본적으로."

"……."

"총각파티 따위 가지도 않았어. 다른 일 끝내고 내내 여기서 널 기다렸고. 도대체 휴대폰은 왜 꺼놓은 거야?"

"……나 오늘 휴대폰 안 들고 나왔어."

정우가 한숨을 내쉬었다.

"그러니 그렇게 연락이 안 됐지."

"정말…… 안 간 거 맞아?"

정우가 어이없다는 듯 혀를 찼다. 그러다 정말 화가 난 얼굴로 싸늘하게 말했다.

"네가 믿고 싶은 대로 믿어. 결국 네 머릿속에서 일어날 일들 아니야."

"무책임하긴. 냉정한 인간 같으니. 진짜 덧정 없어."

"덧정 없는 어떤 여자 때문에 속 타들어간 인간은 여기 하나 있다."

시연이 어이없단 듯 보다가 픽 웃었다.

"근데 그럼 그 여잔 누구야? 너랑 잘 맞고 몸도 예쁘다며?"

정우가 혀를 끌끌 찼다.

"너 말고 또 있겠냐?"

"뭐라는 거야?"

“어디 좀 보자. 나랑 잘 맞고 몸도…… 예쁘네. 너 맞아.”

“너, 지금 그거 데이트 성추행이야! 확 고소한다!”

“뭐라는 건지.”

시연은 뾰로통하게 고개를 돌렸다.

정우가 그런 시연의 머리 위에 커다란 손을 부드럽게 얹더니 확 헝클어뜨렸다. 신경질이 제대로 묻어 있는 손길이었다.

“골치 아픈 이 아가씨를 어쩌면 좋을까.”

“뭐 하는 거야. 두 시간이나 세팅한 머린데.”

“헤어스타일 망가져서 마음이 아프냐? 누구 씨가 헝클어뜨려서 망가진 내 마음은, 하나도 안 아플 것 같아?”

순간 시연의 눈이 왕방울만 해지더니 성큼 한 걸음 뒤로 물러서서 이상한 인간 보듯 정우를 쳐다봤다.

“이, 이정우, 너 왜 그래? 왜 난데없이 안 하던 짓이야?”

“뭐가.”

“다, 닭살 돋잖아! 감정이라곤 스위스 은행 구좌에 넣어놓는 게 가장 안전하다고 생각하는 것처럼 굴더니 왜 갑자기 컨셉을 바꾸는 거야? 와, 되게 낯서네. 소름이 다 돋았어.”

이 녀석이 지금 와서 왜 이러는 건지는 모르겠지만.

갑자기 집착이라도 생긴 건가?

왜?

집에서 결혼이라도 서두르나?

“내가 그 지경, 아니, 그 정도였나?”

말해 뭘 할까.

"음, 그 정도면 정말 문제가 많은데."

"자각하니 다행이다."

"그럼 네 탓이네."

하!

"뭐가 어쩌고 어째?"

"내가 그 지경이면 연애 상대인 너도 문제가 있단 소리잖아. 제대로 느끼지 못하게 해줬으니 배운 게 없겠지."

"기, 기가 막혀서. 이제 와서 누구 탓을 하는 거야?"

"손뼉도 마주쳐야 소리가 난다는 걸 알려주고 싶은 것뿐이다."

"와, 진짜 패주고 싶네. 사람이 왜 폭력을 쓰는지 알겠어. 지금 딱 알겠어."

정우가 큭 웃었다.

"웃지 마!"

"그럼 울까?"

"몰라. 네 멋대로 해."

"난 말이야, 너랑 헤어질 거란 생각은 단 한 번도 한 적이 없어. 널 만나고 지금까지 단 한 번도."

갑작스러운 고백 같은 말에 시연은 당황보다 얼떨떨한 마음으로 그를 쳐다보았다.

갑자기 또 무슨 낮도깨비 같은 말이지? 타이밍이라곤 전혀 안 맞는 저런 고백을 난데없이 왜 하는 걸까. 하지만 정우는 진지한 것 같았다.

"널 처음 만나고, 사귀게 되고, 네가 내 여자친구가 된 그 순간

부터 지금까지 단 한 번도, 널 내 여자 외의 다른 의미로 본 적은
한 번도 없어.”

“무, 무슨 소리야, 갑자기. 지금 그 말이 나올 때가 아니잖아.”

“그냥 그 말을 하고 싶었어.”

“……..”

“내 머릿속으로만 생각하고 있었더니, 네가 도통 모르는 것 같
아서.”

“그래서 알려준 거라고?”

“말을 해야 아는 거라고 누가 그러더라고.”

“……누가?”

“진수가.”

“……..”

“그래서 그 녀석은 결혼까지 했다던데. 그걸 자각하고 있지 않
으면 결혼까지는 못 갈 거라고 충고를 해주더군. 그래서 그렇군
싶었지. 난 너와 결혼까지 하고 싶거든.”

시연의 눈이 휘둥그레졌다.

난데없는 말에 심장이 두근거리는 건 두근거리는 거라고 하더
라도…… 이 자식이.

“……그거 설마 청혼이니?”

청혼을 그딴 식으로 하는 거냐!

“청혼이라기보다 내 계획이야.”

“……청혼이랑 계획이 뭐가 다른데?”

“네 계획이 어떤지는 아직 모르니까. 네 계획과 내 계획이 같아

져야 그게 우리 계획이 되는 거겠지.”

단호하도록 정확한 놈.

뭔가 좀 변하긴 한 것 같은데 기본적으로 냉정하고 이해할 수 없는 놈이라는 건 아직 똑같다고 생각됐다.

됐고.

“거기 안 갔으면 오늘 뭘 한 건데?”

“출판기념회. 내가 얘기한 것 같은데.”

아, 그러고 보니 그가 제작해서 작년에 한국방송대상을 수상한 다큐멘터리가 책과 DVD로 중국으로 수출된다는 얘기를 들었었다.

그게 오늘이었구나.

즉, 난데없이 깔끔한 차림새는 총각파티 때문이 아니었단 소리다.

“그럼 그렇다고 미리 말을 하든가. 전에 한 번 지나가는 말로 던져 놓고 다 기억하라는 건 무리지.”

꼭 총각파티 갈 것처럼 굴더니.

“따라와.”

입을 삐죽거리며 서 있는 시연을 물끄러미 보던 정우가 그녀의 손을 탁 잡아끌고 다짜고짜 어딘가로 갔다. 시연은 고개를 푹 숙인 채 헝겊 인형처럼 그에게 딸려갔다.

❋

두 사람은 근처 놀이터에 앉아 있었다. 끽끽거리는 그네를 각자 하나씩 차지하고 앉은 두 사람은 말이 없었다.

밤 열 시가 넘은 시각, 바람은 싸늘하고 뺨의 온기도 조금씩 식어갔다. 이 시간만이 주는 차분한 정적으로 대기는 다소 가라앉아 있었고 가로등만큼이나 환하게 밝혀진 달빛이 놀이터를 옅게 비춰주었다.

가끔씩 멀리서 개 짖는 소리만 없었다면 그야말로 환상적인 밤이었을 것이다.

"개들은 왜 밤에만 짖어대나 몰라."

"낮엔 많은 소리들에 묻혀서 안 들릴 뿐이야. 개들은 항상 짖어."

"어머, 그렇구나. 몰라서 미안하다."

"자꾸 그렇게 삐딱하게 굴 거냐?"

"누가 뭐래니? 어머, 오늘따라 짖어대는 생물이 여기 더 있네."

"……지금 그 말, 날 빗댄 건 아니길 바란다."

하긴, 언제 이정우가 짖는 인간이던가. 하시연이 짖는 쪽이었지. 짖다가 제 성질 못 이기면 물어뜯기도 하고. 그거 하는 게 지겨워져서 이렇게 무심하게 되어버린 거고.

흘끗 정우를 보자 그가 이상하게 의미심장한 미소를 지으며 그녀를 처다보고 있었다. 달빛이 내려앉아 그의 얼굴 윤곽이 더욱 도드라졌다. 서늘한 밤바람이 묻어 있는 정우의 달빛처럼 시린 눈빛이 또 시연의 마음을 심란하게 했다. 이 녀석은 늘 이렇게 결정적일 때 고개를 돌릴 수도 없게 만든다. 이미 헤어지고도 남았을 사연이 수십 개나 포진하고 있음에도.

어느새 정우가 그녀의 앞으로 바짝 다가와 있었다. 흠칫 놀라 눈동자가 흔들리는 자신의 모습이 그의 눈동자에 비춰질 정도로 가까운 거리였다.

조금만 움직여도 어딘가가 맞닿아 버릴 것 같았다. 그네를 쥔 시연의 손마디에 천천히 힘이 들어갔다. 찰랑 하고 그네 줄에 진동이 일었다. 정우의 숨결이 가까이에서 느껴졌다. 심장이 느린 속도로 천천히 뛰기 시작했다.

밤하늘의 별을 그대로 박아놓은 듯 새까만 가운데 밝게 반짝이는 정우의 눈동자.

"하시연, 인정해. 넌 오늘 확실히 질투했어."

"……그래서 그게 뭐? 이정우, 너 내 남자친구 아니야? 여자친구라면 질투하는 게 당연한 거 아냐?"

"어제와는 얘기가 좀 다르네. 어젠 그렇게 무심하게 굴더니."

"난, 네가 나 때문에 가슴이 찢어졌으면 좋겠어."

그가 피식 웃었다. 시연은 그래서 화가 났다. 진짠데. 정말 진심으로 한 말이다.

자신은 이정우가 자신 때문에 가슴이 찢어질 정도로 자신을 사랑했으면 좋겠다. 그런데 이정우는 그냥 하시연의 오버하는 말 정도로만 알아들었나 보다.

정말이라니까? 찢어져야 한다니까?

"이정우, 너도 다른 일반적인 남자들처럼 가슴이 찢어지기도 할까?"

"누가 찢어졌대? 그거부터 한 번 확인해 봐."

"뭐얏?"

"가슴이 찢어진다, 그런 표현은 노래 가사나 드라마에서 가능한 말이야. 일반적인 남자들이 과연 그럴까?”

“기가 막힌다……. 세상에서 가장 재미없고 감동은 더욱 없고 사포처럼 서걱거리는 말을 하는 이 남자가 내 남자친구라니. 와우! 나 진짜 운 좋다! 최고야!”

허탈하게 웃어대는 시연의 두 뺨을 정우가 갑자기 양손으로 확 감싸 쥐었다. 시연은 뺨이 눌린 채 정우를 빤히 쳐다봤다. 정우가 그 얼굴을 바라보며 말했다.

“그렇게 궁금하면, 그런 남자를 원한다면 네가 한 번 해봐. 내 가슴이 찢어지도록.”

“……우리, 헤어지자.”

정우의 눈동자가 살짝 흔들렸다.

시연은 건조한 표정으로 그런 그를 바라보고 있었다. 겉으로는 드러내지 않고 있었지만 사실 시연은 스스로에게 놀랐다. 자신도 모르게 일순간 정말 진심으로 그 말이 나갔던 것도 같았기에.

그래서 이 말을 어떻게 해야 하나, 그대로 밀고 나가야 하나, 주워 담아야 하나 고심하고 있는데.

“싫어.”

이정우가 간단하게 대답했다.

다행히 이정우는 그렇게 심각하게 받아들이진 않은 모양이다. 가만, 다행인가?

즉흥적으로 내보낸 말을 책임지기 위해 진짜 헤어지겠다는 둥 말싸움하고 감정 싸움하게 되는 상황보다야 다행이겠지, 그렇게 생각하기로 했다.

"헤어지자는 말에도 가슴이 안 찢어지니, 넌?"

"안 찢어져."

"나쁜 자식, 진짜 헤어지고 싶게 만들고 있잖아, 지금!"

"안 헤어질 건데 가슴 찢어지고 말고 할 일이 뭐가 있어."

그건 네 생각이고.

이정우의 이 밑도 끝도 없는 하시연에 대한 믿음? 아니, 자기 자신에 대한 믿음은 과연 어디 황당한 나라에서 온 걸까?

"넌 가끔, 참 사람 자존심을 상하게 해."

정우가 멈칫했다. 물끄러미 시연을 보다가 말을 이었다.

"정확히 말해봐. 무슨 생각들을 하고 있는지, 전부 다."

"여자의 자존심은 생각보다 더 복잡하고 심오해. 몇 마디 말로 설명될 정도로 간단한 게 아니야."

네게 많은 상처를 받았고 그것 때문에 몸을 사리고 있다는 걸 설명하기가 복잡했다.

"하시연, 거짓말은 그만하자."

"……뭐?"

"네 본심을 말해."

"뭐? 너랑 헤어지고 싶은 거?"

"그것을 포함해서."

뭐지? 심각하지 않게 받아들이는 것 같더니. 사실은 상처받았나? 아니면 혹시 가슴이 살짝 찢어졌었나?

"실제로도 넌 별로 관심 없었어. 내가 누구와 무슨 일을 벌이든, 누굴 만나든, 누구와 깊은 관계로 이어지든. 어제의 넌, 그랬어."

시연은 흠칫했지만 천천히 말을 이었다.

"내가 그 정도로 생각도 없는 멍청한 여자 같았니? 내 남자친구가 다른 여자랑 만난다는데 관심 없다니, 그게 말이 돼? 기분 나빠서라도 화를 내는 게 당연하지."

"그래. 화를 내겠지, 가슴 아픈 게 아니라."

시연의 눈동자가 멈칫했다.

"그냥 그 정도. 넌 현재 나한테 별로 관심이 없어. 그게 현실이야."

"……."

이건 또 무슨 갑작스러운 방향 전환인지 모르겠다. 아니, 그 이전에, 이정우의 일관적인 무책임과 무덤덤한 행태 때문에 누가 더 상처받았는데? 지금 누가 누구한테 덮어씌우려는 거지?

"하지만 아예 멀어지는 건 또 싫겠지. 유감이지만, 지금의 너에게 난 그 정도의 존재 같다."

예리한 녀석.

"넌 어떤데."

시연이 천천히 입을 열었다.

"너도 가슴이 찢어질 정도의 감정을 가질 만큼 날 좋아하지도 않으면서. 무관심과 관심의 중간 정도, 어쩌면 그냥 오래된 연인의 습관적인 만남, 그 정도의 마음이면서. 그게 현실이면서."

한 번 가정해 본다. 만약 지금 이정우가 누군가와 바람을 피워서 하시연에게 결별을 선언했을 때, 하시연은 가슴이 찢어질 정도로 아플까? 아니면 그냥 화만 날까?

아마, 가슴이 찢어질 정도로 아플 것 같다.

내가 그쪽을 더 좋아하는 게 억울하진 않다. 그런데 왜 저쪽이 날 덜 좋아한다고 하면 가슴이 아파지는 걸까?

내가 그쪽을 더 좋아한다.

그쪽이 날 덜 좋아한다.

둘 다 똑같은 말인데, 그런데도 왜 앞의 말은 참을 수 있을 것 같은데 뒤의 말은 도저히 못 참겠는 걸까?

내 감정은 다 쏟아부어도 아깝지 않더라도, 저쪽의 감정이 덜 오면 가슴 아픈 것.

왜 사귀는지 이유를 확실히 인지하지 못한 채 서로를 지지부진하게 만나고 있는 현재.

정우의 말처럼 지금 두 사람의 관계가 위태위태한 건 사실이었다.

"계속 이렇게 갈 수는 없어."

이정우가 판결을 내렸다.

"그래."

시연도 동의하는 바였다.

"하지만 관계 개선을 위해선 이정우 네가 아마 지금까지보다 몇 배는, 아니, 아주 엄청 많이 노력해야 할 거야."

원인은 너니까!

"흠."

그런데 참 시기한 게, 시연이 그렇게 '아이돌 빠'가 됐더니 그 무심하던 이정우란 인간이 질투하는 모습을 종종 보이기 시작하더라는 것이다. 무엇에도 심드렁하게 쭉쭉 제멋대로 살아갈 것 같던 인간이, 이상하게 시연이 아이돌 얘기만 하면 예민해지고 불쾌해하고 질투하고.

예전보단 감정도 많이 표현하고, 그 아끼고 아끼던 말수도 꽤나 길게 늘이고, 아무튼 이정우도 하시연이 모르는 사이에 제법 많이 변해 있었다.

"보통 노력으론 안 될 거야, 너한테 불감증이 된 내 마음을 고치려면."

"하."

이정우가 진심으로 기가 차다는 표정을 했다.

"불감증?"

"응. 뭐가 잘못됐니?"

"대놓고 그런 커다란 폭탄을 터뜨리는 거냐."

시연은 물러서지 않았다.

"불감증이 맞아서 불감증이라고 말했는데 어째서 불감증이라고 물으면 뭐라고 대답하란 걸까?"

"그래. 가슴 찢어지는 기분, 그게 뭔지 지금 좀 이해가 가는 것 같다."

기가 막혀서.

그건 그런 데다 쓰는 게 아니라고!

"어떻게 해줄래?"

정우가 물끄러미 시연을 바라봤다.

"어떻게든 해야겠지."

그가 손을 뻗어 시연의 턱을 잡아 살짝 눌렀다. 자연스럽게 시연의 입술이 벌어졌다.

"이 모든 원인이 어디에 있는지 그것부터 찾아내서."

"찾아낼 것 없어, 난 아니까. 너의 비정상적인 무심함과 무책임한 행동들 때문이야."

"아니."

"그럼 뭔데?"

"우리가 근친상간이라도 되듯 몸을 사리고 있는 것."

시연의 동공이 천천히 벌어졌다.

이건 또 무슨 뻔뻔한 책임 회피지? 이정우, 아주 양심이 없는 놈이었구나, 너.

"……뭐?"

"동생에게 하듯 너와 나누는 베이비 키스. 그 정도에서 끝나는 접촉, 그 깨끗하기만 하던 키스……. 그것 때문이야."

점점 더 어이가 없었지만, 시연이 눈썹에 힘을 줬다.

"그래서?"

"좀 더 진하고 격렬한 키스가 필요해."

"지금, 장난하는 거지?"

"진심이라면?"

"미친놈."

"원인이 그게 다가 아니라고 하더라도, 해결책은 그게 맞아."

"그거면 다 해결된다고? 정말 그렇게 생각해?"

"그래."

"성격 차이도 아니고 단지 키스 때문이라고?"

“그래.”

시연은 입술을 살짝 깨물어 성질을 눌러 참았다. 잠깐 혼란 속에 빠져 있다가 물었다.

“너 짐승이니?”

정우가 큭 웃었다.

“나쁘지 않네.”

“시끄러워. 우리가 짐승이야? 그냥 몸으로만 확인하면 정서적인 건 다 해결되는, 아니, 필요도 없는 그런 거? 지금 네 말이 그거랑 다르지 않잖아. 왜 그래, 이정우? 적응 안 되게?”

“적응해.”

미쳤구나, 이정우.

오늘 제대로 돌았어.

“내 무심함과 네 철없음이 만들어낸 이 결과가, 너는 마음에 들어?”

“……”

“그래. 난 타고나길 무심한 인간이었지. 그 무심함이 네 철없음을 점점 더 키운다는 걸 뒤늦게야 깨달았어. 하지만 이젠 이쯤에서 브레이크를 걸 때가 됐어.”

그러니까 그 브레이크를 왜 이렇게 갑자기 네 멋대로 거냐고.

“왜냐하면 널 잃고 싶지 않으니까. 네가 정말 뭘 원하는 건지 이제 좀 알 것 같거든. 우리가 이대로 끝나지 않으려면 나도 그리고 너도 노력해야 해. 물론 내가 좀 더 바뀌어야겠지.”

시연의 눈이 커졌다.

“우리 관계가 좋아질 수만 있다면 뭐든 해볼 생각이야.”

“……내가 그 방법이 싫다면?”

“네가 좋아지도록 만드는 게 내 할 일이겠지.”

“웃긴다, 너.”

“설마 이미 늦었단 소리는 하지 않겠지?”

“……늦고 뭐고, 싫어.”

도무지 말이 통하지 않을 것 같아 도망가려는 시연을 정우가 붙들었다.

“하시연.”

시연은 불퉁한 얼굴로 그의 시선을 피하며 대답했다.

“……왜.”

“건전한 관계 따위, 이제 그만하자.”

시연이 천천히 눈을 들었다. 정우의 눈빛이 짙게 그녀를 응시해 오고 있었다. 시연은 그래서 피부에 소름이 살짝 일었다. 어떡하지? 이정우 제대로 맛이 갔나 봐. 필시 뭔가를 잡아먹고 싶어 하는 눈빛이다. 단언컨대 이정우는 현재 가장 완벽한 하이에나였다. 먹잇감을 노리는…….

“너와 더 많은 걸 나누고 싶어.”

“그, 그걸 꼭 몸으로 나눠야 해?”

그의 손을 털어버리려고 했지만 생각대로 되지 않았다.

“너, 그렇게 허리하학적인 사고방식을 가진 녀석이었니?”

이건 좀 생각해 봐야 할 문제였다.

자신이 지금까지 인식해 온 두 사람 사이의 문제점은 백이면 백, 감정적인 쪽이었다. 한 번도 몸의 문제라고는 생각해 본 적이 없었다.

감정이 안 되니 몸도 안 되는 거다. 그게 하시연의 생각이었는데.

몸이 안 되니 감정이 멀어진 거라고? 무슨 그런 욕망에 똘똘 뭉친 논리가 있어?

"지금의 우리를 보면 돼. 순진하고 철없는 관계가 연인에게 미치는 악영향. 그 폐해를 알고 싶다면."

기막혀.

"더 이상 그런 안전한 관계는 사양하겠어."

지금껏 30년 가까이 하시연은 안전제일주의라는 초등 교육을 늘 실천하며 살아왔는데. 이정우 이 인간이 갑자기 안전모도 씌워주지 않고서 20층 높이에서 사람을 밀어버리려 하고 있으니 어찌해야 할지 모르겠다.

섹스가 무슨 배드민턴 같은 것도 아니고.

하자, 그러면 응! 바로 대답이 나올 만한 것인가?

그것도 상대방 선수한테 참 여러 가지로 감정이 많은 상태인데.

"이런 거야. 앞으로 우리가 해야 할 게."

그가 중얼거리며 손으로 시연의 뒷머리로 감싸듯 가볍게 받쳤다. 동시에 그의 눈동자가 시연의 얼굴을 하나씩 구석구석 훑었다. 옴짝달싹 못하게끔 그 눈동자가 시연을 옭아매는 것 같았다. 느리게 느리게 그가 말을 이었다.

"동생은 이마. 연인은 입술. 아니, 입술, 목. 아니…… 입술, 목, 가슴……."

그의 시선이 천천히 내려가 시연의 가슴에 닿는 순간 심장이 쿵 했다.

짜릿함이 심장으로 내달려야 하는데 부담부터 덜컥 일었다. 대체 왜 자신은 이런 이정우가 그저 낯설기만 할까?

플라토닉과 에로틱을 확실하게 구분 짓는 그의 키스학 강의.

동생은 이마.

연인은 입술, 목, 가슴.

곤충은 머리, 가슴, 배.

그건 아니고…….

물론 이정우의 말이 틀린 건 없다. 그건 연인 사이에 필요한 일일 것이다. 하지만 꼭 필수일까? 게다가 둘 사이의 골을 해결하기 위한 수단으로?

"키스한다."

머릿속은 아직 복잡한데 이정우는 진도를 나갔다.

부드럽게 울리는 낮은 음성과 함께 그의 숨결이 점점 더 가까이 다가왔다. 가까이…… 가까이……. 입술이 닿으려는 찰나 시연은 차라리 안 보는 게 나을 것 같아 눈을 질끈 감았다.

시연의 윗입술 위로 그의 입술이 부드럽게 얹혔다. 그 바람에 시연의 몸이 흠칫하자 정우는 손가락으로 그녀의 뺨을 조심스레 어루만졌다.

그의 손이 시연의 고개를 천천히 틀게 하고는 마치 사탕을 녹이듯 그녀의 입술을 부드럽게 엇갈리며 핥기 시작했다. 천천히 시연의 입술을 벌리게 해 혀가 엉키려는 찰나, 그의 움직임이 딱 멎었다. 입술을 맞댄 채로 그가 꽉 잠긴 목소리로 말했다.

"왜 떨어."

"모, 몰라."

당장에라도 때려주고 싶은 걸 참느라고?

"떨지 마."

그가 시연의 뺨을 쓸었다. 낮은 한숨이 흘러나왔다. 긴장을 풀어주려는 듯 정우의 손길엔 배려가 담겨 있었다. 일순간 그냥 이대로 그가 원하는 대로 모든 걸 해주고 싶을 정도로.

그가 손가락을 움직여 그녀의 턱을 조금 더 틀었다. 다시 입술이 맞물렸다. 그의 입술이 벌어지고 따뜻한 혀가 그녀의 안으로 헤집고 들어와 치아 사이사이를 돌다가 더 깊은 안으로 물컹 하고 파고들었다.

굳은 시연을 안심시켜 주고자 정우는 계속해서 시연의 머리카락을 쓸어주고 있었다. 그의 혀가 입천장을 자극적으로 쓸자 전기 같은 감각이 저릿 일었다. 그 감각을 또 한 번 느껴보고 싶었지만 생각만큼 몸이 적극적으로 움직여 주진 않았다. 시연의 머릿속은 여전히 복잡했다. 왜 이렇게 이율배반적인 고민에 빠져야 하는 건지 모르겠다. 이정우는 그녀의 남자친구다. 연인이다. 그러니 그저 이 감각을 느끼고 그가 주는 쾌락을 받아들이면 되는 것을.

'하아…….'

채 뱉어내지 못한 신음을 삼키고 있는 그때 시연의 눈꺼풀이 번쩍 들리더니 눈동자가 동그랗게 커졌다. 그의 손이 어느새 시연의 가슴을 더듬고 있었다. 길고 섬세한 손가락, 커다란 손의 느낌이 고스란히 가슴 위에서 느껴졌다.

헉!

쳐내고 싶어.

그 손 치워! 여기서 이러시면 안 됩니다라고 말하고 싶어.

나도 모르게 뜯어내고 싶어. 어떡해.

'아, 안 돼. 그건 이정우랑 끝내자는 얘기야. 참아. 견뎌! 오늘만은 기필코 선을 넘어! 중앙선을 아주 간단히 침범해 버리는 거야!'

그를 또다시 뿌리치고도 계속 연인으로 지내자고 하는 것도 문제는 있지 않은가.

그의 말처럼 이제 두 사람 사이엔 변화가 필요하다.

이정우와 하나가 되는 거다.

그까짓 애무, 더 깊은 것도, 가령 섹스까지도 필요하면 해버리는 거야.

그 순간 정우의 손이 성급하게 그녀의 블라우스 안으로 파고들었다.

시연의 속눈썹이 움찔했지만 눈을 뜨진 않았다. 날씬한 배를 지나고 갈비뼈를 짚으며 브래지어 바로 밑까지 올라온 차가운 손의 느낌이 적나라하게 느껴졌다.

시연은 스커트 자락을 꽉 쥐었다.

목덜미에 습하게 다가온 뜨거운 숨결이 쇄골에서 확 퍼졌다.

시연은 다리를 확 오므렸다.

쇄골 위에서 그가 이를 세우는 순간……

“그만!”

시연은 결국 그를 밀쳐 내버리고 말았다.

“허억허억.”

시연은 끊어질 것 같은 숨을 몰아쉬며 그를 쳐다보았다, 얼굴은 빨갛게 상기되어서. 하지만 그게 열기 때문인지 더 이상 못하게 하려고 막으려고 그러는 건지 모르겠다.

“그만해…….”

시연은 중얼거렸다. 울고 싶었다. 왜, 왜 몰입하지 못하는 거지? 왜 풍덩 빠져 버리지 못하는 걸까? 왜 결정적인 순간에 반짝! 하고 이성이 깨끗하리만치 선명하게 불을 밝힌 것일까.

‘어, 어떡해……!’

사태의 심각성을 깨달은 건 모든 호흡이 정상으로 돌아온 후였다. 정우가 어떤 표정을 하고 있을지 돌아보지 않고도 그 냉랭한 아우라가 여실히 느껴졌다.

‘어, 어떡해. 이걸 어떻게 넘어가지?’

이럴 거면 차라리 연애하지 말아야 하는 게 아닐까? 그런데도 계속 질질 끌어오다가 오늘날과 같은 참사를 맞이하고 만 것이다. 연인도 아닌, 그렇다고 친구는 더더욱 아닌 이런 미적지근한 관계로. 그의 무심함을 탓하던 하시연이 이제 더욱 무심한 여자가 되어선 이렇게 결정적인 순간에 ‘그만!’ 같은 헛소리나 지껄이고 말았다.

“하시연, 날 봐.”

역시나 화났다.

고드름 같은 찬기를 뚝뚝 떨어뜨리며 말하는 그를 보기 위해 시연은 침을 꼴깍 삼키곤 고개를 들었다.

"정우야…… 아무래도 나 불감증인가 봐."

될 수 있는 한 최대한 애처로운 눈길로 사정하듯 말했다. 하지만 계획과 달리 정우는 냉소를 한 트럭 준비하고 있었다.

"불감증이라. 불감증이 그렇게 적극적으로 키스에 응해?"

그, 그랬나? 내가 키스에는 응했나? 역시 한입 거리도 안 되는 변명이었나?

"그럼 불감증도 아닌데 나 대체 왜 이러는데?"

곤란할 땐 덮어씌우기. 모든 걸 이정우 탓으로 돌리는 거다. 안 그래도 성질이 잔뜩 나 계신 분인데…….

"정말 알고 싶어서 묻는 거냐?"

역시 제대로 째려보고 있다.

"표정 좀 펴. 무서워 죽겠단 말이야. 알고 싶어서 묻지, 알면 왜 묻겠어? 그것도 이렇게 간절한 표정으로."

"트라우마 같은 게 있을지도."

"없어."

바로 딱 잘라 대답했다. 하지만 트라우마, 그거 괜찮은 접근이다. 아무래도 그쪽으로 좀 파고들어 가봐야 할 것 같다.

"좀 생각해 보고 말하지?"

"그냥 난 반편이야. 쓸모없는 인간."

"그래서. 어떻게 할래, 쓸모없는 인간?"

"죽어야지 뭐."

“죽지는 말고.”

“고마워. 살려줘서.”

“괴롭지, 너.”

“응.”

“그래도 해.”

“뭘?”

“몰라 물어?”

이정우 너 진짜 왜 이러니?

“이정우, 너 왜 그렇게 이정우 중심적이니?”

“그럼 네 중심적으로 해줄까? 이대로 플라토닉한 사랑만 하다가 죽어?”

죽진 말고. 하지만 기왕 배려해 준 거 그래 주면 고맙긴 하겠는데.

“하시연, 너 설마 날 가족으로 생각하고 있는 건 아니겠지?”

그가 시니컬한 목소리로 말도 안 되는 가설을 내놓았다. 이정우 급하긴 급했나 보다. 저런 말도 안 되는 소리를.

“무슨 말이 그래?”

“오래 봐왔다고 날 사촌 오빠나 핏줄 뭐, 그딴 걸로 여기는 게 아닌가 해서 하는 소리야.”

“오래 봤다고 다 그렇게 생각되나 뭐.”

남남으로는 살짝 느껴왔어.

“만약 그렇다고 했다면 이렇게 상냥하게 대화로 풀고 있진 못했을 거야.”

그럼 뭐 때리기라도 할 거니?

시연이 이마를 짚었다. 자신에게도 이건 큰 문제였다. 총체적 난국이다. 이러려고 이정우와 붙어 있는 건 아닐 텐데. 세상에서 가장 매력적이고 섹시하고 마음이 이끌리는 상대라서 사귄 것이 었는데, 대체 이게 무슨 시간 낭비인 걸까?

정말 헤어져야 하나?

"좀 기다려 줘?"

"응. 아, 아니! 하, 할 거야."

"그래. 하려고 노력해."

시연은 고개를 절레절레 저었다.

"그렇게 단도직입적으로 그러지 좀 마. 나도 확실히 인지하고 있어."

또박또박 말하고는 있었지만 시연은 미치고 팔짝 뛸 것 같았다.

하지만 이정우는 뭐 다르겠는가? 이런 반편짜리 여자친구 때문에 그도 미치고 팔짝 뛸 노릇일 것이다.

"정우야."

"말해."

"혹시…… 다큐멘터리 찍으러 안 가니? 새 기획 잡힌 거 없어? 좀 길게."

혼신을 실어 마지막 지푸라기를 잡아보았지만, 그 비겁한 머리 쓰기는 바로 이정우의 차가운 째림에 막혀 버리고 말았다.

"하시연, 나 이성의 끈을 놓아볼까?"

도리어 성질만 부추겼나 보다.

노, 놓지 마. 그것까지 놓지 말아봐, 좀.

그러니까 이게 다 이정우 네가 만든 사태라고. 그렇게 연인 사이의 당연한 일들에는 관심도 없이 제 할 일만 하고 싸돌아다니고, 군대도 잠깐 마실 가는 것처럼 사라졌다가 오더니, 이제 와서 왜 이렇게 정상적인, 아니, 정상 이상의 연인 관계를 요구하는 거냐고.

나이 먹으면 다 너처럼 그렇게 되는 거니?

아니면 새삼 나에 대한 애정이 새록새록 재정렬된 거니.

처음부터 뭔가를 다시 시작해 볼 필요가 있는 건 확실한 것 같은데…….

"키스까지는 가능한데, 그 이상은 어쩌면 도덕적인 부분이나 쓸데없는 생각들이 많아져서 저절로 몸이 굳거나 거부감이 들 수도 있지."

그나마 꽤 마음에 드는 처방전이다.

"……그, 그래? 너 뭘 알아? 그런 병이 있어?"

"불감증."

"야!"

시연은 한숨을 내쉬었다.

"할 수 있어, 넌."

캠페인이냐?

"그래, 난 할 수 있어.. 그런데 실전에 들어가면 못하겠는 걸 어떡해!"

"그럼 길은 하나밖에 없지."

정우의 얼굴이 급속도로 차가워졌다. 언젠가는 이런 날이 올 줄 알았다. 각오하고 있었지만 시연은 생각보다 더 큰 충격으로 심장이 시멘트처럼 굳어버리고 말았다.

　정우가 천천히 입을 열었다. 절대 이 상황에서는 나오지 말았어야 할 말을 그가 했다.

　"우리, 헤어지자."

2. 오래된 연인의 섹스 강습법

고소하고 쌉싸름한 맛이 나는 신선한 채소인 루꼴라에 고소한 까망베르 치즈와 담백한 이태리 프로슈토 햄을 곁들인 샐러드. 그리고 올리브 오일에 가볍게 볶은 루꼴라를 로스트비프에 곁들여 접시에 담았다.

시연은 이 루꼴라라는 채소를 좋아했다. 루꼴라는 향이 강한 편이라 파마산 치즈와 함께 먹거나 향이 순한 채소와 섞어 먹으면 더욱 즐겁게 그 맛과 향을 즐길 수 있다.

시연의 하루는 늘 신선한 야채와 그릴에서 익어가는 비프, 올리브유에 향긋하게 익어가는 파스타와 함께 지나간다. 그녀가 셰프로 일하고 있는 레스토랑은 단순한 레스토랑을 넘어, 서양화가 배경임 작가의 그림을 감상할 수 있는 무료 갤러리와 아트숍을 겸비한 복합 문화공간이었다. 곳곳에 전시된 배경임 작가의 작품을 직접 감상하며 수다도 떨고, 음식도 먹는 공간. 즉 여자들의 눈과 입을 사로잡는 새로운 문화공간이라 할 수 있는 곳이었다.

영업시간엔 오로지 일에만 빠져 있느라 복잡한 생각에서 벗어날 수 있었는데 퇴근 시각이 다가오자 점점 머릿속이 복잡해지기 시작했다. 애써 뒤로 미뤄두었던 '이정우' 라는 이름 세 글자가 떠오르고, 그가 언급했던 무시무시한 '우리 헤어지자' 라는 문장이 뇌리를 강타했다.

이정우, 어떻게 나한테 그럴 수 있어?

그것도 몸으로 시도해 보다가 안 되니까 헤어지자고? 차라리 서로 싫어졌으니 헤어지겠다고 하면 일반적이기나 하지. 이건, 뭐…….

너한테 결국 난 그 정도밖에 안 됐던 거니? 배신감은 산처럼 더해져 맛없는 파스타를 씹는 것처럼 마음을 불행하게 했다.

"까짓 거 한 번 해줘. 그럼 될 걸 그게 뭐 고민이라고."

그건 영업이 끝난 시각, 서양화가 배경임 작가님께서 시연에게 시원스레 내던져 준 충고였다.

매우 여성스럽고 청초한 외모를 가진 그 천재 서양화가님은 은쟁반에 옥구슬 굴러가듯 청아하고 단아한 목소리로 저렇게 돌직구 발언을 날렸다. 생긴 것만 봐서는 벌레만 봐도 기절할 것 같고 욕이라곤 한마디도 못 할 것처럼 생겼는데, 실상 욕을 섞지 않고는 말을 잘 못하시는 그런 강렬한 반전이 있는 인물이었다.

현재 나이 42세. 하지만 여전히 바람이 불면 날아갈 것 같은 종잇장처럼 하늘하늘한 몸매의 소유자에 비단결처럼 가느다란 긴 생머리를 손수건 하나로 질끈 묶은, 소녀처럼 생긴 얼굴로 욕쟁이

마녀의 본성을 숨기는 독특한 사람이었다.

시연과는 14년의 나이 차이가 있었지만 액면가로 따지면 둘이 별 차이가 나 보이지도 않았다. 얼핏 보면 자매처럼 보이기도 하는 배경임 작가는 시연의 이모였다.

엄마에게는 하지 못하는 말을 엄마의 동생인 경임에게는 할 수 있었다. 정우와의 사이에 있었던 일을 경임에게 말했더니 그녀가 내려준 처방이 저랬다.

"까짓 거 한 번 해줘."

이 얼마나 고상하고 수준 높은 해결책인지.

"늘 이모다운 현명한 방향 제시 고마워."

"이년아, 고마우면 돈이라도 내고 말하든가."

"정말 이모도 몸을 섞는 걸로 모든 게 해결될 거라 생각하는 거야?"

"몸, 중요하지."

"여자는 감정이 중요해."

"이것이 뭘 모르네. 궁합보다 속궁합이 더 중요한 거야. 그러니까 내 결론이 이건 거야. 한 번 해줘."

"안 되니까 그런 거라고 내가 몇 번을 말해."

"그럼 헤어져 줘야지."

시연은 한숨을 내쉬었다. 다람쥐 쳇바퀴 도는 듯한 이 대화의 방향은 대체 무엇인가.

경임이 와인을 쪼르르 따랐다. 빙글빙글 와인잔을 돌리며 그녀가 픽 웃었다.

"너, 그 문제 가볍게 보지 마. 아주 중요한 거야. 정우는 솔직하게 나오고 있는 거고. 내 보기엔 소중하다느니 지켜준다느니 헛소리 개소리 작렬하면서 시대를 역행하는 인간들보다 훨씬 나은데 뭘 그래."

"……솔직한 사람 다 죽었다."

"사람 사는 거 다 그렇고, 사랑하는 인간들끼리 하고 싶은 짓들이 다 거기서 거기지. 이정우는 뭐 다른 인간 같아? 남자 여자 한 공간에 처넣으면 서로 만지고 싶고 끈적끈적한 거 하고 싶고 남자는 여자 거기가 궁금하고 여자는 남자 거기가 궁금하고……."

"으악, 그만해! 뭐라는 거야?"

도대체 거기가 어디고 거긴 또 어디냐!

"지랄한다. 너 육각수야? 왜 이렇게 청정한 척이야? 아니면 둘이 뭐 생리대 광고라도 찍을 생각이야? 깨끗해요, 이딴 소리 하고 싶어?"

시연은 아예 귀를 틀어막고 우우우우 안 들리는 척을 했다. 한 번씩 이모의 걸쭉한 막걸리 같은 언변이 터지면 돌아버릴 것 같다.

"정우 같은 애가 몸이 달아서 하자고 난리면 눈 딱 감고 확 즐겨주면 되는 거지. 너, 정우 여자친구 아니야? 지금이 조선시대야? 순결 운운하면 죽인다. 나 그거 딱 싫어하는 거 알지? 여자들이 자기 몸을 자꾸만 규제 속에 가두니까 여자의 성이 점점 더 불공정하게 취급받는 거야. 어떤 놈이 니 가슴을 턱 건드리면, 넌 그놈 거추를 확 만져 줘. 아니, 똑같은 신체고 똑같은 피분데 왜 여자들만 성추행당하면 죄지은 것처럼 수그리고 당한 게 돼야 해? 순결은 왜 여자한테만 지켜져야 하는 덕목이냐고!"

배 작가님이 달리고 계신다. 큰일 났다. 지금 막지 않으면 여기가 아우토반인 줄 알고 밑도 끝도 없이 달릴 거다. 아니, 왜 이정우 얘기하다가 성추행으로 접어드는 거냐고.

"이모, 진정, 진정해. 이모 말 다 맞아. 오케이. 됐지?"

"아닌 말로 네가 유부녀냐? 정우가 네 이복 오빠길 해? 남동생이길 해? 둘이 자면 법에 저촉이라도 돼? 대체 뭐가 안 된다는 거야?"

"……물론 안 될 건 없지. 내가 말하는 건 결코 순결이나 그런 게 아니라……. 근데 이모 내 이모 맞아? 일단 이모도 인간계에 산다면 조카가 하려고 해도 일단은 말려야 하는 거 아니야? 아니, 이것저것 이모의 지론 그런 거 빼고 그냥 일반적인 게 그런 거 아니냐고. 보편적인 반응을 좀 보여주지?"

문득 비슷한 말을 정우가 했던 게 떠올랐다. 헤어지자고 말한 냉정한 인간인데 문득 떠올리는 것만으로도 가슴이 쿡 쑤셨다. 분하게도.

"난 네 이모이기 전에 그냥 인간 여자 배경임이지. 아니, 사랑지상주의자 로맨티스트 배경임. 너네 엄마 배경윤 여사하곤 근본적으로 달라. 배경윤 여사라면 펄쩍펄쩍 뛰었겠지. 어디서 여자가 시집도 가기 전에 남자랑 합방을 하느냐!"

맞는 말이다. 그래서 지금 이모와 상담을 하고 있는 것이다.

"일반적인 의견을 듣고 싶으면, 그래서 순결 강의 들으면서 동조하고 싶으면 네 엄마한테 가서 상담해. 사람 신경질 나게 하지 말고."

"그, 그래……. 미안해. 이모 말이 맞아."

"에잇, 젠장! 누구는 안 해줘서 문젠데 누구는 하자고 난리고 뭐가 이렇게 불공평해?"

“……누가 안 해주는데?”

“네 이모부.”

컥!

“지금 그 인간 예명이 ‘안선희’ 박사다. 안 서. 도통 안 서.”

“푸하하!”

시연은 결국 웃음이 터지고 말았다.

정말이지 이모를 누가 말릴까.

“안 될 것 같으면 그냥 놔줘. 정우도 즐길 거 즐기고 살아야지 안 그래? 너 같은 불감증 여친 때문에 인생의 황금기를 늪 바닥에 처박아서야 되겠어? 그래 봐야 인간의 수명은 정해져 있고 성욕은 더 한정적인데. 하고 싶어도 ‘안선희’ 박사님 되기 전에 자기 재산 마구 쓰고 죽게 해줘야지. 네가 뭔데 남의 금고 앞을 떡 막아서서 있는 금은보화를 썩어가게 만들어?”

은유법도 저 정도면 구속감이다.

아니, 도대체 재산은 뭐고 금은보화는 또 뭐야.

여기서 비유한 재산이랑 금은보화라는 게 다 한 가지를 가리키고 있겠지?

‘A는 B이다’ 라는 은유법의 정의상, ‘재산’ = ‘금은보화’ = ‘이정우의 거기’ 가 된다는 소리다. 아니, 넌 또 이 상황에서 무슨 태평한 해석질이냐. 이모와 얘기를 하면 꼭 이렇게 이상한 쪽으로 말려들고 만다.

“한 번 들어나 보자. 도대체 왜 안 된다는 건데? 애 섹시하게 생겼고 기술도 좋을 것 같고 지구력도 좋을 것…….”

"그마안."

시연은 경임의 끝을 모르고 뻗어가는 주책을 그 자리에서 중지시켰다. 자신의 남자친구의 정력 사정을 이모와 논하고 싶지는 않았다. 아니, 이제 헤어졌으니 남자친구라고 부를 수도 없나?

"이모, 내가 이해할 수 없는 게 네 가지가 있어. 피라미드, 버뮤다 삼각지대, 아틀란티스, 그리고 이정우."

"얼씨구."

"그만큼 이정우가 나한텐 참 미스터리한 존재이면서 호기심이 그치지 않는 존재이기도 하단 소리야. 아마 그 호기심도 없었다면 우리 사인 이미 벌써 전에 끝났을 거야."

"호기심. 인간을 즐겁게 만드는 아주 유익한 요소지."

"겨우 호기심 정도로 유지돼 왔을 만큼 우리 사이가 위태위태했단 소리와도 같아."

"흠."

"변명해 보자면 정우한테 여러 가지로 지친 게 많았어."

"잠깐 갔다 올게 하고 군대 간 거? 야, 그건 내가 들어도 웃기긴 하더라. 정우 걔도 사실 정상은 아니야. 어떤 땐 자타공인하는 나보다 더 맛이 간 것 같기도 하고."

"군대뿐이게? 요즘엔 좀 덜해졌지만 걔 말없이 사라졌다가 나타나는 게 한두 번이야? 그렇다고 그 방랑벽이 끝난 것 같지도 않고. 잠깐 잠복기지 조만간 또 도질 거야."

"그거야 네가 정우 붙들고 말하면 되잖아. 바꾸라고 해. 연락 좀 하고 쏘다니라고."

"안 해봤겠어? 말해도 잠깐 몇 번뿐이야. 결국엔 또 똑같이 돌아가더라고. 그거 이정우 배냇병이야."

"패. 패서라도 고쳐."

"이모, 웃긴다. 이모도 만만치 않잖아? 정우보다 더하면 더하지 덜하지 않으면서."

배경임 선생님도 집시의 후예라서 남편한테 말도 안 하고 제멋대로 날라 버리기로 유명했다.

"결혼식 다 잡아놓고 결혼식 하루 전날 미국으로 날라 버린 이모 과거 잊었어? 그것도 이모부랑 헤어지려고 그런 것도 아니었고, 갑자기 여행이 가고 싶어서 그랬던 거라며?"

"몰라. 난 1년 이상 된 일은 다 잊어먹어."

"저 봐요, 뻔뻔한 거. 저지르는 사람은 모르지? 당하는 사람은 힘들어. 근데 그걸 어떻게 막아? 이모부도 못 막은 걸. 아침 밥 먹을 때까지 봤던 사람이 저녁때 일본 긴자에서 놀고 있으니 넘어오라고 그러고 있는데. 이모부 돌아버릴 뻔한 거 내가 가슴으로 이해한다."

"하긴 그거 못 고치겠다. 이게 내가 일부러 그러는 게 아니라 정신 차려보면 남의 나라 공항에 서 있다니까?"

"거기에 내가 지친 거야. 이모부랑 난 나란히 손잡고 정신과 치료받아야 해."

경임이 와인을 마시다가 무릎을 탁탁 치며 웃어댔다. 본인 디스하는 건데도 되게 웃긴가 보다.

"하긴. 그게 정우 성격이라고 봤을 때 그 애 입장에서 보면 죄는 아니지만, 당하는 입장에선 외롭고 힘들 수도 있겠다. 네 말처럼 저지르는 사람은 당하는 사람이 얼마나 힘든지 모르니까.”

“이제 좀 알아들으시는군.”

“그게 너랑 안 맞는다면 헤어져야 맞겠지. 네가 그걸 받아줄 수 없다면.”

“…….”

“사람은 모두 이기적이야. 자기가 행복한 방향으로 살아야 해. 서로 붙잡고서 불행해지면 안 되지.”

“그래서 정우는 그걸 알고서 헤어지자고 한 걸까? 나, 조금씩 지쳤고 조금씩 실망했어. 그게 점점 커져선 어느새 보니 감당할 수 없을 정도더라. 나는 애한테 뭘까? 우리가 사귀는 의미가 있긴 한 걸까, 라고.”

“흠.”

“그러고 보니 처음에도 그랬어. 처음부터 내가 엄청 쫓아다녀서 사귀게 됐으니까. 거의 사생팬처럼…… 정우가 어딜 가든 쫓아가서 나타났어. 엄청 따라다녔지. 근데 어느 날 보니 사귀고 있더라. 정우는 싫은데 보쌈당하듯 사귀게 된 건 아닐까. 마음도 없는데 그냥 익숙해져서 함께 있게 된 건 아닐까. 기본적으로 그런 불안함이 있었나 봐.”

“안 사랑하는 건 아닌 것 같고, 정우가 네 서운함을 풀어주는 게 관건이겠는데…….”

“서운함? 그런 단순한 문제가 아냐. 우리 사이에 확신이 없단 사실이 뿌리 깊게 남아 있단 게 가장 문제지.”

“그러니까 그게 몰입을 방해한다는 거잖아.”

"아마도."

"그렇다면 한 가지밖에 방법이 없지."

시연이 고개를 들었다. 경임이 말을 이었다.

"눈 딱 감고, 해."

"이모!"

"정우한테 받은 상처는 정우한테서밖에 해결할 수 없는 거야. 아니면 딴 놈이랑 할래? 정우랑도 안 되는 게 딴 놈이랑은 될 것 같아?"

"누가 딴 놈이랑 그런대?"

"정우가 너랑 헤어졌고, 너도 노처녀로 늙어 죽지 않을 거면 딴 놈이랑 하게 되는 거지 뭐, 별수 있어?"

시연은 누구한테 얻어맞기라도 한 듯 뇌가 땡땡 부은 느낌이 되었다. 머릿속이 마구 복잡하게 섞이기 시작했다.

정우랑 헤어지면 언젠가 다른 남자와 만나게 되는 건가? 이모 말처럼 노처녀로 늙어 죽을 게 아니라면 언젠가는 그 누군가와 결혼을 할 테고, 모든 사람들이 그러하듯 그 사람과 부부 관계를 가지겠지. 그렇다는 건 이정우도 다른 여자와…… 사랑을 나누게 된다는 건가. 자신이 아닌 다른 여자와.

"이정우가 문제야. 무조건 몸만 이으면 돼? 어떻게 헤어지자고 할 수 있어? 내가 많은 걸 바라? 별을 따달래? 달을 따달래? 난 그냥 감정을 원한다고!"

홀짝홀짝 마신 와인이 취기를 끌고 와 어느새 알딸딸해진 시연이 억울해져 소리치자 경임이 같이 소리쳤다.

"야! 가서 감정 달라고 해! 안 그럼 거기를 확 잘라 버려서 '안

선희’ 선생 만들어 버릴 거라고. 그래서 딴 년이랑도 못 자게 만들어 버린다고!”

＊

시연은 정우의 오피스텔 앞에서 기다리고 있었다. 언젠가 그가 생일 선물로 줬던 가방을 가슴 앞에서 끌어안고서 고개를 푹 숙이고 서 있는 그녀의 몸이 이따금씩 흔들흔들했다. 레스토랑을 나와서 마음이 가는 대로 향했더니 여기였다. 와인 때문에 오른 취기가 아직 다 가시지 않아 머리가 핑글핑글 돌았다.

연락이 없었다.

정말로 연락이 없었다.

하루 종일, 게다가 퇴근한 거 빤히 알고 있음에도 계속 연락이 없는 것이다.

이정우, 이 녀석이 정말 헤어질 생각인가 보다.

생각하면 생각할수록 괘씸했다.

그래서 결국 이렇게 이정우의 집 앞으로 와버리고 말았다.

후우……. 알코올이 찐득찐득하게 가미된 숨을 밖으로 토해내는데, 누군가가 그녀의 어깨를 살짝 짚어 푹 수그리고 있던 고개를 들게 했다. 시연의 눈이 반짝 빛났다. 그 죄 많은 인간 이정우란 놈이다!

러프한 청바지와 검은색 셔츠 차림의 정우가 시연의 한쪽 어깨를 쥔 채 내려다보고 있었다.

“……왜 여기 있어.”

시연은 순간 속에서 뭔가가 훅 치고 올라와 그의 손을 확 뿌리치며 외쳤다.

“주사 부리러 왔다!”

양껏 소리치자 그가 곧 쿡 웃었다.

“취하긴 취했나 보네.”

“웃어? 웃음이 나와? 이정우, 너 말해봐. 딱 한 번만 더 물어볼게. 진짜 헤어지잔 거지? 진짜 진짜지?”

분명히 이정우한테 삿대질을 시작한 것 같은데 비틀거리는 몸이 저절로 옆걸음질을 치는 바람에 허공에다가 삿대질을 하고 있었다. 어? 이정우 어디 간 거야? 저기 있네!

정우가 그런 시연을 보며 한숨을 폭 뱉었다.

웃겨. 한숨까지? 지금 사람 무시한 거야?

“그럴 거면 그런 말은 왜 했어? 싫다며. 내가 헤어지자고 지나가듯 말했을 땐 안 헤어질 거라며. 나랑 결혼하고 싶다며. 그거 다 거짓말이었니? 나랑 한 번 자보려고 거짓말한 거였어?”

“사람을 그렇게까지 치사하게 만들지 마.”

“치사해! 그걸 치사하다고 하는 거야. 그게 안 치사한 거면 뭐가 치사한 건데? 헤어지자고 내가 말했을 땐, 네가 안 믿어줘서 다행이라고 생각했는데 넌 정말이었잖아. 풀어주지도 않고 해명하지도 않고 그냥 그대로 쭉 헤어진 채로 지낼 생각이었잖아!”

“내 머릿속에 들어와 봤어? 내 생각이 그렇다고 누가 말해.”

“네 태도가! 내가 네 머릿속 생각까지 어떻게 알아? 사람들은 다 밖으로 보이는 걸로 판단하고 생각해. 나만 그런 게 아니라고!”

“그래, 좋아. 넌 믿었냐? 넌 정말 헤어지겠다는 내 말을 믿었어?”

“……그래. 믿었으니까 이렇게 열받아서 찾아왔겠지.”

“난 믿지 않기를 바랐어. 그 짧은 말 한마디로 모든 게 끝난다면, 그게 가능하다면 지금까지 우리가 보낸 시간들은 뭐가 되는데.”

“이…… 나쁜 놈. 뭐든 그렇게 너 편한 대로 생각해 버리고 말지. 사람은 화날 대로 화나게 만들어놓고 넌 고고하고 우아하게 네 이성 속에서 시니컬하게 잘살고 있지. 너 사람이 왜 이렇게 짜증 나니?”

“그래. 이런 인간이라서 미안하다. 인정할 테니까 일단 들어가자.”

웃기고 있다. 사람이 열받아서 쳐들어왔는데, 아직 제대로 된 사과도 못 받았는데.

“내가 돌았어? 전 남자친구 집에, 그것도 이 시각에 내가 왜 들어가? 내가 그렇게 띄엄띄엄 보여?”

“하. 전 남자친구.”

정우가 손으로 얼굴을 탁 짚으며 고개를 설레설레 저었다.

“왜? 뭐 잘못 말했냐? 너가 그러자며?”

“그래. 전 남자친구가 설마 헛짓하려고 들어가자고 하겠냐. 현 남자친구일 때도 하지 못한 걸.”

“그래. 그래서 네가 차인 거야. 알아?”

“차인 게 아니라 찬 거지.”

뭐야?

아, 그러고 보니 그렇군.

“나 갈래.”

차인 주제에 차버린 인간이랑 뭘 하겠다고 그 앞에서 이 주사를 부리고 있는 건지. 무슨 영화를 얻겠다고. 속이 상해서 돌아서 버리는 시연의 앞을 정우가 막아섰다. 시연은 그의 가슴에 정수리가 툭 부딪친 채 멈춰서 바닥만 내려다보았다. 안 되겠다. 이러다가 울겠다.

"들어가자, 일단. 지나가는 사람들이 다 너 쳐다봐."

"무슨 상관이야? 싸우는 사람들 처음 봐?"

"그게 아니라, 너 취해서 보는 것 같은데."

잠시 후, 시연은 정우의 오피스텔 한가운데 멍청히 앉아 있었다. 주거지라기보다는 작업실이라는 표현이 더 어울리는 정우의 오피스텔 안은 각종 영상 장비와 자료, 테이프와 CD, 카메라 장비들이 꽉꽉 들어차 있었다. 그 어수선한 한가운데 동떨어지게 놓인 동그란 스툴에 앉아 있는 시연에게 정우가 물컵을 건넸다.

머릿속이 싸해질 정도로 차가운 얼음물이었다.

이거 마시고 얼른 정신 차리란 소린가 보다.

"좀 정신이 들어?"

"정신은 처음부터 말짱했어."

"그래, 말실수했다. 술 좀 깨?"

"……깨."

시연은 컵을 다시 정우에게 건네고 왠지 어색해져서 가방을 손가락으로 쓱쓱 문질렀다. 정우가 컵을 제자리에 가져다 놓고 돌아와, 장비가 잔뜩 어질러져 있는 소파를 대충 치우곤 그 위에 앉았다.

"따질 건 다 따졌냐?"

"더 많았는데 네가 한 발 쏙 빼버리는 바람에 다 헝클어졌어. 나 혼자 흥분하고 나 혼자 미친 짓 하는 것 같아서 김 빠져 버렸어."

"그럼 다시 정리해 봐. 기다려 줄 테니까."

시연은 그를 휙 째려봤다. 하여튼 이정우 잘났지!

"그래, 좋아. 일단 먼저 물을게. 헤어지잔 말, 진심으로 한 건 아니란 소리지?"

"그래."

시연이 씨익 웃었다.

"그렇구나. 그럼 우린 아직 헤어진 건 아니란 소리네?"

"갑자기 웃는 게 불안한데……."

"그래. 네 짐작이 맞았어. 헤어지지 않은 게 중요한 게 아니야. 네가 헤어지자고 했다는 게 중요한 거지. 그것도 그런 이유로. 넌 그 죄를 반드시 알아야 해. 어떻게 그런 동물적인 이유로 사람을 내칠 수 있어?"

"헤어질 생각으로 한 말 아니라고 말했어, 분명."

"아, 그러세요? 죽일 생각으로 한 짓은 아닌데 사람이 죽었으면? 그래도 죽일 생각은 아니었으니까 무조건 무죄겠네? 네 말이랑 그거랑 뭐가 달라?"

"달라."

"안 달라."

"달라. 네 말은 심각한 일반화의 오류를 범하고 있어. 일단 넌 죽지두 않았고, 우린 헤어지지도 않았어. 어디에도 네 오버스러운 비유가 적용되지 않아."

시연의 입이 딱 벌어졌다.

잠깐 말문이 막힌 건 자신의 뇌 속에 취기가 남아 있기 때문일 거다. 결코 말발이 밀려서가 아닐 거다.

"혹시, NEO인지 뭔지 그것들 때문이냐?"

그때 갑자기 정우가 전혀 맥락과 관계없는 얘기를 해서 시연은 잠깐 알아듣지 못했다.

일단.

"NEO는 그것들이 아니야!"

그것부터 교정해 주고.

쯧쯧.

이정우의 비웃음도 당해주고.

"이해가 안 가서 그러는데 무슨 소리야? 뭐가 NEO 때문이라는 거야?"

"네가 날 거부하는 이유, 그것들 때문이냐고."

그것들 아니라니까!

아니지. 지금은 그걸 따지는 것보다 더 큰 문제에 봉착해서 말문이 딱 막혀 버렸다.

그러니까 이정우의 말은, 시연이 정우와 진도를 나가지 못하는 이유가 NEO 때문이라고 생각한다는 건가? 왜? 이정우랑 이런 짓 저런 짓 하면 NEO한테 죄책감이라도 들까 봐?

진심으로 어이가 없었다.

이정우 똑똑한 줄 알았더니 전혀 아니었네!

"어, 어떻게 그런 생각을 할 수 있어? 그게 말이 돼? 기, 기가 막혀서. NEO는 당연히 내가 미친 듯이 좋아하고 사랑하지만, 그건 동경과 같은 의미고. 일반적으로 말하는 사랑의 개념과는 좀 다른…… 그러니까 좀 더 고차원적인…… 뭔가 정신적인 사랑?"

"얼씨구."

"넌 내가 무슨 2차원 캐릭터한테 빠져서 진짜 사랑이라도 하는 오타쿠인 줄 알아?"

"아니면 됐고."

정우가 시연의 말을 딱 잘랐다.

하긴 본인이 생각해도 황당한 말이었겠지.

"아니라니 다행이긴 한데 이 찝찝한 기분은 뭘까."

"뭐가?"

"사랑, 동경, 고차원적인, 정신적인 사랑. 좋은 건 그 자식들이 다 가졌는데 대체 나한테 돌아올 건 뭐냐?"

푸핫! 웃음이 나올 뻔했다. 하지만 상황이 상황이라 가까스로 정색을 유지했다.

이정우. 정말로 아이돌한테 질투라도 하는 거야?

"알맹이는 다 그 자식들이 가져가 버리고 난 네 껍데기만 갖고 있는 거랑 뭐가 다르지? 차라리 절벽에서 떨어지는 게 낫지 싶다."

저렇게까지 오버하는 걸 보니 한 번쯤은 정말 심각하게 의심해 본 것 같다. 정말 하시연이 연예인 때문에 남자친구와 깊은 관계로 가지 못하는 거라고 생각한 걸까?

이정우, 돌았구나. 이건 NEO한테 민폐다!

아무튼 여기까지 찾아온 이상 시연은 정우와 담판을 짓고 싶었다.

사과를 받아내든가.

관계를 개선하든가.

옳지. 사과를 받아내서 관계를 개선하자.

"사과해."

"미안하다."

바로 하기냐!

"진심이라고 생각하게끔 생각 좀 해보고 말하지?"

"더 생각해 볼 필요도 없이 사과할 일이라고 인정해."

저렇게 나오니 꽉꽉 채워온 전투욕이 흐물흐물해졌다. 딱 저렇게 나오는데 무슨 말을 어떻게 더 하란 말인가.

"아무리 화가 나도 끝까지 해선 안 될 말이었어."

뭘 잘못했는지도 제대로 알고 있고.

이래서야, '뭐가 미안한데?', '미안할 짓을 왜 했는데?', '정말 미안하다고 생각하긴 하는 거야?' 꼬리에 꼬리를 물고 이어지는 집요한 고문을 할 기회도 사라졌다.

"좀, 화가 났었어."

추가 설명까지 뭐 하나 부족함 없이 잘하고 있다.

"순간적으로 너와 내가 뭘 하고 있나 싶었지. 네가 날 어떤 존재로 보고 있는 건지 허무하고 화가 나서 하지 말아야 할 말을 뱉어 버린 것 같다."

"……."

"나는 단지 널 갖고 싶은 것뿐이야. 그 욕심이 너에게 받아들여질 수 없는 거란 게 어쩔 수 없이 속상하네."

그가 씁쓸하게 웃었다.

순간 시연은 그의 눈빛을 봐버리고 말았다. 그 눈빛이 화살이라도 되듯 뾰족하게 날아와 시연의 심장에 박혔다. 처음부터 시연이 특히 좋아했던 그 눈빛이.

늘 연예인 같은 남자친구였던 그.

처음 그를 알게 되고 혼자 끙끙 앓기만 하다가 슬슬 쫓아다니기 시작하면서, 자신과 같은 마음을 가진 계집애들이 얼마나 많은지 알게 되었다. 워낙 잘생긴지라 그 근방에서 정우는 아이돌보다 더 인기 있는 비공식 유명인이었다. 자신 같은 건 주변에서 꺄꺄 소리치며 쫓아다니는 팬들 중 한 명일 뿐이었다.

결코 그에게 특별해질 수가 없다는 걸 알았기에 시연은 그를 남들보다 더 좋아하고, 더 간절하게 바라보고, 더 집요하게 쫓아다녔다. 그러다 보니 정말 마음이 깊어져서 이정우가 없으면 하루도 살 수 없는 지경까지 되어버렸다.

연예인 쫓아다니듯 시작한 사랑은 어느새 진심이 되었고, 어떻게든 수많은 여자애들 중에서 단 한 명, 특별한 사람이 되고 싶었다. 그래서 매일매일 그에게 편지를 썼다. 그의 집 주소를 알아내서 이메일과 문자가 판을 치는 이 시대에 손 편지로 팬레터를 끊임없이 보낸 것이다. 가끔 쿠키를 구워 보내기도 하고, 케이크를 문 앞에 두고 도망 오기도 했지만, 기본적으로 그녀가 공략한 수단은 편지였다.

하시연이 누군가. 아이돌 해바라기 10년 인생. 철들 때부터 익힌 재능이 여기서도 빛을 발했다. 하루도 빼놓지 않고 보낸 그 편지를 그가 읽어줄 것이란 기대는 하지 않았다.

하지만 그 편지는 제대로 전달되었다고 했다. 그리고 정우는 그걸 한 번도 무시하지 않고 읽어주었다고 했다. 처음엔 그냥 남들과 똑같은 여자애라고 생각했었단다. 그저 겉모습에 혹해서 잠깐 오버를 하는 것뿐이라고.

하지만 매일매일 도착하는 편지와 그 안에 적힌 내용들이 의외로 재미있고 센스도 있어서, 어느 순간부터는 편지를 기다리게 되었다고 했다. 사실 시연이 보낸 건 편지만이 아니었다. 중간부터는 편지에 자신의 사진을 꾸준히 같이 보냈는데, 친구들과 스티커 사진을 찍을 때마다 한 장, 가족들과 놀러 가서 찍은 사진 한 장, 셀카 사진 한 장, 그러다 사진이 없는 날이면 과거 어릴 적 사진까지.

그게 정우를 빵 터지게 했다고 한다.

무슨 여자애가 겁도 없이 자기 사진을 막 보내질 않나, 어릴 적 사진까지…….

유치원 재롱잔치 때 찍은 그 사진은 사실 한 장뿐이라 집안에선 나름 희귀본이었다. 그런데 그걸 거길 보냈으니. 나중에 사진이 없어졌단 걸 알게 된 엄마한테 사실대로 말할 순 없고 잠깐 갖고 나갔다가 잃어버렸다고 말했다가 꿀밤을 백 대는 맞았다.

아무튼 이정우는 시연의 그 노고와 도저히 이해할 수 없는 정신세계에 감탄, 혹은 무릎을 꿇었다. 시연을 수많은 사람들 중 한 사람이 아닌, 하시연으로 봐준 것이다.

네가 궁금하다고.

네 마음이 정말 진심인지, 언젠가 지나갈 가벼운 호기심인지 그걸 확인하고 싶어졌다고 말해준 것이다.

이정우는 그렇게 시연에게 다가왔다.

그 정도로 이정우를 좋아했는데.

지금도 좋아하고 있는데…….

그러니 헤어질 게 아니라면, 이런 지지부진한 관계에서 그만 헤어나야 하는 게 아닐까?

'단지 널 갖고 싶은 것뿐.'

그 이상의 고백이 어디에 있을까.

그게 바로 널 좋아한다는 의미.

연인 사이에 서로를 만지고 싶지 않으면, 안고 싶지 않으면 그게 무슨 연인 관계겠는가. 우정으로 똘똘 뭉친 친구지. 부부간에도 성생활 소홀이 이혼 사유에 해당되는 판에.

'그래, 뭐, 그까짓 거 하면 되는 거지! 소중하지 않아서 지켜줄 마음 따위 없다는데 나도 같이 즐기면 그뿐이잖아? 못할 건 또 뭐야? 그래, 해버려. 해버리자!'

뭐냐, 이 삐딱한 마음은.

'정신 차려. 몸으로 하는 관계에만 정신 팔린 저 녀석한테 맞춰줘서 뭘 하겠단 거야? 네 몸을 지킬 사람은 너밖에 없어!'

이 조선시대 뺨 나는 구태의연한 생각은 또 뭐고.

'너도 사실은 정우와 하나가 되는 게 싫지 않잖아. 하시연, 네가 정말 원하는 게 뭐야?'

광고 카피 뽑냐?

나 지금 뭐 하고 있는 걸까?

혼자 열폭하고 있을 때가 아니었다. 결국 이정우와 헤어지고 싶지는 않으니 이러고 있는 게 아니겠는가.

"정우야."

시연이 가만히 그의 이름을 불렀다. 그가 소파에 비스듬히 기대 앉은 채로 무심히 시연을 바라보았다.

"있잖아……. 이리로 좀 와 볼래?"

"이 거리에서 얘기해."

"가까이에서 할 말이라서 그래."

"그래. 그럼 네가 와."

뻗나려 한다. 기껏 사람이 마음먹고 풀려고 하는데.

어쩔 수 없어 시연은 자신이 일어나 가방을 놓고 그에게로 갔다. 옆에 앉으려고 하니 잡동사니 때문에 당최 앉을 수가 없어 대충 밀쳐 두고 겨우 자리를 만들었다. 나란히 앉아 무릎에 손을 얹고서 잠시 멀뚱히 있다가 입을 열었다.

"우리……."

정우 쪽으로 고개를 돌리는데 갑자기 뭔가가 입술에 닿았다가 떨어졌다.

쪽 소리를 내며 떨어져 나간 건 정우의 입술이었다.

할 말을 잊어버리고 멍하니 입만 벌리고 있는데, 정우가 빙긋 웃었다.

"좀처럼 없는 기회라서."

시연의 심장이 작게 두근거리기 시작했다. 처음 그를 버스에서 만나 쫓아다니기 시작했던 과거의 일이 파노라마처럼 떠올랐다. 꼭 그때로 돌아간 것처럼 가슴이 설레었다. 아주 조용히 심장 소리가 점점 높아져 갔다.

"기회는 잡아야지. 언제 또 올지 모르니까."

"정우야……."

"그래, 알아. 싫겠지. 시도 때도 없이 머릿속에 그 생각밖에 없
느냐고……."

"안 싫어."

정우의 표정이 멈칫했다.

"안 싫다고. 나 결심했어. 한 번 더 해줘. 다시 해줘. 아니……."

정우의 뺨에 천천히 한 손을 얹었다. 떨림을 누르며 말을 이었다.

"내가 할게."

정우의 눈이 서서히 커지는 게 보였다. 목울대가 크게 움직였
다. 남자다운 넓은 어깨와 그에 반해 엄청 작은 얼굴, 검은빛으로
반짝이는 눈동자, 웃을 때면 멋진 곡선을 그리는 입술. 그 입술을
향해 시연은 천천히 자신의 입술을 가져갔다. 가늘게 떨리는 얇은
입술을 그의 입술에 포개려는 순간,

시연의 몸이 딱 멎었다. 아니, 그녀가 멈춘 게 아니라 누군가에
게 멈춰진 것이었다. 정우가 긴 중지로 그녀의 이마를 쿡 누르고
있었다. 시연은 얼떨떨한 얼굴로 정우를 쳐다봤다.

가만…… 이 시추에이션은 뭐지?

거, 거부냐?

"갑자기 왜 그래?"

그건 자신이 물을 말이었다. 그런데 이정우가 묻고 있다.

뿐만 아니라, 이상한 여자 쳐다보듯 하며 상체까지 뒤로 슬쩍

빼고 있다. 아니, 지금 누가 누굴 피하는 거냐? 어이가 없고 자존심도 상하고.

"지금 뭐 하는 거야?"

"너야말로 왜 이래. 무섭게……."

컥!

무, 무서워? 선물 달라고 하도 찡찡거리길래 마음 크게 먹고 아주 좋은 선물을 갖고 왔더니 왜 이러냐고라? 무섭다고라?

"지금, 무섭다고 했어?"

"갑자기 이러니까 무섭지. 너, 혹시 어디 아파?"

저러고 있다.

"하시연 아닌 것 같은 게 영……."

"하시연은 도대체 어떤 앤데? 뭘 해야 하시연 같은 건데? 피한다고 그 난리 치더니 이젠 본격적으로 유혹해도 문제야? 혹시 내가 키스하자고 달려드니까 싫어? 튕기는 데 매력을 느꼈던 거야? 막상 내가 좋다고 하니까 이젠 네가 싫니?"

"또 억측 시작됐네."

"나, 너랑 할래."

"뭐, 뭘 하겠단 거야."

"키스할래. 이거 놔."

이마를 막고 있는 그의 손을 확 치워 버리고서 목을 감으려고 하자 정우가 갑자기 웃음을 터뜨리며 그녀를 피했다. 얘가 진짜 왜 이럴까? 누가 헤드락 걸기라도 한대? 시연은 그쯤 되자 약이 올라 더 달려들었다. 이건 뭐, 하시연 쪽에서 몸이 달아 미친 듯이 이정우를 잡아먹으려고 야단난 꼴이었다.

요리조리 잘도 피하는 이정우 때문에 시연은 이리 와락, 저리 와락, 허공만 안다가 결국 힘에 부쳐 헉헉거리며 소파 위에서 무릎을 꿇은 채 그를 원망스럽게 째려봤다.

"뭐야, 이정우!"

"힘든가 보네, 하시연."

"그걸 말이라고!"

"난 더 힘들었어."

"……그래서 지금 복수라도 하겠단 거야?"

정우가 물끄러미 시연을 봤다.

"갑자기 내가 새삼 좋아지기라도 했어? 아니면 너 갖고 싶어 어쩔 줄 몰라 하는 나한테 동정이라도 생긴 거? 불쌍해서 한 번 안아준다, 그런 건 좀 아닌데."

"됐어! 안 해!"

신경질이 나서 시연은 팩 돌아앉아 일어나려고 했다. 하지만 그 순간 팔이 잡혀서 소파로 바로 밀쳐졌다. 순식간에 소파 등받이에 등이 닿은 상태로 정우가 그녀를 내려다보는 위치가 되어 있었다. 고정시키듯 양팔을 누른 채로 정우가 입술 위에 시선을 고정시킨 채 낮게 말했다.

"말, 바꾸지 마."

그의 눈동자가 위험하게 반짝거렸다.

"후회하지도 말고."

시연은 숨을 삼킨 채 그를 바라보는 것밖에 할 수 없었다.

분위기상 고개를 끄덕여야 할 것 같은데, 잘못 끄덕거렸다간 뭔가 아주 무서운 걸 봐버릴 것 같아서……. 그만큼 이정우의 분위기가 무거울 정도로 진지해서.

"후회하면, 그땐 정말 용서 안 될 것 같아."

"미안한데…… 그 말 때문에 벌써부터 살짝 후회되려 하는데."

"……."

"좀 가볍게, 밝게…… 그렇게 가면 안 될까, 우리?"

애써 웃음기를 띠며 말했지만 정우의 표정은 일관되게 진지했다.

내, 내가 그렇게 심하게 굶겼나?

그래서 이렇게 며칠 굶은 사저처럼 으르렁거리는 거야?

이래서야 배고픈 사자 앞에 놓인 토끼처럼 바들바들 떨릴 수밖에 없지 않겠는가.

시연은 이래선 안 되겠다 싶어서 얼른 양손을 뻗어 그의 머리를 감싸고는 자신 쪽에서 먼저 입술을 부딪쳤다. 내가 하는 게 낫지 이정우가 하게 됐다간 뭔가 되게 당할 것 같단 본능적인 예감이 들어 한 행동이었다.

입술을 엇갈려 키스를 하며 그를 일단 다독이고자 노력했건만, 그의 손이 시연의 목덜미를 스윽 쓰다듬자 시연은 소름이 좌악 돌고 말았다. 본능적으로 달아나려 했지만 어깨로 휙 누른 그가 하중을 실어 밀치듯이 키스했다.

근육질의 어깨에 꼼짝도 못하게 눌린 채 가차 없이 입술이 빨렸다. 치열을 더듬는 혀의 움직임마저도 거칠어서 시연은 숨 쉴 여유도 없이 눈물이 쏙 빠지도록 아픈 키스를 받았다.

“자, 잠깐……. 아웃…… 아, 아파…….”

나름대로 선점하려고 했는데 잔머리는 굴려보지도 못하고 도리어 급속도로 진도가 나가는 위기에 처했다.

하, 할 거라고.

그러니까 제발 인간적으로 차분하게, 응? 대화도 많이 나누고. 할 말이 얼마나 많아? G20 정상회담 얘기도 있고, 북핵 얘기도 있고…….

이렇게 바로 이정우가 화살 맞은 짐승처럼 날뛸 줄은 몰랐기에. 아니, 알았지만 그래도 좀 분위기가 무르익으면 서로 사정 봐주며 침착하고 부드럽게 다가올 줄 알았기에.

어쨌든 첫 경험이잖아!

그랬는데…… 이정우는 지금 그녀에게 복수하고 있는 것처럼 난리가 났다.

핏기가 몰릴 정도로 그의 입술에 흡착돼 있던 입술이 잠시 자유로워지자, 마치 물속에 있다가 떠오른 해녀처럼 시연은 살기 위해 숨을 할딱거렸다. 산소가 부족한 탓에 매달리듯 정우의 어깨를 꽉 잡는데 그게 그를 자극한 건지 그의 입술이 이미 목덜미를 지분거리고 있었다.

빌어먹을! 이건 지푸라기를 잡는 거였지 유혹한 게 아니라고!

잠깐, 숨 좀 쉬고…….

내 숨 갖고 내가 쉬는 게 이렇게 힘든 일일 줄이야.

“이정우…….”

목덜미가 빨렸다.

"저, 정우야······ 나 숨이······."

손이 허리를 파고든다.

"자, 잠깐. 좀······."

욕망이 잔뜩 담긴 질척한 애무에 머릿속이 새하얘졌다. 전신을 내달리는 낯선 충격에 시연은 허리를 비틀며 어떻게든 적당한 말을 찾으려 머리를 굴려봤지만 딱히 떠오르는 게 없었다. 대체 지금 무슨 말을 하겠는가. 우연히라도 '싫다, 저리 비켜라'고 말했다간 소박맞을 게 뻔하고.

"처······ 천천히······."

겨우 그 말뿐. 그러나 배를 곯은 사자는 누가 먹잇감을 채가기라도 할 듯 으르렁거리며 거친 키스 마크를 남겼다. 목덜미의 살갗을 거의 씹다시피 아프게 빨아들이고 달아오른 살갗을 혀로 농락했다. 눈이 빙글 돌 것 같은 열기, 그 뜨거움에 전신에 소름이 돋고 눈앞이 폭발할 것 같았다.

어떡하지?

이 열기에 맞춰줘야 하는데. 모든 건 안개 속에 묻어버리고 그냥 눈 딱 감고 저질러 버려야 하는데. 분명 몸의 반응이 없는 것도 아닌데······ 여러 가지가 걸렸다. 갑자기 이정우랑 이런 짓 저런 짓 야한 짓을 하려니 집중이 잘 안 되기도 했지만, 속옷 걱정도 되고 제모한 지 좀 오래된 것도 퍼뜩 생각나고, 이럴 줄 알았으면 예쁜 속옷으로 입을걸.

이정우, 취해서 온 여자한테 너무 달리고 있잖아, 지금!

겨우 땅 깊숙이 쳐져 있던 철조망 거둬들이려던 찰나였고, 바리

케이트 철거하려고 인부 불러놓은 정도인데.

물론, 이 자식이 서운하고 미워서 헤어질 준비를 하던 시기의 자신과, 그래도 이 남자를 너무도 사랑해서 헤어지는 게 싫단 걸 인정한 현재의 자신과의 차이는 명백했다. 낯설고 부담스럽기만 하던 그의 애무가 감미로운 아픔으로 변해가는 것도 사실이었다. 하지만 머릿속엔 여전히 딴생각이 일었다.

한국, 멕시코, 미국, 러시아…….

미치겠다. 아까 G20 생각을 괜히 했다.

"정우…… 야…… 이제…… 그만……."

너무 한꺼번에 접한 자극에 뇌가 터져 버릴 것 같아 시연은 겨우 중얼거리며 사정했다.

"하시연…… 너한테서 달콤한 냄새가 나."

사람을 후리려고 작정한 듯 음란해진 정우의 음색에 현기증이 일었다.

어쩌라고!

무엇보다 지금은 술 냄새가 더할 텐데.

"슈가 파우더…… 시나몬…… 버터…… 갓 구운 빵……."

그의 얼굴이 시연의 가슴 쪽으로 슬금슬금 내려오려 해서 시연은 물론 슬금슬금 피했다.

"나, 나…… 음식이 아니거든?"

정우가 큭 웃었다. 어딜, 이라는 듯 내빼려는 시연을 탁 붙들었다.

눈치도 빠른 인간 같으니.

"그래도 맛있어 보여."

"……뭐, 뭐라는 거야. 내가 먹고 싶었던 거니, 혹시?"

"응."

"뭐야?"

벌떡 일어나려는 시연을 정우가 '쉬이' 하며 다시 눕혔다.

어, 어떡하지? 이대로 눕혀준 김에 잘 자라고까지 말해주면 참 좋겠는데. 그건 안 되겠지?

아직 준비가 안 됐다고 하면 이번엔 정말 난리 나겠지? 정신 차려. 내가 하겠다고 한 거야. 여자가 자기가 한 말은 지켜야지. 끝까지 가보는 거야. 할 수 있어, 하시연!

그가 아주 상냥한 눈빛으로 시연의 흐트러진 머리카락을 정리해 주고 이마에 짧게 입을 맞췄다. 바짝 일어서 있던 감정이 어쩔 수 없이 노곤해졌다.

이렇게 쓰다듬어 주기만 하면 좋을 텐데.

초등학생이냐!

"네가…… 아직 뭘 잘 모르나 본데, 난 맛있는 냄새가 나서 매력적인 여자가 아니야. 그냥…… 하시연 자체가 매력적인 거지."

뭔 소릴 내뱉는지 모르겠지만 일단 중얼거렸다. 그가 고개를 살짝 기울이고 빙긋 웃었다.

뭐냐, 저 사람 혼을 쏙 빼놓으려는 게 분명한 의도의 미소는?

"이미 알아."

"……잊어버린 것 같아서 일깨워 준 거거든."

"일곱 살 발레리나 복장을 하고 있는 아기배가 볼록 나온 널 본 그 순간부터……."

시연의 눈이 반짝 떠졌다.

"아, 난 이 여자와 평생 살겠구나, 싶었거든."

심장이 징 했다.

"떨어지고 싶지 않아."

그가 시연의 가슴에 얼굴을 묻었다. 시연의 몸이 부르르 떨렸다. 자신도 모르게 그를 할퀴어 뜯을 뻔했지만 겨우 정신을 챙겼다. 그런데 떨어지고 싶지 않다는 게 이런 거였어? 앞으로도 하시연이랑 떨어지고 싶지 않다, 뭐 그런 소리가 아니었어? 그게 아니라 가슴 위에서 떨어지고 싶지 않다는 소리였나 보다.

아무리 어깨를 밀어내도 가슴에 얼굴을 묻은 채 꿈쩍도 하지 않는다. 뭐냐고. 그 애틋한 고백이 어째서 이런 그냥 야한 말로 전락되어야 하냐고.

그의 손이 가슴을 어루만졌다. 블라우스 위에서 빳빳하게 선 유실을 스쳐 지나가자 그 생경한 감촉에 시연은 결국 소리쳤다.

"잠깐! 스톱!"

"하아, 시연아……."

아무리 말해도 이정우의 정신은 이미 젖과 꿀이 흐르는 무릉도원으로 날아가 버렸나 보다.

그가 하체를 허벅지에 밀어붙였다.

순간, 느껴졌다.

이미 자체의 질량을 가득 채운 단단한 무언가가 허벅지에서 느껴졌다. 머릿속이 고무줄처럼 팽팽하게 조여지고 꼴깍 침이 넘어갔다. 블라우스 위에서 그가 치아로 유두를 깨무는 순간, 시연은 태엽

이 멈춘 장난감 인형처럼 정지했다가 한꺼번에 훅 숨을 토해냈다.

미친 듯 몸이 떨렸다.

정말 정신없이 몸을 떨었다. 꼭 얼음 저수지 한가운데 떨어진 사람처럼.

심하게 떨고 있는 시연을 정우가 멈춘 채 조용히 내려다보았다.

"정우야…… 나 지금…… 떨고 있니?"

"……장난해?"

"미안. 그렇지만…… 뭔가 좀…… 너무 빨라서……."

딸꾹질이 나오려 했다.

"아직, 좀 힘들지?"

그, 그래! 바로 그거야! 내가 듣고 싶은 말이라구.

시연은 진심으로 울면서 그에게 매달리고 싶었다. 알아줘서 고맙다고.

그가 시연의 이마를 다정하게 쓸어주었다. 그의 눈빛을 올려다보았다. 하지만 괜히 봤다. 또 저 눈빛이다. 그 눈빛이 또 시연의 가슴을 건드려서 시연은 어쩔 수 없이 외쳤다.

"아, 아니야! 나 완전 빠져들고 있었거든?"

별수 없다. 자신은 이 녀석한테서 벗어날 수 없다.

머리카락 위에서 춤추고 있던 그의 손이 멈칫했다. 그가 큭 웃었다.

"강조하니까 더 거짓말 같아 보여."

"……그, 그랬니? 바, 반쯤은 오기지만 반쯤은 사실이었는데……."

관자놀이와 뺨에 입맞춤이 떨어졌다. 다급함과 무거운 진지함이 덜어내진 키스는 다정했다. 그래서 다행이었다. 따스함을 느끼게 해주는 달콤한 숨결이 그녀를 간지럽혔다.

영원히 이렇게 그가 자신을 생각해 주고 있다는 듯한 상냥한 입맞춤이 지속되었으면 좋겠다. 나를 사랑하고 좋아하고 생각해 주고 있다는…….

언젠가는, 아니, 조만간 기필코 자신이 먼저, 더 세게, 더 간절하게, 더 맛이 가서 그를 더 꽉 안아주리라.

"사흘 후."

"……응?"

"사흘 후에 우리, 다시 하자."

"……뭘?"

"오늘 우리가 하려던 거."

시연은 눈을 끔뻑거리다가 이해하고서 아아…… 고개를 끄덕였다. 그러다가 그를 홱 봤다.

"끝까지 할 건 꼭 해야겠단 소리지?"

"안 하고 살 수 있는 남자가 있으면, 그게 불행의 시작이야, 인마. 언젠가는 알게 될 거다. 이정우가 그런 놈이 아니라서 다행이라고."

"……나 때문이지? 내가 또 널 실망시킨 거지? 그래서 화났지?"

시연의 머리를 정우가 확 헝클어뜨렸다.

"어차피 끝까지 갈 생각 없었어, 오늘은."

시연은 헝클어진 머리카락을 손가락으로 쓸어내리며 그를 계속 봤다.

웃기네, 이 자식. 끝까지 갈 거였으면서. 그 눈이 중간에 멈출 눈이었다고? 그렇다면 넌 그냥 인간이 아니라 짐승이다.

어쨌든 사흘을 벌어서 다행이다. 그전에 준비도 좀 하고, 오늘처럼 술김에 찾아와서 첫 경험을 하는 건 정말 최악이 아닌가. 분위기도 뭔가 좀 더…… 이런 장비들이 굴러다니는 가운데서가 아니라 좀 치운 상태에서 은은한 촛불과 와인 한 잔을 나눈 후에……. 촛불이 아니라 네 품 안에서 타 죽고 싶다, 뭐 그런 게 돼야지.

아, 물론 속옷 준비도 제대로 하고서.

"어, 어쩜 좋아. 난 오늘 반드시 네 여자가 되고 싶었는데. 아, 안 돼. 마음먹은 순간에 해야 해. 내가 그동안 널 얼마나 속상하게 했게? 진심이야, 난 더 이상 네가 방황하는 것 싫어."

마음도 놓였겠다, 한껏 헛소리를 작렬했더니,

"그래? 그렇다면 이리 와."

바로 깨갱했다.

"저, 정우야? 무, 물론 그건 그래야 하는데 내 말은 말이지?"

"시끄럽고. 네가 그렇게까지 마음을 먹었다면 들어줘야 남자지."

"아, 아니, 안 들어준다고 남자가 여자 되는 건 아니고……."

자기가 놓은 덫에 자기가 걸려 허우적거리는 꼴을 보며 정우는 고개를 설레설레 저었다.

"그러니까 겁도 없이 선동하지 마."

그가 시연을 그냥 옆에다 휙 끌어다 앉혔다. 얌전하게 옆에 가만히 앉아서 시연은 정우의 어깨에 머리를 툭 기댔다. 그가 시연의 머리카락을 만지작거렸다.

"책임지지도 못할 거면서 늘 말은 세상에 둘도 없이 용감하지."

할 말 없음이다.

"얼른 사과해."

"미안해."

"오냐."

"그래도…… 오해하지 마. 오늘이란 게 너무 갑작스러울 뿐이고, 나도 여자니까 뭔가를 좀 준비하고 싶고, 완벽하게 준비된 상태에서 서로를 갖고 싶단 거지 싫어서는 아니니까. 정말로 싫어서는 아니야, 알지?"

정우의 눈동자가 따스해졌다.

"그래."

"……."

"고맙다."

시연의 가슴이 찌르르 울렸다.

"나도 술 냄새 묻힌 너보단 시나몬 향기 배인 네가 더 좋으니까."

왜 그 말이 안 나오나 했다.

"술은, 남자랑 마신 건 아니겠지?"

"웬 질투."

"질투 안 할 사이면 어째서 툭하면 너 꼬시다가 내쳐지고 이러고 있겠냐."

우문현답이다.

"알겠어, 하시연? 내가 널 안고 싶은 건 널 좋아하기 때문이야."

그가 시연의 뺨을 낮게 어루만지며 말했다. 그 부드러운 음성이 좋았다. 다독이듯 그녀의 맺힌 마음들을 풀어주어 눈 녹듯이 모든 감정들이 풀려갔다.

날 좋아하기 때문에.

가장 원하는 말.

이정우.

어쩌면 내가 널 먼저 좋아했기 때문에, 너무 많이 먼저 좋아했기 때문에 난 보상받으려 했는지도 몰라. 네가 나 때문에 가슴이 찢어지도록 아팠으면 좋겠다고 했던 말은 그만큼 네가 나한테 미치기를 원했던 거지. 그냥 좋아하는 게 아니라 미친 듯 좋아하는 거. 이제는 나보다 네가 날 더 좋아한다는, 그런 말을 듣고 싶었던 거지. 안심하고 싶었던 거지.

하지만 그건 잘못된 생각이었어.

네가 날 얼마만큼 좋아하든, 내가 좋아하는 것만큼 네가 날 덜 좋아한다고 하더라도 내가 아직 조금 더 좋아하고 있다고 하더라도, 그건 중요한 게 아니었는데.

그냥 널 좋아하고 있는 날 인정하면 되는 거였는데.

욕심이 일어서.

그렇지만 이제 알겠어.

너를 좋아하는 이 마음, 이 감정이면 되는 거야.

시연은 마음이 홀가분해져서 그의 어깨에 대고 뺨을 슬쩍슬쩍 비비기 시작했다. 마치 볕 좋은 날 주인에게 갸르릉거리며 털을 비벼대는 고양이처럼 그러고 있었더니,

"그만해. 나 어깨가 성감대야."

당장 그만두었다.

"근데 나…… 일곱 살에 배 볼록 안 나왔었거든?"

불현듯 떠올라 따졌지만 정우는 '설마' 라면서 절대 동의하지 않았다.

그때 배 상태를 살펴보고 보냈어야 하는 건데 그걸 놓쳤다.

"그 사진 어디 있어? 직접 배 보고 삼자대면해!"

"가만, 그게 있나?"

시연의 눈이 휘둥그레졌다. 정말이지 썩소가 흘러나왔다.

"그걸 말이라고 해? 잃어버렸단 거야? 어디 있는지도 모르는 거야?"

"글쎄."

"글쎄 같은 소리 한다! 어떻게 그걸 잃어버릴 수 있어?"

"진정해. 설마 잃어버렸겠어?"

그치? 그런 거지?

"어딘가 있을 거야, 잘 찾아보면."

그게 잃어버렸단 거야!

"자알, 찾아, 보면?"

시연이 한마디 한마디 강조하며 으르렁거렸다. 뚜껑 열릴 것 같단 게 어떤 기분인지 이 순간 이해할 수 있었다. 어떻게 그 사진들을 안 챙겨둘 수 있어? 보물단지처럼 끌어안고 있지는 않더라도 최소한, 사귀게 된 후로는 어떻게든 찾아서 갖고 있어야 하는 거 아니야?

고이 간직해 줄 줄 알았던 건 자신의 희망사항이었던가.

"주먹 날아가기 전에 꼭 찾아서 내놔! 그때 사진은 그거 하나뿐이라서 엄마가 아직까지도 아쉬워한단 말이야."

"뭐…… 찾아는 볼게. 그래도 돌려줄 순 없겠는데."

"왜!"

"어머니한테도 하나뿐이듯 나한테도 하나뿐이니까."

웃기고 있다!

하나뿐인 걸 그렇게 아무렇게나 취급하니?

물론 그 말 자체는 그나마 마음에 들었지만.

그럴 거면 언행일치를 시키든가.

아니, 됐다.

어차피 그때 그 사진과 편지들은 자신이 일방적으로 보낸 거였고, 이정우는 하시연을 전혀 좋아하지 않았을 때였다. 그걸 일일이 다 챙길 수도 없었을 테고 그럴 성격도 아니었고.

'넌 어쩜 그럴 수 있니?' 라고 따지다 보면 끝이 없겠지. 한 번 서운해지기 시작하면 관계가 끝날 때까지 바닥에 바닥을 파며 서운해지는 게 연애란 것의 위험한 특징이니. 이제 안 그러기로 했으면 대범하게 행동도 같이 바꾸자.

너의 죄를 사하마.

"정우야, 누가 그러더라? 사랑은…… 다른 거 하나도 필요 없이 오로지 나 하나만을 위해 불 속이라도 뛰어드는 거고, 모든 걸 다 버리고도 그 사람 하나만 선택할 수 있는 게 '사랑'이래."

정우가 고개를 끄덕였다.

"나는 너한테 그래 주지 않았으면서 넌 나한테 그래 주길 바랐나 봐."

"……."

"다 가지려고 하고 하나도 안 버리려고 하는 그런 건 사랑이 아니겠지? 그런데 난 어느 순간부터 너한테 그런 짓을 한 게 아닐까 싶어."

정우가 천천히 시연의 손을 잡았다.

손가락을 하나하나 깍지 끼고서 힘껏 쥐었다.

"버리지 마, 하시연. 날 위해서, 아니, 나 때문에 무엇이든 하나도 버리지 마. 만약 그런다면 내가 싫을 거다."

"응, 그럴게."

"하나도 버리지 말고, 이기적으로 가지려 한다고도 생각하지 말고…… 그냥, 나누자."

"응……."

모든 걸 다 버리고도 선택할 수 있는 그 사람.

나한테는 그 사람이 이정우였으면 좋겠고, 이정우라서 다행이야.

잠시 후, 돌아가려는 시연을 바래다주기 위해 함께 나서려던 정우가 현관 앞에서 문득 말했다.

"난 네가 나 때문에 가슴이 찢어졌으면 좋겠다……."

시연은 고개를 갸웃했다.

그건 자신이 정우에게 한 말이었는데.

"네가 그 말을 한 이유, 많이 생각해 봤어."

"……응?"

"아마도 넌, 내가 미친 듯이 널 좋아한다는 확신이 없는 거야.

내가 그만큼 확신을 주지 못한 거겠지."

시연의 눈이 커졌다. 정우는 자신의 마음을 읽어주고 있었다.

그래서 자신의 투정이 창피하고 미안해졌다.

"그건…… 이제 아무래도 상관없어졌어. 그냥 투정부린 거니까 생각하지 마."

시연은 웃고 있었지만 정우는 마음에 걸린 듯 눈썹을 살짝 찌푸리고 있었다.

"이제 투정부리지 않을 거야."

"……."

"그것보다, 기다리고 있어. 반드시 고쳐서 올게. 아니, 배워서 오겠어!"

전혀 줄기가 이어지지 않는 맥락을 벗어난 난데없는 다짐에 정우는 빠져 있던 생각에서 깨어나 고개를 갸웃했다.

"무슨 소리지?"

뭘 고치고 뭘 배운다는 건지?

"불감증은 아니니까 고칠 건 없겠고, 제대로 배워서 너랑 끝내주게 자버릴 거야. 아주 기가 막힐 거다. 기다려."

하아……?

기다리긴 뭘 기다리고,

뭐가 아주 기가 막혀?

듣는 정우는 기가 찼다.

머리가 지끈거리고 확 아파와 나가려는 시연의 뒷덜미를 낚아챘다.

"배우긴 어디서 뭘 배운단 거야? 말이 되는 소릴 해야지!"

버럭 소리쳤다.

대체 그걸 어디서 배운다는 건지.

이 여자를 대체 어떻게 믿고 밖에다 내놓나……. 아무튼 사람 불안하게 만드는 데는 최고의 재능을 가진 여자다.

"배울 걸 배우겠다고 해야지!"

이 세상에 시연에게 그걸 가르쳐 줄 사람이 자신 외에 또 누가 있겠는가.

"어머, 얘 표정이 왜 이래? 어휴, 너 도대체 무슨 생각을 하는 거야? 상식적으로 머리를 돌려라. 내가 뭐, 이상한 짓이라도 할 줄 알아? 나 참, 기가 차서 원. 암튼 나 앞에서 바로 택시 탈 거니까 따라 나오지 마."

뽀르르 현관문을 열려는 시연을 잡아당겨 그대로 끌어안고 정수리에 입술을 댔다.

"못 말리겠다, 하시연."

몸만 안 사리면 다 해결되는 걸 하여튼 혼자 심각한 하시연 때문에 수명이 줄어들 것 같다.

"그냥, 사흘 동안 아무것도 하지 말고 그대로 있어. 말했다. 아무것도 하지 마."

3. 능숙한 쾌락에 다가가는 법

어머니 배 여사는 동창회 모임에 나간 관계로 집에 없었다. 아무것도 하지 말고 그대로 있으라는 정우의 지시를 들은 날로부터 하루가 지났다. 하지만 그건 이정우 씨 생각이고. 시연은 일이 끝나자마자 집으로 직행해 곧장 남동생, 재연의 방으로 갔다.

몇 달 전 제대해서 아직 판판 놀고 있는 남동생의 방문을 벌컥 열자 녀석은 헤드셋을 쓴 채 '갑작스러운 공격'이라고 직역이 되는 게임을 하고 있었다.

"어이, 하재연."

이름을 불렀으나 이미 게임 삼매경인 남동생은 쳐다볼 생각도 안 하고, 그래서 헤드셋을 확 벗겨 버리자 녀석이 신경질을 냈다.

"뭐야, 누나!"

"야, 그거 좀 내놔 봐."

"그게 뭔데? 나 돈 없어. 왜 백수 동생한테 삥을 뜯으려고 그래? 직장인이 돈도 안 모으고 뭐 했어?"

"누가 돈 달래? 돈 말고 그거 줘봐."

"그거 뭐?"

"그거 있잖아, 그거."

"아, 그러니까 그게 뭔데!"

"야동."

잠시 후 재연으로부터 온갖 멸시와 모욕을 당한 끝에 겨우 얻은 CD를 갖고 방으로 돌아온 시연은 컴퓨터에 CD를 넣었다.

"미쳤어? 뻔뻔한 거야? 노망난 거야? 어떻게 동생한테 야동을 달라 그러냐? 아주 돌았구먼. 단단히 돌았어. 변태냐? 어휴, 그렇게 급했어? 내가 살다 살다 누나한테 야동을 삥 뜯기는 날이 올 줄이야. 어디 나가서 내 누나라고 하지 마!"

기회다 싶었는지 누나한테 제대로 모욕감을 줬다. 하지만 시연은 그런 재연의 뒤통수를 가볍게 가격하고서 뻔뻔하게 야동 CD를 강탈했다. 물론 인터넷으로 몇 번의 가입 후 스스로 찾아보는 방법도 있었으나 이런 건 역시 남자한테서 얻는 게 제격이다.

녀석은 역시나 종류별, 수위별로 골고루도 CD에 구워두고 계셨다. 밤마다 무슨 고소한 냄새가 그렇게 나나 했더니 그 많은 걸 다 구워 드시느라고 그랬나 보다. 컬렉션이 아주, 어휴…….

"남자들은 다 이러나? 이런 걸 보고 싶나?"

CD를 플레이시키며 시연은 중얼거렸다.

"가만, 이정우 이 녀석도? 아으! 노트북 뒤져 볼걸."

미디어 플레이어가 뜨고 파일이 실행되었다. 바로 본격적으로 영상이 나타났는데…….

헉!

영화 감상하듯 무릎을 끌어안은 채 태평하게 앉아 있던 시연은 식겁해서 그대로 창을 꺼버리고 말았다.

놀랐다…….

무방비 상태에서 접한 영상의 충격은, 정말이지 경악 이상이었다.

"의, 의상 비용은 아, 안 들었겠네."

휴우…….

일단 식은땀 좀 닦고…….

의상비고 뭐고 남녀는 수영복 차림이었고, 그나마도 훌러덩 벗어버리기 직전이었다.

일단 외국 배우가 출연하셨다.

그것도 흑인 배우.

그런데…… 그분의 그것이, 너무도 거대해서 무섭기까지 한 새까만 그것이……. 마치 과자를 주면 코로 받는 아프리카 코끼리의 코처럼 생긴 그것이……. 질량이 너무하다 못해 축 처진 그것이…….

우욱! 이것도 문화적 충격이라고 할 수 있나? 속이 메슥거려서 저녁에 먹은 게 올라올 뻔했다. 그것은 흡사, 아주 크고 기다란 햄소시지……. 아마도 자신은 당분간 소시지가 들어간 요리는 하지 못하리라.

"이러다가 거부감만 더 키우는 거 아니야? 아니지, 적을 알고 나를 알면 백전백승이지.”

잠깐 방황하던 시연은 그래도 마음을 먹고 다시 클릭을 했다. 동영상이 실행이 되고 잠깐 숨이 탁 막혔지만, 잔뜩 벼른 눈으로 영상을 뚫어지게 쳐다봤다. 대사의 반이 신음이다. 내면 연기고 뭐고, 남녀의 표정 연기가 단연 일품이었다. 유혹하고 유혹당하고, 신음하고 신음을 유도하고.

하재연 이 자식이, 하고많은 CD 중에서 섹스 신만 따로 편집해서 모아놓은 걸 권했다. 한 번 보고 기절하라고 내던진 것 같은데.

앞뒤가 툭툭 잘려 있어 내용이 뭔지도 모르겠고 개연성은 더더욱 없고. 일단 무조건 몸 두 개가 엉켰다. 달려들고, 덥석 물고, 빨고.

수영장에서 한바탕 거칠게 하시고 침대에서 또 하시고 식탁 위에서 하시고, 누워서 하시고 서서 하시고 반쯤 앉아서 하시고, 앞으로 하시고 뒤로 하시고 45도 각도에서 하시고 매달려서 하시고 뒹굴면서 하시고.

소시지를 드시고, 드시고, 또 드시고……

대충 견딜 만은 했는데, 저기가 어디냐? 항문 아니냐? 남자가 여자의 그곳에 혀를 댔을 땐 정말이지 뭔가가 역류할 뻔했다. 아니, 어디 먹을 게 없어서!

저것이 바로 애널 섹스라는 건가.

“이 자식, 하재연…… 제대로 줬네.”

볼 거면 제대로 봐야지.

아무튼 시연은 꼼짝도 하지 않고서 끝까지 영상을 다 봤다. 마치 그 영상 안에 보물단지라도 숨긴 듯, 그 보물이 뭔지 찾겠다는 듯, 구멍이 날 정도로 뚫어지게 쳐다보며 끝까지 한 번도 주의를 흩트리지 않았더니 드디어 재생이 끝났다.

긴장한 시연의 입에서 한숨이 후 토해져 나왔다. 얼마나 힘을 주고 있었는지 다 보고 나니 어깨가 다 뻐근했다. 친구 한 명은 처음 포르노를 보고 며칠을 토하느라 밥도 못 먹었다는데 자신은 견딜 만하니 어쩌면 자신은 이쪽으로 꽤 강한 여자인지도 모르겠다. 혹시 숨겨진 재능을 발견할지도?

호기심이 반, 도대체 섹스란 게 뭔지 탐구하고자 하는 마음, 기술을 배워보자는 마음이 반이었다. 하지만 러닝타임이 다 끝난 후의 느낌은 '괜히 봤다'였다. 아무것도 하지 말고 그대로 있으라는 이정우의 말을 들을걸 그랬다. 정우는 지금의 이 사태를 예견하고서 그렇게 걱정과 역정을 잔뜩 담아 막았던 걸까?

만약 섹스란 게 이런 거라면 자신은 영원히 하고 싶지 않을 것 같았다. 거기엔 그냥 위험한 쾌락과 동물적인 자극만 있을 뿐이었다. 여자들이 바라는 섹스는 이런 게 아니었다. 좀 더 분위기와 감정에 치중한, 서로의 숨결을 나누고 호흡 소리에 집중하고, 타인으로 태어난 두 사람이 서로 하나가 된다는 데 의미를 두는.

좀 더 아름답고 감정적인 것이었다.

행위 자체보다 서로를 안는다는 것에 행복해지는.

"하나도 버리지 말고, 이기적으로 가지려 한다고도 생각하지 말고…… 그냥, 나누자."

정우가 말했던 것처럼.

그런 면에서 이런 영상은 정크 무비를 본 후의 느낌과 다를 바가 없었다. 찝찝하고 뭔가 나쁜 짓을 한 것 같고 혐오스러운 기분이 찐득찐득하게 달라붙어 있는 듯한.

"사실 나쁜 짓 맞나?"

다 큰 여자가 동생한테 이런 걸 빌려서 이러고 있으니.

"설마 이정우 그 자식, 나랑 이런 거 저런 거 그런 거 하자는 건 아니겠지?"

괜히 순수한 우리 이정우만 의심하게 생겼다.

흠…… 그 녀석이 과연 순수할까나?

이런 거 자주 보면 정신이 피폐해지겠다. 그게 동영상을 보고 난 후의 종합적인 소감이었다.

시연은 CD를 꺼내 벌떡 일어나 재연의 방으로 갔다.

"이 자식이! 너 지금까지 이딴 거나 보고 있었던 거야?"

문을 벌컥 열자마자 녀석의 뒤통수에 CD를 확 집어 던지며 소리쳤다. 난데없이 CD에 얻어맞은 재연이 어이없다는 듯 뒤통수를 문지르며 시연을 돌아봤다.

"와. 기껏 빌려줬더니 뭐래?"

"언제 인간 될래? 응? 정신 안 차리지?"

"변태가 지금 뭐라는 거야?"

"확, 그래도 이게! 뭉텅뭉텅 잘라 붙인 거 말고 전체로 이어진 거 하나 더 내놔 봐!"

토 나올 건 토 나올 것 같은 거고, 일단 몇 개는 더 봐야겠다.

여자가 칼을 뽑았으면 당근이라도 썰어야지.

하나만 봐선 분위기를 읽을 수 없다. 배울 거면 제대로 배워야
지…….

제대로 배워가서 아주 기가 막히게 해줄 거라고 큰소리쳐 놨으
니.

그날 하시연의 컴퓨터 본체는 오랜만에 뜨끈뜨끈해질 정도로
돌아갔다나 어쨌다나.

✳

등심 소금구이, 이니셜 주먹밥, 새우 베이컨 꼬치구이, 전복 버
터야끼, 또띠아 연어말이, 달콤한 단호박 생크림 샐러드 등
등……. 시연이 NEO의 보이는 라디오 스튜디오 현장에 응원차
보낼 조공 도시락의 메뉴들이었다. 이외에도 생일이나 촬영 현장,
콘서트 현장에도 보내곤 했는데 도시락 전문 업체에 맡기면 가격
도 천차만별이고 모양도 가지각색으로 선택할 수 있었다.

하지만 여기 광팬 셰프는 자신의 직업을 십분 발휘해 직접 응원
도시락을 만들었다. 그리고 그걸 이십대에서 삼십대 이상 누나 팬
클럽 회원들끼리 모여서 전달하는…… 아주 제대로 된 뻘짓을 하
곤 했다.

사흘 후 이정우와 역사적인 거사를 치러야 했기에 그 준비로도
바빴지만 그 와중에도 틈틈이 팬질에도 소홀하지 않았다. 남자친

구는 남자친구고, 팬질은 팬질이니까.

속옷을 잔뜩 사와 뭘 입을까 고민하는 와중에도 팬페이지에 들어가 움짤 보는 걸 게을리하지 않고, 제모와 반신욕의 와중에도 노트북을 욕실까지 끌고 들어가 라이벌 그룹의 팬들과 댓글로 싸웠다. 물론 일은 일대로 낮 시간에는 열심히 했다. 이십대 이상의 누나 혹은 이모 팬들의 자긍심을 위해서라도 할 일은 하고 팬질하자는 주의였다.

아무튼 드디어 사흘 후.

오늘 시연의 콘셉트는 '진격의 하시연'.

속옷도 섹시한 걸로 준비했고, 종아리 살을 빼기 위한 특별 릴렉스 마사지도 받고, 전신을 바디 오일로 촉촉하게 만들었고, 샤워 후에 민낯을 방지하기 위해 이정우 몰래 욕실에 챙겨갈 비비 크림 휴대용기도 만들어두었다.

그리고 마지막 준비물.

영업이 끝난 레스토랑 주방에서 시연은 반죽을 했다. 발효를 시켜 반죽이 두 배로 부풀자 가스를 살짝 빼고 시나몬 가루를 솔솔 뿌린다. 그대로 돌돌 말아서 커팅한 뒤에 한 번 더 발효를 해서 오븐에 굽자 달달한 시나몬 롤이 완성됐다.

갓 구운 빵에서 모락모락 퍼지는 향기가 긴장된 시연의 마음을 조금은 가라앉혀 주었다. 이정우가 특히 좋아하는 시나몬 롤. NEO에게는 이보다 수십 배의 손이 가는 도시락을 해서 보냈지만 뭐, 그건 그거고.

달콤한 시나몬 롤에 샴페인까지 챙긴 시연은 전신거울에 자신을 비춰보았다.

음, 이 정도면 꽤 괜찮다.

슬림한 라인에 허리가 쏙 들어가는 페미닌한 디자인의 얇은 니트와 핏 라인이 예쁜 블랙 핫팬츠를 매치했다. 스커트를 입을까도 생각했지만 너무 꾸민 티가 날 것 같아 약간 발랄한 느낌을 가미했다. 오늘 밤을 너무 의식한 티가 나면 어쩐지 어색해질 것 같았다. 해서 '나 오늘 날 잡았어요'의 분위기를 살짝 다운시킨 의상까지 모두 체크를 끝내고서 시연은 화장이 잘 먹었나 마지막으로 살펴보았다.

이만하면 여성스럽고 사랑스럽다.

이로써 완벽하게 준비 끝.

여덟 시, 시간도 적당하다.

"어? 아직 퇴근 안 했어? 근데 네 얼굴이 오늘따라 왜 이렇게 티 나게 반들거려?"

이모의 습격이었다. 사흘 내내 잠들기 전 마스크 팩을 한 효과가 있나 보다. 아무튼 파장을 고려해 시연은 얼렁뚱땅 둘러대곤 곧장 도망쳐 정우의 오피스텔로 향했다.

도착하니 여덟 시 반.

"와, 이정우. 오피스텔 치워놨네."

뭘 어떻게 한 건지 온갖 장비들로 꽉꽉 차 있던 그 정신없던 실내가 깨끗하게 정돈돼 있었다.

"세상에. 이 집에 이렇게 예쁜 테이블도 있었어?"

어딘가에 처박혀 있던 게 청소의 효과로 밖으로 나왔나 보다.

그리고 침대도…….

청결하게 정돈된 하얀 시트에서 금방이라도 시트러스 향이 풍길 것 같다. 어쩔 수 없이 얼굴이 화르르 달아올랐지만 시연은 모르는 척 고개를 돌렸다. 토할 것처럼 심장이 두근거리고 있다. 깨끗하게 정돈된 실내를 보니 이정우도 자신만큼이나 오늘을 위해 충실하게 준비를 하고 있었구나 생각되어 쑥스럽기도 하고 고맙기도 했다. 진지하게 생각해 주는 것 같아서.

예쁜 테이블 위에 하얀 식탁보를 깔고 만들어 온 시나몬 롤과 샴페인을 놓았다. 투명한 샴페인 잔을 양쪽에 두고 반짝이는 포크와 접시도 세팅했다. 오다가 사온 예쁜 양초를 켜고 램프엔 아로마 오일도 몇 방울 떨어뜨렸다.

"So romantic!"

만족스러운 테이블 세팅이다.

빨리 한다고 했는데 긴장 때문에 이따금씩 손이 떨려서 생각보다 더 시간을 잡아먹었다. 모든 걸 다 하고 머리카락을 정리하고 화장도 고치고, 심호흡을 크게 하니 시간이 벌써 아홉 시가 넘었다.

"흠……."

되도록 예쁜 밤을 만들기 위한 준비에 집중하느라 넋이 팔려 있었더니, 이제야 이정우가 생각보다 늦는다는 걸 깨달았다. 직업적인 특성상 정해진 퇴근 시각은 없었지만 대부분 늦은 시간에 끝나곤 했다. 그래도 아홉 시까지 오리라고 생각했는데.

특히 오늘 같은 날은 더더욱.

그런데 아직까지 이정우가 없다. 이건 떡볶이 만드는 데 떡을 안 넣은 것과 다를 바가 없었다. 이정우와 보낼 밤을 준비하고 있는데 가장 중요한 이정우가 아직 없다니.

"설마……?"

시연은 순간 머릿속 한쪽에 떠오른 불길한 예감 하나를 얼른 지워 버렸다.

"하하……. 에이, 설마. 너, 너무 부정적인 거 아냐? 이건 누가 뭐래도 이정우가 먼저 한 약속이고, 아니, 그런 걸 다 떠나서 너무 중요한 약속이잖아. 이정우가 또 약속을 어길 리 없어."

그럴 리 없다. 좀 늦는 것뿐이겠지.

사흘 동안 연락이 없었던 건 서로를 배려하기 위해서였을 것이고, 괜히 통화해서 어색해지거나 떨리지 않기 위해서였겠지. 시연도 그래서 전화해 보지 않았으니까.

준비됐나? 준비됐다!

이런 말을 주고받는 것도 우습지 않은가.

어디서 꽃다발이라도 사고 있겠지.

어머, 혹시 청혼 반지 같은 거?

"딴생각 그만하고."

시연은 차분하게 의자에 앉았다. 그리고 얌전히 기다렸다.

하지만 분위기 다 잡아놓고 막상 아무것도 안 하고 기다리고 있자니 역시 지루했다. 1초가 1분 같고 괜히 마음이 불안불안, 조마조마, 긴장 백배, 심장은 혼자 쿵쿵 뛰고, 침이 바짝바짝 말랐다. 거의 울렁거릴 정도로 심장이 두근거려서 크게 숨을 들이마시고 내뱉기를 반복하며 시계를 보니, 열 시…….

"시, 시간이 왜 이렇게 빨리 흘러가는 거야."

그렇게 더디게 가는 것 같더니 벌써 열 시다.

"……뭐지?"

결국 의문이 일고 말았다.

도저히 더는 다른 핑계를 댈 수 없는 시간이었다.

게다가 연락 한 통 없이.

시연은 휴대폰을 갖고 와 정우의 번호를 눌렀다. 귀에 대고서 잠시 귀를 기울이다가, 휴대폰을 탁 내려놓고 바로 샴페인을 쪼르르 따라 그대로 벌컥 마셨다.

"뭐야, 이건."

어이가 없었다. 정우의 휴대폰은 꺼져 있었다.

"미친 인간 아냐?"

두 잔째, 세 잔째, 벌컥벌컥 마시다가 감질 맛이 나서 그냥 병째로 입에 부었다.

"하아……. 결국 또 이렇다 이거지?"

허탈한 웃음이 터졌다.

결국 이런 거다. 늘 자신 혼자 심각했었다.

"아마도 넌, 내가 미친 듯이 널 좋아한다는 확신이 없는 거야. 내가 그만큼 확신을 주지 못한 거겠지."

그렇게 말한 주제에.

"그건…… 이제 아무래도 상관없어졌어. 그냥 투정부린 거니까 생각하지 마."

그렇게 대답해 줬었는데.

결국 그 '확신'이란 대목에서 발목이 붙들리는 건가.

이 모양 이 꼴인데 무슨 재주로 그 '확신'을 가지라는 거야? 그걸 누가 할 수 있는데?

너는 언제나 그렇듯 갑자기 사라지고, 그걸 또다시 반복하고 있고. 우리 사이에 있었던 그 무엇보다 중요하다고 생각한 약속도 너한테는 더 큰일 앞에선 아무것도 아니었고. 한갓 먼지처럼 흩어질 수 있는 거였고.

먼저 와서 기다려 주는 배려까지 기대한 건 아니었다.

네가 반지를 꺼내 들고 무릎을 꿇은 채 'Will you marry me?' 영화 속 주인공처럼 감미로운 청혼을 해주길 바란 것도 아니었다.

그저 너와 나, 서로 좋아하는 마음 그대로 서로를 안고 싶다는, 그런 마음뿐이었는데.

"늦는 것뿐이지? 꼭 올 거지?"

이런 미련까지 떨게 만들고 있는 건지.

그때 시연의 휴대폰이 요란하게 울렸다. 시연의 심장이 두근 했다.

아, 다행이다…….

순간적으로 그 생각부터 들었다.

화나고 경고하고 싶고 성질나고 밉고, 그런 거보다 지금이라도 전화가 와줘서 다행이다, 오고 있는 길이겠지, 거기에 기대하고 싶은 자신의 마음을 봤다.

하지만 휴대폰을 확인한 시연의 눈동자가 곧 무심해졌다.

이정우의 번호가 아니었다.

"여보세요……."

〈여보세요? 시연 씨 맞죠? 여기 비가 많이 와서 소리가 잘 안 들려요!〉

전화를 받자마자 날씨 예보와 함께, 빗소리에 묻힐세라 상대방이 고래고래 소리를 지르고 있었다. 깜짝 놀라서 휴대폰을 잠깐 떨어뜨렸을 정도였다.

뭐지? 여긴 비 안 오는데?

"누, 누구세요?"

〈아, 저 이진영이에요. 저 기억하시죠?〉

이진영이라…….

당연히 기억하지.

어쩐지 신경을 거스르는 목소리다 싶었더니 이진영이었구나.

"기억…… 해요. 그런데 진영 씨가 왜……."

뭔가 예감은 왔지만.

〈선배님이 약속 못 지키게 됐다고 좀 전해달라고 해서 전화했어요. 기다리지 말라구요.〉

잠시 멍했다. 그러다 기가 막혔다.

이 계집애가 지금 뭐라는 거야?

아니지, 이정우, 너 미쳤니?

흔히, 아내가 바람피운 남편 놈보다 남편이랑 바람난 상간녀에게 더 화를 내고 그래도 자기 남편은 남편이라고 뒤로 빼놓는 오류를 범하곤 하는데, 지금 자신이 하는 짓이 그와 다르지 않았다. 약속을 안 지킨 건 이정우인데, 그 소식을 전하고 있는 이진영이 괜히 더 밉다니.

하지만 이진영은 충분히 그럴 만했다. 그녀는 정우와 몇 개의 작품을 같이한 작가다. 정우가 믿고 인간적으로 좋아하고 잘 챙겨주는 후배. 그 작가이자 후배는 이정우를 믿고 인간적으로 좋아하는 걸 넘어서 남자로서 미친 듯이 짝사랑하고 가슴앓이를 하는 여자다. 전에 한 번 팀의 회식 자리에 우연히 끼었다가 알게 된 사실이었다. 특별히 말로 하지 않아도 읽히는 것이었다. 뭐, 말로 안 한 것도 아니었다. 감정을 숨기지 않고 대놓고 시연을 쏘아보며 말끝마다 견제하던 그 여우 같은 계집애.

그게 지금 이 통화에서도 느껴졌다면 오버일까? 왠지 고소해하는 듯한, 아주 기쁜 마음으로 전하는 듯한.

아니야, 하시연. 너 지금 너무 예민해져 있어.

하지만 의아했다.

지금 이 상황을 이해할 수 없었다. 이해 안 가는 건 물어볼 수밖에 없다.

"그걸 왜 진영 씨가 전해주는 건가요?"

〈네? 아, 빗소리 때문에 잘 안 들려요!〉

"그러니까 그걸 왜 진영 씨가 말하냐구요. 정우 어디 있는데요? 바꿔주세요."

〈아……. 어머, 근데 시연 씨 좀 이상하다. 전화를 하실 수 없는 상황이니 제가 전한 거죠. 모르시겠어요?〉

이 계집애 봐라. 기회 있으니 이때다 싶어 공격하고 있다. 게다가 웃어?

사람 깔보듯 말하는 건 이 계집애 특기다. 그래서 참 기분이 더럽다.

〈지금 촬영 중인데 휴대폰이 안 터지는 데라 제가 일부러 마을까지 나와서 전화하는 거예요! 선배님은 나올 수 없는 사정이라서요.〉

"그러니까 그 사정이 뭔데요."

〈그건 우리 일 때문이라서 말씀드릴 수 없겠는데요?〉

뭐가 어쩌고 어째?

〈아무튼 잘 들리지도 않고 제가 빨리 복귀해야 해서 오래 통화 못해요. 그럼 전해 드렸으니까 그만 끊을게요.〉

"잠깐만요!"

시연이 진영을 불렀다. 화가 머리끝까지 났지만 애써 누른 채로 차분하게 말했다.

"정우한테 전해주세요, 기다리고 있겠다고."

이정우, 아무리 그래도 이건 아니지 않아? 네가 전화할 상황이 아니라고 저 계집애를 시켜 전화할 수 있는 거야? 차라리 시키지 않은 게 나았을 것 같은 이 기분은 뭘까.

아마도 또 촬영에 미쳐서 지방까지 내려갔다가 촬영을 못 접은 거겠지. 치사한 거 아니니? 그럴 거면 처음부터 내려가지 않았어야 옳아. 아무리 대단한 촬영이라도 미뤘어야 옳아. 아니라면 나

하고 약속을 하지 말았어야 해.

그것도 아니라면, 최소한 떠나기 전에 내 약속을 미뤘어야 옳은 거 아니니?

마음이 산란해져서 뭘 어떻게 해야 할지 몰라 휴대폰을 쥐고 있는데 진영의 목소리가 넘어 왔다.

〈시연 씨, 기왕 제가 전화한 거니까 몇 마디 좀 해도 될까요? 선배님은 시연 씨가 걱정돼서 일부러 저한테까지 시켜서 전해달라고 한 건데 이해해 줘야 하는 거 아닌가요? 선배님의 여자친구라면요.〉

"……."

〈나라면 그랬을 것 같은데. 상황이 오죽했으면 선배님이…….〉

"진영 씨, 그 선배님한테 하시연은 꼭 기다리고 있겠다고 전해 줘요, 쓸데없이 끼어들지 말고."

그대로 전화를 끊었다.

이 계집애가 지금 누굴 가르치려는 거야? 뭔데 끼어드는 거야? 네가 뭘 안다고.

성깔대로 말은 해버렸지만 마음이 편하진 않았다. 하지만 진영의 말에 설득당하진 않았다. 상황이 오죽했으면…… 이라니.

"넌, 직접 전화했어야 해."

아무리 생각해도 이정우를 이해할 수 없고 이 상황을 납득할 수 없었다.

"아니. 그게 중요한 게 아냐."

시연은 인정했다.

"네가 이 약속에 나만큼 의미를 두지 않았단 거, 그게 중요한 거겠지."

그게 정답이었다.

확신 없는 거 따위 문제 안 될 줄 알았는데, 그건 그냥 희망사항이었나 보다. 희망을 걸었던 건 말 그대로 바보 멍청이의 순간적인 현혹이었고.

그래도 시연은 정우를 기다렸다.

"이정우, 누가 그러더라……. 사랑은 다른 거 하나도 필요 없이 오로지 나 하나만을 위해 불 속이라도 뛰어드는 거고……."

이정우가 다른 모든 걸 떠나 하시연을 위해서 그 빗길을 뚫고 달려와 주길 원하고 있다.

"원하면 안 되는 거니?"

몇 시간을 더 기다렸다.

하지만 wish는 정말 wish로 끝나 버리고, 새벽 한 시를 지나고 있음에도, 이정우는 오지 않았다.

시연은 천천히 자리에서 일어났다.

양초는 이미 촛농이 다 녹아 꺼져 있었고 샴페인은 벌써 비어버린 지 오래였다. 굳은 시나몬 롤을 휴지통에 쏟아버렸다.

"우린 도저히 안 될 것 같아. 더는 안 되겠어."

❋

"야! 이 새벽에 자는 사람을 깨워야겠어?"

추리닝을 추레하게 걸치고—트레이닝복 아니라 진짜 추리닝이다—

턱수염은 까슬까슬, 머리엔 새집이 한 채 있다. 꼭 염천교 다리 아래에서 기어 나온 듯한 지저분한 모습의 남자가 시연의 맞은편 자리에 털썩 앉으며 하품을 쩍쩍 했다. 신경질 내며 머리를 벅벅 긁는데 비듬이 홋카이도에 내리는 눈처럼 풀풀 날렸다.

아, 넌 여전히 지저분하구나.

시연은 자는 저 녀석을 전화로 두들겨 깨워 호프집으로 불러냈다.

이 새벽에 편안히 시비 걸 만한 인간이 저 인간밖에 떠오르지 않았다.

강호수.

이름에 강과 호수가 모두 들어가 있는 저 녀석은 이름처럼 고요하고 잔잔하진 않았다.

백수이면서 예술가이고, 예술가이면서 백수인 경임의 제자.

회화, 조각을 두루 거쳐 설치미술을 하더니 현재는 도자기에 푹 빠져 있다. 곧 산속에 들어가 가마터 옆에 움막 하나 짓고 살 것 같다.

시연과는 경임의 작업실에 드나들다가 친해졌고, 서로 벌거벗고 있어도 눈 한 번 깜짝 안 할 수 있다고 자부할 정도로 편한 친구 사이였다.

"네 유령 남자친구는 이 새벽에 어디서 광란의 밤을 보내느라고 널 내팽개쳐 둬서 날 귀찮게 만드는 건데?"

이상하게 호수를 만날 때마다 정우가 종적을 감춘 때라서 호수에게 정우는 시연의 유령 남자친구였다. 하긴 늘 정우가 말없이 증발해 열받았을 때 이 녀석을 불러내 진상을 부렸으니 당연한 일인가.

"시끄러. 아무리 예술 한다고 해도 그 차림이 뭐야?"

"야밤에 자는 사람 두들겨 깨워 불러내서 지금 의복 타령이냐? 차림이 뭐가 중요해. 이 시각에 끌려 나올 정도로 널 아끼는 우정이 중요하지."

"말이나 못하면."

"그리고 이거 비싼 추리닝이야. 왜? 멀끔한 남자친구만 보다가 정상적인 지구인의 평균 의복 수준을 잊어버렸어? 어디서 자꾸 차림새 지적질이야?"

시연은 무시하고 생맥주를 마셨다.

"왜? 또 무슨 일인데? 뭐 때문에 저기압으로 내 추리닝을 인질로 잡고 술을 푸는데? 남친이 이번엔 어디 남극에라도 갔어? 아니면 에베레스트? 콸라룸푸르?"

"정우 때문에 화난 거 아니야."

이정우 때문에 이러고 있는 건 맞았지만, 호수에게 정우 애길 하고 싶진 않았다. 이런 감정으로 말하면 좋은 말이 나갈 리 없으니까. 그건 정우와 자신, 두 사람이 직접 해결해야 할 문제였다. 이젠 해결하고 말 것도 없었지만.

"남친 때문이 아니면, 네오인지 네모인지 그 머시깽이들 때문에?"

"이름 똑바로 불러줄래?"

"가만 보면 네 남친도 참 아량이 깊어. 어떻게 너처럼 정신 수준이 낮은 애를 참아줄 수 있는 걸까? 나라면 머리카락 홀랑 깎아서 콘서트고 뭐고 못 가게 했을 텐데."

사무가 바쁘셔서 그런 관심이나 있으실지 모르겠다.

시무룩해지는 시연의 얼굴을 호수가 물끄러미 보더니 싱글 웃었다.

"하긴, 툭하면 말없이 사라지는 네 남친이 할 말은 아니지? 다리라도 분질러서 못 사라지게 하고 싶을 때가 한두 번이 아닐 텐데. 그리고 보면 니들 둘은 쌍으로 특이해. 그러니까 커플인가?"

그가 양손으로 귀에 원을 그리며 사람 속을 박박 긁었다.

"네 꼬라지나 보고 남을 욕해. 누가 보면 네가 더 미친 줄 알지. 도대체 머리는 왜 기르는데? 제발, 쌈박하게 자르거나 아님 펌이라도 하든가! 그거 왁스 아니고 떡 진 거지? 밥풀 묻은 거 봐라. 고시원에서 사냐? 정신 좀 차려!"

이정우한테 퍼부어야 할 악담을 애먼 호수한테 퍼부었다. 그런데 이게 효과가 있는지 꽤 마음이 풀렸다. 욕하면 흥분하고 그럼 아드레날린이나 도파민 같은 게 분비되나? 완전 스트레스 풀린다.

"시절이 하 수상하여 머리카락으로 귀를 덮으려 함이다. 밥풀은 비상식량이고. 신경 꺼."

"하."

생맥주를 마시고 있는 호수는 딱 산속에서 뛰쳐나온 기인이었다. 그런데 참 신기한 게 나름대로의 스타일을 구축한 건지 의외로 여자들에게 인기가 있다는 것이었다. 아마도 언변술이 뛰어난 때문이기도 하겠지만 그 안에서 꿈틀거리는 예술적인 재능 탓이 아닌가 싶었다.

"얼마 전에 공들이던 그녀랑은 어때? 잘돼 가?"

"잘돼 가긴. 끝난 지가 언젠데."

"뭐? 왜? 사진 보니까 엄청 예쁘던데, 못생기고 막 입는 게 눈은 높아요!”

“못생기고 막 입어서 그런다! 내가 이러면 상대방을 완벽해야 평균이 좀 균형적이지. 에잇! 화딱지나. 그 빵빵한 가슴이 뽕이었다니, 그 순간의 충격을 네가 알아?”

기가 막혀서…….

“벌써 벗겨봤구면?”

“당연하지!”

“변태. 개자식.”

“왜 이래? 동의하에 자연스럽게 성사된 결합이었어.”

“그런데 뽕에 천년사랑이 식어? 사랑에 뽕이 뭐가 중요한데? 사랑하면 뽕도 끌어안고 납작 가슴도 커버해야지! 뽕이 밥 먹여 줘? 하여튼 남자들 죄다 생각하는 거 하곤.”

시연은 짜증이 나서 노가리를 확 접시에 집어 던졌다.

“너희 둘은 어떤데? 진도는 좀 나갔어? 꼬라지로 봐서는 선 근 처에도 안 가봤을 성싶긴 하다만. 너도 가슴에 뽕 넣은 거면 애초에 이실직고해라. 거사 때 들키면 남자들 힘 빠진다.”

“미친놈. 남자들은 대체 왜들 그러니? 선을 넘고 말고, 그게 뭐가 그렇게 중요하고, 사랑해서 선을 넘기로 했으면 뽕이건 패드건 이해해야 하는 게 아냐? 사랑하는 게 아니라면 원하지도 말아야 하고, 원했다면 충실해야 하고……. 근데 왜 하나도 제대로 안 지키면서 섹스는 하려는 건데?”

“뭐냐, 이 경험에서 우러나온 듯한 진득한 한이 배인 말투는? 왜 이렇게 진지해?”

"……누, 누가 진지했다고 그래?"

"어차피 사랑은 본능의 다른 이름이야. 욕구의 애칭이고."

"본능과 욕구를 뺀 게 바로 진정한 사랑이야, 이 얼간아!"

"웃기네! 본능하고 욕구를 뺀 사랑은 앙꼬 없는 찐빵이야. 식어 버린 엽차고 고무줄 없는 팬티다. 불어터진 스파게티고 사정하지 못한 섹스야, 인마! 으. 심란해. 찝찝해."

"하…… 너 같은 바보천치 멍청이 미친놈하고 대화를 하고 있는 내가 심란하다."

두 사람은 그렇게 서로를 공격하면서도 대화를 줄기차게 이어 갔다. 아무리 짜증을 내고 욕까지 해댔어도 두 사람에겐 그게 오히려 편한 대화였다. 시연은 호수와 있을 때면 한 번도 지루함을 느낀 적이 없었다. 특히 오늘 같은 새벽엔 더욱.

아직 집에 들어가고 싶지 않았다. 피곤에 지쳐 눈을 감으면 바로 잠에 빠져 버릴 때까지 버티고 싶었다. 혼자 있게 되는 게 두려웠다.

괜한 잡념을 감당할 자신이 없었다. 그래서 두 사람은 생맥주를 9,000cc나 비워 버린 후에야 집으로 향했다. 시각은 벌써 새벽 다섯 시였다.

조금 있으면 날 새겠다.

좋네!

"오늘 무슨 일이 있었는지는 모르겠지만 다 잊고 푹 자라. 위로하러 나와준 내 성의를 생각해서라도."

"무슨 일인지 알고 무턱대고 다 잊으래?"

"자세한 건 알고 싶지 않고. 다만 내 역할은 너 꿀꿀할 때 내가 풀어주는 거, 그리고 넌 내가 꿀꿀할 때 풀어주는 거. 각자의 사정은 각자가 해결해야지."

시연이 풋 웃었다.

하긴, 맞아. 그런 거지, 뭐. 인생 뭐 있냐?

샴페인에 생맥주까지 콸콸 들어간 상태라 현재 자신은 인간이 아닌 술통이었다. 그래서 모든 게 다 해피하고 정도 이상으로 즐거웠다. 조증에 버금가는 정신 일탈 수준, 즉 현실 회피라고 할 수 있겠다.

"사실 따지고 보면 이정우도 참 착한 녀석이지, 뭐. 바람맞히는데 일부러 연락까지 하셔서 나 지금 바람맞힐 거다, 예고까지 해주시잖아. 나 부담 가질까 봐 사흘 후를 완전히 뒤로 미뤄주시기까지하고. 완전히, 완전히 뒤로. 아예 이번 생애엔 돌아오지 않게끔."

"뭐라는 거야? 누가 돌아왔는데?"

"히힛, 근데 사실은 나도 오늘 뽕 넣었다? 패드 빵빵한 걸로 입었쥐. 잘못하면 들킬 뻔했네?"

"아오, 뽕 얘기는 하지도 마. 상처받아."

"그래, 너 상처받으면 안 되지. 나도 상처투성인데 너라도 멀쩡해야지, 친구."

"그래, 친구. 심심하면 언제든지 폰 때려라. 불쌍한 널 위해 밥은 사줄 수 있으니까."

"그래. 고맙다, 친구야."

취한 시연이 취한 호수의 어깨를 툭툭 두드렸다.

"누구야! 어떤 새끼야!"

취한 호수는 그걸 누가 시비 건다고 생각하고 허공에 대고 마구 따지고.

"뭔데? 어떤 새낀데?"

취한 시연은 거기에 같이 놀아나고 있고.

"자, 이제 그만 가봐라. 바래다주기까지 하다니 고맙다. 다음에 은혜 갚으마."

헛짓을 끝낸 시연은 호수의 목에 헤드락을 걸어 정수리에 입을 맞추고는 터프하게 휙 밀었다.

"착한 놈."

"넌 왜 이렇게 힘이 세냐? 어우, 목 돌아가겠네."

중얼거리며 목을 쓱쓱 문지르던 호수가 문득 어딘가를 쳐다보더니 눈을 끔뻑거렸다.

"어?"

비틀비틀 제자리에서 흔들거리며 그쪽을 쳐다보고 있던 그가 고개를 휙 돌리더니 시연의 귀에 대고 속닥거렸다.

"야, 큰일 났다. 나 아무래도 네 남친한테 엄청난 오해를 산 것 같다."

"……뭐? 내 남친이 누군데? 갑자기 무슨 소리……."

무슨 말인가 싶어 호수가 열심히 곁눈질하는 곳을 따라 시선을 돌렸더니, 시연의 집 앞에서 누군가가 계속 두 사람을 쳐다보고 있었다. 어둠 속이지만 또렷이 보였다. 그건 정우였고, 그걸 깨달은 순간 시연의 눈동자에 찬물이 퍼부어진 듯 냉기가 어렸다가 실실 풀어졌다. 독기를 이기는 게 취기인가 보다.

아니, 포기인가.

뭘 잘했다고 싸늘한 눈으로 쳐다보고 있던 이정우가 곧 시선을 돌리더니 돌아서서 갔다. 호수는 중간에서 눈치만 보고 있고, 시연은 약이 바짝 올랐다.

"야! 이정우, 너 뭐야? 완전 어이없어. 지금 누가 누구한테 화내는 건데? 지금 네가 화낼 처지야? 화낼 자격이 있냐고! 네가 양심이 있어? 양심 있으면 이러지 못하는 거 아냐?"

"시, 시연, 그만해. 뭔가 오해한 것 같은데……."

호수가 시연의 팔을 잡았지만, 시연은 총알처럼 튀어나가 계속해서 소리쳤다.

"야, 이 나쁜 자식아! 가! 가버려! 언제나 가는 건 네 특기였잖아. 말 한마디 없이 사라지는 거, 네 멋대로 하는 거 다! 차라리 약속을 하질 말든가! 아니면 최소한 직접 전화해서 사과했어야 하잖아! 이정우! 이정우!"

하지만 아무리 소리쳐도 그 냉정한 자식은 한 번도 돌아보지 않고 사라졌다. 결국 참고 참았던 눈물이 핑글 돌아 펑펑 쏟아졌다.

"시연아……."

"너 같은 게 화낼 처지냐고! 너 같은 게! 무신경에 둔탱이, 개자식! 너랑은 이제 끝이야! 끝이라고!"

풀썩 주저앉았다.

정우는 욱신거리는 팔을 점퍼 아래에서 꾹 누르며 계속 걸어가고 있었다. 붕대로 처치는 되어 있었지만 마취약의 기운이 떨어지자 통증이 몰려왔다.

애초에 이틀이면 넉넉하다고 생각한 촬영이었고 이미 잡힌 스케줄이라 강행할 수밖에 없었다. 그래서 넉넉하게 사흘을 잡고 시연과 약속을 한 것이었다.

하지만 생각지도 못한 악천후로 일정이 엉키고 일이 틀어졌다. 어떻게든 시간에 맞추기 위해 서두른 게 문제였다. 무리한 상황에서 이틀을 넘기지 않기 위해 노력했지만 결국 사흘째로 넘어갔고, 폭우 속에서의 촬영은 결국 사고로 이어졌다. 날카로운 바위에서 실족을 한 그의 팔이 10㎝ 이상이나 찢겨 나가는 사고를 당하고 바로 병원으로 실려갔다.

워낙 시골 마을이라 병원을 찾기도 힘들었다. 그사이에 피를 많이 흘려 의식이 왔다 갔다 하는 사이, 정우는 어쩔 수 없이 진영에게 부탁했다.

"다른 말은 하지 말고, 약속 못 지키게 됐다고, 기다리지 말라고만 전해줘. 미안하다고 꼭 말해주고."

"그래도 사고 얘긴 해야 하지 않을까요?"

"괜히 사고 소식까지 전해서 놀라게 하고 싶지 않아."

시연이 화가 나리란 건 알았지만, 자신이 직접 사정을 설명하리라 생각했다.

진영을 보내고 피를 많이 흘린 탓에 잠깐 의식을 잃었다가 깨어나니 벌써 열두 시가 넘은 시각이었다. 깨어나자마자 진영이 보이기에 말은 잘 전했느냐고 물었다.

"기다리겠대요."

진영이 한 말은 그것이었다.

"시연 씨, 좀 너무한 것 같아요. 선배님 이렇게 다쳤는데 아무것도 모르면서 꼭 기다리겠다고 해야 해요?"

"아무것도 모르니까."

"……."

"모르는데 어떻게 이해부터 먼저 해. 그리고 내 앞에서 하시연 험담하지 마. 기분 안 좋다."

"선배님, 전 그냥……. 죄송해요. 하지만 아무리 시연 씨 입장에서 생각해 보더라도 이건 정말 아닌 것……."

"네가 시연이 입장이 될 순 없어."

정우는 진영의 말을 잘랐다.

"시연일 멋대로 판단하란 뜻으로 그런 부탁 한 거 아니야. 부탁 들어준 건 고맙지만, 우리 사이의 일이야. 끼어들지 마라."

자신이 하시연이었어도 화가 났을 것이다.

예전엔 이게 잘못된 행동이란 걸 모르고 본의 아니게 상처를 많이 줬었다. 워낙 훌쩍 떠나는 게 몸에 배어 있고, 거기에 어떤 죄의식이나 의미 같은 것도 없었다. 고고학자인 삼촌의 영향을 많이 받은 듯했다. 정우는 삼촌을 아주 많이 따랐었는데 어느 날 배낭 하나 메고 훌쩍 떠나는 삼촌의 자유로운 모습이 어린 나이에 꽤나 멋져 보였나 보다. 철들고부터는 아예 삼촌을 직접 따라나설 정도였다.

어머니는 모든 걸 자로 잰 듯 정리를 해야 하는 사람이었다. 액자를 걸어도 1㎜의 비뚤어짐도 용납하지 못했고, 집 안에선 먼지한 톨 묻어나지 않았다. 식기, 가구, 카펫의 선, 칫솔질할 때 치약

한 방울 떨어지는 것도 참지 못했다. 성격이었다. 집안일뿐 아니라 일적인 부분에서도 그랬다. 프랜차이즈 외식 사업 분야의 회사를 경영하고 있던 아버지를 도왔었는데 어머니 앞에선 모든 게 완전무결해야 했다. 초마저 체크하고 너무 모든 걸 딱딱 따지는 결벽증은 아들한테도 한 치의 흐트러짐도 용납하지 않았다.

그래서 더 자유로운 삼촌을 따르게 되고, 삼촌과 함께 보는 세상은 소년의 숨통을 틔어주곤 했다. 하지만 삼촌은 정우가 고등학교 때 에베레스트를 등반하다가 조난 사고로 유명을 달리했다. 어린 정우에게는 더없는 충격이었지만, 정우는 삼촌이 돌아가신 후에도 홀로라도 훌쩍 떠났다. 꼭 삼촌이 살아 있는 것처럼 그의 여행에는 끝이 없었다. 빈자리를 느끼는 여행이 아닌 삼촌의 존재를 느끼는 여행이었다.

시간 날 때마다 사람의 발길이 닿지 않는 곳을, 세계 곳곳의 오지를, 험난한 산맥을 누비며 살았다. 그러다 자연히 다큐멘터리 분야에 관심을 갖게 되었다. 단지 여행이 아니라 자신의 꿈을 만들어준 의미였다. 그랬기에 거기엔 어떤 망설임이나 계산이 없었다. 그저 떠나고 싶을 때 떠났고, 눈을 크게 떠서 주변을 둘러보면 영상에 담아내고 싶은 것들이 생겨나곤 했다.

하지만 그게 시연을 지치게 했다는 걸 나중에야 알았다. 시연은 어머니와 반대의 타입이었다. 딱딱 따지는 여자는 피곤했지만 시연은 안 그런 사람이었다. 처음부터 남들은 상상하지도 못한 방식으로 그에게 자신의 사진과 하루 일과를 노출하는 그녀의 자유롭고 과감한 영혼이 좋았다. 그랬기에 그녀가 힘든지 몰랐다.

깨닫고 나서는 점점 그러지 말아야지, 똑같은 실수를 반복하지 않기 위해 아예 끊을 수는 없으니 최소한 줄이려고 노력하고 있었는데.

더욱이 이번엔 꼭 약속을 지키고 싶었다.

이번만은 절대 이런 일이 없었어야 했는데.

일어나지 말았어야 한 일이 결국 일어났다.

그래서 모두가 말렸지만 결국 한 손으로 운전해서 서울로 올라왔다.

"기다리겠대요."

올라오면서도 내내 그 말이 머릿속에 맴돌았다.

어떤 마음으로 그 말을 했을지 짐작이 되자 조바심이 극에 달했다. 휴대폰은 방전된 상태고, 되도록 빨리 도착하는 것밖에 시연을 잡을 방법이 없었다.

"기다려, 제발."

이번에 놓치면 두 번 다시 돌이킬 수 없을 것 같은 불안한 예감을 지울 수 없었다. 하지만 오피스텔에 뛰어 올라갔을 때 이미 시연의 모습은 보이지 않았다.

다 타버린 양초와 쓰레기통에 버려져 있는 시나몬 롤.

어떤 마음으로 떠났을지 알 수 있는 광경이었다.

곧장 시연의 집으로 달려와 대문 앞에서 재연에게 전화해 봤지만, 아직 들어오지 않았단 대답만 들었다.

결국 대문 앞에서 한참을 시연을 기다렸는데, 시연은 강호수와 함께 오고 있었다.

자신이 먼저 잘못한 것이니 질투해서는 안 되는 거였는데, 그녀가 누구와 있건 어떤 행동을 하며 두 사람이 어떤 모습을 보여주건 이해했어야 하는 건데.

그게 그렇게 되지 않았다.

자신의 여자친구, 그 옆에 아주 가까이 있는 격 없이 편하고 친한 이성 친구의 존재가 늘 마음에 걸렸었다. 그 꼬인 마음이 오늘 폭발했다.

"너 같은 게 화낼 처지냐고! 너 같은 게! 무신경에 둔탱이, 개자식! 너랑은 이제 끝이야! 끝이라고!"

시연의 그 말이 정우의 가슴에 제대로 박혔다.

틀리지 않았다.

자신이 화낼 처지인가.

둔하고 무신경에 개자식. 그래, 그게 자신이다.

"차라리 약속을 하질 말지! 아니면 최소한 직접 전화해서 사과했어야 하잖아!"

맞는 말이다.

너무 맞는 말이라서 어떻게 변명해야 할지 모르겠다.

자신의 입장에선 노력했었다고 한들, 실수하지 않으려 애썼다고 한들 변명의 여지가 없었다.

　질투와 순간적인 분노로 돌아섰지만,

　결국 그의 걸음을 멈추지 못한 건, 시연에 대한 죄책감과 미안함 때문이 아니었나 싶다.

　"난, 네가 나 때문에 가슴이 찢어졌으면 좋겠어."

　어떤 마음으로 그런 말을 했을지.

　이미 마음은 충분히 그러한데, 시연에게 갖고 있는 감정은 그 이상인데, 그걸 그녀가 느끼도록 만들어주지 못한, 그래서 불안하게 하고 만 자신이 정우는 참으로 한심했다.

4. 마음이 몸보다 먼저 닿는다

다음날 퇴근해서 돌아온 시연은 퀭한 눈으로 재연의 방문을 벌컥 열었다.

녀석은 여전히 모니터에 얼굴을 박고서 '갑작스러운 공격'을 하고 계셨다. 무기가 작렬할 때마다 악당들이 통쾌하게 죽어 나갔다.

그날 지 죄도 모르고서 뻔뻔하게 더 화내고 돌아선 그 이정우를 저 총을 빼앗아 두두두 쏴버리고 싶다. 그 죄 많은 남자는 며칠 전 전화를 해와서 간단한 전언을 남겼다.

"일주일 뒤에 얘기하자."

시연은 그때 일하던 중이라 알았다고 하고 그냥 끊어버렸다.

그날은 취한 바람에 제대로 다 말하지 못해서 말짱한 상태에서 저주를 더 퍼부어주었어야 했는데, 하필이면 근무 시간인 게 천추의 한이었다.

헤어지더라도 아름답고 고상하게?

시간이 지나 돌이켜 추억했을 때 서로의 좋은 점만 기억하도록?

웃기지 말라 그래라. 헤어질 때 헤어지더라도 반드시 네 죄를 조목조목 제대로 상기시켜 주고, 비난할 거 다 해주고, 사과할 거 다 받아내고 인간 개조를 다 시켜놓은 후에야 끝내도 끝낼 테니까. 아주 재기 불능으로 만들어 '내가 이리 죄 많은 인간이었구나'라는 걸 깨닫고 개과천선하기 전엔 절대 곱게 물러나 줄 수 없었다.

적어도 고쳐 놓고 방생해 줘야지 다음에 저 녀석을 주운 여자가 덜 고생할 게 아닌가. 이게 선임으로서의 최소한의 배려다.

"뭐? 일주일 뒤? 끝까지 네 시간만 황금 다이아몬드고 내 시간은 그냥 돌덩이지? 나는 뭐 안 바쁜 줄 알아? 아주 되게 바쁜 척하고 있어. 그렇게 시간 내주기 아까워서 헤어질 시간은 어떻게 특별히 내주시겠대?"

"헉! 언제 들어왔어? 왜 남의 뒤에서 혼잣말을 하고 있어, 무섭게?"

재연이 녀석의 뒤에서 독백을 하고 있었나 보다.

녀석이 헤드셋을 목에 건 채로 목마 돌려 시연을 견제하듯 쳐다보고 있었다.

"왜 거기 서 있냐고."

"넌, 복학 안 해?"

"왜 안 해. 해야지."

"복학해야 할 인간이 게임만 파고 있어?"

"복학하면 시간 없잖아! 아, 왜 또 시비야? 뭐? 왜? 또 야동 줘?"

"……됐어, 이 시키야! 누가 그딴 야동 또 볼 줄 알아? 이제 필요도 없거든? 다 필요 없고 너도 필요 없어!"

재연이 어이가 없다는 듯 쳐다보다가 자기 귀 옆에다가 원을 그렸다.

"드디어 미쳤구만. 필요 없으면 그냥 나가시지?"

하지만 시연은 나가기는커녕 턱을 꼿꼿이 쳐들고 말했다.

"게임, 나도 하자!"

✳

팬질도 잊은 채 일주일 동안 출퇴근, 게임만 하며 지내다가 일주일째 되는 날 이정우의 오피스텔로 갔다. 오피스텔로 오라는 이정우의 전언이었다.

전엔 정우가 없어도 멋대로 들어가 있었지만, 이젠 전 여자친구가 아닌가. 예의를 지켜주잔 생각에 현관 앞에서 전화를 했다.

"지금 집 앞이야."

딱딱하게 정우의 목소리가 넘어왔다.

〈들어가 있어. 금방 갈게.〉

시연은 한숨을 내쉬고 휴대폰을 내렸다.

"후, 아직 안 왔어? 오늘조차도?"

이정우의 금싸라기 시간을 이 미천한 전 여자친구가 감히 몇 시간이나 빼앗게 됐으니 이거 미안해서 어쩌나.

정우의 오피스텔은 그날과 달라진 게 없었다. 구김 하나 없이 일절 흐트러지지 않은 침대 시트를 보니 아마도 회사에서 내내 날밤 새며 지낸 모양이다. 사람이 지낸 흔적이 전혀 없었다.

전보다 깨끗해졌지만 전에 비해 황량하게 느껴지는 오피스텔 안을 서성이다가 소파에 앉았다.

손목시계를 보니 저녁 여덟 시.

"오늘은 또 언제쯤에야 오시려나."

다리를 쭉 뻗어 물장난 치듯 엇갈리며 놀다가 심심해서 다시 일어났다. 오피스텔이야 이전에도 자주 와봤었지만 치워놔서 그런지 생경한 게 참 많이 눈에 띄었다.

"이런 액자도 있었군."

이 휘어진 조명도. 요게 뭐라더라, 엄청 유명한 외국 디자이너의 작품이라 매우 비싼 걸로 알고 있는데.

"정신적 피해 보상의 대가로 달라고 해버려?"

이런 칼라박스도 있었고…….

시연은 칼라박스 앞에 쪼그리고 앉아 달칵 하고 문을 열어보았다. 안에 책 같은 게 몇 권 서 있었다. 아주 커다란 책이다. 호기심이 동해 꺼내보니 책은 아니었고 앨범인 듯했다. 무심결에 휙휙 넘겨보던 시연의 눈동자가 정지한 건 그때였다.

"이건……."

자신이다.

자신이 앨범 안에서 별의별 표정을 지으며 오롯이 한 권을 다 채우고 있었다.

정우를 만난 이후에 찍은 게 아니었다. 전부 다 그 이전 시절의 사진들. 지금보다 훨씬 어리고 뽀송뽀송하던 교복 시절의 하시연이, 전부 거기에서 웃고 있었다.

그리고 마지막 장엔, 일곱 살 애기배 볼록한 어설픈 발레리나 하시연이 포즈를 취하며 서 있었다.

그런데 그 옆에 사진이 한 장 더 있었다.

그건 시연과 똑같은 나이의 어린 이정우의 사진.

일곱 살 너무너무 예쁘게 생긴 소년이 녹색의 피터팬 복장을 한 채 브이 자를 그리며 웃고 있다. 딱 봐도 유치원 재롱잔치 사진이다. 연극을 한 걸까. 뽀얗고 사랑스럽다. 아주 천진난만한, 그 나이 특유의 순수하고 맑은 미소가 눈에 확 들어온다. 슈가파우더보다 더 달콤한 미소. 여전한 소두 인증. 성형한 데가 한 군데도 없단 걸 증명해 주는 모태 미남 인증 짤…… 이 아니라 사진.

어설픈 발레리나와 귀여운 피터팬이 한 쌍처럼 한 표지 안에서 나란히 붙어 있었다.

"이정우……."

잃어버린 것처럼 굴더니.

“어딘가 있을 거야, 잘 찾아보면.”

그렇게 말한 주제에.

여기 이렇게, 지금껏 더없이 제대로 잘 간직되어 왔다는 증거가 딱 있는데.

하여튼 속을 알 수 없는 놈. 제대로 말해주면 어디가 덧나나? 능구렁이도 아니고.

무릎 위에 앨범을 얹은 채 바닥에 주저앉아 있는데 그때 문 열리는 소리가 들렸다. 천천히 고개를 돌려보니 정우가 안으로 들어서고 있었다. 바닥에 앉아 있는 시연을 보더니 멈칫했다. 그 시선이 앨범을 발견하곤 한 번 더 멈칫했다.

시연은 멍하니 정우를 쳐다보고 있었다.

저 녀석의 마음을 모르겠다.

이렇게 판단하면 저렇게 행동하고, 저렇게 판단하면 이렇게 행동하고.

그래서 뭐?

이 사진 잃어버린 게 아니라 잘 갖고 있었다고 마음이 풀리기라도 했어?

솔직히 좀 풀렸다.

점수를 좀 땄단 소리다.

왠지 정우를 쳐다보기가 어색했다. 말없이 여자를 감동시키는 남자, 특별히 입으로 공치사하지 않아도 뒤에서 실은 진심으로 여자친구를 생각해 주는 남자. 이정우가 그렇다는 건 아니고. 왠지

그가 그런 남자 같고 자신이 그런 남자에게 사랑받고 있는 것 같
은 느낌을 들게 했다. 이 앨범의 의미가…….

시연은 앨범을 덮어 가슴에 안아 들고 일어났다. 정우를 제대로
쳐다보지 못해 시선을 헛짚으며.

"이, 이 사진들…… 모아뒀었네?"

정우는 아무 말 없이 마저 들어와서 차키를 테이블 위에 놓았
다.

"잃어버렸다더니……. 무분별하게 날린 거라서 이렇게 모여 있
으리란 기댄 안 했는데. 가, 갖고 있었으면 그렇다고 말을 하지."

"뭐 좀 먹었니?"

"버, 버리지 않은 건 고마워. 잘 모아줬으니까 이제 그만 내가
갖고 갈게."

냉장고로 가려던 정우가 멈칫했다.

"왜 그걸 네가 갖고 가?"

"왜냐니, 주인한테 돌아가는 게 당연하잖아."

"주인은 나야. 네가 나한테 줬다는 거 잊지 않았겠지?"

시연이 어이없다는 듯 웃었다.

"내가 바보야? 그런 것도 잊어버리게?"

"그러니까 제대로 잘 알고 있으면 그냥 둬."

"이 사진들…… 내가 왜 너한테 보냈는지 아니?"

왠지 슬퍼졌지만 시연은 표정 변화 없이 말을 이었다.

"날 기억해 달라고, 주문처럼 보냈던 사진들이었어."

정우의 표정은 그저 고요했다. 그래서 시연의 이마엔 슬슬 핏대

가 섰다. 정말 화가 났다. 그날도 자기가 더 뻔뻔하게 화를 내더니, 설마 그 화가 아직 안 풀렸단 소리야? 만약 그거라면 이정우는 정말 양심 없는 인간이다. 그 무심함이 또 시연을 찔러서 시연의 마음이 차가워졌다.

"하지만 이젠 더 이상 날 기억해 주지 않아도 될 테니까 가져갈래."

생각보다 더 빨리 마지막 말을 꺼내게 되었다.

"헤어지자, 우리."

시연과 정우의 시선이 하나로 섞여들었다. 너무 고요해서 시연은 힘겨웠다.

어쩌면 한참을 하지 못할 말일 줄 알았는데 이렇게 쉽게 나와 버리다니.

시연을 물끄러미 쳐다보고 있던 정우가 천천히 돌아섰다. 그 뻔뻔한 녀석은 대답할 생각은 않고 냉장고로 가서 생수를 꺼내고 있는 게 아닌가.

"마실래?"

됐거든!

진짜 기가 막혀서.

"이정우, 내 말 들었어?"

어떤 듣지 못하는 할머니가 경찰서에 잡혀왔는데 경찰이 '안 들리죠?' 라고 물었더니 고개를 끄덕이더란다. 그 할머니나 이정우나 다를 바가 없었다. 아니, 할머니는 그래도 이정우보다 양반이다. 할머니는 대답이라도 하셨지 이정우는 들리는 건지 아닌 건지, 진짜 미쳐 버리겠다.

"지금까지…… 미안했다."

그때 정우가 천천히 입을 열었다. 시연은 뒤통수를 꽝 맞은 것 같은 기분으로 그를 쳐다보았다.

뭔가…… 이게 아닌데. 그런 방향으로 흘러가는 것 같다.

이정우, 너 무슨 말을 하려는 거야? 그게 아니지…….

뒷말을 막고 싶다는 생각이 미친 듯이 들었지만, 이제 와서 그러자니 자존심 상하고.

"내 잘못이 너무 컸고 그걸 인정하기 때문에 네 말에 변명의 여지가 없어. 네가 그런 말을 하게끔 만든 건 나겠지. 그러니 네가 헤어지길 원한다면, 그래, 그러자."

두 번이나!

처음엔 넘어가 줄 수 있었지만, 두 번이나 헤어지자고?

시연은 주먹을 꼭 쥐었다.

서운함이 폭발할 것 같았다.

이게 남들도 다 겪는 이별의 수순인가?

생각보다 너무도 평탄하게 이별 의식이 잘 진행되고 있어서 서럽기까지 했다.

"정말…… 헤어지겠다고?"

"네가 그러길 원한다면."

"……울어도?"

젠장! 이 말이 왜 나간 거야?

넌 여자로서 자존심도 없어?

안 그래도 정우가 너 뭐냐는 눈으로 쳐다보고 있었다.

뭐긴 뭐야, 이런 여자지.

네 이별의 수궁에 쿵 하고 심장이 내려앉는 여자. 내가 비스킷 뿌려서 솔솔 유도했다고 한들, 그렇다고 정말 덥석 미끼를 물어버릴 줄은 몰랐던 아둔한 여자. 생각보다 더 슬프고, 슬퍼서 그게 더 분한 여자.

"아무리 내가 헤어지자고 했어도, 넌 그러지 말자고 해야지. 내가 좀 화가 나서 말했다고 너도 같이 장단 맞추고 있어? 잘못은 자기가 해놓고! 왜? 딴 여자 만나보고 싶니? 지금껏 나만 사귀었으니 새로운 세계가 궁금해? 딴 여자들은 뭐 다를 것 같아? 그나마 팬질하느라 집착 덜한 내가 낫지! 누구라도 너처럼 굴면 열은 나가떨어질 거야! 잘생기고 좀 매력적이라고 네가 잘난 줄 알지?"

마지막 말은 안 할 걸 그랬다. 주책도 아니고 그런 말은 왜 덧붙였을까?

아무튼 이 헐렁한 뇌가 문제다.

"그래. 네가 최고의 여자라고 생각해."

그런데? 라고 물어보고 싶었다.

하지만 이 말이 나갔다.

"나쁜 놈, 그래. 헤어져!"

하시연도 사람이다.

그래, 그렇게 하자.

한 번 잘 헤어져 보자.

인형처럼 표정을 굳힌 시연이 무기질의 눈으로 말을 이었다.

“하지만 기억해. 헤어지는 건 네 탓이고, 헤어지길 원한 건 나지만 결국 받아들인 건 너란 걸. 그래도 한 번 잡아주는 척이라도 해 줄 줄 알았는데 내 기대가 너무 컸나 봐. 나 정말 바보인가 봐. 잡아주면 비극의 여주인공처럼 눈물 뚝뚝 흘리면서 별의별 말 다 퍼부으려고 준비해 왔었는데, 넌 역시나 마지막 기대마저 무너뜨리는구나.”

“하고 싶은 말 다 해.”

“너, 감정은 있니? 심장은 뛰어? 어디 전당포에 맡겨놓고 필요할 때만 찾아 쓰는 거 아냐?”

“뭐든 다 받아들이겠다는 말이야. 오해하지 마.”

“그래, 다 할게! 몇 번이나 이해하려고 했어. 네 그 고질병, 그 병이 날 힘들게 하는 건 맞지만 죄는 아니니까 내가 이해해 줘야 한다고 생각했어. 하지만 까마득해. 어느 순간부터 앞이 막막해. 보이질 않아. 계속 그럴 거라면, 앞으로도 계속 이렇게 지내야 한다면 너무 암담하잖아. 너랑 결혼해서 살아도 문제일 거고, 그래서 지쳤어. 그런데.”

“…….”

“그런데 그건 차라리 나아. 내가 진영 씨한테 전화받는 순간 기분이 어땠을 것 같니? 차라리 그냥 바람맞는 게 나았을 것 같은 그 더러운 기분을 네가 알아? 기다리지 말라고? 그 말 전하는 게 쇼핑몰에서 물건 주문하는 일이니? 다른 사람한테 대신 시켜도 되는 거야? 어떻게 그런 기본적인 것도 몰라? 이 띨띨아!”

아직 안 끝났다. 퍼부으려면 한참은 더 남았다.

이정우도 띨띨이 소리까지 들었는데도 아무런 반항도 없다.

"너한텐 내가 고작 그 정도였지? 난 정말 네가 어디 길거리 가다가 엎어져서 코나 확 깨졌으면 좋겠어!"

마지막까지 다 퍼부었다. 일단 미련은 안 남겼는데, 그런 말까지는 하지 말 걸 그랬다. 개운할 줄 알았는데 온몸이 떨리고 속만 더 상했다. 서러움이 확 밀려와 눈물이 날 것 같았다.

"내가 널 얼마나 좋아했는데. 나한테 네가…… 어떤 의미였는데."

눈시울이 붉어진 채 시연이 울먹이며 중얼거리자 정우의 표정이 흐려졌다.

"그런데 어떻게 내가 너한테 이런 말까지 하게 만들어! 왜 날 악마로 만들어. 난 그저 널 한없이 좋아하는 순수하고 발랄한 한 떨기 코스모스 같은 그런 착한 여자애였는데. 그저 너랑 같이 있다는 것 자체로도 행복하다고, 그랬는데 내가 지금 네 사고사를 꿈꾸고 있잖아. 왜 날 이렇게 구차하고 악랄하게 만드니?"

"꽃길 같은……."

"……."

"연애를 하게 해주지 못해서 미안하다. 가혹하고 서걱거리는 사막 같은 연애만 하게 해서 미안해."

정우가 천천히 고개를 숙였다.

시연의 빨개진 눈시울이 결국 젖어들었다.

이정우, 마음을 굳혔구나. 그냥 다 싫은 거구나. 끝나기만을 바라고 있는 거구나. 너도 나처럼 지쳐 버린 거구나.

안 되겠다. 이러다간 울어버리고 말 것 같다.

"됐어. 알았어. 행복하란…… 말은 안 할래. 솔직한 마음으로 내가 없는 데서 네가 행복하면, 죽어도 눈을 못 감을 것 같으니까."

아무렇지 않은 척 몸에 힘을 주고서 정우를 쳐다보다가 돌아섰다. 팔 안에 꽉 안겨 있는 앨범의 무게가 참 무거웠다.

해피엔딩이 되지 못한 이 연애의 시작점, 그 사진들을 담은 이 앨이 지금 그렇게 무거울 수가 없었다.

"시연아."

그때 정우가 시연을 불렀다. 하지만 시연은 돌아보지 않았다. 현관으로 가서 구두를 꿰어 신으려는 시연을 그 순간 뒤에서 정우가 붙들었다. 뒤에서 어깨를 안은 채 시연의 고개만 틀어 그대로 키스했다.

시연의 눈동자가 튀어나올 듯 팽창했다.

"무, 무슨 짓…… 읍!"

벗어나려고 정우의 팔을 때리고 밀쳐 냈지만 정우는 꿈쩍도 하지 않았다. 도리어 시연의 턱을 더욱 세게 틀어쥐고 입술을 세차게 밀어붙였다. 자석처럼 엉겨 붙은 몸도 떨어지질 않고, 마치 죽기 살기로 그러는 사람처럼 정우의 키스는 무섭도록 깊고…… 독했다.

마지막 키스라서?

아니면 자폭?

그것도 아니면 벌이라도 주는 걸까?

너무도 격렬한 키스에 시연의 심장이 놀라서 들썩거렸다. 키스의 애틋함이나 입술의 움직임 따위 느끼지 못할 만큼 그의 키스가 너무 지독해서.

마치 이 키스 이후에 죽기라도 하는 사람처럼.

그래서 차마 건드릴 수도 없을 정도로, 그렇게 한참을 당하기만 하고 있다가 시연은 젖 먹던 힘까지 다해 고개를 좌우로 저어 그에게서 벗어났다. 겨우 입술이 떨어져 나가고 시연은 허물어지듯 벽으로 툭 무너졌다. 한 손으로 등 뒤의 벽을 짚은 채 시연이 가쁜 숨을 몰아쉬었다. 정우가 서 있었다. 아무런 말도 하지 않고서.

시연은 그대로 정우의 뺨을 확 때렸다.

아니, 때렸다고 생각했는데.

분명히 저 상태의 이정우는 움직이지 않고서 벌받듯 고뇌에 휩싸여 있어야 했는데, 그러니 변명의 여지없이 맞았어야 하는 건데…….

손은 휙 하고 이정우의 뺨이 아닌 허공을 가르고, 그 영향으로 시연의 몸이 휘청했다.

어이가 없어서…….

"너 지금, 피했니?"

"안 피하면 맞을 거 아니야."

이정우가 피했다.

도리어 허공을 치느라 휘청한 시연의 손목을 잡아 넘어지지 않게 붙들어주고 있었다. 아이고, 이걸 고마워서 어쩌나!

"어이없어."

시연은 도무지 이해할 수 없는 상황에 눈을 크게 뜨고 입술을 벌린 채 중얼거렸다.

저런 황당한 인간을 봤나. 장난은 아닌 것 같고. 표정은 되게 진지한데, 하지만 저게 장난 아니면 대체 무엇이 장난인가.

확실히 이정우는 전혀 웃지 않았다. 도무지 이 인간의 정신 상태를 모르겠다.

헤어짐의 충격으로 순간 미쳤나?

"난 널 때리려고 했어. 넌 맞아줬어야 했고."

"맞으면 아플 것 같았거든."

"그럼 아프지 간지럽겠니?"

빽 소리를 내질렀다.

"이정우, 너 지금 나랑 뭐 하잔 거야? 넌 이 상황이 장난 같니?"

"장난 아니야."

"그럼 뭔데! 그리고 대체 누가 키스하래? 그것도 그런 막무가내 키스를. 헤어진 전 여친한테 네가 지금 무슨 짓을 한 줄 알아? 이런 뻔뻔한 짓을 하고서 그나마도 아플까 봐 피해?"

"그래. 헤어진 전 여친한테 한 이별의 키스였다."

"이 자식이 정말! 누가 이별의 키스하겠대? 누가 그걸 허락했는데?"

"그럼, 때려."

시연이 멈칫했다.

"뭐?"

"이번엔 안 피할 테니까 때리라고."

시연은 이 녀석이 이 순간 진심으로 미웠다. 주먹에 힘이 확 들어갔다.

내가 때리라면 못 때릴 줄 알지?

"이 꽉 물어라."

"겨우 솜방망이……."

바로 주먹을 날려 버렸다. 혹시라도 이번에도 피할까 봐 말하는 중간에 잽싸게 잽을 날렸더니 이정우가 비틀했다. 제대로, 먹혔다.

"……는 아니었네. 손 엄청 맵다, 하시연."

그가 얼얼한 듯 뺨을 문지르며 미간을 잔뜩 찌푸린 채 중얼거렸다. 하하…… 꽤나 아픈가 보다.

맵다 뿐이겠어? 살기를 잔뜩 담아 먹였는데.

"난데없이 주먹이냐."

"그러니까 첨에 맞았으면 손바닥으로 끝났을 거잖아."

정우가 고개를 설레설레 저었다.

"이가 흔들리는 것 같아. 이래선 키스도 못하겠어."

"그거 잘됐네! 한 번만 더 그딴 짓 하기만 해봐. 성추행으로 확 고소해 버릴 테니까!"

소리치던 시연은 문득 반짝, 하고 이성이 돌아왔다.

근데 우리 지금 뭐 하고 있는 거지?

"이정우, 우리 지금 헤어지고 있었거든? 진지하게. 엄청 열받아서. 넌 이별도 코미디로 만들어야겠니?"

"내가 코미디씩이나 하던 인간이었냐?"

아니니까 더 어이없는 거 아니냐고.

"혹시 헤어지고도 친구로 만나자는 둥, 그딴 소리 하려고 연막 작전 피우는 거라면 꿈도 꾸지 마. 넌 그게 가능할지 몰라도 난 널 친구로 만날 생각 추호도 없으니까."

거의 으르렁거리듯 시연이 차갑게 쏘아붙이자 묵묵히 듣던 정우가 입을 열었다.

"나도 그럴 생각은 없어."

윽! 마지막까지 사람을 쑤시는구나, 네가.

"우리가 친구가 될 수 있으리라곤 생각 안 하니까."

"……"

"우린, 헤어졌어."

시연의 눈동자에 원망이 깃들었다.

"그렇게…… 두 번 강조하지 않아도 알아."

작은 소리로 중얼거렸다. 그 미세한 소리가 자신의 귀에도 슬프게 들려서 속상했다. 왜 자신은 좀 더 멋지고 냉정하고 쿨한 여자가 되지 못하는 걸까?

"이정우와 하시연은 헤어졌어."

두 번도 모자라 세 번을 강조하고 있다.

시연의 마음이 차가운 물에 풍덩 빠진 듯 얼얼했다. 차갑다 못해 아프다.

이정우, 너 정말 어떻게 이래?

나한테 왜 이러는 건데?

슬퍼질까 봐, 그 슬픔에 넋 놓고 울어버릴까 봐 시연은 입술을 지끈 깨물었다.

"넌 진짜 나쁜 놈이야. 알았으니까……."

"그놈이랑 헤어졌으니까, 이제 날 만나면 되겠지?"

돌아서려던 시연의 몸이 멈칫했다. 잠시 서 있던 시연은 어리둥절한 얼굴로 정우를 천천히 돌아보았다. 이해하지 못한 눈동자는 멍했고 표정은 더 멍했다. 그러다가 곧 미간에 힘이 확 실렸다. 자신이 할 수 있는 최대한의 분노를 담아 정우를 쏘아보았다.

"너 지금, 뭐라고 했어?"

온몸이 부들부들 떨렸다.

"지금 말장난을 하고 싶어? 너한텐 내 마음이, 헤어지자고 한 내 결심이 그 정도밖에 안 돼?"

"한 번은, 네가 하고 싶은 말을 다 하게 두어야 했어."

시연의 눈동자가 잠깐 멈칫했다.

"무슨…… 소리야."

"미안하다는 내 말은 진심이었고, 변명의 여지가 없었어. 네가 헤어지길 원한다면 난 그래 줄 수밖에 없어. 그것도 사실이야. 나는 널 붙들 자격이 없어."

"그런데 왜 지금은 사람 붙들고 장난치는 건데? 너 정말 너무한다. 네 눈에 난 아무렇지 않을 것 같니? 널 그렇게나 혼자 좋아해 온 나라서, 나한텐 아무렇게 해도 될 것 같아? 그래서 이렇게 무시하는 거니?"

"말을 제대로 들어. 너 사람 말 잘 못 알아듣는 사람 아니잖아! 네 감정을 한 번은 바닥까지 모조리 밖으로 표출하게 하는 게 중요했고, 내 잘못을 네게 고스란히 사과하는 게 중요했어. 그러기 위해서 우린, 한 번은 헤어질 수밖에 없었어.”

“……난 네가 무슨 말을 하는 건지 도저히 이해가 안 가. 네가 날 놀리는 걸로 밖엔…….”

“난 널 놀리지 않아. 난 지금 우리가 사귄 이래로 가장 진지한 말을 하고 있는 거야.”

진지한 인간이 때리는데 피하냐?

“하아…… 그걸 믿으라고? 아니면 너 처음부터 이럴 생각이었니? 그래서 헤어지자고 했을 때 간단하게 알겠다고 한 거야? 일단 그래 놓고 나중에 얼렁뚱땅 되돌리면 되니까? 당연히 난 넘어가 줄 테니까?”

정우가 시연을 노려봤다.

한참을 그렇게 보던 그가 천천히 입을 열었다.

“마음대로 생각해. 네 분노를 풀 방법은 이별이었고, 난 그래 주고 싶었어. 못 알아듣겠으면 그냥 알아듣지 마.”

“야, 이정우!”

“어쨌든 난 네가 원하는 대로 헤어져 줬고, 헤어졌으니 이제 다시 만날 거다. 이것도 못 알아듣겠으면 알아듣지 마.”

“그러니까 그게 무슨!”

정우가 소리치는 시연의 팔을 탁 잡았다. 멈칫한 시연의 얼굴을 똑바로 내려다보며 그가 말을 이었다.

“알아들어? 전혀 다른 놈이 고백하는 거라고. 너를 좋아해. 나와 사귀어줬으면 해. 하시연의 남자친구로 다시 한 번 살고 싶어.”

　도대체 무슨 소린지 알 수가 없어 혼란스러운 눈으로 바라보며 시연은 한숨을 쉬었다.

　"난 왜 네가 계속 날 가지고 노는 걸로만 생각될까? 그런 게…… 통할 것 같아? 네가 말하는 다른 놈이 누군데. 이정우잖아. 이정운데, 내가 왜 이정우랑 헤어졌는데. 그럴 거면 헤어지지 않았겠지. 너도 날 좋아하는 게 맞다면 아까 날 잡았어야 해. 날 막고 내 마음을 풀어줬었어야 해. 근데 아무것도 하지 않고서 치졸하게 말장난 따위로 관계를 돌리려고 해?"

　"말장난 아니야."

　"말장난이야. 임기응변이고. 당장 곤란한 상황만 넘기고, 넌 하나도 잃은 게 없이 나만 다 잃은 채 다시 돌아가자는 거랑 뭐가 달라. 너 내가 되게 우스워 보였나 보다. 미안하지만 난 널 웃기려고 태어난 사람이 아니야. 다 그만둬, 이 자식아!"

　돌아서는 시연의 뒤에 대고 정우가 말했다.

　"일 그만둘 거야."

　시연의 눈이 커졌다. 그대로 멈춰 선 채 시연은 앞만 쳐다보고 있었다. 정우의 목소리가 이어졌다.

　"그러니까 이제, 갑자기 사라질 일 없어. 약속을 어길 일도 없어. 널 슬프게 할 일도, 쓸쓸하게 만들 일도, 배신감을 느끼게 할 일도 없어."

　정우가 다가가 정지한 듯 서 있는 시연의 어깨에 손을 얹었다. 조심스럽게 그 어깨에 손을 댄 채로 잠시 있다가 시연을 천천히 등 뒤에서 끌어안았다.

"이제 다시는 널 아프게 할 만들지 않아, 절대."

"말도…… 안 돼."

"말이 돼. 너만 그렇다고 여겨주고 넘어가 주면."

"그래서 다른 사람이 고백하는 거라고 한 거라고?"

"그래. 완전히 다른 남자가 되기 위한 선택."

"선택? 나랑 일을 두고? 나 때문에 일을 그만두겠다고? 네가 그 일을 어떻게 생각하고 있는지 내가 다 알고 있는데?"

"널 얻기 위해서라면."

"그런 거라면 내가 싫어."

"난 결정했어."

"일 때문이 아니야. 넌 그냥 그렇게 태어난 인간이야. 성격이라구. 본성을 어떻게 바꿀 건데? 결국 넌 또다시 어느 날 갑자기 사라지고, 전혀 다른 타인에게서 네 소식이나 듣게 하겠지."

"그런 일 없어."

"난 지쳤어."

"지치게 하지 않아, 앞으로는 절대."

"믿을 수 없어."

"믿어."

"믿기 무서워."

"그래도 믿어."

"나 지금 그냥 가게 해주면 안 돼? 겨우 정리했는데, 그냥 이대로 편하게 좀 살게 해주면 안 돼?"

"넌 날 좋아해. 나 외의 다른 남잔 좋아할 수 없어."

주문처럼 정우가 중얼거린다.

그래서 시연은 무릎이 꺾일 것 같았다.

"그러니까 내 옆에 있어."

그의 그 오만이 미웠지만, 부정할 수 없다는 게 더 허무했다.

대놓고 다른 놈을 끌고 와서, '아니? 나도 할 수 있거든?' 이라고 외치고 싶지만 그의 말이 맞다는 걸 자신은 안다. 그래서 더 분했다. 제발 누가 나 좀 유혹 안 해주나? 심장에서 이정우를 덜어내게 도와줄 놈 어디 없나?

"다른 사람이 될게. 전혀 다른 이정우가 네게 말하는 거야."

시연은 천천히 정우의 팔을 밀어냈다. 그리고 돌아서서 똑바로 정우를 쳐다봤다.

"진짜야?"

"……."

"버릴 수 있어?"

"그래."

"정말, 그만둘 수 있어?"

"더 말할 것도 없어. 내가 결정한 거고, 네 반응 보고 철회하고 그런 머리 쓰는 짓 하지 않아. 이미 끝난 일이야. 아버지와도 말했고, 밑으로 들어가기로 했어."

시연의 눈동자가 커졌다.

이정우는 도대체 어째서 중간이 없는 걸까?

왜 이러는 걸까, 나더러 대체 어쩌라고.

나한테 왜 이러냐고, 대체!

"내가 너한테 줘야 할 건 신뢰, 그 한 가지야. 그리고 신뢰란 건, 상대가 좋아하는 걸 하는 게 아니라 상대가 싫어하는 걸 안 하는 거야."

시연은 머릿속이 복잡해졌다.

"이 일을 계속하면 결국 반복될 수밖에 없어. 간단한 논리야. 널 놓치면서까지 하고 싶진 않아. 그뿐이야."

시연은 도무지 생각을 정리하지 못한 채 정우의 시선을 피하며 중얼거렸다.

"난 잘 모르겠어. 생각을 좀 해봐야겠어."

"하시연."

"이럴 수밖에 없잖아! 헤어지지 않으려고 네 일까지 그만두게 해? 몰라, 내 상식으론 이건 아니다란 생각만 들어."

"잘 들어, 하시연."

시연이 고개를 들었다.

"난 일을 붙드는 것보다 널 놓치지 않는 걸 선택했어. 너 때문이 아니라 내가 안 되겠어서 내린 결론이야. 네가 받아들여."

"모, 몰라……. 난 모르겠어. 생각해 볼게. 나중에…… 다시 말하자……."

시연은 정우를 그대로 둔 채 현관문을 밀치고 밖으로 나왔다. 정우는 그냥 그 자리에 서 있었다.

5. 장난스러운 Kiss? 불장난 같은 Sex

늘 아내의 폭언으로 힘들어하던 남자가 있었다. 그러니 술을 마시고 술 때문에 아내는 더 폭언을 하고, 결국 두 사람은 서로에 대해 허심탄회하게 얘기를 하고 남자는 노력하기로 하고 술을 줄였다. 그랬더니 여자의 폭언도 줄어들고 서로 관계가 좋아지더란 거다.

그런데 하필이면 그때 남자가 직장에서 해고되고, 그 일로 아내의 폭언이 다시 시작되는 건 아닐까 남편은 너무 걱정됐는데, 도리어 아내가 너무도 지혜롭게 자신이 힘이 돼줄 테니 함께 잘살아보자고 북돋웠다고 한다.

시연은 거리를 걷고 있었다.

모든 싸움은 다 이렇게 서로에 대한 오해로 일어나는 게 아닐까.

서로 신뢰한다면 결국 아무것도 아닐 일을. 더 사랑하고 행복하게 살 수 있는 길이 있을 텐데.

"내가 너한테 줘야 할 건 신뢰, 그 한 가지야. 그리고 신뢰란 건, 상대가 좋아하는 걸 하는 게 아니라 상대가 싫어하는 걸 안 하는 거야."

정우도 그걸 말하고 싶었던 걸까?

정우와 자신 사이에도 그 부부처럼 서로 말하지 않은 사이에 그런 엇갈림이 있었던 건 아닐까. 자신이 그걸 놓친 건 아닐까. 혹시 그걸 알아차리지 못하고 경솔한 판단을 한 후에 후회하는 건 아닐까.

이정우 없이 자신이 행복할 수 있을까?

가로수 앞에 멈춰 선 시연은 한숨을 후 흘렸다.

"이게 뭐야……."

대체 이게 뭘까?

꼭 이것밖에 방법이 없을까?

일을 그만두게 해야 하는 걸까? 그 일은 그가 혼자 하는 일이 아니었다. 삼촌과 함께하는 일이었고, 그의 방랑벽은 삼촌을 잃은 데서 기인한 것이었다.

"생각…… 생각해 봐야 해. 진지하게 생각을……."

수많은 차들이 옆을 지나갔다. 헤드라이트 빛이 시연의 얼굴을 끊임없이 훑고 지나갔다.

"아!"

그러고 보니 이정우의 생각지도 못한 공격으로 앨범을 잊어버렸다.

"그 앨범……."

중얼거리던 시연의 표정이 천천히 단호해졌다.

솔직해지자, 하시연.

네가 바라는 건…….

그대로 돌아선 시연은 숨도 쉬지 않고 달려 오피스텔로 돌아갔
다. 그리고 번호키를 눌러 안으로 쳐들어간 후에야 헉헉 숨을 몰
아쉬었다. 밖으로 나오는 중이었던지 운동화를 신고 있던 정우가
멈칫했다.

"이정우."

"돌아와 줘서 고맙다."

"……알았어, 믿어볼게."

정우의 고개가 옆으로 기울어졌다.

"네가 말한 신뢰의 방법, 믿어볼게."

정우가 고개를 끄덕였다.

"하지만 앞으로 어떻게 하는지 계속 볼 거야."

"바라는 바야."

"……."

"나야말로, 보여주고 싶어."

정우가 웃었다. 그 좋아해 마지않던 연예인 같은 미소가, 그 예
쁜 미소가 그의 얼굴에 떠올랐다. 순간 정우에게 폴짝 뛰어든 시
연이 그대로 정우의 뺨을 잡고 입을 쪽 맞췄다.

정우의 눈동자가 커졌다.

까치발을 한 채로 시연은 그의 눈동자를 들여다보았다.

확인해 보지 않아도 얼굴이 빨개진 것 같다.

내가 바라는 건, 예전에도 지금도 그리고 앞으로도 결국 이 남자였다.

벗어날 수 없는 단 하나의 존재.

시간 낭비는 사양하기로 했다. 의미도 없는 홀로서기 예행연습 따위, 결국 불필요한 배부른 소리.

슬픔이 억울함이 되고 억울함이 서운함이 됐지만,

서운함이 풀리면 억울함이 풀리고 슬픔까지 풀린다.

미움, 증오, 분노, 그런 건 다 사랑 안에서 일어나는 감정일 뿐이다.

네가 있어도 없어도 서글프다면, 널 가지고서 서글플 거야.

알겠니, 이정우? 난 결국 너랑 같이 있고 싶을 뿐인 거야.

결국 또 이렇게 결정할 수밖에 없는 날 네가 무시하지 않아서 다행이다. 뭘 해도 널 떠나지 못하는 여자이니 넌 좀 더 잘난 척할 수도 있을 텐데, 그런 재수 없는 남자의 모습을 하지 않아서 고마워. 아무리 생각해도 밀당을 할 수 있는 절호의 찬스인데도 나는 그냥 다시 한 번 너를 받아들인다. 이미 널 향하는 내 마음은 계산을 뛰어넘었기 때문에.

이런 긴장감도 이미 나한텐 행복이야.

그 마음 그대로, 다시 한 번 정우의 입술에 입을 맞췄다.

이번엔 좀 길게.

쪼옥.

그리고 다시 입술을 떼자 정우가 그녀의 뒷머리를 잡아 끌어당기려고 했다. 하지만 시연은 그걸 딱 막고서 일정한 거리에서 정우의 얼굴을 바라보았다.

"띨띨이는…… 나였어."

"무슨 뜻?"

"네게 가장 소중한 일까지 그만둔다는 네 말에, 그렇게 네가 노력하는 모습을 보인다는 것 자체에 나는 이미 마음이 풀어지려고 하고 있어. 그러니까 띨띨이지."

"……띨띨이 맞는 것 같다, 너."

시연이 째려보자 정우가 낮은 한숨을 흘렸다.

"나한테 가장 소중한 건 일이 아니야."

"……나야?"

"아니, 조국이지."

기가 막혀서.

"또 안달 나게 만들 거지? 너 아주 그거에 재미 붙였지?"

"진영이한테 대신 시킨 건, 그럴 사정이 있었어."

"그 사정이 뭔지 물어보면 안 돼?"

"안 될 건 없지만 별로 알 필요도 없는 일이야."

흐응.

"네가 할 일은 별것 아닌 그런 걸 물어보는 게 아니라 마음을 푸는 거야. 그럼 나도, 네가 무방비 상태로 취해서 강인지 호수인지 그 자식이랑 같이 있었던 것 넘어가 줄 테니까."

시연의 입이 떡 벌어졌다.

뭐야, 그게 질투였던 거야?

"나 하나만 물어봐도 돼?"

"응."

"너 정말…… 날 좋아해? 그래서 찢어지기도 했어?"

정우가 고개를 살짝 기울였다.

"찢어져? 뭐가?"

당연히 못 알아듣고 있다.

"내가 헤어지자고 했을 때, 가슴이 찢어질 것 같았냐구."

정우가 자기 이마를 탁 쳤다.

"하아…… 또 그 소리냐."

"그랬어, 안 그랬어."

"너한테 올라가는 내내 가슴이 찢어질 것 같았다."

시연이 피식 웃었다.

블랙박스를 못 봐서 사실인지 아닌지 확인할 수는 없었지만, 믿어달라고 한 건 이정우니까. 이정우는 말을 잘 안 해서 그렇지, 일단 입 밖으로 내뱉은 말은 지키니까.

"그럼 더 찢어져 봐."

시연의 손바닥이 천천히 정우의 가슴으로 내려갔다. 가만히 가슴을 쓸어내리자 정우의 목울대가 크게 움직였다. 시연은 어쩔 수 없는 통쾌감을 느끼며 느리게 말을 이었다.

"멋대로 마음 폭 놓지 마. 널 믿어보기로 했지만, 넌 일단은 날 아프게 했으니까. 정말 헤어지겠다는 줄 알고 속상해 죽을 뻔했으니까."

"원하는 대로 해. 때리려면 때리고 괴롭히려면 괴롭히고."

"그래, 괴롭힐 거야. 자존심도 없이 몇 마디 말에 홀랑 부침개처럼 뒤집힌 내가 창피해서라도 너한테 복수할 거야. 그래서 네 몸만 즐겨주려고."

정우의 목에서 헛바람 빠지는 소리가 새어 나왔다.

"……너 지금, 뭐라고 했냐?"

안 먹히나? 이런 말은 좀 더 위험할 정도로 섹시한 여자가 했어야 하는데.

하긴, 자신이 생각해도 웃기긴 할 것 같다.

어차피 통하지 않을 건데 너무 진지하게 말했나 보다. 좀 적당히 진지할걸.

여섯 살짜리 애가 장난감 엑스칼리버를 들고 마계를 평정하겠다고 폼 잡는 것보다 더 웃기겠다. 그래도 여기서 물러설 수야 없지. 아주 제대로 안달 나게 만들어줄 거라고!

"우린 엔조이야. 알아들어? 넌 내 마음을 가지려면 힘들 거야. 왜냐하면 난, 팜므파탈이 될 거거든."

고요.

이 침묵의 의미가 뭔지 모르겠다.

정우의 표정이 시시각각 변했다. 진지함에서 놀라움, 황당함, 그리고 결국엔 큭 웃는다. 아니, 이제 아예 대놓고 크게 웃어대기 시작했다.

허…… 비웃네?

"웃기니?"

그의 눈꼬리가 너무도 예쁘게 접혔다. 흠흠, 헛기침을 하더니

'그래, 그래'라는 듯 세상에서 가장 철없는 애 취급하듯 시연의 머리를 쓰다듬어 주었다.

"한없이 기다려 온 말을 스스로 해줘서 고맙다."

어? 어…… 이게 아닌데?

뺨으로 그의 손이 내려왔다.

이, 이것도 아닌데?

뭐지? 이 끈적거리는 손의 느낌은?

덜컥 겁이 나는 순간 그의 눈동자가 반짝 하고 빛났다.

"당당하게 말한 만큼 각오는 돼 있겠지? 내 몸을 제대로 즐겨줘야 할 거야."

소름이 쫙 돋았다.

왠지…… 센 척하다가 뭔가를 잘못 건드린 것 같다는 불길한 예감이 드는 순간, 그의 입술이 거침없이 다가왔다.

"하아…… 이제…… 그만해."

어깨와 목덜미에 끊임없이 입을 맞추는 정우의 머리를 밀었다. 거침없이 다가온 키스는 한참을 폭풍처럼 지속되다가 곧 자잘한 키스로 변했고, 서로 장난스럽게 터치가 이어졌다.

분명 장난스럽게 시작한 터치였다.

이 미워할 수 없는 인간을 어쩌면 좋을까, 그런 마음으로 시연이 정우의 콧날을 만지고 눈꺼풀을 만지고 뺨을 쓰다듬다가 왠지 미워서 살짝 꼬집고, 정우도 간질이듯 시연의 목을 만지고 귓불을 스치고 허리를 쓸었다.

"하핫, 간지러워."

시연은 어깨를 움츠리며 밀어냈지만 정우의 손은 멀어지지 않았다. 오히려 무게를 더하더니 장난스러운 손길이 점점 더 음란해지고 입술부터 쇄골까지 입을 맞추며 내려가기 시작했다. 그 순간 들떠서 시연이 한숨처럼 조그만 신음을 흘린 게 문제였다.

그때부터 정우의 눈빛이 난폭해졌다. 침대에 걸터앉아 있던 시연을 쓰러뜨리고 짙은 애무로 그녀를 덮쳤다. 결국 장난스럽게 시작된 터치가 깊어져서 블라우스가 반쯤 풀어 헤쳐져 어깨와 가슴골 라인까지 아슬아슬하게 보이는 현재 상태가 되었다.

시연이 붉어진 얼굴로 블라우스를 여미자 정우가 정지한 채 그녀를 쳐다보았다.

"내 반복은 끝났는데, 네 반복은 현재진행형일 예정이냐?"

그 말에 시연의 손동작이 멈칫했다.

잠깐 갸웃했다가 곧 무슨 말인지 이해했다.

이정우의 반복은 말없이 어디론가 날라 버리기.

하시연의 반복은 거부하기.

아…… 그렇구나.

마치 삐친 아이처럼 시무룩해진 정우의 표정이 귀여워서 시연은 자신도 모르게 그의 얼굴로 손을 뻗었다. 웃으며 그의 입술에 가볍게 키스하자 정우가 그 입술을 덥석 깨물었다.

"아……!"

시연은 정말 아파서 순간적으로 신음을 흘린 건데 이정우는 거기에 흥분하고 있다.

"그 소리, 듣고 싶었거든."

아주 제대로 만끽하고 계시다.

이걸 어쩌면 좋나.

그렇다고 계속 현재진행형 할 수도 없고. 이젠 자신도 껍질을 깨고 바깥세상, 아니, 이정우의 세상으로 나갈 때가 되었지만, 껍질을 깬다는 게 보통 고통스러운 과정을 거쳐야 말이지. 자신이 이정우의 세상으로 나오기 위해 겪어야 할 고통은 과연 무엇일까.

아니면 그냥 행복하기만 할지도?

정우가 시연의 입술을 손가락으로 쓸면서 자신을 쳐다보게 했다. 그의 검은 머리카락 아래에서 그녀가 가장 좋아하는 그의 눈동자가 반짝인다. 그 신비로운 검은색 눈동자로 응시하며 그가 낮은 소리로 말했다.

"넌 날 원해."

최면을 걸 듯.

"날 원하고 있어. 그렇다고 말해."

"……."

"그렇다면 별수 없지. 원하도록 만들어줄 수밖에."

"워, 원해!"

그제야 기분이 풀렸다는 듯 정우가 싱긋 웃었다.

아, 뭐 이런 악마 같은 자식이 다 있지?

그가 시연의 이마를 쓸어 넘겼다.

"솔직해야지. 앞으로도 이렇게 솔직하도록."

"내가 분명히 말했지? 난 오늘부터 약간 다르게 널 생각할 거라고. 내 마음이 다 네 거라고 생각하면 오산이야. 나도 한다면 해."

"그래, 하고 싶은 대로 해."

"당연히 그렇게 할 거야. 일단은 버리기는 아까우니까 거두는 거거든? 내가 선택했으니까 반품하긴 싫고, 그래서 그냥 AS해서 쓰려는 거야. 고마운 줄 알아."

"충분히 고맙다."

그가 시연을 가슴에 폭 안았다. 경고의 효과가 있었던 건지 바로 음흉한 짓을 하진 않았다. 그저 시연의 머리카락을, 등을, 어깨를 다정하게 쓸어주고만 있었다. 따뜻하게…….

아…… 행복하다.

끌어안은 채 조심스럽게 서로의 체온을 나누는 이 시간이,

천천히 어루만져 주는 이 손길이 좋다.

정수리에서 머물던 입술이 뺨으로 내려오고 시연의 얇은 입술을 머금는다. 촉촉한 습기가 달콤하다. 아주 고요한 공간에서 단지 정우가 곁에 있음을 피부로 느낀다. 이 세상에 오로지 두 사람만 있는 것 같은 충족감, 그 만족감이 시연을 깃털처럼 부드럽게 감쌌다.

그를 좋아하고 때때로 심술을 부리기도 하고 괜한 투정을 해보기도 하고 그럼에도 이정우 이름 석 자에 두근거리는 그 모든 게 자연스러운 일처럼 느껴졌다. 그를 좋아하는 모든 감성이 그냥 그대로 자신의 전부 같다.

거기까지가 시연이 쓴 동화이고…….

방심한 사이 이정우는 야설을 쓸 준비를 하고 있었다.

부드럽게 머금던 키스가 탐욕스럽게 맛보는 키스로 변질되어

있고, 손길은 언제 그렇게 조심스러웠냐는 듯 시연을 음란하게 자극하려고 난리였다.

그, 그만두지 못할까!

"이, 이정우!"

"왜."

"너 흥분했니?"

"……무슨 질문이 그렇게 저돌적이야?"

"하, 합당한 질문이었던 것 같은데. 어째…… 내가 아니라 네가 즐기는 것 같아서. 그럼 안 되잖아?"

"그럼, 너도 즐겨."

입술이 다가와 뜨거운 키스를 퍼부었다. 이 남자 참, 간단하게도 말한다.

집요할 정도로 혀가 움직이자 시연은 반사적으로 입술을 크게 벌려야 했다. 입안으로 들어온 그의 혀가 뇌를 마비시키는 것 같았다. 너무 뜨거워서 화상을 입을 것 같다.

"하아……."

파르르 떨리는 손으로 매달리듯 정우의 셔츠 자락을 붙잡는데, 그가 그 손을 확 낚아채더니 손바닥을 위로 해 뜨거운 입술로 누르며 시연을 응시했다. 시연은 반쯤 겁먹은 눈으로, 또 반은 키스에 흐려진 눈으로 그를 마주 보았다.

"그만 긴장해. 몸이 뻣뻣하게 굳어 있어."

"기, 긴장하지 않아."

"내 몸만 즐길 거라더니, 그 기세는 어디 간 거지?"

“즈, 즐기고 있잖아!”

내, 내가 그랬었나?

도대체 무슨 자신감으로 그딴 소리를 지껄인 걸까? 그냥, 잡힐 듯 안 잡히는 여자 콘셉트로 잘난 척 한 번 해본 거지.

왠지 멋져 보이잖아.

“그럼 왜 떨어.”

“떠, 떨긴. 흥분돼서 그렇지.”

“겁먹은 것 같은데.”

“하핫! 겁먹긴. 짜릿해서 미치겠는 사람한테.”

이렇게 된 이상 곧 죽어도 GO! 다.

이 녀석 몸을 즐겨주…… 는 게 안 되면 적어도 최고로 뿅 가게 현란한 테크닉으로 놀라게 만들어줘야지.

가만, 떠올리자. 그날의 야동을…….

어떻게 해야 남자들이 초주검이 될 정도로 여자에게 휘둘려졌는지 그걸 떠올리는 거야.

어떻게 했더라……?

에잇! 여자들이 다 눈 뒤집고 넘어가는 패턴밖에 없었다!

일단…… 남자들은 오럴 쪽을 좋아하는 것 같긴 하던데.

살길은 오럴인가.

하지만 그렇다고 겨우 키스 커트라인 넘긴 주제에 바로 오럴 해주겠다고 달려드는 것도 웃길 것 같고.

무엇보다, 사랑하는 이정우의 그곳을 눈으로 직접 볼 용기가 없다.

헛생각을 하고 있다가 턱이 묵직해져서 쳐다보니 정우가 그녀의 턱을 지그시 누른 채로 내려다보고 있었다.

"불안하게 또 무슨 혼자 생각이야."

"으, 응? 네 생각."

"하……."

안 믿네, 저 자식이.

그럼, 야동 생각하고 있었다고 솔직하게 말하리?

"딴생각하지 말고 날 봐. 이럴 때마저도 네가 무슨 생각하고 있을까 궁금해하긴 싫으니까."

"네 생각하고 있었다니까?"

"넌 거짓말하면 다 드러나."

"……어떻게?"

"아주, 진지해져."

저런. 난 만날 진지했는데 그렇다는 건 만날 거짓말했다는 소리군.

"내 생각이…… 궁금했었어?"

"응."

"난 네 생각이 늘 궁금했었는데."

"이제 궁금해하지 마. 네 생각만 할 테니까."

시연의 눈동자가 흔들렸다.

"진지한 걸 보니까 너도 거짓말이구나."

"금방 써먹기는."

정우가 시연의 이마를 손가락으로 툭 튕겼다.

"널 버스에서 만난 걸 감사해."

"……응."

“넌 등대처럼…… 늘 내 앞을 밝혀주고 또…… 꼭 돌아오게 만들어줬지. 이젠 내가 등대가 될게. 언제라도 내 옆으로 돌아올 수 있게.”

아…….

나는 어차피 너처럼 어디에 멀리 가지도 못할 거다.

그래도 내 등대가 되어주겠단 정우의 말이 못내 고마웠다.

비록 그날 준비했던 섹시한 속옷은 아니었지만, 바디 상태도 그날처럼 최고의 컨디션으로 준비된 것도 아니었지만, 정우를 사랑하는 마음으로 시연은 몸에 두르고 있던 모든 걱정과 불안의 갑옷을 벗어 내려놓았다.

정우의 어깨를 밀어 그를 툭 쓰러뜨리고 그 위에서 그를 내려다보았다.

그의 표정이 얼떨떨했다.

그래서 왠지 재미있었다. 뭐지? 이 악마 같은 쾌감은? 이래서 나쁜 여자가 대세구나.

시연이 입술을 살짝 끌어 올리며 말했다.

“자아, 이제부터 네 몸을 즐길 거야.”

정우가 큭 웃었다.

“기꺼이 제공하지.”

“어쭈, 무시하는 말툰데?”

“기대하는 말투였겠지.”

이정우, 한번 당해봐라.

너만 음란이 되는 건 아니거든. 나도 널 내 손길로 모조리 유린

해 주겠어.

그러기 위해 일단, 뇌에다가 야동을 불러들이자.

자, 처음에 어떻게 했더라?

일단 셔츠를 벗기고, 손으로 얼굴을 감싼 후, 기도가 확보되면 숨을 크게 들이마시고 환자의 입에 대고 숨을 빠르게 불어 넣는다…….

인공호흡이잖아! 미안하다, 영상이 섞였다. 워낙 정보의 홍수 시대라.

"아직이냐?"

"기, 기다려! 넌 애가 왜 이렇게 인내심이 없니? 왜 이렇게 보채는 거야? 생긴 건 안 그렇게 생겨선. 일단 움직이지 마. 넌 아무것도 하지 마. 내가 아주 기가 막히게 해줄 테니까."

언젠가 했던 말인 것 같았지만 시연은 지금 정신이 하나도 없었다.

"또 그놈의 기가 막힌단 소리. 뭐가 얼마나 기가 막힐진 모르겠지만, 어디 한번 원 없이 해봐라."

그러더니 이정우 이 얄미운 녀석이 아예 머리 뒤로 팔베개를 한 여유로운 자세로 사람을 쳐다보는 게 아닌가. 사람 선동하는 법을 제대로 아는 녀석이다.

그렇게 잘난 척하는 것도 잠시일 거다. 나 야동 본 여자야!

다시 처음으로 되돌아가서.

셔츠를 벗기고 드러난 가슴 위에 손바닥을 얹었다. 평평하고 단단한 그의 맨가슴이 손바닥 아래에서 느껴졌다. 천천히 어루만지며 내려가자 그의 표정이 조금씩 변하는 게 느껴졌다. 흠, 꽤 만족스럽다. 뭔가 이정우를 자신의 손끝에서 조종하는 기분. 기대 이상의 만족감이 일었다.

용기를 얻은 시연은 이거다 싶어 머리를 숙여 그 가슴에 혀를 댔다. 혀끝으로 할짝 핥자 정우의 몸에 힘이 들어갔다. 그래, 야동에서도 그랬어. 여자가 혀로 핥으니까 아주 엄청 좋아하더군!

따뜻하게 어루만지며 혀를 미끄러뜨렸다. 배회하다가 드디어 젖꼭지를 건드리자 정우의 팔이 서서히 빠지려 했다.

"가만히 있어!"

시연은 바로 소리치고는 정우의 팔을 확 눌렀다.

"하시연…….''

큰일 났다. 이정우의 목소리가 뭔가 잔뜩 가라앉아 있다. 욕정에 조바심에 질타에…… 아주 난리 났다. 잘못하면 입장전복되는 거 순식간이다. 정우의 팔을 내리누른 채로 시연은 계속해서 진도를 나갔다. 혀끝을 배꼽 근처까지 미끄러뜨리고 청바지의 버클을 열려고 했다.

그래, 이 진도야.

숨결이 정우의 미끈한 아랫배 위로 쏟아졌다. 풀어놓은 머리카락도 아래로 쏟아지고. 그 거치적거리는 머리카락을 귀 뒤로 쓸어넘기려는 순간, 엄청난 힘이 그녀의 몸을 꼼짝도 할 수 없게 꽉 붙들었다. 어? 하는 사이에 시연의 팔이 꽉 잡힌 채 그대로 전세가 역전되었다.

시연은 뭐 하는 거야? 란 눈으로 정우를 올려다보았다.

"내가 가만히 있으라고 했지?"

"충분해……. 충분하니까 제발 그만 괴롭혀."

괴, 괴롭히다니.

즐겁게 만들어주고 있었는데?

그런데 이정우는 정말 상당히 괴로운 표정을 하고 있었다.

"나 좀 더 하면 안 될까?"

"하시연, 똑바로 말해. 내가 분명히 아무것도 하지 말고 가만히 있으라고 했었어. 그런데 너 뭔가 이상한 짓을 한 것 같아."

헉!

콜롬보가 따로 없다.

예리한 이정우 때문에 시연은 딸꾹질이 저절로 나왔다.

"하, 하긴 뭘 했다고 그래."

모르는 척 시치미를 떼고 고개를 돌렸지만 바로 턱이 잡혔다.

"말해. 뭘 한 거야."

마, 말 안 하면 안 되겠니?

"하, 하긴 했는데……."

"뭔데."

정우의 표정이 무서웠다. 근데 얘는 대체 무슨 상상을 하고 있는 거야?

"뭘! 했는데."

"야동."

깔끔하게 대답해 주자 이정우의 눈동자가 볼만하게 벌어졌다.

하하…… 하…….

너무 솔직했나?

이정우가 황당함의 극치를 달리는 표정으로 내려다보고 있었다.

“너는 정말······.”

“참 열심히 살지? 노력이 가상하지?”

“칭찬해야 할지 말아야 할지. 그저 기가 막힌다.”

“그리고 넌 그 노력을 수포로 만들었지.”

“하시연.”

“왜······.”

“그딴 거 보지 마.”

“아, 안 볼 거야.”

누가 뭐 야동시연인 줄 아나.

“내가 직접 연출해 줄게.”

컥!

이건 또 무슨 소린데? 왜 얘기가 그렇게 흘러가는 건데?

정우가 시연의 이마에 입을 맞췄다. 은밀한 입술의 움직임이 이마 위에서 느껴졌다. 조심스럽게 어루만지듯 내려앉았던 키스는 다시 농밀해지고, 시연의 몸의 온도도 서서히 올라갔다. 깊은 키스가 이어졌다. 혀를 감아올리며 그가 시연의 가슴을 만졌다.

신음이 서서히 구체화되고 정우는 짙은 목소리로 시연의 이름을 몇 번이나 낮게 불렀다. 이상하게 귀가 멀어가는 것 같단 생각을 하며 시연은 키스 자체에 빠져들어 갔다. 눈이 빙글 돌 것 같은 열기가 시연을 덮어가기 시작했다.

“하시연······ 내 여자가 돼줘.”

“······응.”

시연은 천천히 고개를 끄덕였다.

망설임은 더는 없었다.

온몸의 문이 활짝 열리는 기분.

가슴을 헐떡이며, 자신을 내려다보고 있는 정우의 타는 듯한 눈빛을 올려다보았다.

이렇게 된 거…… 이정우는 이제 죽어도 자신의 것이다.

자신이, 이정우의 것이 되는 것처럼.

둘은 그대로 서로를 안았다.

바들바들 떨리는 입술.

애타는 신음.

감미로운 아픔.

뜨거워지는 살갗.

섞이는 숨결.

지치지도 않고 움직이는 손길에 현기증을 느낀다. 농후한 입맞춤을 지속하며 서로의 옷을 벗겨냈다. 맞물리는 입술 틈으로 신음이 오가고 서로를 부르는 나직한 소리가 황홀하게 귓가를 어지럽혔다.

아주 정성스러운 애무.

손길 하나에도, 움직임 하나에도 배려를 느낄 수 있었다.

소중하게 생각되어지는 기분.

정우는 서두르지 않았다. 숨결은 데일 정도로 뜨거웠지만 거칠게 굴지 않았다. 자신을 아주 많이 누르고 있다는 걸 시연도 느낄 수 있었다. 신음을 억지로 삼키고 대신 깊은 한숨을 토해내는 걸로 자신을 달래는 것 같았다.

그래 주어서 시연은 고마웠다.

만약 오늘 이정우와 거사를 치르지 않으면 하시연은 아마 평생 모태 처녀로 늙어 죽을 것이다. 무슨 일이 있어도 이번엔 결코 중간에 도망갈 일은 없을 것이다. 모든 걸 그와 나누고 경험할 수 있어서 기쁘다는 이 마음을 따르자.

그의 손길은 뜨거운 가운데 따뜻한 온기를 잃지 않았다.

그게 그의 배려겠지. 이정우는 점잖은 성격이니까.

가슴에 입술이 닿는 순간 온몸에 소름이 쫙 돋았지만 그건 싫어서가 아니라 흥분이 극에 달해서였다. 가슴을 애무하는 축축한 입술과 혀의 느낌에 머릿속이 어떻게 되는 것 같았다.

그렇게 아무것도 생각할 수 없을 지경이 되었을 때, 둘은 드디어 하나가 되었다.

서두르지 않고, 마지막까지 시연의 표정을 체크하면서 정우는 천천히 시연의 안으로 들어왔다.

그럼에도 온몸을 관통하는 것 같은 통증.

하지만 격통만이 전부는 아니었다.

자신을 채워준 이정우, 그를 감싸고 있는 자신.

아마 이게 정신이 먼저 닿았다는 거겠지. 몸이 아닌 정신의 오르가즘.

만족한다, 이 모든 걸.

그의 품속으로 침몰하는 것 같다. 그의 정신 안으로 녹아드는 것 같다.

자신을 제어하느라 힘겹게 깊숙이 토해낸 정우의 숨결이 어깨를 뜨겁게 달구는 것 같았다. 잠시 움직이지 않던 그가 깊은 곳까지 다시 침범해 오자 눈앞이 핑글 돌았다. 선뜩한 충격에 그를 밀어내는 대신 시연은 그의 등을 힘껏 끌어안았다.

반사적으로 세워진 손톱이 정우의 등을 파고들었다.

그의 목에서 낮은 신음이 터졌다.

그 소리가 매력적이라고 이 와중에 새삼 두근거리고 있다.

사랑하는 사람이 내는 소리는 모두가 다 곱고 아름답게 들린다.

그 신음의 조각마저도 손으로 만지고 싶다.

아마도 이게 욕심이겠지.

가질수록 더욱 가지고 싶은 갈증 같은 거겠지.

"……아팠어?"

정우가 시연의 귀에 입술을 묻은 채 잔뜩 쉰 목소리로 물었다.

이 순간이 중요하다. 아주 사랑스럽게…… 대답해야지.

"그럼 아프지 간지럽겠니?"

그가 큭 웃었다.

"웃어?"

애초에 내가 네 몸을 즐겨야 하는데, 이건 딱 반대로 흘러가고 있잖아!

뭔가 억울해지는 것 같기도 하고.

"그럼 웃지 울까?"

"내 목표는 널 울리는 거였다구."

"도대체 이 머릿속에 무슨 이상한 것들이 들어 있는 거야."

그가 시연의 머리를 마구 헝클어뜨리며 말했다. 자신도 모르겠다. 아무튼 엄청난 게 들어 있을 거다. 언젠가는 이정우를 정복하고야 말겠다는 원대한 정복욕 같은 거?

정우가 시연의 손바닥을 끌어가 입을 맞추고 그녀의 이마를 촉촉하게 적신 땀도 닦아주며 낮게 물었다.

"싫어?"

"아니……. 아주 많이, 행복해."

그래, 아주 잘했어.

"솔직히 말해."

그런데 이정우가 안 속아준다.

"정말?"

그가 시연의 뺨을 쓰다듬으며 고개를 끄덕였다.

"그럼 사양 않고. 여기서 더 안 움직이면 참을 만할 것 같은데, 움직일 거지?"

"물을 걸 물어라."

"역시 안 될까? 도통? 아무리 노력해도?"

"그따위의 노력은 하고 싶지 않아. 할 필요가 없는 노력이야."

"난 그저 안고 있는 것만으로도 좋은데."

"난 움직이는 게 좋아."

"야!"

"그리고 곧 너도 내 말의 의미를 알게 될 거야."

그의 눈동자가 순간 악마적으로 변하는 걸 봤다.

"가르쳐 줄게."

아, 아니. 그럴 필요까지는 없을 것 같은데…….

"나 지금 좀 울 건데……. 절대 네가 싫어서도 아니고 슬퍼서도 아니고, 그냥 아파서 우는 거니까 오해하지 말아줄래?”

“벌써 눈물이 샜어.”

그가 시연의 눈꼬리에 맺힌 눈물방울을 손가락으로 닦아주며 말했다. 안쓰러운 듯 같이 아파해 주는 눈으로 바라보고 있다.

“나 우니까 속상하지?”

“그래.”

“그럼 오늘은 일단 여기까지…….”

“어딜.”

바로 붙들렸다.

“걱정 마. 안 아프게 할게.”

시연은 대답 대신 손을 뻗어서 그의 등을 끌어안았다.

“응…….”

자신은 이정우한테서 벗어날 수가 없다.

“믿을게.”

“믿지 마.”

“……응?”

“실은, 그건 안 되는 거였어. 조금만, 참아.”

그리고 그대로 이정우가 밀어붙였다. 눈앞에서 불이 번쩍 일었다.

“이…… 거짓말쟁이! 띨띨이! 멍청한 자식아……!”

말 그대로 몸이 반으로 쪼개지는 것 같은 아픔을 입술을 질끈 깨물어 견디며 시연이 죽일 듯 정우를 노려보았다. 하지만 이정우 는 물러날 생각이 없어 보였다. 최소한의 죄책감도 없이 그녀를 맛보며 거침없이 그녀의 안으로 파고들었다.

허리를 단단하게 부여잡아 도저히 움직일 수 없게 만든 상태에
서 자신을 밀어붙였다. 손목을 잡아 머리 위에서 내리누르면서 속
도를 더욱 높였다. 시연은 아픈 줄 알았다가, 덜 아픈 것 같다가,
그래도 또 아픈 것 같다가, 그런 변덕 속에서 신음을 깨무는 것밖
에 할 수 있는 게 없었다. 마르기 시작하는 입술에 정우의 입술이
닿았다. 입술을 이리저리 더듬으며 머금고 집요하게 혀로 희롱하
자 시연의 입술은 금세 흠뻑 젖었다.

몸 안쪽 더 깊을 수 없는 장소에서 그가 느껴졌다.

부풀어 오른 그의 남성이 또렷하게 인식되었다.

시연은 결국 허리를 비틀며 그의 어깨에 손톱을 박았다. 하지만
이정우는 물 만난 고기처럼 더 흥분한 표정으로 시연의 허리를 들
어 올려 힘껏 자신을 박아 넣었다.

"아아……! 이, 이정우 이 나쁜…… 자식……!"

배려는 뭐가 배려고, 점잖긴 뭐가 점잖다는 거야!

한층 더 거칠어지는 침입에 입술이 바들바들 떨렸다.

등골이 오싹하는 통증과 함께 걷잡을 수 없을 정도로 속도가 올
라갔다.

"그, 그만……! 이정…… 우…… 죽여 버릴 거야……!"

"사랑해……."

시연의 눈이 번쩍 떠지는 순간, 울컥 하고 뭔가가 시연의 안에
서 토해졌다.

뇌세포가 분열하는 듯한 소름 끼치는 어떤 감각과 함께 시연의
허리가 확 휘었다.

이건…… 이 감각은…….

아…… 그때 정우와 약속을 하고 일주일 동안 피임약을 먹긴 했었는데.

하지만 이정우가 안 나타난 바람에 약을 똑 끊었었는데.

임신하면, 죽여 버릴 거야.

아직은 통증 8할에 쾌락 2할.

아프고 낯선 것이 더했지만, 그가 체중을 맡기며 시연의 가슴으로 쓰러졌을 땐 그저 10할 전부가 다 기쁨으로 변했다.

"하시연, 시연아……."

그렇게 열에 들뜬 듯 끊임없이 그녀를 부르던 그의 목소리가 아직까지 귓가에 맴도는 것 같다. 확 끼쳐 오던 열기와 귀를 어지럽히던 그의 숨소리가 영원히 선명할 것 같다. 그리고 그의 고백도.

사랑해?

정말 날…… 사랑해?

우리, 사랑하는 거지?

잊지 않을 거야. 네가…… 조심성 없이 내 안에 사정한 걸. 이 개자식!

시연을 감싸듯 전부 끌어안으며 그가 입술을 맞댔다. 뜨거운 숨결이 시연의 입술에 닿았다. 그의 숨결이 떨리고 있었다.

"왜…… 아무 말 안 해."

그의 목소리가 불안정했다.

시연은 손을 뻗어 다독이듯 그의 목을 끌어안아 주었다.

"아직 말 안 해줄 거야. 백 번 정도 더 들은 후에, 그때 말해줄 거야. 속 좀 타봐라.”

그가 시연의 팔을 풀어내서 힘껏 끌어안았다. 으스러지듯 끌어안아 그녀의 몸이 휠 정도였다. 숨이 막혀 벗어나려고 했지만 그것도 여의치 않았다.

“사랑해…….”

두 번째…….

“사랑한다.”

세 번째…….

“사랑하고 있어.”

“그만해. 오늘 하루 만에 다 하려는 거야?”

그가 큭 웃었다.

“영악한 하시연, 내 몸은 잘 즐겼어?”

시연은 그런 이정우를 진심으로 때려주고 싶었다.

즐겼겠니?

“다음에 다시 시도할 거니까 그때 또 막으면 가만 안 둘 거야.”

“흠…….”

“아, 아니, 뭐, 내가 너랑 또 뭘 하겠다는 건 아니고, 만약 또 그럴 기회가 생기면…….”

“지금 바로 시도해 보는 건 어때?”

에라이!

“많이 아팠지.”

“말이라고 해?”

“너 아프게 하기 싫은데.”

“그럼 하지 마.”

“적당한 아픔은 성숙해지기 위해 필요하기도 하지.”

하…….

“하시연.”

“……왜, 또 무슨 소리를 하려고?”

“좀 더 아프자. 주기적으로.”

시연은 정우의 목을 졸랐다. 정우가 웃음을 탁 터뜨렸다. 그런 정우를 홀린 듯 바라보다가 시연이 그를 불렀다.

“이정우.”

“왜, 또 무슨 소리를 하려고.”

“안아줘.”

정우의 눈이 멈칫했다.

“진심이냐?”

“이상한 생각하지 말고, 그냥 안아줘. 따뜻하게, 방금 전 것처럼 다시 똑같이 안아줘.”

“음.”

“대신…… 그러다 동하면 뭐, 애무까지는 허락할게. 수위를 넘으면 내가 손을 탁 때릴 테니까, 그전까지는 자유롭게 맘 탁 놓고 남자의 본능에 져버려. 허락할 테니까.”

정우는 그대로 시연을 확 끌어안고 뜨겁게 입술을 감쌌다.

6. 신데렐라 vs 하시연, 밀당의 고수는 누구?

며칠 후, 시연은 정우의 회사 앞에 서 있었다.

휴먼, 환경, 문화 다큐 프로그램 같은 방송 작품 제작 외에도 다큐멘터리영화나 상업영화 제작도 하는 정우의 회사 앞에 도착했을 때까지 시연의 발걸음엔 결단코 망설임이 없었다. 왜냐하면 오늘 그녀는 꼭 해야 할 일이 있었으니까.

정우의 사무실로 올라가 보니 그는 자리에 없었다.

"어디 간 거지?"

기웃거리다가 지나가는 사람을 붙들고 물어보자 회의실에 있다기에 시연은 그곳으로 향했다.

좀 떨어진 곳에 위치한 작은 회의실 앞에 도착해 서는데, 그때 안에서 두런두런 낮은 말소리가 흘러나왔다. 점심시간이라 어차피 직원들도 별로 없었고 주변은 조용했다. 그 바람에 엿들을 생각은 아니었는데 안에서 흘러나오는 목소리가 꽤나 정확하게 들렸다.

목소리 중 하나는 정우의 것이었고 다른 하나는, 달갑진 않았지만 진영의 것인 듯했다.

그날 이후 시연은 왠지 정우의 얼굴을 보는 게 쑥스러웠다. 그 후에도 짧게 짧게 만나긴 했지만, 만날 때마다 이상하게 어색하고 내외하듯 정우와 시선을 잘 맞추질 못했다.

당연한 일이었다.

오랜 시간, 때론 남처럼 먼 느낌의 남자친구였는데 거리가 급속도로 가까워진 탓이었다. 그것도 그런 일까지 있었으니.

이렇게 새색시처럼 굴다간 이정우의 몸을 지배하기는커녕 식민지나 안 되면 다행이었다.

정우는 정말 개과천선한 건지 전과 달리 아주 다정하게 대해주고, 한때 심할 때는 약속보다 일주일도 늦은 적이 있었던 남자가 30분이나 먼저 와서 기다려 주었다. 엊그저껜 꽃다발을 사주었고, 어젠 예쁜 머리핀을 선물했다. 기본적으로 백배는 더 상냥해지고 자주 웃었지만, 역시 그도 시연과 마찬가지로 이따금씩 어색한 표정을 하곤 했다.

사귄 지 일주일 된 커플도 아니고 지금 와서 뭘 하고 있는 건지 모르겠다.

아무튼 기간만 오래된 연인으로서 막 신세계에 발을 디딘 입장에서 시연은 이즈음 새로운 전략을 세울 필요가 있었다.

'신데렐라에게 배우는 연예 비법. 12시 종이 울리자마자 왕자의 만류를 뿌리치고 급히 파티장을 떠나라!'

일종의 신데렐라식 밀당 되시겠다. 파티장에서 즐거운 시간을 보낸 신데렐라는 왕자가 너무도 마음에 들었지만 결정적인 순간에 왕자에게 선을 그었다. 12시라는 일종의 데드라인을 정해놓고 제대로 비싸게 군 것이다. 그러니 왕자의 조바심은 말할 것도 없었겠고. 마음에 드는 여자가 나타났는데 남들 한창 놀 시간에 혼자 사라져 버리니 왕자로서는 애가 탔을 것이다.
하지만 그건 신데렐라의 아주 똑똑한 밀당 방식이었다.

'처음부터 많은 걸 다 보여주고 주려 하지 마라. 남자의 속성은 묘해서 상대를 쉽게 갖길 바라면서도 쉽게 가진 것엔 쉽게 매력을 잃는다.'

물론 정우와 쉽게 하나가 된 건 아니지만, 서로의 몸을 나눈 후에는 약간의 전략이 필요했다.

'자기 자신을 소중히 할 줄 아는 여자가 자신을 소중히 해주는 남자를 만나는 법이다.'

그 말을 신념처럼 여기며, 밀당을 꾸준히 유지하며 갈고닦는 길만이 살길이다. 언제든 이정우 네가 원하면 난 모든 걸 열어줄 수 있어. 그런 태도는 최고의 쥐약일 것이다. 쉽지 않게 서로의 마음을 확인한 지금, 시연은 신데렐라의 12시와 같은 '중단 효과'를 잘 활용해야 했다.

'아쉬움이 없는 사랑은 쉬이 식게 마련이다.'

응당 잡은 고기에게는 떡밥을 던지지 않는 법. 죽어도 잡히지 않은 척 끝까지 팔딱팔딱 뛰어야지. 이정우를 속상하게 할 성노까지는 아니더라도 몸이 달게 할 필요는 있었다.

"당연하지!"

그런고로, 연애학 개론에서 배운 걸 충분히 교훈 삼아 자기 자신을 소중히 하는 여자가 되기 위해, 12시 전까진 무슨 일이 있어도 이정우의 유혹을 만류하고 귀가를 한다. 절대 주구장창 같이 있어서 야시시한 분위기가 만들어지지 않도록 주의한다!

……라는 건 신데렐라한테나 통하는 거고.

그렇게 계산대로 이성대로 딱딱 되면 세상에 어려운 연애란 없을 것이다. 머리론 '비싸게 굴어야 해'란 걸 알고 있는데 마음이 벌써 이정우 곁에 가 있으니 어쩌란 말인가. 비싸든 싸든 그게 무슨 상관이야. 이정우랑 나랑 행복하면 그만이지. 차라리 날 마트 마감 시각의 덤핑 품목으로까지 팔아넘기고 싶을 정도니.

해서 시연은 요 며칠 시간 날 때마다 인터넷을 돌아다니며 예쁜 속옷을 위시리스트에 담느라 정신없었다. 뿐이랴, 곳곳을 돌아다니며 바디 용품을 사재기했다. 그 짓을 하느라 세 끼 밥 먹는 것보다 더 규칙적으로 챙기곤 했던 NEO 공식 팬페이지에 출첵하는 것마저 깜빡했다. 보지 못하고 쌓아둔 귀요미들의 움짤이 산처럼 쌓였고, 스케줄 체크를 통 못해서 등만 툭 치면 좔좔 읊곤 하던 귀요미들의 일정도 전혀 몰랐다.

이런 게으른 팬을 봤나.

하지만 눈물을 머금고 고개를 돌릴 수밖에 없는 게, 지금 시연의 머릿속은 온통 이정우로 가득 차 있었다. 무엇보다 가장 무서운 사태를 피하기 위해 피임약도 다시 먹기 시작했는데……. 한마디로 하시연은 신데렐라의 12시 중단 효과고 뭐고, 내심 그와의 밤을 꿈꾸며 차근차근 준비하고 있다는 말이었다.

혹시라도 생각지 못한 순간에 분위기가 확 치받쳐 본격적으로 돌입할까 봐 늘 만반의 준비를 하고 있었다.

이러니…… 뭐가 왕자의 만류를 뿌리치고 파티장을 떠나는 것이며, 아쉬움이 없는 사랑이 어쩌고저쩌고는 또 무슨 소리냐. 쉽게 가진 것에 쉽게 매력을 잃는 게 진리라고 하더라도, 시연은 정우와 둘이 함께하는 시간이 좋았다. 12시까지 안 들어가서 배경자 여사한테 머리털이 몽땅 밀리는 한이 있더라도 자신은 왕자의 얼굴을 감상하고 함께 있는 걸 선택하겠다.

이게 슬슬 섹스에 눈을 떠가는 과정인 건지, 정우가 자신에게 보여준 몸과 마음의 충성이 그저 너무 좋은 건지 구분이 안 갔다.

당연히 후자겠지? 제발 전자보단 후자이기를.

왜냐하면 자신은 결코 밝히는 여자가 아니니까.

바로 얼마 전까지 그렇게 안색이 변할 정도로 피하던 쪽이었는데, 이렇게 한 방에 무릎을 꿇는 건 너무 비참했다. 아무리 무릎은 꿇으라고 있는 거라고 하더라도.

그 와중에 시연은 정우에게 신데렐라에게서 배우는 연예 비법을 한 가지 더 썼다.

'유리구두의 전략. 왕자에게 자신의 신분도 안 밝히고, 연락처를 남기지도 않았지만, 유리구두를 살짝 떨어뜨림으로써 왕자가 자신을 알아서 찾아오게 만든다.'

즉, 시연도 정우에게 자신의 유리구두를 살짝 떨어뜨려 놓고 왔다.

바로 생리 주기가 체크되어 있는 미니 다이어리였다. 무심코 두고 간 것처럼 보이게 만들어두느라고 애 좀 썼다.

그게 무슨 유리구두인가 싶겠지만 미니 다이어리의 효과는 기대해 볼 만했다. 즉, 자신의 생리 주기를 알려줌으로써 배란기 등 가임기를 넌지시 알려주어 관계가 가능한 시기와 그렇지 않은 시기를 알려주는 것이다. 그러니 앞으로는 무턱대고 들이대지 말고 신경 써서 내 몸을 소중하게 여겨달라는 것.

그 간접적인 부탁에는 '나는 앞으로도 너와 섹스할 의향이 무궁무진해'라는 적극적인 의사 표현도 반영된다.

아무리 생각해도 자신은 너무 똑똑한 것 같다.

……아무래도 밝히는 쪽인 것 같지?

이런 자신은 어쩌면 요물일지도 모르겠다. 사람이 어쩜 이렇게 한순간에 바뀔 수 있을까? 몸이 마음보다 먼저 닿았을 때, 그 폐해를 자신은 안다. 하지만 마음이 먼저 닿고 나서 자연스럽게 몸이 닿는 순간의 그 황홀함을 며칠 전의 일로 완전히 깨닫게 되었다.

기왕 이렇게 된 것, 인정하고 밝히는 것밖에 수가 있겠는가.

'이정우, 제대로 해야 해. 그전처럼 안전장치 없이 멋대로 그러면 가만 안 둘 거야.'

물론 이정우가 아무렇게나 떨어져 뒹굴고 있는 미니 다이어리를 잠깐 집어 드는 걸로 저 모든 숨은 의도를 파악할 수 있을지 어떨지는 모르겠다. 하지만 눈치가 있다면 대충 알지 않을까?

설마, 다이어리 내용은 보지도 않고 '네 다이어리 떨어져 있더라. 갖고 가' 라며 눈치 없이 친절하게 챙겨주진 않겠지. 그건 꼭 나무꾼이 일부러 쇠도끼를 연못에 떨어뜨리고 산신령이 금도끼, 은도끼 줄 때까지 기다리고 있는데, 굳이 수련 중인 산신령이 쇠도끼를 주워선 나무꾼 집까지 찾아와서 쇠도끼 잃어버리지 않았냐고 찾아주는 것과 다르지 않았다. 사람이 눈치가 없으면 옆의 여러 사람이 고생한다.

그렇게 시연의 생각은 정우와 함께할 황금빛 미래로 가득 차오르고 있었는데, 이정우 이 인간은 하필이면 이진영과 저 좁은 공간에서 같이 있으니 눈 뒤집어지겠다.

"그럼 이제 못 보는 거예요?"

아쉬움과 슬픔이 뚝뚝 떨어지는 저 목소리는 진영의 것이다. 계집애가 아주 제대로 여우 짓을 하고 있다.

“그동안 너도 고생했다. 도움 많이 받았고 수고 많았어.”

“저 정말 속상해요. 선배님이 이 일 얼마나 소중하게 생각하시는지 제가 잘 아는데.”

시연은 표정을 굳힌 채 묵묵히 두 사람의 말을 듣고 있었다.

“대체 왜 그만두시려는 건데요?”

“음, 그냥 밥장사 하려고.”

“뭐예요, 선배님. 선배님이랑 하나도 안 어울리는데.”

만약 그가 아버지 밑에서 일을 배우게 된다면, 전국적인 규모의 프랜차이즈 기업을 운영하고 있는 그의 아버지로부터 지점을 하나 맡거나 아니면 본사에 들어가서 경영 쪽을 배우게 될 것이다. 물론 시연도 그게 그와 어울리지 않는다는 걸 잘 알고 있다. 그는 네모난 사무실 안에서 동그라미의 개수나 불리는 일을 할 만한 사람이 아니다. 그래서 그녀도 현재 이곳에 찾아온 거였고.

그런데 왜 그걸 지금 저 계집애가 상관하고 있는 거냐고.

“안 어울려도 어쩔 수 있나. 먹고살려면 뭐든 해야지.”

“선배님도 참. 그냥 계속하시면 안 돼요?”

“점심시간 끝나겠다. 일어나자.”

“혹시…… 하시연 씨 때문이에요?”

순간 시연의 귀가 쫑긋해지고 안에선 침묵이 일었다. 시연은 괜히 심장이 철렁해서 옆으로 살짝 비켜섰지만 아무래도 궁금해서 다시 귀를 기울였다.

이진영, 저게 미쳤나…….

도대체 저 입에서 왜 자신의 이름이 나오는 걸까.

어디까지 간섭하려는 거지? 그래, 한 번 끝까지 달려봐라.

"무슨 뜻이지?"

"아무리 생각해도 선배님 여자친구 때문인 것 같거든요. 그날 통화할 때 날 선 목소리도 그랬고, 전혀 이해해 주지 못하는 모습도 그랬고……. 싸우신 거죠?"

어머, 이진영! 너 정말 날 아주 제대로 봤구나. 나에 대해 제대로 평가해 주고 있는데? 아주 격조 있게 디스도 해주시고.

근데 정말 날 선 게 뭔지 모르는구나.

내가 지금 아주 제대로 날 세워서 들이닥쳐 줄까?

이진영의 월권이 도를 넘어가고 있었다.

하지만 하시연의 도청도 도를 넘어가고 있으니 일단은 넘어가 주지.

"우리 일이야."

정우가 딱 잘랐다.

그래! 너 따위가 끼어들 일이 아니라고, 이 계집애야!

"죄송해요. 함부로 끼어들려던 건 아니었어요. 하지만……."

"하지만, 으로 시작될 말이라면 안 하는 게 좋을 거야."

이정우, 파이팅!

그래, 그렇게 하는 거야.

"그날, 선배님 다쳤던 거 시연 씨한테 말씀 안 하신 거죠?"

순간 시연의 표정이 멈칫하고 눈동자에 의문이 돌았다.

……다쳤다니?

누가 다쳤는데?

"팔이 그렇게 많이 찢어졌는데, 그래서 약속 못 지키신 건데 시연 씨는 전혀 알아주려고 하지 않았어요. 그날 싸우신 거잖아요. 선배님 그만두시는 거, 그 일 때문인 거 맞죠."

시연은 천천히 자신의 입을 막았다. 그녀의 눈동자가 세차게 흔들리고 있었다.

"진영이한테 대신 시킨 건, 그럴 사정이 있었어."

그럼 그날 그가 말했던 사정이란 게, 그가 다쳤었다는 거였나?

심장이 미친 듯이 뛰었다. 자신이 너무 무심하게 느껴졌다. 아니, 사악하게 느껴졌다. 그런 것도 모르고 자신은 그날 그에게 어떻게 했던가.

아니, 전혀 모르고 있었다. 전혀 아무것도 모르고 있었단 게 더 시연을 아프게 했다.

이정우, 대체 왜 말을 안 한 거야.

나도 진영 씨랑 생각이 똑같아. 왜 나한테 말 안 한 거야.

모르고 있었으니 나도 어쩔 수 없었던 거잖아. 아니, 그렇게 변명할 수가 없었다. 그가 사실대로 말하지 못하게끔 자신이 만들었을 수도 있기에.

"작가라서 소설 쓰냐, 인마?"

"선배님."

"어쨌든 네 소설 속에서 우리 시연이가 왠지 엄청 못된 악역인 것 같은데, 오해하지 마라. 그런 간단한 문제가 아니야. 그리고 모르는 부분에 대해 함부로 말하는 거 듣기 안 좋다."

"하, 하지만 제가 끼어 있는 문제라서 그렇게 생각할 수밖에 없었어요. 그날 시연 씨한테 전화한 사람은 저였고, 시연 씨가 얼마나 화가 나 있는지도 직접 들었으니까……."

넌 우리 사이에 끼어든 적 없거든? 단 한 번도!

당장에라도 안으로 뛰어 들어가 진영의 목을 짤짤 흔들어주고 싶었다.

하지만 참았다.

왜냐하면 정우의 '우리 시연이'라는 단어 때문에.

그가 자신을 오해하지 않아 주어서. 이진영의 저 지능적인 안티 짓에 넘어가 주지 않아서.

그리고 부족한 여자친구로서 참 미안해서.

"시연인, 말하면 이해해 줄 녀석이야. 그래서 말하지 않았던 거야. 분명히 그 녀석이 화내야 할 상황이 맞는데, 다쳤다는 걸 내세워서 화조차 못 내게 만들면 그 녀석이 너무 억울하잖아. 그 녀석은 또 넘어가 줄 테고, 나는 또 똑같은 잘못을 반복했겠지. 결국 그 녀석은 또 아팠을 테고. 안 그래도 자주 엇갈리는데 그냥 엇갈리는 게 낫지, 그런 사고 같은 게 끼어드는 게 싫었어. 일부러 어렵게 잡아놓은 약속이 악천후나 사고 따위로 미뤄지면, 하늘도 우릴 막는 건 아닌가, 억측할 수도 있는 녀석이거든."

듣고 있는 시연의 눈동자가 미친 듯 흔들렸다.

……그래서 그랬어?

그래서 말하지 못했던 거냐구.

가슴이 아팠다.

입을 꽉 틀어막고 있는 시연의 손이 계속해서 떨렸다.

도청으로 알게 됐다는 게 좀 난감하긴 했지만, 자신의 앞에선 절대 드러내지 않았을 그의 깊은 마음이기에, 그 진심이 고맙고 미안하고…… 한마디 한마디가 다 사랑스러웠다.

"워낙 생각이 많은 녀석이라…… 별의별 시나리오를 다 쓰거든. 불안하게 만들기 싫어. 난 하시연의 남자친구니까."

시연의 고개가 천천히 아래로 떨어졌다.

정우야…… 미안해. 정말 미안해.

"저는…… 안 돼요?"

그 순간 예상 범위 밖의 공격적인 접근이 벌어지자 시연의 고개가 번쩍 들렸다. 생각지도 못한 일이 뒤통수를 때리듯 일어난 것이다.

와, 이진영, 깡 세다.

근데 뭐가 어쩌고 어째?

"……뭐?"

"선배님은 늘 그러셨어요. 말없이, 아니, 특별한 표현이 없이도 늘 시연 씨를 생각해 주셨죠. 사랑하고 있다는 게 옆에서 보아도 느껴졌었어요. 그런 선배님의 사랑을 받는 시연 씨가 늘 부러웠어요. 하지만 선배님은 시연 씨를 사랑하시니까, 전 그냥 옆에서 도움이 되는 것만으로도 충분하다고 생각했어요. 욕심 내지 않으려고 했어요. 하지만…… 이제 선배님을 못 보는 거잖아요."

저게 미쳤구나.

단단히 미쳤어.

무릇 남의 것을 탐내면 안 된다는 기본적인 진리가 DNA에 입력이 안 돼 있나?

시연의 주먹에 힘이 들어갔다.

이진영이 오늘 제대로 마음먹은 것 같다.

자, 이제 어쩐다? 당장 뛰어 들어가서 내 남자는 내가 지킨다 마인드로 미친 척 한번 해봐? 하지만 엿듣고 있는 주제라 그럴 수도 없겠고……. 어떤 방법이 좋을까 망설이고 있는데 정우의 목소리가 넘어왔다.

"이진영, 그만해."

휴우…….

시연은 너무도 안심이 되어 그 자리에 폭 주저앉을 뻔했다.

"알아요, 선배님. 그러실 줄 알았어요. 어차피 각오하고 있었어요. 두말없이 냉정하게 차일 거 알았지만…… 전 후회하고 싶지 않았어요."

이진영의 목소리에서 물기가 묻어났다. 지금 당장에라도 뛰어 들어가 그 물기를 뽁뽁 닦아내 버리고 싶단 것만 알아둬라.

"왜 고백 한 번 못해봤을까, 후회하고 싶지 않아서…… 싫어하실 거 알았지만 미친 척 고백해 봤어요."

어쩜 좋아. 저것이 동정 작전까지 쓰고 있다.

그 남잔 내 남자야!

물론 네 마음도 아프겠지. 짝사랑하는 심정을 모르는 바는 아니지만, 그 짝사랑 상대가 내 남자여선 안 되는 거잖아? 이진영, 하시연을 얼마나 우습게 봤으면 저게 저러고 나올까?

"기분 나쁘셨다면…… 죄송해요."

"내가 아니라 하시연한테 사과해야지."

헉!

놀란 시연은 얼른 몸을 벽에 찰싹 붙였다. 설마…… 내가 여기 있는 걸 아나?

"하시연이 지금 이 상황을 안다면 분명히 기분 나빴을 테니까."

……다행이다. 그건 아닌 것 같다.

그냥 그는 평이한 어조로 자신이 생각하는 바를 말하는 중인 것 같았다.

하지만 그 말이 너무도 감동적이라 심장이 두근두근 뛰었다.

"뭐랄까, 일단 난 이미 유부남 마인드거든. 나한텐 하시연이 있어. 그러니까 이 시각 이후론 다시는 그 얘긴 하지 말자. 나도 잊을 테니까."

시연의 눈동자가 천천히 흔들리고 있었다. 눈물이 고인 젖은 눈동자가 정처 없이 흔들렸다.

"신뢰란 건, 상대가 좋아하는 걸 하는 게 아니라 상대가 싫어하는 걸 안 하는 거야."

이정우는 말이 많은 편이 아니지만 자신이 입 밖으로 한 말은 꼭 지킨다.

그 현장을 피부로 느낀 것 같은 오후였다.

이렇게나 자신을 믿어주고 생각해 주고 있었다니.

결국 믿음만 있으면 다 될 일이었다. 그런데 그 믿음 하나 감당하는 게 어쩜 그리도 힘들었는지. 이렇게 굳건한 마음을 갖고 있는 그임에도 차마 믿지 못해 그렇게나 흔들렸다니. 그렇게나 의심했다니. 감정은 그래서 세상에서 가장 약하면서도 가장 강한 것 같다.

시연은 천천히 걸음을 옮겼다. 그리고 회의실의 문을 가만히 손으로 밀었다.

그녀가 들어서자 인기척을 느낀 두 사람이 동시에 돌아봤다가 살짝 놀라는 것 같았다. 이정우도 멈칫하는 표정이고, 이진영은 잠깐 흠칫했다가 누가 이진영 아니랄까 봐 바로 표정이 썩어 들어갔다. 대놓고 심술궂은 눈으로 쏘아보는 저 행태를 보니, 정말 어이없을 정도로 감정 표현에 솔직한 성격 같다. 박수를 쳐주고 싶을 정도로.

그런데 저래 봬도 실력은 있다고 하니 그게 참 신기할 노릇이다.

"……하시연?"

정우가 좀 의아하다는 표정으로 그녀를 쳐다보고 있었다. 청량한 블루빛이 감도는 셔츠가 그의 연예인처럼 하얀 얼굴을 더 환하게 밝혀주는 것 같다. 시연은 잠시 정지해 있다가 그대로 그의 앞으로 다시 다가갔다. 진영은 마치 보이지도 않는다는 듯, 그녀를 지나쳐서 정우의 앞에 서자 정우도 시연을 물끄러미 쳐다보았다.

진영을 사이에 두고, 서로를 뚫어지게 쳐다보고 있는 이 상황이 이상하단 건 알았지만 시연은 정우에게서 시선을 뗄 수가 없었다. 어떤 말도 함부로 나오지 않았다. 이 마음을 표현할 수 있는 단어가 세상에 있을지 모르겠다.

그냥 그에게 미안한 것들만 떠올랐다.

그리고 고마움.

"저기, 선배님."

그때 타인의 목소리가 두 사람 사이를 끼어들었다.

"점심시간 끝나가는데 점심 안 드세요? 시연 씨도 같이 드실래요?"

진정으로 이 여인이 위너인가.

진정 즐길 줄 아는 당신이 챔피언이고, 단언컨대 세상에서 가장 주책 맞은 여인 같다. 하시연보다도 더.

너 아직 안 갔니? 게다가 그게 지금 나올 소리냐. 하지만 이상하게 그녀를 탓하기보다 그냥 재미있단 생각이 들었다. 하고 싶은 대로 안달 내고 원하는 대로 파닥거려라. 나는 별로 널 상대해 줄 마음이 없으니까.

자신의 생각만 그런 건 아니었던지, 정우도 진영 쪽으론 시선도 돌리지 않고 오로지 시연만 뚫어지게 응시하고 있다가 천천히 입을 열었다.

"하시연, 너 왜 사람을 그렇게 몽롱하게 쳐다보고 있……."

보란 듯이 한 행동이 아니었다.

그런 유치한 의도 따위는 결단코 없었다.

그저, 지금 이 마음을 어떻게 표현해야 할 줄 모르겠어서. 말로는 절대 다 전달하지 못할 것 같아서…… 그 마음 그대로를 담아 시연은 까치발을 세워 정우의 입술에 입을 맞췄다. 입술만 얹어놓고 속으로 1초, 2초, 3초, 세는 그런 키스가 아니라 아주 뜨거운, 혀가 섞이는 정열적인 키스를 했다.

지금 그에게 해주고 싶은 것.

"시연인 말하면 이해해 줄 녀석이야. 그래서 말하지 않았던 거야."

"다쳤다는 걸 내세워서 화조차 못 내게 만들면 그 녀석이 너무 억울하잖아."

"불안하게 만들기 싫어. 난 하시연의 남자친구니까."

"나한텐 하시연이 있어."

심장이 욱신! 했다.

자신보다 행복한 여자가 또 있을까?

이 남자만큼 이렇게 고요하면서도 깊게 마음을 표현해 주는 남자가 또 있을까?

사랑스럽다는 마음을 오롯이 입술에 담아 그의 입술로 간절하게 전했더니 그가 마음을 받아주듯 그녀의 어깨를 힘껏 안아주었다.

가슴이 찡했다.

아무것도 보이지 않았다.

이 열기 외에는 그 어떤 것도 느껴지지 않았다.

모든 게 차단된 채 오로지 이정우만 느끼며 서로를 단단하게 끌어안고서 각도를 엇갈려 더욱 깊게 키스했다.

얼마나 시간이 흘렀는지 모르겠다. 그가 시연의 뺨을 쥔 채 천천히 입술을 떼어냈다. 시연은 그게 아쉬워서 아이가 칭얼거리듯 그에게 더 파고들었다. 그런 시연이 만족스러웠던 듯 정우는 자잘한 키스를 몇 번을 더 퍼부어주었다.

"이제 그만 현실로 돌아와야지?"

히잉…….

"아니면 나 지금 위험한데."

아스라이 감겨 있던 시연의 눈꺼풀이 번쩍 떠졌다.

"아니면 이성의 끈을 탁 놓아버리고 같이 손잡고 파출소에 끌려갈까?"

짓궂게 웃으며 시연을 끌어당기려는 정우의 손을 찰싹 쳤다.

"하여튼 이정우, 그만해."

정신이 돌아오자 그제야 자신이 무슨 짓을 했는지 떠올라 시연의 얼굴이 빨갛게 달아올랐다.

"아, 나 정말 왜 이러지? 내가 미쳤나 봐."

그나마 다행인 건, 언제 나간 건지는 모르겠지만 구경꾼이 없어졌단 것 정도.

그 황당한 이진영도 눈앞의 상황에 더 황당했던가 보다. 오죽했으면 말 한마디 못하고 사라졌을까. 하긴 그 상황에서 무슨 말을 했겠는가.

'저기, 거기 키스하시는 두 분, 전 점심 먹으러 나가 볼게요.'

그럴 수도 없었을 테고.

정우가 시선을 헛짚고 있는 시연의 턱을 잡아당겨 자신의 눈을 마주 보게 만들었다.

그의 보석처럼 새까만 눈을 바라보며 시연은 어설프게 웃었다.

"미, 미안."

"사과까지? 됐어, 이미 일어난 일인걸. 그리고 나쁘지 않았어. 그런 공격 좋아."

뭐라는 건지.

"그런데 하시연, 너 뭘 들은 거야? 솔직하게 말해."

시연의 심장이 철렁했다.

하여튼 이정우의 귀신같은 눈치는 도저히 따라갈 수가 없다. 아니, 자신이 너무 속 들여다보이게 행동했나?

"그게…… 들었어."

딴 데 보는 척하며 시연이 이실직고했다.

하지만 정우가 금세 시연의 턱을 원위치시켰다.

"엿들으셨다? 기왕 저질렀으면 당당하게 나오시지 하시연답지 않게 왜 이러실까."

"엿들으려고 찾아온 건 아닌데 꼭 그런 것처럼 돼버렸으니 나도 난처하다구."

"됐어. 이미 들어버린 걸 어쩌겠냐."

"뭐야, 그 아무렇지 않은 말투는. 난 엄청 감동했는데."

"흐음, 다른 여자가 나한테 고백해서?"

뭐야?

하지만 뭐, 무엇에 감동했는지 특별히 여기서 되짚어줄 필요는 없겠지. 그건 그냥 자신의 마음속에 고이 담아두고 계속해서 쓰다듬어 주고 싶었다.

다 내 거야. 누구도 건드리지 마.

내 걸로 이미 다 소화시켜 놨어.

"딴 여자랑 말 섞지 마."

시연이 볼멘 소리로 투덜거렸다.

"아무한테나 고백이나 받고 다니고, 뭐 이런 헤픈 남자가 다 있어?"

그가 픽 웃었다.

"이제 나에 대해 좀 조바심이 일어?"

"하아……. 내가 너한테 가졌던 조바심으로 빌딩을 지었으면 63빌딩은 너끈히 올렸을 거야. 소싯적에 너 좋다고 따라다니던 계집애들 정리한 것만 해도 수십인데!"

정우가 고개를 설레설레 저었다.

"어쩐지 언제부턴가 주변이 고요해지더라니."

"그래서, 억울해?"

정우가 어이구, 하며 시연의 머리카락을 마구 헝클였다.

"그렇게 톡톡 쏘면 기분이 좋아?"

"넌 너무 눈에 띄어! 유혹에도 약하고. 만약 이 청량음료 같은 여자가 그때 너랑 헤어졌으면 딴 여자한테 마구 대시받아서 홀랑 넘어갔을걸?"

"정말 그렇게 생각해?"

정우가 혀를 끌끌 찼다.

“아직도 의심이나 하고.”

“눈앞에서 다른 여자가 내 남자한테 군침을 질질 흘리는데 그럼 내 마음이 잔잔한 호수겠니? 넌 믿어. 널 좋아하는 뭇 계집애들을 못 믿는 거지.”

“이제 그만 믿어라. 믿을 때도 됐다.”

“……알았어, 뭐. 나도 내 인생을 의부증에 걸린 비참한 삶으로 만들고 싶진 않거든.”

“어련하시겠냐. 그래서 이 작가 보란 듯 그런 어마어마한 행동을 하셨다?”

시연이 바로 핫! 하며 자기 입을 확 가렸다.

“그, 그럴 생각은 아니었는데…….”

결국 그렇게 됐네?

“그렇게 생각하고 싶으면 생각하라지? 내 남자 내가 지킨 건데 뭐, 법에 저촉돼?”

“으이그, 하시연. 너와 나 사이에 누구도 끼어들게 한 적 없어.”

그 말이 시연을 또 구름 위로 올려주었다.

이정우 얘 왜 이러지?

언제부터 이렇게 사람 들뜨게 하는 말의 일인자가 된 거냐고.

“그래서 키스하려고 일부러 남의 직장에까지 난입하신 하시연 양. 볼일은 끝나셨고?”

“키스하려고 온 거 아니거든요.”

“난 언제라도 좋아. 앞으로도 이런 서프라이즈 자주자주 해줘.

기대하고 있을게."

그저 어이가 없다.

"자, 그럼 바래다줄까? 가자."

"가긴 어딜 가?"

"어딜 가긴. 호텔."

"뭐라는 거야?"

"그럼 사람 꿈꾸게 만들어놓고 이대로 그냥 현실로 곤두박질치라고?"

"시끄러워, 이정우."

시연은 정우의 입을 다시 막아버리고 싶었다.

가능하면 입술로 해야겠지만 그랬다간 정말 할 말도 못하고 이대로 호텔로 끌려가게 될 것 같다.

싱긋 웃고 있는 청량한 정우의 얼굴을 바라보다가 시연은 천천히 정우의 팔 쪽으로 손을 뻗었다. 갑자기 셔츠의 소매를 걷어 올리자 정우가 멈칫했다. 시연이 무슨 의도로 그러는지 짐작한 듯 그가 시연의 손을 떼어냈지만 시연은 막무가내였다. 고집스럽게 그의 팔을 꽉 잡아 고정시키곤 자신이 찾고 있는 게 보일 때까지 고집을 부렸다.

그리고 아물어가고 있는 긴 상처가 드러난 순간 시연의 눈동자가 정지했다. 아직 완전히 다 아물지 않은 긴 상처 자국이 선명하게 팔뚝에 나 있었다. 시연의 눈동자에 눈물이 핑 돌자 그가 결국 소매를 끌어 내렸다.

"됐어. 볼 것도 못 돼."

시연은 고개를 마구 저어가며 그의 손을 밀어냈다.

"어디 봐. 가만히 있어봐, 좀."

"그만해. 봐서 뭐 해. 이미 다 나은 걸."

"가만 좀 있어보라구."

시연은 훌쩍거리며 그 상처를 손으로 쓸었다. 가슴이 너무 아팠다.

"그래서…… 그때 일주일 뒤에 만나자고 한 거였어?"

"……."

"이 팔로 그 새벽에 올라온 거야? 나한테 아무것도 알려주지 않고 혼자서 약속 못 지켰다고 미안해했던 거야?"

"울긴 왜 울어. 울지 마."

"그럼 안 울고 배기니? 네가 내 엄마야? 무슨 자식 생각하듯이 그렇게 인고의 세월을 견디고 그러는 건데?"

정우가 혀를 찼다.

"비유도 참."

"그게 걸려? 난 딴 게 걸려! 내가 너한테 뭐라고 그랬는데. 길거리 가다가 코나 깨지라고 그랬는데. 정말 내 입을 꿰매 버리고 싶을 정도야. 넌 이렇게 다쳤는데 난 아무것도 모르고 다친 사람한테 얼마나 악랄한 말을 한 거야? 팔 찢어진 사람한테 코도 깨지라고 하고, 내가 진짜 사람이니?"

울먹이는 시연을 정우가 천천히 끌어당겨 안았다. 넓은 가슴에 시연의 얼굴을 묻게 하고 다독이듯 시연의 등을 톡톡 두드려 주었다.

"넌 몰랐잖아, 내가 말하지 않았으니까. 그러니까 쓸데없이 죄
책감 갖지 마. 불필요한 감정 낭비야."

"정말 미안해. 정말정말 미안해……. 많이 아팠지."

"이상하게 다치는데 네 생각나더라. 영화 같은 데서 주인공 머
릿속으로 수많은 기억들이 스치고 지나가는 그게 허구인 줄 알았
는데 진짜였어. 네 얼굴이 파노라마처럼 스치고 지나가는데, 아,
내가 하시연을 두고 어떻게 눈을 감나…… 그런 생각이 들더라."

시연이 정우의 가슴에 이마를 쿵 부딪쳤다.

"지금 그런 장난할 때야? 남은 속상해 죽겠는데."

"속상해하지 말라니까 몇 번을 말해."

"……말 좀 해주지. 여자친구가 돼서 다친 것도 모르고 퉁퉁거
리기나 했으니 바보 같아서 앞으로 너 어떻게 봐. 진짜 진영 씨한
테 욕 얻어먹어도 싸다."

정우가 낮게 웃었다. 시연은 그런 정우의 허리에 팔을 둘러 꼭
끌어안은 채로 말을 이었다.

"앞으론 안 그럴게. 투덜거리지 않고 닦달해서 너 다치게 하지
도 않을게. 용서해 줘."

정우가 시연의 머리를 쓰다듬었다.

"철들었네, 우리 시연이."

"나…… 사실은 할 말이 있어. 그래서 온 거야."

시연이 천천히 고개를 들자 정우가 내려다봤다. 그녀의 눈가를
적신 눈물을 손끝으로 닦아준 그가 심플하게 고개를 끄덕였다.

"말해봐. 무슨 일인데?"

시연이 천천히 떨어져서 섰다.

"전화로 하지 그랬어. 밥은 먹었니?"

사람이 진지하게 말하는데, 별 용건 아니라고 생각했는지 테이블에 쭉 늘어져 있는 종이들을 이것저것 챙기면서 건성으로 저러고 있다. 제대로 듣지 못할까!

"이정우, 그만두지 마."

순간 정우의 손이 멈칫하고, 시연을 쳐다봤다.

"……뭐?"

잘 못 알아들은 것 같다.

"네 일, 그만두지 마. 그 말 하려고 왔어. 직접 이곳에서 말하고 싶었거든. 네가 앞으로도 평생 일해야 할 이 공간에서."

시연은 진지했다.

오늘 온 이유는 이 말을 하고 싶어서였다.

"알았어. 믿어볼게."

그날 정우가 이 일을 그만두겠다고 했을 때 그렇게 대답했던 건, 자신이 절대 그만하도록 두지 않을 것이기 때문이었다.

그가 이 일을 버리는 건 시연이 더 싫었다. 하지만 그때는 그냥 수긍하는 척하는 걸로 넘어가고 싶었다. 그땐 두 사람의 앞으로의 관계를 먼저 해결해야 했기에.

그리고 지금이 자신의 생각을 전할 때였다.

하지만 정우는 별로 진지해지지 않았다. 그냥 픽 웃곤 다시 이것저것 자료 뭉치들을 챙겼다.

"이미 결정한 일이라고 했잖아. 또 혼자 시나리오 쓰고 있었구나. 너 때문에 내가 소중한 걸 포기했다, 뭐 그렇게 생각하고서."

"그럼 아냐?"

"아니야."

그가 진지한 표정으로 시연을 다시 보며 단호하게 말했다.

"절대 아니야."

"날 위해서란 게 일차적인 이유는 맞잖아. 아니, 똑같은 말 반복하지 말자. 됐고, 그냥 난 내 의견을 전할래. 난 네가 네 소중한 걸 포기하지 않았으면 좋겠어. 내가 좋아하는 이정우의 모습 중엔, 네가 좋아하는 일을 미친 듯이 하는 그런 모습도 포함돼 있어. 더 이상 그걸 못 본다면 내가 더 서운할 거야. 넌 네가 좋아하는 걸 하고 살아. 난, 그런 너를 계속 좋아할 테니까."

정우의 눈동자가 살짝 흔들렸다. 두 사람의 시선이 섞여들었다.

시연이 말을 이었다.

"이번엔 내 말을 들어줘."

"……"

"버리지 마, 이정우. 나 때문에 하나도 버리지 마."

정우의 눈동자가 커졌다. 시연이 부드럽게 웃었다.

"기억나? 널 위해서, 아니, 너 때문에 무엇이든 하나도 버리지 말라고 네가 했던 말. 나도 똑같아. 나 때문에 하나도 버리지 마. 만약 그러면, 나도 싫을 거야."

천천히 정우가 다가왔다.

그 이상의 말은 필요 없었다. 시연은 자신의 진심을 정우에게 그대로 전했고, 정우는 그녀의 말을 진지하게 들어주었다. 그 이상 무엇이 필요할까.

채 걸음이 멈추기도 전에 그가 시연의 턱을 잡은 채 입술을 겹쳤다.

심장이 아릿할 정도로 짜릿한 두 번째의 키스는 회의하러 들어오던 연출팀들을 멘붕시키고서야 겨우 끝났다. 나중에 알게 된 사실이지만, 시연은 남자친구의 직장까지 찾아와 키스를 할 정도로 저돌적인 여자라고 소문이 났다나 뭐라나.

더불어 이정우도 한동안 연출팀 동료와 선배들의 놀림을 받았다는데.

"이정우, 너 회의실에서 지금껏 숨기고 있던 남자 본능을 터뜨렸다며?"

7. 죄 많은 남자의 질투는, So Hot!

고르곤졸라 치즈와 쇠고기, 감자 크로켓으로 맛을 낸 펜네 크림 파스타에 견과류를 곁들이고, 고깔 모양의 파이 안에 마스카포네 크림과 딸기로 속을 채운 까놀리를 내놓았다.

설탕이 없는 이탈리아 음식에는 당분이 살짝 있는 디저트가 소화가 잘 되고 제격이라 바삭한 파이 위에 슈가파우더를 솔솔 뿌려준 까놀리는 디저트로 인기가 많았다. 바삭바삭한 이탈리아 과자가 마치 하얀 눈을 소복하게 맞은 것 같다.

시연은 만족스러운 마음으로 주문받은 요리를 마치고 잠깐 쉬고 있었다. 그때 홀 서빙하는 알바생이 와서 손님이 셰프를 좀 보고 싶다고 했다며 말을 전해주었다. 이따금씩 있는 일이라 시연은 별다른 생각 없이 정중하고 청결한 이미지를 주는 것에만 신경 쓰며 홀로 나갔다.

그런데 깜짝 놀랐다.

셰프를 호출했다는 손님이란 게 바로 이진영이었다.

그녀의 앞엔 시연이 심혈을 기울여 완성한 까놀리가 놓여 있었고, 바삭바삭 맛있는 그 디저트를 이진영은 먹지도 않고 기가 막히게도 슈가파우더를 후후 불어가며 장난만 치고 있었다.

일단 흠칫했다. 살짝 과장하자면 원수를 외나무다리에서 만난 것 같은 기분이다. 아무튼 뭔가 등골이 서늘한 게 즐겁진 않았다. 저것이 왜 이곳에 왔으며 어찌하여 특별히 사람을 지명한 것일까. 무엇보다, 남의 작품을 저따위로 장난치는 용도로 사용하고 있으니 그것만은 한마디 시크하게 비꼬아줄 생각이었는데, 안 그러는 게 좋겠다.

그녀의 옆엔 로제 와인이 놓여 있고, 병은 반 이상 비어 있었다.

시각을 보니 저녁 여섯 시.

마실 만한 시각으로 이르다고도 늦다고도 할 수 없다. 딱 봐도 낮술 잘 마시게 생겼다.

"어머, 시연 씨. 어서 와요. 앉으세요. 근무 시간이라서 안 되나? 나 꼭 할 얘기가 있는데."

어제 있었던 일 때문에 깽판 부리러 온 건가? 없어진 와인의 양을 보니 가능성 없는 얘기도 아닌 것 같다.

"그러는 진영 씨는 근무 시간 아닌가 봐요."

"아, 전 프리랜서잖아요. 제법 자유로워요."

"네에……."

"잠깐 앉으면 안 돼요? 잘려요?"

시연은 고개를 설레설레 저었다.

애가 취한 것도 같고, 아닌 것도 같고.

어차피 먼저 걸어온 시비이니, 시연은 단정한 자세로 의자에 앉았다.

"식사하러 온 건가요, 저 만나러 온 건가요?"

"식사도 하고, 시연 씨도 만나고, 작품도 감상하고. 제가 배경임 선생님 팬이거든요."

"네, 그러시군요."

"선생님 작품에 인물이 많아졌네요? 전엔 인물이 아주 작은 점으로만 존재했는데, 언제부턴가 인물 자체로만 꽉 채워진 작품도 있고. 물론 추상적인 세계지만 뭔가 아름다운 사람이 곁에 있는 게 아닐까요? 그렇게 보기엔 인물들이 또 꼭 삐친 사람처럼 입술을 삐죽이고 있기도 하고. 잘 모르겠어요."

시연은 물끄러미 진영을 쳐다보고 있었다.

짧은 단발 컷. 목이 길고 다소 야윈 체격이라 신경질적인 느낌의 이 작가는, 가만히 따지고 보면 참 또렷하게 생긴 미인이다. 피부도 하얗고, 특별히 화장의 흔적은 없는 것 같은데도 입술은 빨갛고, 키는 중간 정도이지만 팔다리는 적당히 길고, 특히 코가 높아서 굉장히 서구적으로 생긴 아가씨다.

다만 편한 흰 티에 편한 스키니진, 다소 헐렁한 카디건을 걸친 멋 부리지 않은 편한 패션 때문인지 그 시크한 외모가 그리 드러나진 않았다. 제대로 화장하고 차려입으면 TV에 나오는 연예인 몇은 밥줄 끊기게 할 수준이었다.

"아, 술을 좀 마셨더니 눈이 아프네. 나 안경 좀 쓸게요."

그녀가 가방에서 안경집을 꺼내더니 안경을 꺼내 썼다. 알이 좀 큰 하얀 뿔테 안경인데 얼굴에 워낙 잡티라곤 없어서 그런지 안경도 잘 어울린다. 시력 때문이 아니라 그냥 패션 소품 같다. 꾸미지 않아도 미모가 눈에 띄는 건 경임 이모와 같은 느낌이었다.

"시연 씨도 로제 와인 좋아해요?"

"뭐, 적당히."

"로제가 프랑스어로 핑크색이란 뜻이라면서요? 난 처음엔 장미인 줄 알았는데, 로즈."

얘가 어쩌자고 친구랑 수다 떠는 것처럼 친밀한 탐색전을 펼치는지 모르겠다.

"미안하지만 제가 아직 근무 중이라서요."

"아, 좋아요. 그래요, 용건 빨리 꺼낼게요."

그냥 밥 먹으러 왔던 거라고 하면 안 되겠니?

"선배님, 결심을 바꿨더군요."

그때 진영이 언제 와인을 마셨냐는 듯 꽤 또렷한 눈동자로 말하자 시연은 안으로 한숨을 폭 삼켰다. 역시 그거였어.

"그런데요?"

"고마워요, 시연 씨. 그 말 하러 왔어요."

헐, 기가 막힌다.

네가 왜 고마운데?

물론 그녀가 이 시점에서 고맙다고 말할 만한 이유는 대충 구슬이 꿰어진다. 이정우가 일을 그만두지 않았다. 하시연이 회사에 찾아온 후 바뀐 결심이니 하시연 때문이라고 짐작할 수 있으리라.

"그런데 뭐가 고마운데요?"

시연은 일단 모른 척하고 물어보았다.

"모르지 않잖아요. 선배님 이 세계 떠나지 않게 해준 거, 고맙단 뜻이에요."

시연은 조금 멍해졌다.

얘가 무슨 이유로 저렇게 산뜻하게 나오는 걸까?

의외로 쿨한 앤가?

정말 그게 고마워서 여기까지 와서 매상 올려주고 일부러 고맙단 소리를 하는 거라고?

이정우의 재능을 아끼는 사람으로서 그녀도 같은 마음이라면 지금 저 말은 충분히 설득력이 있었다. 하지만 이거 뭔가 좀 이상하지 않나? 내가 꼬인 건가?

"그건 정우의 선택이었고 정우가 결정해야 할 일이었어요."

"알아요."

아는 거냐!

그런데 나한테 왜 이러냐고, 대체?

"선배님이 그 재능을 버리고 밥장사를 한다니, 정말이지 싫었거든요. 그런 생각이 들 때마다 일을 이렇게 만든 시연 씨를 저주하고 싶었죠."

얘 취기 오르나 보다.

"뭐, 정우라면 밥장사도 잘했을 거예요."

이진영의 표정이 뭐 씹은 듯 일그러지는 게 보였다.

뭐 어쩌라고.

밥장사라고 하니까 진짜 국밥이라도 퍼주는 걸 상상한 건가? 밥장사가 뭐? 나도 밥장산데 커플끼리 잘 어울리고 좋지 뭐. 하지만 이정우는 역시 자기 일이 더 잘 어울린다.

"내가 고맙다고 한 건, 일단은 선배님을 제 곁에 머무르게 해주셨기 때문이에요."

딴생각하고 있느라 잠깐 느리게 반응했다.

시연은 잠깐 이해가 안 가서 의아한 눈으로 진영을 쳐다보았다.

"지금, 뭐라고 했어요?"

이게 아주 미쳤구나.

"차라리 그만두게 했으면 좋았을 텐데. 시연 씨는 선배님 앞에서 어른스러운 사람인 척하느라고 결정적인 실수를 했어요. 덕분에 전 선배님과 함께할 시간이 더 늘어났고, 선배님 옆엔 늘 제가 있을 테죠. 그럼 그날 입은 수모를 갚을 기회도 생기지 않겠어요?"

그야말로 망치로 머리를 얻어맞은 기분이었다.

잠깐 방심했었는데, 이진영이 이런 무기를 준비해 오지 않을 인간이 아니었다.

이쯤 되면 간디가 오더라도 욕 튀어나오겠다.

아, 뒷골 당겨. 우리나라가 40대 사망률 1위라고 했나? 20대 사망률은? 나도 지금 돌아가실 것 같다.

"좀, 기가 막힌 말을 하는 사람이었네요."

"속이 끓죠? 선배님이 어떤 사람인지 알고 있더라도, 아무리 믿고 있더라도 이런 말을 하는 제 존재, 거슬리죠?"

"무슨 대답을 원해요? 성격 좀 이상한 거 알아요?"

"시연 씨만큼이야 하겠어요."

아오, 빡쳐!

말을 섞으면 섞을수록 약이 오른다.

이걸 어떻게 하면 납작하게 코를 눌러줄 수 있을까?

하지만 도저히 냉철한 이성의 도움을 받을 수 없을 정도로 머릿속에서 마구 팝콘이 튀기고 있었다. 일단 같은 상식선에 있어야 얘기를 하든 말든 하지, 이건 뭐 쟤 혼자 어디 달나라에서 떠들고 있는 것 같으니.

아무리 붙잡아놓고 따끔하게 말하려고 해도 통하지 않을 것 같은 이 답답함을 어떻게 설명해야 할지 모르겠다.

너무 어이가 없으면 차라리 말도 안 나온다. 그걸 자신의 승리라고 생각한 듯 진영은 점점 더 기고만장해졌다.

"그러니까 그날 절 선동하지 말았어야죠. 그날 시연 씨의 행동은 내 오기를 건드리는 거였어요. 시연 씨가 좀 더 우아하고 격조 높게 행동하는 사람이었다면 내가 끼어들 생각도 안 했을 거예요. 하지만 시연 씨는 이정우라는 남자를 손안에 넣고 있음에도 만족하기는커녕 옆에 있는 저한테 이를 드러내는 유치한 행동을 보였죠. 날 건드렸단 소리예요."

나오는 말들이 모조리 쓰레기 분리수거 감이었지만 시연은 똑같이 되받아치면 말릴 수도 있다는 걸 직감했다. 상식이 안 통하면 일단 목소리 큰 놈이 이기게 돼 있다. 자신보다는 이진영이 목소리가 더 큰 것 같다. 저러니 저런 말도 안 되는 소리를 저리도 거리낌 없이 내뱉고 있는 거겠지.

"진영 씨."

"말해요."

"정우를 좋아해요?"

"그럼 왜 이러고 있는 것 같은데요?"

"진짜 좋아해요?"

"원하는 대답이 뭔데요."

"그래요. 그럼 많이 좋아하세요."

"지금 가진 자의 여유란 건가요?"

"좋아할 거면 혼자 좋아하든가 일부러 여기까지 찾아오는 이유가 뭐죠? 정말 내가 당신을 건드려서? 그건 아닌 것 같으니 참 이상하죠?"

"혼자 좋아하는 건 문제가 아니죠. 하지만 그래 봐야 시연 씨한테 타격을 줄 수가 없잖아요?"

"타격이라."

"최소한 불안해지겠죠. 그 불안함이……."

"어쩌면 틈을 만들 수 있다. 그 틈을 파고들겠다?"

"잘 아시네요."

"내 불안함이 정우를 더 꽉 붙들 수 있을 거란 생각은 안 들어요?"

"집착 좋아할 남자 없죠. 질릴 만큼 편집적으로 나와주면 그것도 나한텐 도움이 되겠네요."

“그저 단순히 ‘내 거’로만 생각하던 남자가, ‘남이 노리는 내 거’란 생각이 드는 순간 소중함이 더해져서 제가 더 잘할 수도 있겠죠.”

“여자가 너무 잘해주면 남자는 결국 소홀하게 돼 있어요.”

하아…….

말이 너무 안 통한다.

그런데 더 신경을 거스르는 게, 이상하게 이 여자의 말을 들으면 들을수록 어느새 ‘어머, 그럴 수도 있겠네?’라고 동조할 뻔하고 있단 것이다. 조심해야 해. 이진영을 보통의 라이벌로 생각하면 안 돼. 이거 여우다!

“시연 씨도 처음엔 짝사랑으로 시작했다면서요?”

뜨끔.

그, 그건 어떻게 알았지?

“아, 아니거든요? 누, 누가 그래요?”

“시연 씨가요. 그때 우리 회식에 끼었을 때 주사 부리는 거 다 들었어요.”

이런!

이 저주받은 주사!

술 취해서 별소릴 다 지껄였구나.

이렇게 되면 이건, 내 발등을 내가 찍은 격이 된 건데.

바로 탄로 날 거짓말을 해버린 바람에 어쩐지 밀리기 시작했다.

“시연 씨는 한 걸 다른 사람은 못하게 한다. 그거 말이 안 되는 거 알죠?”

그게 또…… 그런가?

아니잖아! 정신 차려, 하시연! 제발 정신 차리라고!

"혼자 좋아할 때 시연 씨 마음은 어땠어요? 나랑 같지 않았어요? 만약 그때 선배님 옆에 다른 여자가 있었다면 또 어땠을까요? 그만뒀을까요? 포기했을까요? 그 여자한테 달려가서 나처럼 선전포고하지 않았을까요? 아무리 저 여자가 있어도 내가 더 좋아할 수 있어. 내 마음도 진지해. 나도 진심이라구."

그, 그러게……. 맞아, 나라도 그랬…… 겠지? 먼저 만난 여자 따위가 대수냐! 내 운명은 내가 개척한다. 반드시 이정우를 내 운명 안으로 끌어들이겠……. 어이, 정신 차려, 하시연. 또 말려들었잖아!

"어때요? 내 말이 틀렸나요?"

진영의 눈빛은 당당했다. 일말의 망설임도, 물러섬도 없어 보였다.

정말로 자기가 믿고 있는 바를 믿는 눈이었다. 다만, 그 믿음이란 게 잘못된 시작에서 기인한 거란 걸 전혀 눈치 못 채고서.

확실히, 이진영은 예전에 이정우를 혼자 좋아하면서 어떻게든 그의 옆으로 가고 싶어 하던, 그의 눈에 들고 싶어 하던 하시연의 모습이었다.

수긍은 간다.

동화도 된다.

하지만 그렇다고 용납이 되겠니?

"일단, 그때 이정우 옆엔 다른 여자가 없었죠."

"말귀 참 못 알아듣는군요. 만약 다른 여자가 있었다면, 이라고 가정한 거잖아요."

"없었다고! 없었으니까 만약이라는 가정형을 쓰면 안 되는 거지!"

이게 진짜 성질나게 만드네. 웬만하면 좋게 좋게 우아하게 넘어가려고 했고만!

버럭 소리치자 진영이 흠칫하는 것 같았다. 기가 막혀 하는 눈이었지만 그러거나 말거나, 먼저 비상식적으로 나온 건 너잖아.

"만약은, 말 그대로 만약일 뿐이야. 만약 이정우 옆에 다른 여자가 있었다면, 그래, 나도 너처럼 아무것도 안 보고 달려들었을지도 몰라. 하지만 마찬가지로 아무리 좋아하더라도 내 마음을 접었을 수도 있지. 일어나지 않았던 일에 대한 결과를 단호하게 못 박을 순 없는 거야. 선택이란 건 그때그때 전혀 다른 방식으로 내려지고, 그 선택은 모든 사람의 보편성에 따라서 하는 게 아니라 결국 내가 내리는 거니까. 남들이 다 그랬을 거라고 하더라도, 너는 그랬을 거라고 하더라도 난 안 그랬을 거란 소리야."

단호하게 말을 마치자, 진영의 눈이 커져 있었다.

저건 이 하시연의 논리에 설득당한 표정인가?

"지금 말 깠니?"

아니다.

너무 큰 걸 바랐다.

이진영은 사람 말이 아니라 말 길이에만 집중하고 있었나 보다.

못 말리는 여잘세, 정말.

아무튼 그제야 현재 상황을 파악한 시연은 좀 더 자중하기로 했다. 말려들지 말자고 그렇게 다짐했으면서 그새 이성을 홀랑 날려버리니.

"말을 까든 호박씨를 까든 중요한 건 그게 아니에요. 내가 말하고 싶은 건……."

"난 시연 씨 의견이 중요한 사람이 아닌데요?"

으…….

"야, 이진영, 네 마음대로 할 거면서 찾아오긴 왜 찾아왔니? 그냥 네 마음대로 해!"

그래서 그냥 질러주고 말았다.

에이 씨! 나도 몰라. 너 꼴리는 대로 해!

너무 무식하게 나갔나? 이진영이 흠칫 놀라는 것 같았다. 하지만 곧 여유로움을 되찾더니 피식 웃었다.

"시연 씨 흥분했네요. 그렇게 감정적으로 굴어선 이 싸움에서 불리할 텐데."

하? 불리? 지금 불리라고 했니?

그래서 시연도 같이 깜찍하게 웃어주었다.

"난 진영 씨를 내 옥타곤 안에 올려준 적이 없거든요. 싸워도 나랑 정우랑 싸우겠죠. 사랑싸움은 원래 지고 말고 할 것도 없지만."

"무시하겠다 이거죠? 선배님은 결코 흔들릴 남자가 아니다?"

"그것도 이정우 선택이에요. 나는 단지 내가 믿고 싶은 걸 믿고, 정우는 자기가 하고 싶은 걸 하는 거예요. 애석하게 됐네요. 하필이면 타이밍이 내가 믿음에 대해서 여러 가지로 새로운 재배열을 한 이후라서."

신뢰란 건 상대가 좋아하는 걸 하는 게 아니라 상대가 싫어하는 걸 안 하는 거다.

그렇게 말했지, 정우야?

아마도 정우는 하시연이 이진영의 말에 흔들려서 자신을 의심하는 걸 싫어할 거다. 그러니 자신은 그걸 안 하는 게 지금 유일하게 해야 할 일이 아닐까.

"그만 가주겠어요? 저녁 예약 손님 준비해야 해서요."

"아주 자신 있으시군요."

얘가 정말 사람 말을 콧구멍으로 듣나.

"하지만 늘 생각대로 되는 건 아니죠. 그래요, 한마디만 더 하고 갈게요. 어차피 난 보상을 바라지도 않을 거고 날 봐달라고 할 것도 아니니까 괜찮죠?"

제멋대로 떠들고 진영이 자리에서 일어났다.

시연은 기가 막혔다.

일단 한마디가 아니잖아!

시연도 천천히 따라 일어났다. 진영이 싱긋 웃었다.

"바쁜데 시간 빼앗아서 미안해요."

"사과할 부분이 그 부분은 아닌 것 같지만 아무튼 잘 가요. 그리고 다음엔, 까놀리 꼭 먹어봐요. 아주 맛있거든요."

진영이 피식 웃더니 몸을 돌렸다.

"아, 여기 지리는 잘 알아요?"

그 얄미운 뒤통수에 대고 묻자 진영이 황당하다는 듯 돌아봤다.

"돌아가는 길 정도는 알아요."

"그게 아니라…… 요 앞에서 신호등 하나 건너서 100m쯤 가면 병원이 하나 있거든요. 치료받고 가시라구요. 가만 보니 눈치가 좀 없나 봐요. 그것도 병이래요."

진영의 눈이 커졌다. 얼굴이 로제 와인만큼이나 벌게져서 부들부들 떨리는데, 시연은 모르는 척 말을 이었다.

"내가 우아하지 않고 격조 높지 않아서 틈을 발견했다고 했죠? 나도 같아요. 내 남자를 빼앗겠다는 여자가 좀 더 멋지고 날 긴장하게 해줄 수준의 여자였으면 좋겠거든요. 이기는 맛이나 나게."

"그 여유가 과연 얼마나 갈까요? 오늘 행동, 시연 씨한테 매우 불리하게 작용할 거예요."

"작가인 줄 알았더니 변호사였나 봐요. 한번 해봐요. 얼마든지 감수할게요."

"대체 선배님한테 뭘 그렇게 잘한 거죠? 내가 보기엔 시연 씨 멋대로 선배님을 힘들게 한 것밖에 없는 것 같은데. 가슴에 손 얹고, 선배님 편하게 해줬어요? 잘해줬어요? 의무는 안 하고 선배님의 여자친구로서 권리만 찾겠다, 이건가요?"

도대체 이진영이 언제부터 이정우 인권위원회 회장이 됐는지는 모르겠지만, 내 남자친구 편에 서서 피 토하는 심정으로 성토하는 진영을 가만히 보던 시연이 물었다.

"무슨 권리요? 권리가 있는데 이렇게 지나가는 나그네 '따위' 한테 경고나 듣고 있었겠어요? 여자친구로서 화낼 권리, 이 자리에서 한 번 보여줘 볼까?"

그녀가 약간 흔들리는 것 같았다. 하지만 말 그대로 아주 약간이었다.

"난 시연 씨한테 솔직하게 말했고, 내 진심을 알아주든 말든 그건 시연 씨 마음이야. 나라면 시연 씨처럼 그렇게 하지 않았을 거야. 소중한 일을 빼앗으려 들지도 않았을 거야. 반성해, 하시연. 그리고 각오해. 어쨌든 난 선배님 바로 옆에 있으니까, 당신보다 더."

속이 부글부글 끓었다.

"아, 그렇구나. 그럼 어디 그 자신감으로 한 번 잘 흔들어봐. 나도 정우 마음 얻으려고 엄청 고생했거든."

"그만하고 가려고 했는데 시연 씨 진짜 안 되겠다. 1,000번도 넘게 사랑한다고 말했던 관계도, 헤어지자는 말 한마디면 끝, 그게 사랑이래."

어디선가 오호호호! 라며 마녀의 웃음소리가 들리는 것 같았다. 속에서는 지진이 일고 있었지만 시연은 마지막까지 평정을 잃지 않으려 웃으며 말했다.

"그 흔한 말을 한 번도 못 들어본 너한텐 오죽하겠니."

웃음을 싹 지웠다.

"그리고 이진영, 나 너보다 두 살 위거든? 한 번만 더 말 놓으면 죽을 줄 알아!"

두 마디 덧붙였다.

✳

"미친 거 아냐? 하핫! 정말 미친 거 아니냐고!"

시연은 포크를 들고 부르르 떨고 있었다.

냉동실에서 꺼낸 막대 모양의 뇨끼 반죽을 얇게 잘라서 포크로 줄무늬를 만드는 중이었는데, 손이 부르르 떨리는 바람에 살짝만 눌러주어야 하는 포크를 꾹 눌러 버리고 말았다. 정신을 차리고 보니 반죽이 동강동강 잘려져 여기저기 흩어져 있었다.

이건 재앙이다!

버터와 치즈에 버무려 만드는 뇨끼는 쉽게 말해 이탈리아 수제비 요리다. 삶은 '뇨끼' 에 토마토소스와 부팔라 치즈를 넣어 그라탕을 만들 생각이었는데 가장 중요한 메인 주인공인 반죽이 이 모양 이 꼴이 됐으니 다 끝났다.

게다가 반죽도 뭐가 잘못됐는지 평소처럼 부드럽고 쫄깃하게 나오지도 않았다. 멍 때리고 있다가 재료를 잘못 배합한 모양이다. 이거야말로 폭풍 레시피.

요리 망치기!

하시연, 다됐다. 요리에 감정을 결부시키다니.

이러다간 손님들 뱃속이 부글부글 끓겠다. 내 뱃속이 끓는다고 손님한테까지 이러면 안 되는데.

"아, 신경 쓰여!"

하지만 도통 안정이 되지 않았다.

"불안해."

이래 봐야 이진영만 좋아할 텐데. 아까 전엔 더 말려들기도 싫

고 진흙탕 싸움도 되기 싫어 일단 우아하게 보냈지만 지금 속이
속이 아니었다.

"1,000번도 넘게 사랑한다고 말했던 관계도, 헤어지자는 말 한
마디면 끝, 그게 사랑이래."

그 계집애가 했던 그 뻔뻔한 말이 메아리쳤다. 아닌 척했지만
그 말에는 순간 섬뜩해졌었다.

정말? 내 경우는 총 네 번 정도 들은 것 같은데……. 1,000번보
다 훨씬 적으니 더 위험한 거 아냐?

이러고 있다.

이진영의 말에 귀 기울이지 말라고.

정신 차리자고, 하시연.

"휴우……. 이럴 줄 알았으면 그때 그냥 그만두게 할 걸 그랬
나?"

그땐 결코 이 복병을 생각 못했었다.

이건 뭐, 하이에나 옆에다가 예쁜 양을 맡겨둔 꼴이 됐으니. 이
목동은 도대체 얼마나 불안하란 말인지.

이건 이정우가 흔들리느냐 아니냐의 문제가 아니었다. 그것을
넘어섰다. 이진영의 태도가 괘씸했고, 그 생각머리가 얄미웠고,
자신과 정우 사이에 끼어들 수 있다고 생각했단 것 자체가 불쾌했
다.

"분해."

믿음.

그래, 좋다.

이정우를 믿는다.

"하지만 불안한 걸 어떡하라고."

얼마 후, 예약 손님이 다 돌아가고 한가한 시간이 되었을 때 시연은 정우에게 바로 불꽃 문자를 보냈다.

〈이따가 퇴근 시각에 맞춰서 레스토랑 올 수 있어?〉

안다. 결국 자신이 불안해서 이러는 거다. 그 여우 같은 계집애가 선빵을 날리기 전에 아예 뿌리를 뽑을 생각으로 이러는 거다. 이러는 것 자체가 벌써 그 계집애한테 지고 들어가는 건데.

오늘은 그렇게 넘어갈 수 있겠지. 그럼 내일은? 모레는? 매일 이렇게 신경쇠약에 걸린 사람처럼 이정우 옆에 그 계집애가 달라붙을까 말까, 손톱 물어뜯고 있을래? 아니면 뭐, 정우의 몸에 도청 장치라도 붙일 생각인가?

하지만 이건 그가 다니는 길목마다 CCTV를 부착해 놓는다 한들 해결되지 않을 문제였다. 결국 불안한 건 자신이고, 그래 봐야 이진영이 말한 그대로 될 뿐이다.

마치 그 계집애가 뿌려놓은 비스킷을 독약이 묻어 있단 것도 모른 채로 하나씩 주워 먹으며 따라가고 있는 것과 같다.

흔들릴 때가 아닌데.

그 어느 때보다 직립보행을 유지해야 하는데.

자신이 이러는 걸 알면 정우는 분명히 속상하고 실망할 텐데.

'왜 이렇게 사람을 못 믿어.'

그렇게 말하면서 천 년의 사랑도 식을 수밖에 없단 얼굴로 진저리치며 저기 저 먼 K2 같은 데로 떠나 버릴지도 모르겠다. 알고 있는가. 산악인들이 가장 오르기 힘든 산은 세계에서 가장 높은 산인 에베레스트가 아니라 해발 8,611m의 제2봉인 K2라는 게…… 지금 무슨 관련이 있지?

분명 별거 아닌 계집애일 텐데 시연은 진영을 넘는 게 마치 K2를 눈앞에 둔 것 같단 생각을 하고 있었다. 정상적인 사고방식의 소유자가 아니기에 왠지 겁이 난다는 거다.

"혼자 좋아할 때 시연 씨 마음은 어땠어요? 나랑 같지 않았어요? 만약 그때 선배님 옆에 다른 여자가 있었다면 또 어땠을까요?"

억지였지만 충분히 시연을 흔들었던 말.

"난 어떻게 했을까? 아니…… 대답한 것과 같아. 누군가가 있었다면 난 그때처럼 하진 않았을 거야. 결단코. 물론…… 멀리서 숨어서 바라보는 건 했겠지."

그건 NEO를 좋아하는 것과 마찬가지니까.

NEO한테 여자친구가 생겼다고 바로 경쟁 그룹으로 팽 놀아서는 의리 없는 팬질을 하지는 않는 것처럼, 그냥 정우를 멀리서 좋아했을 거다. 좋아하는 걸로도 좋아서 그걸로 만족했을 거다.

"그나저나 우리 NEO 오늘 시트콤 촬영한다고 떴던 것 같……
앗! 대답 왔다!"

정우한테서 답문이 왔다.

〈바로 갈게.〉

짧지만 굵다.
이런 거 좋다.
시연은 웃으며 다시 문자를 보냈다.

〈혹시 지금 옆에 누구 있니? 누구든!〉

인정한다. 자신은 지금 의부증 초기 증상이다.

〈아니, 아무도 없는데. 무슨 일 있어?〉
〈없어. 근데 앞으로도 옆에 누가 없을 예정 맞지? 혼자 일 하는 거
지?〉
〈또 이상한 말. 아무튼 편집 중이라서 당분간은 그럴 것 같은데.〉
〈응, 알았어. 편집, 오래 해. 할 수 있는 한 오래.〉

그렇게 문자를 보내고 씨익 웃었다. 마녀처럼 웃고 있는데 정우
한테서 문자가 또 왔다.

〈술은 깼냐?〉

뭐냐, 이 갑작스런 화제 이탈은?
……강호수다. 정우가 아니었다.
"이런 미친놈. 그날이 벌써 언젯적 일인데 그때 숙취를 지금 물어?"
연달아 문자 소리가 울렸다. 이번엔 정우다.

〈끝나는 시간에 보자.〉
〈그런데 내가 이 말 했었나?〉
〈사랑해…….〉

시연의 얼굴이 붉어졌다. 꼭 백 점 맞은 시험지를 받은 아이처럼 휴대폰을 꼭 끌어안았다가 다시 쭉 팔을 뻗어서 봤다가, 연신 웃음꽃이 피어선 시연은 휴대폰 액정에 입을 쪽 맞췄다.
"다섯 번째……. 1,000번은 불안하니까 백만 번 들어야겠다."
시연은 정우에게 문자를 찍었다.

〈나도 사랑해.〉
〈……너보다 천만 배는 더. 그래도 억울하지 않은 걸 보면 이정우 너가 난놈은 난놈이야.〉

빵 터져라, 이정우.

너무 웃겨서 내가 보고 싶어져 미쳐 버릴 만큼.

✳

〈그날 이후에 어때? 잘 해결됐냐?〉

시연은 정우가 오기 전까지 약 한 시간 정도 여유가 있어 호수와 통화를 하고 있었다.

"뭐, 그냥……."

〈목소리가 덜 발랄한데? 그예 찢어진 거냐? 아이돌 꽁무니 쫓아다니는 푼수 떠는 꼴 더는 못 보겠다고 남친이 줄행랑 놓은 거지?〉

시연은 고개를 절레절레 저었다.

"내가 지금 팬질도 잠시 미루고 남친한테만 충성하고 있거든?"

〈그래, 잘 생각했다. 이번 참에 아예 팬질을 끊길 바란다.〉

뭐라는 거야. 강호수는 아무래도 우리 둘의 싸움이 팬질 때문이라고 생각하나 보다.

"근데 호수야!"

시연은 잠시 호수를 붙들고 진영의 이야기를 했다. 자신 혼자서는 도통 그 계집애를 감당할 수 없어서 조언이라도 얻어볼까 하는 생각이었다.

"그렇게 격조 높게 헛소리를 해주고 가시더라고. 진짜 이상한 계집애지?"

〈흠, 정말 격조 높은 계집애군. 나 참, 겨우 잔잔한 하시연 좀 보나 했는데 웬 미친 게 나타나서 돌멩이를 던져 대고 있어. 너희들 불안한데?〉

"불난 집 부채질해? 그냥 그까짓 여자애 따위 별거 아니니까 무시하라고 말해주면 안 돼?"

〈하여튼 여자들은 이래요. 무조건 편들어주기만 해야 돼. 그럴 거면 고민은 왜 털어놔? 거울 세워두고 앞에서 혼자 북 치고 장구 치고 다 하지.〉

정말 그럴 걸 그랬다. 내가 이 인간한테 정상적인 대응을 기대한 게 잘못이지.

〈요는, 넌 그 계집애가 신경 쓰인다는 거지? 들어보니 보통 애는 아닌 것 같고. 근데 이쁘냐?〉

"야! 넌 지금 이 상황에서 그게 중요해?"

〈아주 중요한 문제지. 만약 예쁘다면 솔직히 네가 좀 위태롭긴 하거든..〉

"뭐라고?"

〈사실 네가 특출나게 예쁘길 하냐, 미친 듯이 애교가 많길 하냐, 죽여주게 섹시하길 하냐. 정신머리는 팬질하느라고 어디 안드로메다로 날려 버렸지. 결격 사유가 이렇게 많은데, 먹이를 노리는 하이에나의 외모가 평균 급 이상이면 이거, 누가 봐도 밀리는 싸움이지. 이정우란 그 친구도 이제쯤 정신 차릴 때가 됐어. 조심해. 절대 널 객관적으로 보게끔 두지 마. 한 번 상대평가하기 시작하면 넌 완전 밀려날 테니까.〉

오늘 아주 쓰리 콤보로 여기저기서 얻어터지는구나.

"끊어, 이 자식아."

〈이거 보통 일이 아닌데? 혹시 그 격조 높은 여자애 때문에 너 이정우한테 차이면 나만 죽어나는 거 아냐? 그 주사를 어떻게 감당하냐.〉

"차이긴 누가 차인다는 거야?"

〈흠, 대사건이야. 쉽게 생각할 일이 아니야.〉

저러고 있다.

"됐거든? 차이더라도 너한텐 일절 연락 안 할 거거든? 안 그래도 그날 너랑 같이 있었다고 정우한테 한 소리 들었거든? 너처럼 남성다운 매력이라곤 약에 쓰려 해도 없는 인간이랑 계속 엮였다가 또 무슨 오해받으라고?"

〈오호, 그렇지? 역시 그날 나 때문에 너희 둘 위기가 좀 왔지? 내가 오죽 멋진 놈이라야지. 하하하! 남자라면 응당 나 같은 남성이 제 여자 옆에 있으면 위기감 느낄 만하지.〉

위기감 좋아한다.

사람 말 제대로 듣고 있어?

"오해하지 마. 네가 아니라 누구라도 내 옆에 남자가 있단 게 싫단 거니까. 정우가 그래요. 나한테 저렇게 집착을 해요. 호호호."

〈미쳤구나, 애가. 그래서 그 인기남은 언제 만나기로 했는데?〉

"한 시간 후에 올 거야."

〈그래? 알았어.〉

툭!

전화가 끊겼다.

……뭘 알았는데?

어이가 없었다. 오늘은 다들 자기 할 말만 하고 사라지는 Day 인가?

하여튼 이상한 녀석이다.

뭐, 어쨌든 정우가 올 때까지 홀에서 요리 잡지를 보며 기다리고 있는데, 30분쯤 지났을까? 어떤 남자 하나가 레스토랑으로 들어섰다.

"죄송하지만 영업이 끝났는데요."

당연히 손님인 줄 알고 시연은 그렇게 말했지만, 처음 본 그 남자는 시연에게 이렇게 말했다.

"나야, 하시연."

시연의 고개가 갸웃했다. ……누구? 내가 저런 남자를 알고 있었나? 어리둥절한 얼굴로 잠시 쳐다보던 시연이 그만 앗! 소리를 지르고 말았다.

"강호수?"

"그렇게 못 알아보겠냐?"

"레레레, 렛미인이라도 나갔다 왔어? 왜 이렇게 변했어? 안 만나는 사이에 성형이라도 한 거야?"

정말이지 놀랄 노 자였다.

그럴 수밖에 없는 게, 처음으로 강호수의 깨끗한 모습을 본 것 같았다. 강호수는 늘 수염과 터럭에 휩싸여 있던 애였고, 꾸질꾸질한 모자와 추리닝, 군용점퍼에 들어가 있던 애였다. 하지만 지금 모습은 그야말로 '역변'이었다.

깔끔하게 면도한 덕에 있는지도 몰랐던 날렵한 턱 선이 드러났고, 모자를 벗은 덕에 높은 코가 드러났으며, 단정하게 이발한 덕에 반듯한 이마와 꽤 서늘한 눈매가 드러났다. 뿐인가, 말쑥한 블랙 정장 덕분에 훤칠한 키와 완벽한 허리선까지도 발견되었다. 어깨는 또 언제부터 저렇게 넓었지? 분명 군용점퍼 안엔 배둘레햄이 뒤룩뒤룩 붙어 있을 것이라 믿어 의심치 않았건만.

"어떠냐, 감상이?"

"와…… 너 잘생겼었구나, 이 자식."

"잘생겨서 욕하냐? 하여튼 하시연, 문제야, 문제."

"뭐니? 뭔데? 선이라도 봤어? 산골 들어가서 심마니 부락 옆에다가 움막 지어놓고 도자기 굽고 살 예정 아니었어?"

"양복 입고 도자기 굽는 청년 1호가 되어보려고. 여자 관광객들 꽤 불러들일 것 같지 않냐?"

"장난하지 말고. 장가가? 아님 시한부 선고 같은 거 받은 거?"

"참 끔찍한 소리를 사랑스럽게도 한다."

"사랑스러웠어? 내가 좀 그렇지? 애가 훤해지더니 보는 눈도 있어졌네?"

호수가 빙글 웃었다.

그러고 보니 하루아침에 핸섬하게 변해서 나타난 걸로도 모자라 미소까지 근사해졌다. 얼굴에 듬성듬성 잘못 나 있던 터럭들 때문에 광대가 폭발할 것처럼 못생기기 그지없던 녀석이.

"솔직히 이제 와서 말하는 건데, 내가 워낙 미적 눈이 높잖아.

평생 봐온 게 꽃미남 가수에 바로 옆엔 연예인보다 더 잘생긴 남자친구까지. 그래서 사실 네 얼굴을 보는 게 참 힘들었거든. 그래도 끝까지 우정의 끈을 놓지 않은 것 봐. 고맙지?"

호수가 고개를 설레설레 저었다.

"그래서. 이제 이 미친미모를 폭발시키니까 어때? 그동안 못생겼다고 속으로 멸시한 게 미안해지지?"

"얘도 참. 멸시까진 안 했어, 무시했지."

"하하하!"

"호호호!"

"확!"

녀석이 눈을 부릅뜨는 바람에 시연은 미안하다는 듯 헤헤 웃었다.

"아무튼, 이젠 꽃미남들만 쭉 늘어세워 놨던 네 인생 안에 나를 끼워 넣어줄 만은 해졌단 소리지?"

"아직 살짝 어설프긴 하지만 그 정도면 뭐."

"솔직해져라, 인간아. 친구로서 내가 좀 더 좋아졌지?"

"말해 뭐 해."

"그럼 남자로선?"

"남자로서도 좋지. 그래, 남자 같다, 너. ……잠깐. 너, 지금 뭐라고 했어?"

별생각 없이 맞장구쳐 주던 시연의 고개가 갸웃했다. 하지만 호수는 조용히 시연을 바라보고 있었다. 헉! 저 자식, 왜 갑자기 진지한 척이지? 그만…… 살짝 소름 돋았다.

“이제 날 남자로 봐줄 수 있겠냐?”

“너 왜, 왜 그래? 야, 장난하지 마.”

“장난 아니야. 늘 너랑 장난만 쳐왔지만 지금은 달라. 그 마음을 보여주고 싶어서 날 바꿔본 거야.”

“성형?”

“아니고!”

“픕! 봐, 우린 이렇게 금세 본성 드러난다니까? 아, 진짜 오해할 뻔했잖아. 장난도 그런 소름 돋는 장난을 하고 그러냐?”

“장난 아니라고.”

하다하다 못해 호수가 시연의 손목을 터프하게 확 잡기까지 했다. 그래서 시연은 뽀글뽀글 거품을 물 지경으로 호수를 쳐다보아야 했다.

애, 애가 왜 이러지? 진짜 미쳤나?

이, 이래선 안 되는데?

“너, 진짜 눈치 없어. 그렇게까지 보고 있으면 한 번은 눈치채 주겠다.”

“보, 보긴 누가 누굴? 네가 날? 야, 정신없는 소리 하지 말고 똑바로 말 안 해? 네가 언제 날 봤는데? 말이 되는 소릴 해야지! 대체 왜 이 쇼를 하는 건데? 빨리 불어라, 응?”

“이제 친구는 질렸어. 그만할 거야. 딱 이 타이밍인 것 같아. 내가 너한테 커밍아웃할 시기가.”

“이게 진짜!”

“좋아해.”

그 순간이었다. 누군가의 손이 뻗어와 뒤에서 호수의 어깨를 세차게 돌려세워 그대로 주먹을 먹였다. 닭살 돋는 소리를 하고 있던 호수는 당연히 순식간에 나가떨어지고, 하필이면 나가떨어진 데가 테이블이라 우당탕! 엄청 큰 소리와 함께 홀이 난리가 났다.

호수를 불시에 패대기친 장본인은 정우였다. 그가 싸늘한 눈으로 손을 탈탈 털며 호수를 내려다보고 있었다. 호수는 세탁소에서 빌려 입었을 게 분명한 양복이 구겨진 채 벌떡 일어나 앉아 찢어진 입술을 손등으로 닦고 있었다.

어떡하냐, 피 난다…….

하지만 걱정해 줄 틈도 없이 정우가 이번엔 시연을 확 째려보는 바람에 시연은 딸꾹질을 해야 했다. 잘못한 것도 없이 죄지은 기분이다.

"저, 정우야…….""

"네 친구 쳤다고 나 원망할 생각 마. 앞으로는 친구라고 부르지도 못할 테니까."

"이보쇼. 우리 엄청 구면이고 얼굴도 먼발치서 자주 봤는데 이건 너무 매너 없는 거 아닌가? 다짜고짜 사람을 치기나 하고."

호수가 비틀거리며 의자를 짚고 일어났다. 저 자식이 헛소리를 하려면 딴 데서 하든가 왜 여기서 그 짓을 해선 한 대 얻어맞고 또 한 대 더 맞으려고 저러는 걸까.

'그만해, 호수야!'

시연이 호수에게 스톱하라는 듯 손짓발짓, 눈짓을 보냈지만, 두 남자는 시연을 배제한 채 서로만 노려보고 있었다. 하지만 아무리 봐도 저 그림 이상하다. 호수는 결혼식 때 아버지 대신 내 손을 잡고 입장해 달라 해도 해줄 놈인데, 이정우와 저런 스파크를 튀기고 있다니 이게 말이 되나? 아니, 기절할 것 같다. 소름 끼쳐서.

"그쪽하고 더 할 말 없으니까 사라지시죠. 앞으로 시연이한테 연락할 일 없길 바랍니다."

너무도 차분하게 정우가 예의까지 갖춰서 조용히 호수를 축출했다. 같은 나이였지만 둘이 실제로 대화를 나눈 일은 거의 없었고, 아무리 서로가 서로에게 안 좋은 시선을 갖고 있었다 해도 저렇게 꼬박꼬박 존대를 해주니 더 겁났다.

"빨리 가는 게 좋을 겁니다. 난 인내심이 그리 많지 않거든요."

이정우가 정말 화난 것 같다. 그래서 시연은 어떤 말도 할 수 없었다. 정우한테 얻어맞은 것보다 테이블에 부딪쳐서 더 다친 것 같은 호수가 잠시 정우를 보다가 어깨를 으쓱하곤 절뚝거리며 정우와 시연 사이를 스쳐 지나갔다.

시연은 도대체 이런 경우 어떻게 해야 하는지 경험이 없어서 잠깐 망설이다가 그래도 다친 호수 쪽으로 몸이 튕겨지려는데, 바로 무시무시한 정우의 눈빛 공격이 날아들어 멈출 수밖에 없었다.

강호수, 이 못난 친구를 용서해 다오.

하지만 이럴 때 이정우 속을 더 긁어서 무슨 영화가 있겠는가 말이다.

그러니까 왜 말이 안 되는 헛소리를 해선. 약 제때 챙겨 먹으라니깐.

'호수야, 이따가 전화할게. 너무 서운해하진 마.'

네가 도자기 유약 냄새에 취해서 헛소리한 건 내가 잘 설명해 주마.

나가는 호수를 안쓰러운 눈으로 보다가 천천히 정우를 돌아보니, 괜히 봤다. 그는 더 내려갈 수 없을 정도로 바닥 친 온도로 시연을 쏘아보고 있었다.

무섭다, 이정우.

아닌데……. 지금 이정우한테 이런 눈빛을 받을 이유가 없는데.

아니, 이정우랑 싸울 때가 아닌데.

안 그래도 이진영 때문에 1초라도 더 꽁냥질을 해야 하는데 말이다.

정우는 움직이지 않았다. 더불어 한마디도 하지 않았다.

그래서 시연도 움직이지도, 한마디 하지도 못했다.

그때 시연의 휴대폰이 진동해서 시연은 쭈뼛쭈뼛 정우의 눈치를 봐가며 문자를 확인했다.

"무, 문자 좀 볼게……. 이모 문자일지도 몰라서……."

며칠 가게를 비우고 또 어디 먼 데로 날아버린 이모에게서 온 연락일 거라 생각하고 액정을 확인하던 시연의 눈이 커졌다. 피식 웃음이 새어 나오고 말았다.

〈내가 맞아주기까지 해야 하나? 질투 제대로 나왔지? 이랬는데도 헤어지면 죽인다. 멍석 깔아줬으니까 나머진 둘이 해결해.〉

휴우…….

어쩐지. 이럴 줄 알았다.

뭔가가 숨어 있을 거라 생각했더니, 이런 내막을 품고 있었나 보다.

하여튼 오지랖 넓은 자식.

시연의 입가에 어쩔 수 없이 미소가 피어올랐다. 고마운 녀석. 하지만 안 도와주는 게 나았을걸 그랬어, 이 덜떨어진 자식아.

강호수가 하시연을 좋아한다니, 차라리 하시연이 NEO를 싫어하는 쪽이 더 빠를 거다. 어떤 징조? 그딴 게 있었을 리가 없다. 아무리 자신이 뇌 반쪽은 네오한테, 나머지 반쪽은 이정우한테 다 할애한 채 살아서 정신이라곤 없는 인간이라 하더라도 우정 이상 사랑 이하, 그런 징조를 몰랐을 리가 없다.

남녀 사이에 우정이 어떻게 가능하냐고 하지만 가능할 수도 있다. 시연과 호수, 두 사람이 그랬다. 다만 한쪽이 딴생각을 하면 남녀 사이의 우정은 깨진다. 하지만 호수도, 시연도 결코 서로에게 다른 감정을 품을 일이 없었으니 논외였다. 시연에겐 정우가 있고, 호수에겐 세상 모든 아름다운, 몸매 좋은 여성들이 있다.

아무튼 이 미친놈이 쓸데없이 우정의 끝을 발휘하고 간 바람에, 남은 자신이 문제였다.

누가 질투하는 거 보고 싶다고 했나?

질투하는 모습 한 번 보려다가 이정우 옆에서 얼어 죽겠다.

저게 질투인지 그냥 화난 건지 구분이 안 갈 정돈데…….

"그…… 정우야?"

"웃지 마."

하지만 그 순간 바로 날아와 박힌 날카로운 말에 시연은 바로 미소를 싹 지웠다. 이런, 내가 웃고 있었구나.

그래도 '닥쳐'라고 안 해주니 얼마나 고마워?

"호수 일은 그게 아니라……."

하지만 뒷말은 더 이어지지 못했다. 이정우가 다짜고짜 사람을 자기 차로 끌고 갔다. 예의 그 고드름이 뚝뚝 떨어질 것 같은 무시무시하게 냉기 서린 표정으로…….

그의 오피스텔로 끌려 들어가자마자 얼굴이 붙들려 키스당했다. 격렬한 기세로 거의 물어뜯을 듯 달려드는 바람에 그 기세에 놀란 시연은 잠깐 숨을 멈춰야 했다.

이것도 좋지만 일단 사정 설명부터 하고 싶어서 벗어나려고 했지만 커다란 손이 시연의 머리 뒤를 잡아채고 입술을 더 거칠게 부딪쳐 오는 통에 움직일 수도 없었다. 결국 시연의 손이 아래로 툭 떨어지고 그의 무시무시하게 다급한 키스를 그대로 받아들였다.

온몸의 모든 세포가 그의 의지 아래에 따라 조종되는 것 같았다. 입술이 달라붙은 채로 시연의 몸이 뒤로 쿵 밀려 벽에 부딪쳤다. 지끈 하며 입술 안쪽의 연한 살갗이 깨물리자 좀 아파서, 조금만 봐달라고 그의 얼굴을 만지려 했으나 그가 그 손마저 벽에 붙여 누른 채로 목덜미를 빨고 다른 손으로 시연의 목덜미를 쓸어내렸다.

"그만…… 정우야……."

입술이 점점 더 아래로 내려가자 발가락부터 찌르르한 감각이 밀려 올려왔다. 몸 곳곳에서 톡톡! 하며 뭔가가 터지는 것 같다. 블라우스의 얇은 천 너머로 그의 숨결이 적나라하게 파고들다가 천 위에서 동그랗게 부풀어 오른 가슴이 깨물렸다.

"윽……!"

시연은 진저리를 치며 허리를 비틀었다.

"싫어?"

"아…… 그래, 거기…….'"

이런, 열기에 눈이 멀어 쏟아낸 감탄이 정우의 말과 동시에 터졌다.

제길!

너무 심하게 즐겼다.

미치겠네…….

그런데 이쪽은 무지 창피해했으나 정우는 어쩐지 표정이 좀 좋아 보인다. 그렇게 사람 잡아먹을 듯 게슈타포에 빙의한 양 노려보더니 지금은 좀 마음이 풀렸나 보다. 왜? 나의 주책 맞은 반응 때문에?

"너 정말, 사람 꼼짝 못하게 한다."

정우가 시연을 끌어당겨 부드러운 목덜미에 입술을 갖다 대며 말했다. 아까와는 다르게 달콤하고 간지러운 키스다. 아…… 난 아까 게 더 좋은데…….

"정우야…… 난 네가 키스할 때면 거칠어지는 게 좋아…….'"

그래서 솔직하게 자신의 의견을 피력했다. 얼굴이 온통 빨갛게 정염에 젖어서, 이러고 있다.

그런데 너무 솔직했나? 이정우가 바로 오더를 받아들였다. 마치 무장해제된 듯 그가 시연을 덜렁 안아 들더니 침대로 향해 시연을 내려놓았다. 그리고 바로 단정하게 걸치고 있던 상의를 벗어 던지고는 시연에게 다가와 주었다. 그녀가 바라는 거친 터프함으로. 딱 그녀가 원하는 정도의 강도로.

잠깐 눈을 맞춘 것뿐, 그는 바로 애무에 돌입했다. 목덜미를 세게 빨아올리자 시연은 고양이처럼 나른한 신음을 흘렸다. 왜 이렇게 그와 피부가 닿는 게 좋은지 모르겠다. 뒤늦게 눈을 뜬 하시연은 아예 유혹의 여왕이 되어 있었다. 조금이라도 더 그에게 닿고 싶단 생각으로 그녀의 머리가 꽉 찼다. 그걸 표출하듯 시연은 정우에게 필사적으로 팔을 뻗으며 매달렸다.

아…… 날 좀 더 안아줘. 미칠 것 같은 날 어떻게 좀 해줘. 정우야, 정우야…….

허리를 띄우며 적극적으로 반응하자 정우는 아주 돌아버린 것 같았다. 자신만 돌아버리긴 억울했는데 같이 돌아버려서 이젠 가로막을 게 없어졌다. 거친 숨결을 내뱉으며 시연의 몸을 찍어 누르듯 그가 미친 듯이 키스해 주었다. 몇 번이고 키스당하다 못해 물어뜯길 정도라 입술이 예민해졌지만 그건 차라리 감미로운 아픔이었다. 혀가 고의적인 듯 입안의 민감해진 점막을 쓸자 시연은 그의 팔을 꽉 쥐었다. 전신에 전기가 일면서 아래에서 뭔가 촉촉한 게 속옷을 적시는 게 느껴졌다.

온몸이 저릿해 왔다. 어루만져 주는 커다란 손도, 허벅지에서 느껴지는 그의 강인한 다리 힘도 모든 게 다 심장을 두근거리게 했다. 입술을 비집고 나오는 신음 소리가 차츰 더 선명해졌다. 블라우스가 순식간에 풀어 헤쳐지고 분홍빛으로 단단하게 선 유두가 그의 입술 안으로 사라졌다. 츠읍 소리를 내며 혀가 유두를 핥을 때마다 분홍빛 돌기는 점점 더 단단해졌다.

"하아…… 정우야, 좋아……."

이 여자가 바로 얼마 전까지 관계를 거부하던 그 여자가 맞나?

차라리 몰랐으면 모를까, 미지의 세계를 알아버린 시연에게 후퇴란 없었다. 그가 스커트 안으로 손을 넣으려 했다. 그런데 어쩐지 조용해져서 이상하다. 아……! 오늘 롱스커트 입었다.

"왜 이렇게 길어?"

안 그래도 이정우가 세상에서 가장 낭패를 본 사람처럼 분투를 벌이고 있었다. 혼자 스커트와 격투를 벌이고 있는 걸 보니 보는 마음이 참…….

미안, 죽을죄를 졌어. 이럴 줄은 몰랐지.

"하시연."

그가 위로 올라와 시연의 귓불을 깨물었다.

"응……."

"다음부턴 짧은 거 입어."

그, 그래…… 알았어…….

단추 수십 개 붙어 있는 옷 입었다간 작살 낼 기세다.

결국 긴 스커트에 지친 인간 이정우는 확 벗겨내는 걸 선택했다. 그리고 잠시의 틈도 주고 싶지 않다는 듯 키스하며 자신의 옷도 마저 벗어 던졌다.

순식간에 아무것도 남지 않은 완전한 나신으로 서로를 마주했다. 아직도 그의 벗은 몸을 보는 게 창피했다. 정우의 눈동자에 담긴 빛도 다르지 않았다. 굉장히 능숙한 것 같으면서도 사실은 서툰, 그런 면이 때때로 그녀에게 들킬 때가 있는데 시연은 그럴 때의 정우가 더 좋았다.

그의 목을 와락 끌어안으려 했지만 정우는 그 팔을 시연의 양쪽 귀 옆에 붙이고 눌렀다. 그런 채로 그가 시연을 한참을 내려다봤다.

"응."

"응? 뭐가? 나…… 아무것도 안 물었는데."

"아니야, 물었어. 나 사랑하느냐고 네가 지금 물었잖아, 눈으로."

시연의 입가에 엷은 미소가 돌았다.

그러고 보니…… 자신이 그렇게 물었던 것도 같고.

"……왜 자꾸 그렇게 봐."

그의 시선 아래에서 실오라기 하나 걸치지 않은 채 노출되어 있는 시연의 몸이 붉어졌다. 복숭아빛으로 물들어가는 그녀의 몸이 정우는 사랑스러웠다.

"그만…… 봐……."

아니면 나도 너 봐준다! 이글이글 불타는 눈으로 이곳저곳 다 봐준다?

오늘 이정우 얼굴 빨개지는 거 한번 볼까?

“오늘 널, 안을 생각이었어.”

시연이 멈칫했다.

“아침부터 내내 그랬어. 무슨 정신으로 일을 했는지도 모르겠다.”

심장이 쿵쿵 뛰었다.

“요즘엔 널 안을 생각뿐이야. 나도 내가 왜 이러는지 모르겠다.”

“그게 잘못된 거야?”

정우의 눈동자가 살짝 커졌다.

“잘못된 게 아니잖아.”

시연의 입가에 부드러운 미소가 돌았다.

“아주 바람직한 방향이라고 할 수는 없지만…… 당연한 거잖아. 나도 널 안고 있는 이 순간이 이렇게 행복할 줄은 몰랐어. 몰랐기 때문에 그동안 그렇게 널 힘들게 할 수 있었는지도 몰라.”

정우가 싱긋 웃었다.

“지금은 후회해? 날 시시때때로 바람맞혔던 것?”

“후회해. 널 시시때때로 바람맞혔던 것.”

“그 자식, 만나지 마.”

난데없는 화제 전환에 시연은 흠칫했다.

그래, 물론 그 말이 나올 때가 됐긴 했지만, 오해를 단단히 한 모양인데 그렇다고 다짜고짜 명령이냐!

강호수가 어지간히 이정우를 건드린 모양이다. 사실은 전혀 그런 게 아닌데.

하지만 말 안 해줘야지.

안달 좀 내보라지. 언젠가 사실대로 말하기 전까지, 아주 약간만 더 이 상황을 즐겨야지. 이정우가 있는 대로 질투를 터뜨리고 있는 이 상황을.

질투란 게 이런 거구나. 연적이 나타난다는 게 이런 거구나.

이정우 쪽에선 화가 날 일이겠지만, 질투를 받는 자신의 입장에선 너무도 신선하고 또 가슴이 뛰었다.

이정우가 꼭 나 때문에 가슴이 찢어질 정노로 화가 나기리도 한 것처럼.

근데 정말 그런 것 같지?

"화났어?"

"그럼 화나지 안 나?"

이정우가 화를 내고 있다. 와…… 질투란 거 정말 끌어낼 만하구나.

"그 자식 그거 뭐야, 대체?"

강호수지 뭐겠니. 친구의 사랑을 위해 자기 한 몸 헌신할 줄 아는 좀, 미친놈?

"한 번만 더 같이 있는 거 보이면 눈 뒤집히는 게 뭔지 보게 될 거야."

웃으면서 말하니 더 무섭다.

"알았어."

"다시는 만나지 마."

"응…….."

네가 오해하고 있는 동안만은 그렇게.

"나 화나게 하지 마, 하시연. 그 자식, 그동안도 꽤 걸렸었어."

"그래, 이정우."

근데 그건 네 판단 미스란다.

강호수가 좀, 아니, 아주 많이 손해 본 작전이긴 했지만……. 어차피 지가 만든 일이니 지가 책임지는 거라고 하더라도 시연은 호수에게 미안하고 진심으로 고마웠다.

이래서 질투는 나의 힘이라고 하는 건가.

근데 이정우, 그거 알고 있어?

네가 강호수 때문에 화난 것처럼 나도 이진영 때문에 참 많이 화나 있단 걸.

나도 너한테 그 계집애 만나지 말라고 하고 싶고, '질투는 네가 할 때가 아니야!' 소리치며 네 목을 짤짤 흔들고도 싶어. 그 계집애가 혹시 또 접근하지 않더냐고 파헤지고 뭐 그딴 계집애를 옆에 두고 있어? 화내고도 싶지만…….

그러지 않을래.

이진영, 난 그렇게 정했다구.

너랑 정면으로 부딪치지 않을래. 정우가 나한테 얼마나 소중한지 한 번 더 깨우쳐 준 걸로 오히려 네게 고마워할 거야. 하지만 딱 거기까지.

넌 거기서 네 소명을 다한 거니까 이정우를 건드리지 말아줘.

나한테 너무 소중한 이 녀석을……

내 남자를.

“근데 정우야, 넌 어떻게 호수를 알아봤어? 그렇게 갑자기 확 변했는데?”

문득 그게 참 궁금해져서 생명줄을 반쯤 내놓고 물었더니 정우가 같잖단 표정으로 이렇게 말했다.

“변하긴 어디가?”

그렇구나……. 안 변했구나.

남자들은 그런 거에 덜 민감한가 보다.

“그런데 하시연, 지금 내 팔 안에 안겨서 그놈 이름 늘먹인 거냐?”

정확히 말해서 네 팔 안에 안긴 건 아니고 네 아래에 놓인 거지만…….

“아, 안 그럴게, 앞으론.”

이거 너무 호락호락 저자세로 대답하는 거 아닐까? 하지만 뭐, 오늘 하루는 이정우한테 다 맞춰주자.

“정우야.”

“…….”

“난 너, 사랑해.”

그의 눈동자가 멈칫했다.

“내가 사랑하는 건 너야.”

심장이, 머리가, 손까지 맥박 뛰는 곳은 다 두근거리는 것 같았다. 그를 바라보고 원하는 모든 세포가 다 두근거려 미칠 것 같았다.

사랑한다, 이 말을 직접 한 건 처음인 것 같다.

보석처럼 새까만 눈동자가 부서져 쏟아져 내릴 듯 시연을 내려다보고 있다. 그리고 금세 도는 너무도 단정한 미소, 그 인형처럼 잘생긴 얼굴이 단번에 시연의 시선을 사로잡았다. 처음 만났던 그날처럼.

그때가 언젯적인데, 그를 생각하는 마음은 그때와 하나도 달라진 게 없는 것 같다.

이 사랑을 자신은 왜 지금까지 용기 있게 인정하지 못했던 걸까.

그가 시연의 이마에 어깨를 쿵 부딪쳐 왔다.

"고마워……."

낮게 말했다.

백만 마디 말보다 더 가슴을 건드리는 그 말.

시연의 몸이 어루만져지기 시작했다.

정우는 시연의 모든 걸 하나씩 하나씩 느리게 느꼈다. 그 녀석이 시연에게 좋아한다는 말을 한 순간 머릿속에서 일순간 이성이란 게 싹 지워졌다. 마치 눈이 뒤집혀진 사람처럼 주먹부터 나갔다. 아마도 하시연이라는 이름은 자신을 가장 건드리는 예민한 단어가 되어버렸나 보다. 어느 순간부터 그렇게 되어버렸나 보다.

촉촉하게 젖은 시연의 보드라운 피부가 정우의 손바닥 아래에서 느껴졌다. 그의 목울대가 크게 움직였다. 시연의 몸도 그의 손길에 따라 부드럽게 물결쳤다.

"……키스한다."

젖은 입술이 부딪쳐 왔다. 아랫입술과 윗입술이 번갈아가며 빨렸다. 시연은 그의 긴 속눈썹을 바라보고 있다가 스르르 눈을 감고 함께 키스에 빠져들었다.

"으응……."

정우의 입술이 좋다. 키스해 줄 때의 그 입술의 온도가 좋다. 모양 좋은 입술이 움직이며 자신의 입술을 빨아들여 줄 때의 느낌이 좋다. 응시하며 낮게 말해줄 때의, 평소보다 몇 배는 더 낮아지는 저음이 너무 좋다.

입술이 빨리는 소리가 공간을 채웠다. 축축한 입술이 목덜미를 어루만지며 숨결을 내뿜자 시연은 어깨를 움츠리며 가는 소리를 냈다. 그러자 그가 벌떡 일어나 앉아 시연의 머리카락에 손을 집어넣고 원색적인 키스를 퍼붓기 시작했다.

이 키스는 강렬하다.

의미가 무엇인지 강하게 느껴졌다.

널 안고 싶다.

갖고 싶다…….

손가락에 가해진 힘이 머리 뿌리에서 느껴져 현기증이 핑 일었다. 그의 허리 아래가 묵직하게 부피를 더하는 것이 적나라하게 느껴졌다. 자신도 모르게 오므려지는 다리 사이로 그의 무릎이 파고들며 자리를 잡았다.

시연의 한쪽 손을 침대에 붙여 누른 채 다른 손으로 가슴을 어루만지며 그가 시연의 귓가에 대고 속삭였다.

"하시연, 사랑해……."

시연은 턱을 치켜올린 채로 질끈 눈을 감았다. 드러난 목덜미에 숨결이 다시 쏟아진다. 손가락이 젖가슴을 부드럽게 어루만진다. 숨결이 벅차오르고 가슴이 뛰었다.

"사랑해……."

반복되는 그 말이 뇌를 직접적으로 건드린다.

몇 번을 들어도 처음 들은 것처럼 머릿속이 조여지는 것 같다.

시연의 허벅지를 벌리고 그 사이에 무릎을 꿇은 채로 위치한 그가 어깨를 들썩이며 숨을 쉬었다. 허벅지를 한 손으로 누른 채로 마침내 그가 시연의 안으로 들어오려 했다. 시연은 그의 팔뚝을 꽉 쥔 채로 가늘게 떨었다. 입술이 바짝바짝 말랐다.

"겁, 안 나?"

할딱이는 숨을 입술로 호흡하며 시연은 그를 바라보았다.

"안 나."

그의 것이 살짝 안으로 들어왔다.

"웃!"

그의 팔 근육에 시연의 손톱이 박혔다. 정우도 멈칫한 채 정지해 있었다. 희미한 시야로 그의 얼굴이 눈에 들어왔다. 늘 반듯한 얼굴이 초조한 듯 살짝 흐트러져 있다. 그럼에도 긴장한 듯 몸에는 힘이 들어가 있다. 가끔 취했을 때 외에는 잘 보지 못했던 약간은 이정우 같지 않은 모습이다. 그 차이가 시연을 만족스럽게 했다.

긴 눈매를 살짝 찌푸린 채 내리감고서 자신을 참아내고 있던 그가 숨을 토하며 눈을 치켜뜨고 시연을 봤다. 욕망을 참느라 찡그린 그의 표정이 어쩌면 화난 것도 같다. 시연의 시선을 사로잡은 채 그대로 그가 끝까지 안으로 들어왔다. 시연의 턱이 반사적으로 치켜 올라갔다.

그의 입술이 시연의 입술에 살며시 부딪쳐 왔다.

그 상냥한 안부 인사를 시연은 넙죽 받아주었다. 정우의 입술 끝이 즐거운 듯 끌려 올라가는 게 느껴졌다. 입술을 떨어뜨리며 그가 시연의 이마를 쓸어 올려주었다.

"아파?"

"응…… 아니!"

"안 아프게, 노력할게."

"응, 안 믿어."

그가 큭 웃었다.

"솔직한 하시연 같으니."

"안아줘."

"하아……."

"빨리…… 사랑해 줘."

천천히, 그가 움직이기 시작했다.

안 믿는다는 그 말이 걸렸던 걸까. 아직까지는 아주 양호하다. 이런 부드러운 움직임이 좋다.

"일단은, 약속 지켰다."

야릇한 흥분 속으로 빠져들고 있던 시연은 잘 듣지 못하고 무조건 고개부터 끄덕였다. 하지만 다음 순간 말속에 '일단은'이란 단어가 붙었단 걸 뒤늦게야 깨달았다. 눈을 번쩍 뜬 순간엔 이미 늦었다. 그가 허리를 확 밀어붙였다. 순간 지끈 하며 단단한 욕망이 그녀의 내부를 거칠게 침범했다. 용서 없이 허리가 밀어붙여지고 시연의 몸이 위아래로 흔들렸다.

"아앗……! 이정우…… 이 자식…… 안 아프게 한다며!"

소리쳐 봐야 이정우의 귓속으로 전혀 들어가지 않는 듯했다.

애초에 이정우의 DNA에는 '적당히'란 게 입력되어 있지 않은가 보다. 오히려 가슴을 덥석 물고 혀로 굴리는 바람에 시연은 눈앞이 핑글 돌며, 아래는 아프고, 위는 야릇한 흥분이 일고, 그래도 아프고, 그 온통 혼란스러운 감각들 사이에서 균형을 맞추느라 정신이 없었다.

아, 좋아…….

아, 아파…….

아, 그래서 뭐야? 좋다는 거야, 싫다는 거야?

"하아하아……."

그의 손이 시연의 엉덩이를 치켜세우는 바람에 결합이 더 깊어졌다. 그리고 어느 지점이 건드려지는 순간 시연의 안에 숨어 있던 불씨 하나가 확 피워졌다. 그건 곧장 산불로 번졌다. 자신은 어찌할 수 없는 욕망의 화신인가. 아니면 실은 엄청난 재능을 숨기고 있었던 건가.

시연의 목에서 뜨거운 신음이 터져 나왔다. 정우가 시연의 다리를 자신의 허리에 감게 한 후 더욱 깊이 삽입해서 미친 듯 몰아붙였다. 더 이상 통증만은 아니었다. 뭔가가 하시연을 건드렸고, 하시연은 눈을 떴다. 그날 처음 정우에게 안겼을 때 희미하게 느꼈던 뭔가를 이번엔 제대로 손으로 짚어보는 느낌이었다. 척추를 타고 오르내리던 쾌감이 곧 머리끝까지 번지고 심장을 찔렀다.

견딜 수 없어져 그의 머리를 확 안았다. 목과 어깨 사이에서 정우의 거친 숨결이 느껴졌다. 점점 더 격렬해진다. 허공에 뜬 다리가 파르르 떨린다.

이 느낌이, 이 감각이, 이 숨결이 이 시간 이후로도 계속 그녀의 몸에 달라붙어 사라지지 않을 것 같다. 온몸에 불이 지펴진 것 같다. 머리가 어떻게 될 것 같다.

초조하게 무언가를 참고 있는 것 같은 정우의 표정이 시연의 동공 가득 들어찼다. 그리고 그 순간 시연의 호흡을 끊어질 듯 최고조로 높여놓은 상태에서 그가 뜨거운 욕망을 그녀의 안에 쏟아냈다. 아앗……! 그대로 시연도 절정을 맞이했다. 천천히 그가 시연의 다리를 내리자 뜨거운 뭔가가 그녀의 안에서 주르륵 흘러나왔다.

흐릿해진 두 사람의 시선이 바로 마주쳤다.

순간 그가 야릇하게 웃으며 시연의 목덜미에 입을 맞췄다.

"싫어?"

시연은 부르르 떨며 고개를 저었다. 이정우가 싫느냐, 그 뜻으로 알아들었다. 하지만 아니란 걸 깨달았을 땐 이미 늦었다. 이 미친 인간이 예고도 없이 다시 시연의 안으로 확 들어왔다.

헉! 하며 시연은 미친 듯 그를 밀쳐 냈다.

"뭐, 뭐 하는 거야, 지금!"

힘들어 죽겠는데!

"싫다고 안 했잖아."

"네가 안 싫단 소리였지, 이게 안 싫대?"

일기도 예보하는 이런 시대에 이 자식이 정말……!

"난 분명 예의 바르게 물었거든."

"예의 같은 소리 한다. 죽을래, 이정우?"

나가라고, 이 자식아!

하지만 이정우는 끄떡도 하지 않았다.

"그냥 죽을게."

그리고 다시 밀어붙였다.

뜨거운 체온, 더 뜨거운 입술, 화상이 일 것 같은 마찰.

시연은 까무러칠 것 같았다.

아…… 미처 몰랐다.

이정우가 이렇게 포스 있는 상남자였다니.

적당히 예의 바른, 약간 온도가 낮던 그 청년은 어쩌면 일종의 가면이었는지도.

그걸 지금 알아채고 있으니 이제 어쩔까?

"내 몸을 즐겨야지, 하시연."

뭘 어쩔까.

시연은 그대로 정우를 뒤로 확 쓰러뜨렸다. 얼굴을 내려 그의 가슴에 입을 맞췄다.

느껴지니? 하시연이 실은 더 포스 있는 상여자란 걸.

8. 하루만 쉬게나

"정우야, 넌 날 왜 좋아해?"

샤워를 한 두 사람은 서로를 끌어안은 채 속옷 차림으로 침대에 누워 있었다. 어차피 다시 벗을 텐데 뭐 하러 다시 입느냐며 이정우는 시연이 속옷을 입는 걸 결사반대했지만 시연은 바로 기각했다.

시연의 뜬금없는 질문에 어깨를 매만지고 있던 정우의 손이 멈 칫했다.

"무슨 질문이 그래. 이제 와서?"

"아니, 처음에 날 왜 좋아하게 됐냐고."

"말했잖아, 네가 굉장히 특이해서."

그런 건 하나도 반갑지 않거든?

"뭐가 그렇게 로맨틱한 게 하나도 없어?"

"흠, 자유로운 영혼이 느껴져서?"

“확 삐뚤어져 줄까?”

시연이 씩씩거리며 일어나려 하자 정우가 팔을 확 끌어당겼다. 그의 가슴에 폭 엎어진 시연은 피식 웃곤 그의 심장 위치에 귀를 대고 머리를 기댔다. 잠시 생각하기 위해 손가락으로 그의 맨가슴을 둥글게 덧그리며 멍하니 있자 그의 목소리가 내려왔다.

“유혹이지?”

시연은 바로 찰싹 그 가슴을 때렸다.

“말해봐. 또 다른 이유는 없어?”

정우는 시연이 왜 이렇게 꼬치꼬치 묻는 건지 이상했다.

“무슨 대답이 듣고 싶은데?”

“가령…… 내가 예뻐서라거나, 혹은 내가 예뻐서라거나, 그것도 아니면 내가 예뻐서라거나……?”

결국 정우가 큭 웃었다.

그거였군.

“글쎄, 난 외모는 별로 안 보는데.”

“뭐야? 그럼 내가 못생겼단 거야?”

일부러 짓궂은 소리를 했더니 당연히 펄펄 뛰고 있었다.

“왜 외모를 안 보는데? 응? 당연히 봐야지! 그럼 내가 뭐가 되는데? 찌그러진 양동이처럼 생겼든 양귀비 양 뺨 치게 생겼든 상관없단 거잖아! 진짜 안 봐? 정말로?”

“안 봐. 신문지 덮어줘야 할 정도의 얼굴만 아니라면 돼.”

헉!

“시, 신문지? 너 진짜 한 방 맞아볼래?”

점점 더 시연이 약이 오르는 게 보여서 정우는 우스워 죽을 것 같았다.

이렇게 귀엽게 생겨선 무슨 소릴 하는지 모르겠다. 자신이 보기엔 가장 예쁜데. 그 누구도 하시연보다는 예쁘지 않다. 누구를 봐도 하시연보다 덜 예쁘다라는 생각만 든다.

이 얼굴에 익숙해진 게 아니라 이 얼굴이 사랑스럽다. 하얀 얼굴에 눈은 크고 길고, 코는 적당히 앙증맞게 서 있고 입술은 도톰하다. 늘씬한 타입은 아니지만 균형이 맞아 그저 마르고 키만 큰 여자들보다 더 비율이 좋아 보인다. 늘 달콤한 향기를 풍기고 다니고 향기보다 더 달콤한 미소로 사람을 홀린다.

하시연은 그런 여자다.

자신에게는 가장 매력적인 여자.

때때로 사람을 시험하는 여자.

하지만 그 시험이 귀찮단 생각이 들지 않게 만드는 여자.

통통거리고 이따금 어디로 튈지 모르는 럭비공처럼 자신의 예상을 벗어나는 행동을 한다. 일견 너무 솔직하고 잘 웃고 철이 없어 보이기도 하지만, 결정적인 순간엔 아주 생각 깊은 모습을 보여 사람을 놀라게 한다. 무엇보다 사람을 지치지 않게 한다. 어머니처럼 그렇게 사람 진을 빼놓지 않는다.

물론 그녀의 이정우에 대한 시크함의 90%는 NEO인지 뭔지 하는 그 아이돌 때문이기도 했지만. 즉 NEO에게 반쯤 정신이 팔려 있으니 이정우에게 그만큼 덜 열중한 탓일 수도 있겠다. 하지만 그게 아니더라도 시연은 기본적으로 딴 데 정신을 많이 파는 여자였다. 거기엔 요리도 포함돼 있고, 머릿속에 떠도는 수많은 생각들도 다 포함돼 있다. 그녀는 이것저것 호기심이 많은 사람이었다. 한 가지를 해도 대충 하지 않고 빠져들 듯 열정적으로 해서 늘 바쁜 사람이었다. 어떤 면에선 그녀의 이모와 참 많이 비슷하다. 평소엔 아무것도 하지 않고 있는 것 같은데, 사실 알고 보면 늘 무언가를 하고 있었다.

그런 면이 정우에게는 아주 큰 매력으로 다가왔다. 수많은 다른 일을 하더라도 늘 어떤 한 가지에만 집착해서 그 테두리 안에 있는 사람을 질리게 하던 어머니와는 완전히 다른 사람.

집착과 집중은 다르다.

아주 사소한 일이라도 시연은 거기에 빠지면 아주 행복해했고 몰두하는 법을 알았다. 그 일을 할 땐 다른 것엔 관심을 두지 않았다.

어머니는 아주 커다란 프로젝트를 하더라도 결코 열중하는 법이 없었다. 그러면서도 이것저것 다 간섭했다. 어머니의 눈에서 놓여날 방법이 도통 없었다. 그래서 벗어날 방법만 찾았다.

시연에겐 그럴 필요가 없다. 차라리 그녀의 눈에 들 방법을 찾는 게 더 급했지.

아무튼 작은 것에 기뻐할 수 있도록 태어난 시연의 본성이 정우는 사랑스러웠다.

"몇 번이었어?"

"뭐가?"

"몇 번이나 내 얼굴에 신문지 덮어주고 싶었어?"

정우는 허탈한 웃음이 터지고 말았다.

“설마. 그 정도면 널 만났겠냐?”

“애 봐라. 하하…… 완전히 사람을 앞에 놓고 디스하네.”

“신문지 덮을 정도 아니라는데 뭐가 디스란 건지.”

“혀 차지 마! 절레절레 하지도 말고! 신문지 덮어줄 수준을 약간 넘었다 이 말이잖아!”

“그런 거 아니라니까.”

“그럼 왜 예쁘다고 말을 못하는데? 입이 없어? 왜 말을 못해?”

씨근덕거리는 폼이 아주 상처받았나 보다.

저런, 그래서야 안 되지.

“넌 아주 예뻐.”

시연을 자신의 위로 끌어 올린 정우가 얼굴을 마주한 채로 속삭였다.

“보면 미친 듯이 녹아내릴 정도로. 이 이마, 이 눈썹, 이 눈동자, 이 뺨, 이 콧망울, 이 입술……. 더할 나위 없는 내 타입이야.”

“흠. 닭살이 막 돋는데.”

“그래도 만족하지?”

“만족해.”

시연은 그제야 기분이 좀 풀린다는 듯 독기를 살짝 없앴지만 그래도 의심스러운 눈으로 새초롬하게 흘겨보았다.

“진짜지?”

“진짜.”

정우가 한 팔을 뒷머리에 받치고서 싱긋 웃었다.

“자, 그럼 이제 내 외모를 찬양해 봐.”

저러고 있다.

"안 할 거거든? 넌 좀 못생겼단 소리도 들어보고 그래야 하거든?"

"나는 뭐랄까, 널 보면 내가 참 막 취급당하는 것처럼 느껴질 때가 많은데, 이거 오해겠지?"

"오해야."

대답하기 싫으니까 대충 넘겨 버리는 하시연을 보라.

"그럼 만약 내가 공주라면 어떤 공주가 어울릴까? 그 왜 많잖아, 신데렐라, 백설 공주, 인어 공주, 잠자는 숲 속의 공주 뭐, 그런 거."

오늘따라 외모 화제에 집착하는 걸 보니 꽤나 예쁘단 소리를 듣고 싶은 모양이다.

"음, 일단 신데렐라는 공주 아니니 열외고."

"그걸 굳이 지금 집어내지?"

시연이 이를 뽀드득 갈면서 께러봤다.

"음, 그 공주들 말고 딴 공주도 돼?"

"그럼! 누구? 다른 공주가 또 있어? 프린세스 캐롤라인?"

"음, 피오나 공주?"

"아! 카메론 디아즈가 성우했던 그 공주……!"

반색하던 시연의 얼굴이 바로 썩었다.

"그 공주는 슈렉이랑 같은 과 아니야? 햇빛이 있으면 예쁘고 햇빛이 없으면 슈렉처럼 되는 거……. 하하…… 설마 그 피오나 공주 아니지? 햇빛 없을 때……. 에이, 아니지?"

"넌 정말 여러 말 안 해도 잘 알아들어 줘서 참 말하기가 편해."

이 자식을!

시연이 정우의 목을 마구 조르고 정우는 웃어대느라 정신이 없었다.

"그만하자, 피오나 공주님."

시연의 분노를 적당히 받아주던 정우가 어느 순간 시연을 확 끌어안았다. 그의 눈빛이 변하더니 시연에게 키스하려 했다. 안 그래도 미워죽겠는데! 시연이 한 대 칠 기세로 피하려 했지만 기세는 오래가지 않았다. 결국 분위기가 무르익자 상남자 정우에게 끌려가서 키스당하고 말았다. 입술 언저리를 핥아대며 그가 더 깊숙이 들어오자 시연은 결국 키스에 얌전히 응했다. 부드럽게 혀를 감아올리는 키스엔 속수무책으로 무너질 수밖에 없었다.

"앗!"

하지만 오늘 너무 혹사당한 게 문제였다. 따스한 온기도 좋고, 온몸이 사르르 녹아 없어질 것 같은 달콤함도 좋았지만, 페이스를 맞추기엔 도통 상태가 안 좋은 입술이 문제였다. 턱도 아프고…….

부르틀 정도로 몇 번이고 키스한 바람에 아파서 신음 소리를 내자, 정우가 입술을 떼고 들여다봤다.

"괜찮아?"

"응…… 아니…… 응."

"어느 쪽이야?"

"아 괜찮아. 아파."

"……곤란한데."

안 막았으면 밤새도록 괴롭혔을 기세다, 저 표정은.

시연은 고개를 절레절레 저었다.

흠…….

"정우야, 너 이거 좀 읽어봐."

시연이 시트로 가슴을 가린 채 테이블에 손을 뻗어 휴대폰을 갖고 왔다. 뭔가를 문자 창에 찍어서 보여주자 정우가 물끄러미 들여다봤다.

"이게 뭔데?"

시연이 찍어놓은 건 스펠링이었다.

Haruman Shweegaena.

"하루만, 쉬게나?"

"그래. 독일 슈투트가르트 음대 국악과 교수님이지. 이분의 이름이 지금 내가 너한테 해주고 싶은 말이거든. 하루만 쉬게나."

하!

정우가 어이없다는 표정을 했다.

시연은 깔깔 웃었다. 정우가 이마를 탁 누르며 이 철없는 걸 어쩌나 하는 표정으로 쳐다보았지만 시연은 신경도 쓰지 않았다.

"딱 하루만 쉬면 돼?"

시연의 웃음소리가 딱 멎었다.

진지하게 받아들인 거냐!

"그나마 다행인가. 며칠만 쉬게나가 아닌 게."

더 진지하게 저러고 있다.

도대체 며칠 동안 사람 괴롭힐 생각이었는데?

아, 됐고!

"음…… 맞아, 참. 나 너한테 또 보여줄 거 있어."

시연은 뭐든 자기 식대로 해석해 사람 복장 터지게 하는 이정우식 대화를 끝내고자 화제를 전환했다. 그건 정우의 잘못된 오해를 풀기 위해서도, 그리고 한 녀석에게 씌워진 누명을 풀어주기 위해서도 필요한 일이었다.

해서 시연은 호수가 보내줬던 문자를 정우에게 보여주었다.

"봤지?"

만약 호수가 머리가 어떻게 돼서 정말 하시연을 여자로 본 거라면 정우 말처럼 앞으로 조심할 필요가 있겠지만, 그게 전혀 아닌데 이 정 많고 오지랖 넓은 친구를 내칠 수는 없지 않겠는가. 괜히 앞으로 우연히 마주치게 했다가 이정우의 주먹 앞에 노출시키기도 싫었고.

이대로 계속 오해받게 했다가는, 호수와 함께 있는 것 자체가 사선을 넘나드는 일이 될 것 같다.

그래선 안 되니까.

"그러니까 한마디로 널 위해 쇼를 한 거다?"

"응, 그거야."

이제야 오해가 풀려서 시연은 싱긋 웃었다. 그런데 이상하다?

정우의 표정은 문자를 보여주기 전이나 후나 별로 달라진 게 없다. 싸아, 하며 도리어 식고 있으니 뭔가 잘못되어 가는 것 같기도 하고.

“널 위해 쇼를 한 거다, 이 남자가.”

역시 좀 이상해지지?

“그래…… 날 위해 쇼를 한 건데, 왜냐하면 그건 우리의 우정이 엄청 깊어서…….”

“남자가! 지금은 그게 중요한 거야.”

그가 갑자기 버럭 소리치는 통에 시연은 깜짝 놀랐다.

이어져 시연의 입이 쩍 벌어졌다.

이 무슨 말귀 안 통하는 영감 흉내인가, 이정우.

“어, 어이, 이정우 씨, 정신 차려. 걔는 남자가 아니라니까?”

“그렇다고 여자는 아닌 것 같던데.”

“당연하지, 남잔데.”

헐.

……뭐가 이렇게 흘러가는 거지?

“그러니까. 그 정도로 생각해 주는 게 친구라고? 이미 애인 이상이야.”

도대체 누가 이정우 귀에 판자를 박아놓았지?

“그건 좀 너무 억측이라고 생각 안 해? 지금 너, 엄청 협소해 보이는 거 모르지?”

“협소해. 그게 이정우야. 우정이고 뭐고, 내 눈엔 너한테 틈이 생기면 언제든 파고들 준비를 하고 있는 위험한 놈으로밖에 안 보여.”

어이없다. 말이 안 통한다.

이봐요, 이정우 씨. 하시연이 남자들한테 그렇게 인기가 많은 스타일이 아니라니까? 그나마 너나 되니까 날 좋아해 주지. 다들

성격 특이하다고 고개를 절레절레 저었거든? 선배가 밥 사준다 그
랬는데 학교 앞에 댄스가수 온다고 튀어가서 미친 듯 소리 지른
애라고, 내가.

그렇게 이상한 애고만…….

아니지. 아무튼 사람이 기껏 앞으로도 쭉 질투받을 기회도 마다
하고 너 마음 편하라고 솔직하게 얘기해 준 건데.

근데 이게…… 예상과 달리 더 질투를 받고 있네?

사람 일 참, 생각대로 안 흘러가는 것 같다.

“아, 답답해. 호수가 지금 그 말 들으면 기절했을 거야. 걔 눈엔
내가 여자로도 안 보인다니까.”

“만약 내가 다른 여자한테, 이 녀석 정도의 친절을 베풀면 어떻
겠어?”

“그 계집애 누군데? 확 담가 버릴 거야!”

주먹을 부르르 떨던 시연이 어색하게 하하 웃자 정우가 픽 웃었
다.

“봤지? 결론 끝.”

아…….

말렸다.

하긴, 그러고 보니 그렇긴 한데…….

만약 이정우가 남의 연인 일에 이렇게 끼어들었다면, 그것도 여
자 쪽 편을 들어주기 위해 얻어맞는 것까지 감수하고 끼어들었다
면 분명 자신은 절대 이해하지 못했을 거다.

‘네가 왜 그러는데? 그 여자가 너랑 무슨 상관인데? 둘이 무슨

관계야? 언제부터였어!'

분명 저 레퍼토리로 이정우와 그 여자를 잡았을 거다.

그렇지만 아무리 그래도 강호수는 절대 그게 아닌데…….

"좋아, 알았어! 호수랑은 앞으로 1인 이상의 동성 친구 혹은 이모가 참석한 상태에서 만나도록 할게."

일단은 여기부터 진압시켜 놓고.

"그냥 만나지 마."

"글쎄, 그게 안 된다니까. 거 참, 말 안 통하네!"

"흠…… 오케이. 대신 그 말 꼭 지켜."

어쩐지 앞날이 까암까암하다.

"진영 씨는 어때?"

"……뭐?"

"……진영 씨가 너 좋아하지?"

갑자기 화제가 넘어가자 정우가 시연을 똑바로 바라봤다.

"설마 똑같은 경우라고 말할 셈이냐?"

"아니."

시연의 눈빛이 진지했다. 정우도 같이 진지해졌다.

"흔들릴 거야?"

엄밀히 말해, 강호수의 경우와 이진영의 경우는 달랐다. 호수는 넘쳐 나는 우정이 문제였다면, 진영은 정말로 그를 사랑하고 있었다. 호수는 시연을 빼앗을 생각이 전혀 없고 오히려 이 인간들이 헤어질까 봐 도와준 거라면, 진영은 명백하게 빼앗을 생각이고 두 사람을 찢어놓고 싶어 한다.

호수는 쇼를 한 거고, 진영은 직접 찾아와서 선전포고를 할 정도로 진심이었다.

그러니 이 대답은 아주 중요할 터였다.

그런 시연의 마음을 알아준 듯, 정우가 아주 숙고하는 표정으로 진지하게 이렇게 말했다.

"키스해 주면 대답할게."

에라이!

조건을 걸어?

"그래, 좋아."

시연은 산뜻하게 수긍했다. 그까짓 키스, 몇 번이고 해주지. 아무리 입술이 아파 죽을 것 같아도, 이러다 입술을 잃어버리는 한이 있더라도 교환 가치는 충분하다.

시연이 그의 입술에 부드럽게 자신의 입술을 얹었다. 살짝 입술을 빨고 촉! 소리를 내며 떼어내자 정우가 묘한 미소를 지으며 시연의 뺨을 살짝 꼬집었다.

"이렇게 매력적인 널 두고 내가 흔들리겠냐?"

그 어떤 대답보다 훨씬…… 행복한 대답이다.

하지만 행복한 건 행복한 거고, 마지막까지 주의를 주었다.

"그래도 조심해."

"뭘."

"아무튼! 대답해, 빨리."

"그래, 알았다."

아무것도 모르는 정우로선 저렇게 대답할 수밖에 없겠지.

"가만. 그런데 뭔가 이상한데? 왜 그렇게 신경 쓰는 거야? 뭔가 내가 모르는 무슨 일이 더 있었던 거 아니야?"

역시나 그가 시연의 얼굴을 탐색하듯 살피며 그렇게 묻고 있었다.

하여튼 눈치 빠른 놈.

"있었으면 어쩔 건데?"

"응징해야지."

"날?"

"이진영을."

"됐네요. 네가 호수를 의심하는 것처럼 나도 이진영이 신경 쓰이는 것뿐이니까."

넌 작가로서 그 친구를 좋아하니까.

네 일을 인정하기로 한 이상, 네가 그 일을 계속했으면 좋겠다고 생각한 이상, 네 일이 흐트러질 수도 있는 일을 내가 만들어선 안 되는 거니까.

믿고 더 사랑하는 것이 지금은 유일한 방법이다.

어쩜 넌 이렇게 생각이 깊니, 하시연.

"아무튼 넌 네가 할 일만 해. 난 내가 할 일을 할 테니까."

"나 몰래 이진영 때려잡게?"

"넌 내 친구 턱을 돌려놨는데 난 뭐, 그럼 안 돼?"

"허, 이 여자 못쓰겠네."

시연이 웃으며 정우에게 뺨을 비볐다.

"그래도 고쳐서 써줘잉."

십 년 만에 애교를 부리자 정우가 크게 웃었다.

"내가 이래서 널 사랑하지 않을 수 없지."

좋지만, 거기까지!

포옹으로 끝내고 키스는…… 하루만 쉬게나.

제발.

✽

〈도대체 무슨 농약을 쳐놓은 거죠?〉

요즘 시연은 진영의 문자 때문에 미쳐 버릴 것 같았다. 아니, 이것이 뭘 잘못 먹었는지 시시때때로 시연에게 문자를 보내 별의별 시시콜콜한 말을 늘어놓았다. 그것도 모자라 이젠 저런 웃기지도 않는 말까지 하고 있다. 보아하니 왜 정우가 자기한테 안 넘어오는 거냐고 따지는 것 같은데, 정우가 안 넘어오는 걸 왜 이쪽에 따지나? 자기 능력이 모자라서 그런 걸. 도대체가 상식이 안 통하는 인간이었다.

〈선배님 풀렸음. 역시 선배님은 좋은 분. 공과 사를 구분할 줄 아는 멋진 분.〉

〈지금 같이 점심 먹는 중. 메뉴는 내가 좋아하는 파스타. 굳이 사 주시겠다고 함.〉

〈저녁은 일식으로. 선배님과 함께 먹는 초밥은 꿀맛 같다.〉

〈편집 중. 피곤하신 선배님 잠깐 조는 모습. 어쩜 자는 모습도 근사한지. 인증 사진 첨부해요.〉

〈오늘따라 많이도 웃어주시는 선배님. 아까 전엔 무거운 장비를 들고 가는데 번쩍 들어주심. 멋지다.〉

잠깐만요! 진영 언니 헛소리 좀 하고 가실게요!

참다못한 시연은 결국 휴대폰을 확 팽개쳤다.

"이게 미쳤나. 뭐 하자는 짓이야, 대체? 아, 몰라! 귀찮아!"

아무리 생각해도 미친 애가 틀림없다. 며칠 내내 저 모양 저 꼴로 사람 속을 박박 긁었다. 이건 뭐, 초딩도 아니고, 사람이 어쩜 저렇게 유치할 수 있을까? 도대체 번호는 어디서 입수했으며, 알았다고 한들 도대체 누가 저런 문자를 보낼까? 그렇다고 저걸 일일이 대응해 줄 수도 없고, 대꾸하자니 같이 또라이되는 것 같고.

"하아. 얘 그냥 이상한 애였구나."

처음엔 머리끝에서 열이 날 정도로 화가 났는데 시간이 지나자 그저 헛웃음이 날 뿐이었다.

차라리 처음에 당당하게 나타나서 선전포고할 때는 멋지기나 했지. 그래서 내심 엄청 불안했었는데, 이젠 뭐…… 그냥 가만히 두면 저 혼자 삼천포로 쓸려갈 것 같은 타입이다.

무시가 살길이란 소리.

"한 방이 있는 앤 줄 알았는데. 입만 산 애였잖아."

그렇게나 이진영의 존재를 신경 쓰던 자신이 오히려 바보같이 느껴졌다.

"좀 우아하게, 사람 긴장 확 되게, 지능적으로 나오는 거 아니었어?"

아니면 드라마의 여자 조연처럼 뭔가 악랄한 덫을 쳐놓고 사람 바짝 긴장하게 만드는, 그런 걸 기대한 내가 잘못이냐고.

그사이에 얘 또 문자 보냈다.

〈왜 카톡 친구 신청 안 받아줘요? 설마 피하는 건 아니죠?〉

"미쳤구나……. 내가 일생을 친구 없이 혼자 산다 한들 널 카톡 친구로 받아주겠니?"

애초에 이진영과 자신이 카톡 친구라니, 그게 될 법한 소리냔 말이다. 뇌가 어떤 구조로 돼 있으면 감히 이런 생각을 할 수 있을까? 작가라더니, 역시 남들과 전혀 다른 사고방식 체계를 갖고 있나 보다.

안 그래도 요즘 배경자 여사 기분이 영 안 좋아서 일찍일찍 다녀야 하는 바람에 요 며칠 통 정우를 만나질 못해 속상해 죽겠는데.

시연도 늦게 끝나고, 이정우는 더 늦게 끝나니 도통 만날 시간이 없었다.

배 여사의 기분이 안 좋아진 건 배 여사의 친구분 때문이었다. 엄마랑 가장 친한 친구의 딸이 혼전임신을 하는 바람에 친구분의 속상한 기분이 배 여사에게도 전염된 것이었다. 그래서인지 괜히 자기 딸한테도 쌍심지를 켰다.

“딸, 혹시 너도 엄마 뒤통수치는 거 아냐?”

“요즘은 광팬질도 잠깐 놓은 것 같은데, 뭘 하고 다니느라 새벽이 다 돼서 들어와.”

“도대체 뭘 하면서 뽈뽈거리며 돌아다니는 건데?”

“정우랑 있었니? 정우랑 어디까지 갔어. 솔직히 말해. 엄만 다 알아.”

“설마 둘이 이상한 짓 하고 다니는 건 아니지?”

등등 쏟아지는 온갖 의심과 억측, 음모의 말들. 그런 감시의 시선이 도사리고 있는 터라 시연은 당분간 자중해야 했다. 안 그래도 어제 이모가 요즘 애들 다 그러는데 그게 뭐가 문제냐고 별생각 없이 말했다가 바로 옥수수 털릴 뻔했다고 한다.

시연은 곧장 방 서랍에 넣어두었던 피임약을 버려 버리고 레스토랑 끝나면 꼬박꼬박 제 시간에 퇴근했다. 정우에게는 엄마가 감기에 걸려서 며칠 못 만날 것 같다고 적당히 둘러댔다.

아무튼 그런고로 며칠째 잘난 남자친구의 신발 한 짝도 못 봐서 안 그래도 우울모드에, 이정우 금단 증상으로 손이 다 떨릴 지경인데, 이 울적하고 가여운 영혼을 왜 저리 건드리는 건지 모르겠다.

“맛 갔어. 맛 간 애가 분명해.”

그날도 문자 때문에 하루 종일 골머리를 앓다가 그날따라 손님이 빨리 끊겨서 이때다 싶어 시연은 휴대폰을 꺼냈다. 정우에게 전화를 하려는데 먼저 반갑지 않은 문자가 도착했다.

당연히 이진영이다.

“이건 뭐…… 미저리야?”

〈팀 회식 중. 시연 씨도 오려면 와요. 선배님 취하면 훨씬 더 섹시해지는 거 알죠?〉

“참 골고루도 한다. 내 남자가 섹시하든 말든 네가 무슨 상관인데?”

이정우가 술 취하면 훨씬 더 섹시해지는 거 사실이다.

그리고 네가 모르는 게 하나 더 있는데, 이정우는 술 취하면 요구가 더 많아진다. 물론 침대에서.

“모르지, 요것아?”

혀를 베에 내밀며 오늘은 아니다 싶어 휴대폰을 다시 가방에 넣었다. 이걸 당장 달려가? 생각이 들었지만 고개를 설레설레 저었다. 또라이 하는 말에 같이 놀아나면 뭐 하나.

“하아…… 하필이면 회식이냐.”

중얼거리는데 그때 ‘어이!’ 시끄러운 소리를 내며 또 하나 반갑지 않은 녀석이 레스토랑으로 들어섰다. 강호수다.

“왜 이렇게 조용해? 이래서 먹고살겠어?”

“이런 날이 있으면 저런 날도 있는 거지. 안 그래도 머리 아파 돌아가실 지경이니까 헛소리할 거면 가. 너까지 보태면 나 진짜 미쳐 버릴지도 몰라.”

“왜 이래? 또 무슨 일인데? 그렇게까지 살신성인해서 도와줬는데 그걸 못하냐? 야, 그냥 죽어라, 죽어.”

못하긴 뭘 못한단 거야?

네가 말하는 게 섹스라면 했다, 이 자식아!

그나저나.

"원상복귀했군."

인간의 본성은 고칠 수 없나 보다. 강호수는 다시 이전의 지저분하고 더러운 강호수로 돌아가 있었다. 며칠 전의 그 매력적이고 깔끔하던 인간은 어쩌면 환영이 아니었을까 싶다.

정우는 회식하고 있고, 이진영은 자꾸 이상한 문자 보내고, 배경자 여사의 기분은 나아질 기미가 안 보이고……. 되는 일이라곤 하나도 없어 누구든 보이면 머리털을 죄다 잡아 뜯고 싶은 심정인데, 하필이면 너도 이런 날 여길 오다니. 그것도 잘 뜯으라고 저리도 산발한 머리로 말이다.

"안주 뭐 없냐? 배고파 죽겠다. 아무거나 빨리 되는 걸로 좀 해 줘 봐."

호수가 자기 가게라도 되는 양 멋대로 와인 하나를 갖고 와 코르크 마개를 뱅뱅 돌리며 헛소리를 지껄였다. 그걸 그냥 보고 있는데 그때 문자가 도착해서 시연은 그만 흠칫했다.

이젠 문자만 도착해도 식겁하는 지경에 처했다.

〈러브샷 인증 사진 보내요.〉

〈술 취한 선배님 부축하고 오피스텔 가는 택시 안.〉

뭐, 그딴 인증샷이 와 있는 건 아닌가 싶어 심장이 다 덜컹거렸다.

"왜 이래? 왜 이렇게 놀라?"

"노, 놀라긴 누가 놀랐다고. 하나도 안 놀랐구면."

"안 놀라긴. 얼굴이 아주 허옇게 떴는데."

호수가 보기에도 이상해 보였나 보다. 그렇게까지 허옇게 떴나?

또 이진영이면 어쩌지? 진짜 강호수 머리털 뜯어버릴지도 모르는데.

걱정하며 휴대폰을 꺼내봤지만 다행히 정우였다.

〈회식 중이야. 이따가 너 끝나는 시간에 맞춰 갈게. 잠깐 볼 수 있지?〉

문자를 읽고 있던 시연이 갑자기 호수를 빤히 쳐다보자 와인을 마시고 있던 호수가 갸웃했다.

"왜?"

"아무래도 아직은 안 부딪치는 게 낫겠지? 통금 제한도 아직 안 풀렸고."

"뭐라는 거야? 말을 알아듣게 해. 혼자 이해될 말을 하려면 무인도로 가든가."

"시끄러우니까 와인이나 마셔."

"안주는?"

"냉장고에 치즈랑 비스킷 있으니까 꺼내 먹든가."

귀찮다는 듯 손을 휘휘 내젓곤 정우에게 답문을 보냈다.

〈이번 주까지는 아무래도 힘들겠는데. 엄마 좀 나아지고 있으니까 일요일엔 만날 수 있을 것 같아. 회식 조심해.〉

'회식 잘해'가 아니라 '조심해'였다.
자나 깨나 이진영 조심!
정우가 웃는 이모티콘을 달랑 보내와서 시연도 똑같은 걸 보냈다.

〈보고 싶다. 어머니 간병 잘해 드려. 그래야 널 보지.〉

시연의 입가에 빙그레 미소가 돌았다.

〈지금 술잔에 네 얼굴 나타났다. 일요일에 보자.〉

연이어 도차한 문자가 저렇게 깜찍했디. 이정우가 귀어운 짓노 할 줄 알고.
행복에 겨워서 혼자 키득거리고 있었더니 바로 불청객의 목소리가 날아들었다.
"미쳤냐? 왜 혼자 킬킬거려?"
시연은 입 바람으로 앞 머리카락을 후 불며 호수를 노려봤다.
"네가 지금 와인 마실 때야? 그 입에 와인이 들어가?"
"금방까지 실실 웃다가 왜 느닷없이 쌍심지야? 그럼 와인을 코로 마셔?"
"그래, 마셔라, 마셔. 내가 내 이쁜 남자친구 때문에 참는다."

“하……. 그 이쁜 남자친구랑 누구 덕에 잘된 건데? 공로자한테 고맙다고는 못할망정. 에잇!”

“공로자 좋아하신다. 네가 그날 헛소리 작렬하는 바람에 내가 얼마나 정우한테 탈탈 털렸는지 알아?”

시연이 와인잔을 끌어와 와인을 따르자 호수가 갸우뚱했다.

“뭔 소리야?”

“정우가 그러길, 강호수 네가 날 정말 좋아한단다.”

“좋아해.”

켁! 시연은 그만 와인이 목에 걸려 미친 듯 기침을 했다. 호수가 끌끌 혀를 차며 티슈를 뽑아 건네주었다.

“더럽다, 더러워.”

“너 진짜 계속 그럴래?”

버럭 소리치며 봤다가, 진지한 눈빛의 호수 때문에 시연의 얼굴에서 핏기가 싹 가셨다.

“야…… 야. 왜 그렇게 보는데?”

“좋아해. 정우 군 말이 맞다고.”

시연의 손에서 티슈가 팔랑 떨어졌다. 낯빛이 하얗게 질려갔다.

얘가 지금 무슨 소릴 하고 있는 거야. 설마…… 진짜였다고? 에이, 설마…….

설마?

하지만 다음 순간 강호수가 지껄인 말에 시연은 어깨를 툭 떨구었다.

“좋아하지, 당연히. 안 좋아하는데 어떻게 친구로 지내냐?”

확! 저걸 진짜!

"정우 군 참말 황당하다. 아무리 콩깍지가 씌어도 그렇지, 세상 사람 눈이 다 본인처럼 낮은지 아나? 난 너보다 키가 십 센티미터쯤 더 크고 몸무게 5kg 정도 덜 나가고 두 배로 악녀에 다섯 배로 제정신인 여잘 찾고 있어."

"예, 예, 그러세요. 부디 꼭 찾으세요."

"내 참. 사람을 뭘로 보고. 그날 자동문 열리는 소리 딱 듣고 기막힌 타이밍에 살신성인을 해줬구먼. 어쩌면 사람이 그렇게 자기 기준적일 수가 있을까? 내가 널? 하하하! 돌아버리겠다. 물에 빠진 사람 건져 냈더니 보따리 내놓으란 격이네."

"그만해라, 응?"

"그리고 정우 군한테 딱 전해. 내 얼굴 날려준 거 언젠간 복수한다고. 골목길 조심하라고."

시연은 팔짱을 끼고 혀를 끌끌 찼다.

그때 분주한 소리가 들리더니 이모가 안으로 들어섰다. 그런데 요즘 배씨네 자매들이 짜기라도 한 건지 이모 표정도 배경자 여사만큼이나 화딱지가 나 있었다. 그 나리꽃처럼 여린 외모로, 차마 입에 담기 힘든 육두문자를 쏟아내며 들어서고 있었다. 이모도 이진영한테 문자 받았나?

"왔냐?"

호수가 벌떡 일어나서 스승님께 깍듯하게 인사를 하자 이모가 대충 아는 척만 하곤 호수 옆자리에 털썩 앉았다. 이럴 때 무슨 일 있느냐고 묻는 건 언어 낭비다. 그냥 무슨 일 있는 거다.

“아, 놔. 안선희 선생 왜 이러냐? 내가 산타클로스 만나고 싶어서 핀란드에 좀 가겠다는데 그게 그렇게 화낼 일이야?”

화낼 일 맞다. 이모는 얼마 전에도 모아이 석상을 보겠다고 이스트섬까지 날아갔다가 한참이나 돌아오지 않은 전적이 있다.

“호수, 넌 산타클로스 마을 안 가보고 싶어?”

“선생님과 함께라면 그 어디라도 가고 싶⋯⋯.”

“내가 진짜 어이가 없어서. 며칠 전부터 사람이 말만 하면 툴툴거리고 짜증 내고 괜히 꼬투리 잡고 난리다.”

이모는 일단 남의 말을 끝까지 안 듣는 병이 있다. 호수도 워낙 당해서 별 반응도 없었다.

“그래서 내가 기분 좀 풀어주려고 옷을 한 벌 사줬거든. 네 이모부 옷 좋아하잖아. 그래서 한번 입어봐, 그랬더니 입어보라고 그랬다고 난리다.”

“⋯⋯그게 왜? 난 뭐가 화날 일인지 잘 모르겠는데?”

“그렇지? 너도 그렇게 생각하지? 근데 이 인간이, 입어봐? 남편한테 입어봐? 그러는 거야.”

물론, 이모가 ‘입어봐’ 라고만 한 게 아니라 ‘입어봐, 쌍’ 이라거나, ‘입어봐, 제길’ 이라거나 그랬다면 상황은 좀 달라지겠지만.

“욕 안 했어!”

자신의 머릿속에 들어왔다 나가기라도 한 듯 이모가 바로 버럭했다.

“그, 그치?”

“제길! 똑같이 욕먹을 거면 차라리 처입어봐! 그럴 걸 그랬나?”

“이모부 기분이 안 좋으신가 봐. 맞춰줘라, 좀.”

“호수야, 너 여자애 하나 만나볼래? 너 땅부자라며. 그 땅에 혹한 애가 하나 있는데.”

자기 말 정리도 안 하고 바로 호수한테로 건너뛰고 계시다. 하여튼 이모랑 있으면 정신이 하나도 없다. 어쩌면 이따금씩 튀어나오는 자신의 요상한 면들도 이모를 닮아 그런 게 아닌가 싶다.

“이모도 참, 그런 여자라면 당연히 퇴짜 놔야지!”

땅에 혹한 아가씨라니. 그걸 말하고 있는 이모나 듣고 있는 호수나 그 스승에 그 제자다.

강호수 부모님이 땅부자란 건 사실이지만, 그래서 더 강호수는 장가를 잘 가야 한다. 요즘엔 워낙 서로 조건을 따져 대서 그런 결혼을 하면 불행해지게 마련이라고 생각하는 바이다. 잘못하면 그나마 땅 하나 믿고 사는 강호수 거지 돼서 폐인 되기 십상이란 소리다.

“아무리 그래도 소중한 수제자한테 뭐 그런 주선을 해?”

“왜? 애 쿨하고 착한데.”

“도대체 이모가 말하는 착하다는 기준은 뭔데?”

“개 집도 애만큼은 살아. 재력 안 보는 척 호박씨 까면서 뒤로 머리 굴릴 대로 굴리는 애들보다야 훨씬 낫지 뭘 그래. 호수 너랑 어울릴 거다. 한번 만나봐.”

그때까지 아무런 대꾸 없이 스승님의 말을 경청하고 있던 호수가 무척 진지한 표정으로 입을 열었다.

“죄송합니다, 선생님. 전…… 선생님을 사랑합니다.”

순간 찬물이 끼얹어진 듯 좌중이 조용해졌다. 특히 시연은 더 눈이 튀어나오기라도 할 것처럼 굳어 있다가, '저 미친놈, 또 시작이네' 너털웃음을 터뜨렸다.

쟨 어떻게 틈만 나면 저렇게 쓸데없는 장난을 칠까?

쯧쯧, 고개를 젓던 시연의 얼굴 근육이 그 순간 서서히 굳어졌다.

딸꾹.

눈앞의 정경이 자신의 생각과 전혀 다른 방향으로 흘러가고 있었다.

장난기라곤 없는 강호수의 진지한 눈빛. 저 녀석 눈빛이 저렇게 깊었었나? 저런 눈으로 사람을 쳐다볼 줄도 알았나?

딸꾹.

또 딸꾹질이 나서 시연은 얼른 물을 따라 마셨다.

'가만, 저 자식, 장난 아니었어?'

설마 정말로, 이모한테? 이 여자 저 여자 옮겨 다니기만 하고 정착하지 못했던 건 이모를 사랑했기 때문에? 말도 안 돼. 하지만 가만히 잘 생각해 보면 말이 안 될 것도 없다. 그리고 하나씩 꿰어 맞춰지는 퍼즐들.

어쩐지……! 가끔 이모를 바라보는 눈길이 불손하다 했더니. 물론 이모는 그런 시선을 받을 만한 천재였지만 호수의 그것엔 더욱 짙은 뭔가가 있었다. 어찌나 동경을 가득 담아 바라보는지 신기할 때가 많았는데.

이제 생각해 보니 모든 것엔 다 이유가 있었다. 호수는 이모를 동시대를 살아가는 사람으로 보지 않았었다. 뭔가 모나리자를 바라보듯, 상감청자를 바라보듯 그렇게 눈이 부시단 얼굴로 올려다 보곤 했었다. 그게 단지 존경이 아니었다니. 물론 이모는 아름답고 독특하고 대단한 사람이지만 유부녀이니 이를 어쩔꼬. 불쌍한 놈…….

이모는 호수를 쳐다보고, 호수는 이모를 진지하게 바라보고, 시연은 또 그런 호수를 안타깝게 쳐다보고.

도대체 이 부적절한 분위기를 어쩌면 좋을까 싶어 정신없이 물을 꼴딱꼴딱 마시며 찌그러져 있는데 이모가 말했다.

"그래? 개가 키가 173㎝인데 계속 나 사랑할래?"

"아니요. 만나볼게요."

바로 대답해 버리고 있다. 그것도 아주 혹한 표정으로…….

또, 속았다.

대체 자신은 왜 이러는 걸까?

"이 자식이, 진짜 속았잖아! 진짜 이모 사모하는 거면 어쩌나 싶어 완전 긴장했는데! 이모는 안 놀랐어?"

"놀라긴 뭘 놀라. 저 자식, 만날 하는 짓이 저건걸. 키 173㎝ 밑인 여자들한텐 다 저러고 다녀. 왜냐, 그들은 저 자식한테 여자가 아니거든. 막 놀려도 되는 존재거든."

이모는 이미 알고 있었던 모양이다.

한숨을 내쉬며 이마를 문지르는데 시연의 휴대폰이 울렸다.

손목시계를 보니 얼추 퇴근 시각이었다. 배 여사의 독촉 전화인가 싶어 생각 없이 휴대폰을 꺼내 보던 시연의 안면근육이 뒤틀렸다.

“진짜…… 돌았네, 이거.”

“뭐가?”

“아, 아니야. 나 전화 좀 받고 올게.”

당연히 이진영이다.

이모와 호수가 땅에 혹했다는 그 착한 아가씨 얘기로 꽃을 피우는 걸 뒤로한 채 시연은 휴대폰을 들고 슬쩍 밖으로 나왔다.

“문자질만으로도 골치 아파 죽겠는데 이젠 전화까지?”

취해서 헛소리하면 가만 안 눌 거라 다짐하며 휴대폰을 귀에 척 대는데, 순간 휴대폰 너머에서 진영의 빠른 목소리가 다급하게 넘어왔다.

〈왜 이렇게 전화를 늦게 받아요? 지금 선배님 싸우고 있어요! 빨리 좀 와서 말려줘요!〉

시연은 얼떨떨했다.

이젠 이진영이 별짓을 다 하고 있다.

“지금 무슨 소리예요? 누가 싸워요? 이정우가? 믿을 소릴 해요.”

〈진짜라니까요! 선배님 다쳐서 피 나고 도저히 말릴 수가 없다구요!〉

그제야 시연은 뭔가 이상하단 걸 느꼈다. 이진영의 분위기가 달랐다. 그날 폭풍우 치던 날 넘어오던 목소리와는 또 달랐다. 그날은 빗소리에 안 묻히기 위해 소리만 질렀다고 하면 지금은 소리도 지르고 겁도 먹은 섯 같다. 세나가 자세히 들이보니 울고 있는 것 같다.

그제야 시연의 눈이 번쩍 떠졌다.

“자, 자세히 말해봐요. 정우가 왜 싸워요?”

〈나도 몰라요. 선배님 저러시는 거 처음 봤어요. 그럴 사람이 아닌데. 이게 다 시연 씨 때문이잖아요!〉

이건 또 무슨 소린지. 일방적일 뿐 아니라 유치한 공격에 시연도 결국 터졌다.

“이봐요, 이진영 씨! 밑도 끝도 없이 사람이 왜 이래요? 내가 언제까지 당신 투정 받아줄 것 같아요?”

〈촬영 감독님이 술 마실 때 제일 좋은 안주가 여자라는 둥, 선배님은 그냥 말 섞기 싫단 얼굴로 웃고 말았는데 촬영 감독님이 많이 취하셨는지 선배님한테 너도 그러냐면서. 시연 씨가 잘해주냐고.〉

시연이 멈칫했다. 오들오들 떨며 진영이 훌쩍거리며 말을 이었다.

〈결국 선배님이 화가 나서……. 그렇게 화내는 모습 처음 봤어요, 사람 치는 것도. 너무 무섭게 촬영 감독님을 때려서 지금 다들 놀라서……. 아무튼 빨리 와요. 선배님 피 나고 다치고 무서워 죽겠단 말이에요.〉

엉엉 우는 진영의 전화를 끊고 시연은 바로 달려갔다.

✲

“어떻게 알았어.”

"가만 좀 있어봐. 이마 찢어졌잖아."

정우의 오피스텔에서 시연은 그의 이마에 약을 발라주고 있었다.

겨우 도착하니 주변 사람들이 뜯어말려서 다행히 싸움은 끝난 후였다. 촬영 감독이란 사람도 화가 나서 이미 자리를 뜬 뒤였고, 정우만 나머지 일행들과 분을 풀지 못한 표정으로 앉아 있었다.

워낙 입이 거친 사람이라 다른 스텝들도 고개를 절레절레 젓곤 하는 사람이라는데, 특히 술이 들어가면 더해서 이런 식의 잡음이 늘 있었다고 한다. 그런데 한 번도 그 싸움에 끼어들지 않았던 정우가 휘말렸으니 사람들이 저마다 걱정해 주며 뒤늦게 달려온 시연에게도 위로를 해주었다.

"속상할 테니까 위로 좀 해주세요."

그렇게 말해주며 모두들 집으로 돌아갔다.

촬영 감독도 다치고 정우도 마찬가지였다. 워낙 그쪽도 체구가 크고 완력도 보통이 아닌데다 취하기까지 해서, 복싱과 운동으로 단련된 정우와 둘이 붙었으니 식당이 아주 홀랑 뒤집혔다고 한다. 경찰도 출동했었는데 같은 회사 사람끼리 어쩌다 보니 시비가 좀 붙은 것뿐이라고 설명해 주어, 식당에 배상하는 것으로 적당히 넘어갔다고 했다.

"맞기만 했어? 너도 때린 거지? 그냥 확 반 죽여놓지 그랬어!"

속상해서 진짜.

얼마나 화가 났으면 이정우가 그렇게까지 했을지 상상이 갔다.

그 사람의 됨됨이가 어떻든 정우는 자신보다 나이 많은 사람에겐 절대 폭력을 쓸 사람이 아니었다. 한 살이라도 많으면 정중하고 깍듯하게 대하는 게 이정우 본성이었다. 그런데 이렇게까지 이성을 잃었으니.

"그 촬영 감독이란 인간, 두고 봐. 언제 걸리면 옥수수 다 털릴 줄 알아!"

정우가 큭 웃었다가 갈비뼈가 당기는지 인상을 썼다.

"진짜, 도대체 얼마나 많이 다친 거야?"

"지금 내 편 들어준 거냐?"

"그럼 내가 네 편들지 누구 편들겠어? 오죽했으면 네가 그랬겠어! 테이블을 슝 날랐다며? 다 들었어."

그가 또 피식 웃었다가 이번엔 터진 입술이 건드려졌나 보다. 살갗이 찢어져 피가 비쳤다. 보는 시연이 다 아플 정도였다.

"있어봐, 밴드 붙이게."

시연은 애가 타는 얼굴로 밴드를 갖고 와 조심스럽게 상체를 기울여 상처에 꼼꼼히 밴드를 붙였다.

"어휴, 이 정도로 끝났으니 다행이지. 내가 진짜 속상해서."

그가 엷게 웃었다.

"너 그러고 있으니까 꼭 엄마 같다."

"됐거든? 너처럼 날라리 일진 아들 낳은 적 없거든? 또 어디, 다른 덴 안 다쳤어?"

꼼꼼히 밴드를 붙이고 주변의 다른 상처를 살펴보는 시연의 진지한 얼굴을 정우가 빤히 바라보았다. 예쁘장한 눈썹이 어지간히 속상했는지 많이도 찌푸려져 있다. 눈동자는 걱정과 안타까움으로 잔뜩 흐려져 있다.

이 표정 하나만으로도 아픈 데가 다 치료받은 것 같다니.

치고받고 싸움질한 게 잘한 것 같다니.

"우리…… 아들 하나 딸 하나, 이렇게 낳을까?"

"뭐, 뭐라는 거야?"

놀리려고 말했더니 바로 깜짝 놀란다. 놀라면 동그래지는 눈 모양이 재미있다.

단 며칠을 떨어졌던 것뿐인데도 네가 이렇게나 그리웠는데, 나는 어떻게 너한테 그렇게 몇 주, 몇 달을 떨어져 있으라고 이기적으로 요구할 수 있었을까. 그리고 앞으로도 또한…….

후우, 내가 그냥 나쁜 놈 같다.

내가 너한테 죄인 같아.

아마도 난 너한테 또 똑같은 희생을 요구하게 될 것 같은데.

늘 떠나고 돌아다니던 입장이라서, 남아서 머무르는 사람의 기다림, 외로움, 그리움 같은 건 따로 생각해 본 적이 없었다. 겪어 보지 않으니 몰랐던 거다. 그런데 연애 10년 만에 지금에야 그 조바심을 깨닫고 있다니. 그러니 내가 며칠 동안 겪었던 그 마음을 알고서 네게 겪게 하기가 참 미안할 것 같다. 차마 참아달라고 내 입으로 말하지 못할 것 같은데.

"왜. 아들 하나, 딸 하나는 싫어?"

"그런 문제가 아니잖아! 프러포즈도 안 하고서 어딜 얼렁뚱땅 바로 가족계획으로 직행하는 거야?"

정우가 피식 웃었다.

그렇게 구박을 퍼붓지만 얼굴은 이미 빨갛게 물들어 있었다. 상처를 봐주느라 다시 상체를 기울이자 봉긋 솟아오른 가슴이 그의 시선 앞에서 왔다 갔다 한다. 하얀 목덜미도 보이고 낮은 숨소리도 들린다. 시연이 작게 숨을 쉴 때마다 몸이 간질간질하고 솜털이 설 것 같은 짜릿함이 일었다. 하시연의 몸은 달콤하다. 지금 이대로 쓰러뜨리고서 온몸을 샅샅이 핥아가며 맛보고 싶다. 이대로 그녀를 바로 가져 버리고도 싶다.

허리 아래가 지끈 울리고 숨결이 벅차오른다.

"여기 멍든 거 아무래도 좀 갈 것 같은데……."

살피며 중얼거리는 시연의 어깨를 결국 확 틀어쥐어 몸에서 떼어냈다. 시연은 난데없는 밀침에 눈을 깜빡거리며 그를 쳐다보았다.

"왜, 왜 그래?"

"좀 떨어져 있어. 자꾸 다가오지 마."

어쩌면 이렇게 무방비할 수 있는지. 그녀의 무심함이 얄미울 정도였다.

그때 뭔가를 알아챈 듯 시연의 입가가 흐응, 하며 개구쟁이처럼 끌려 올라갔다. 눈은 꼭 고양이처럼 반들반들해선.

"왜? 내가 너무 매력적이라서 감당이 안 돼? 손이 근질근질해? 막 심장이 뛰고 미칠 것 같아?"

정우가 고개를 설레설레 저었다.

이 얄미운 아가씨를 어쩌면 좋을까.

"재미있냐?"

"응, 엄청 재미있어. 놀리는 맛이 이런 거구나 싶어."

"아, 몰라. 떨어져."

정우가 시연의 어깨를 뒤로 밀쳐 놓다시피 하곤 손을 뗐다.

그는 그렇게 미치고 팔짝 뛸 심정이었지만 시연은 그런 정우가 귀여워서 미칠 것 같았다.

"왜에. 더 치료해야지."

"접근 금지. 오면 후회할 거야."

시연이 큭큭 웃었다. 그런 시연을 철딱서니 없다는 듯 보고 있던 정우의 시선이 꼭 암팡진 고양이처럼 끌려 올라간 시연의 입술에 닿았다. 그가 갑자기 머리카락에 손을 넣어 마구 헝클어뜨리더니 투덜거렸다.

"미치겠다, 키스도 못하겠고."

시연이 푸하 웃음을 터뜨렸다.

"어유, 이 바보. 못하긴 왜 못해? 음, 입술 아프지? 내가 안 아프게 상처 안 건드려지게 살짝살짝 잘해줄 수도 있는데."

정우가 어이없다는 듯 시연은 흘끗 봤다.

"해줄까?"

이때다 싶은지 고문에 박차를 가하고 있다. 저렇게 신날까? 어차피 못하는 것을 알고 저러는 것일 테지. 정우의 머릿속에서 짓궂은 생각 하나가 꼬리를 바짝 치켜세웠다.

"누가 아파서 못한다고 했는데?"

"그럼 뭔데?"

손을 뻗어 시연의 한쪽 팔을 잡아 천천히 끌어당기곤 말했다.

"키스하면, 못 멈출 것 같으니까 그렇지."

시연의 입꼬리에 걸려 있던 미소가 바로 서서히 걷혀지는 게 보였다.

이럴 거면서 그렇게 자신 있게 유혹을 하셨다?

"집에 안 가도 되는 거지?"

시연이 정우를 휙 째려봤다.

아무튼 이정우를 이겨보려고 한 자신이 실수였다.

"엄마한테 탈탈 털릴걸? 나도 나지만 넌 앞으로 엄마 앞에 나타나지도 못할 거야."

"그럼 안 되지."

정우가 엷게 웃었다. 시연을 가만히 끌어당겨 가슴에 안았다.

"됐어. 이렇게라도 얼굴 봤으니 좋아."

꼭 끌어안아 주는 정우의 체온이 느껴졌다. 겨우 일주일이었는데도 이 품이 너무도 오랜만인 것 같다. 십 년은 훨씬 지난 것 같은 느낌이다. 시연은 그 그리움을 달래기라도 하듯 그의 품속으로 더욱 파고들었다. 하지만 그 바람에 상처가 건드려졌는지 정우가 윽! 소리를 냈다.

아 참, 갈비뼈도 다쳤지.

후우…….

"도대체 얼마나 심하게 싸운 거야?"

"별거 없어. 내가 오늘 저 인간을 죽인다, 그 정도."

"너 그걸 말이라고!"

떨어지려는 시연을 정우가 다시 끌어안았다. 시연은 한숨을 삼킨 채 중얼거렸다.

"나 때문에 싸우지 마. 술자리에서 나올 수 있는 말이었잖아. 뭘 그런 걸로 날 보호하려고 해? 나 때문에 네가 이 모양이 되면 내가 기분 좋을 것 같아? 편들어줬다고 고마워할 것 같아? 그냥 그렇게 말하는 사람이라며. 그런 말을 하는 그 사람이 나쁘단 거 다 알 텐데. 그냥 듣고 말지 바보처럼 이렇게 다치냐."

정우가 그런 시연의 머리를 쓰다듬었다.

"우리 하시연, 어른 다 됐네."

"넌 어른스럽지 않았고."

"내 여자가 모욕당하는데 내가 아니면 누가 화를 내."

"……."

"술 깨면 한 번 더 맨정신으로 정중하게 사과 받아낼 거야. 안 하면 또 한 번 두들겨 패고."

시연의 눈이 번쩍 떠졌다. 얘가 진짜 큰일 날 소릴 하네.

정우의 가슴을 밀어내곤 똑바로 보며 사정하듯 말했다.

"그러지 마, 응? 그냥 내가 대신 사과하면 안 될까? 미안해. 이렇게 널 칭칭 감아놓을 정도로 내가 매력적이라서 미안해. 됐지? 이제 그만 넘어가자."

정우가 부드럽게 웃었다.

"좋은 말이긴 한데, 나 좀 아파."

무슨 소린가 싶어 봤더니 자신의 손이 이정우의 갈비뼈를 누르고 있었다.

"앗! 미안!"

시연은 얼른 손을 떼고서 정우의 셔츠를 벗겨내려 했다.

"어디 봐, 병원 가야 하는 거 아냐?"

"벗기면 게임 오버야."

"병원은 내일 너가 가라."

시연은 바로 단추에서 손을 떼고 셔츠를 톡톡 정돈해 주었다. 정우가 피식 웃었다.

"그런데 도대체 어떻게 그렇게 자세히 알고 있는 거냐? 어떤 입이야?"

"어떤 입이긴, 현장에서 들었지."

"그러니까 그 현장을 어떻게 오게 됐냐고."

"글쎄, 감?"

"제대로 말 안 하지?"

시연이 정우를 빤히 봤다.

곤란하게 됐네. 이걸 말해야 하나, 말아야 하나.

"머리 쓰지 말고 말해."

이모도 내 머릿속에 들어오더니 이정우도 언제 들어왔었나 보다. 이 머릿속은 뭐가 이렇게 헤퍼? 아무나 넙죽넙죽 다 들여보내 주고.

"……그게 말이지."

"그래. 그게 뭔데."

"그게…… 요즘 진영 씨가 중개방송 해줘."

결국 시연은 이실직고했다. 그리고 진영이 해온 며칠 동안의 만행을 적당히 객관적으로 설명했다. 사실대로 말하는 건데 고자질하는 것 같은 이 기분은 뭐냐고.

기가 막힌다는 표정으로 조용히 듣고 있던 정우가 시연의 말이 끝나자마자 말했다.

"그만두게 할게."

"그래, 문자 좀 그만 보내라 그래."

"문자가 아니라 그 녀석, 자를게."

시연의 눈이 똥그래졌다.

"뭐?"

"모르고 있었다. 미안해."

"아니, 그건 내가 말 안 했으니까 모른 거고. 그거보다…… 네가 미안해할 정도는 아니야."

정우가 무슨 소리냐는 듯 쳐다보자 시연은 천천히 말을 이었다.

"그냥 그렇다고. 내가 왜 지금껏 너한테 아무 말 안 했을 것 같아? 만약 네가 진영 씨를 해고하면 나, 반대로 웃긴 여자가 되는 거야. 난 그런 식으로 진영 씨한테 이기는 거 싫어. 치정 싸움으로 일까지 영향받게 만들면 내가 편할까? 내 남친한테서 귀찮은 여자 떼어냈다고 그저 기뻐서 희희낙락하라고?"

"……."

"너만 확실하면 돼. 너만 내 편이면 난 무슨 일이든 아무렇지 않아. 그럼 될 일을 왜 다른 데서 해결책을 찾으려고 해."

정우가 멈칫한 듯 아무 말도 하지 못했다.

실제로도 그랬다. 자신이 생각한 것과 전혀 다른 방향으로 말하고 있어서 그는 지금 멈칫한 상태였다. 그리고 그건 자신이 시연을 좋아한 게 더욱 잘한 일이란 생각으로 연결되었다. 문득 하시연이 더 어른스럽게 느껴졌다.

쉽게, 쉽게, 떼를 쓰고 마는 그런 애인이 아니라서 다행이란 생각.

그녀는 오늘 자신이 그녀를 보호해 준 거라고 하지만, 지금 기분은 결국 그녀가 자신을 보호해 준 것 같았다. 이렇게 어른스러운 녀석이 왜 아직도 NEO인지 그놈들은 끊지 못하는 걸까.

"너무 걱정 마. 복수는 나중에 내 손으로 내가 직접 해줄 거니까."

"뭘 어떻게 할 건데?"

"글쎄, 어떻게 해줄까? 그 계집애…… 아니, 진영 씨한테 남자 친구가 생기면 집착녀의 과거를 다 불어버릴 거라고 협박할까? 들키기 싫으면 너도 나한테 네 남친 3개월만 빌려주든가, 그럴까?"

정우의 얼굴이 바로 굳었다.

"뭐라고?"

"농담이야, 농담."

시연이 헤헤 웃었다. 애정이 담뿍 담긴 눈으로 정우를 바라보며 말을 이었다.

"나 있잖아, 내가 모르는 네 얘기를 듣는 건 좋아. 가끔 넌 뭐 하고 있을까, 무슨 생각을 할까…… 궁금했었거든. 넌 동료들이랑 어떤 음식을 먹는지, 점심은 뭘 먹고 저녁엔 또 뭘 먹는지, 어떤 걸 좋아하고 어떤 걸 싫어하는지……."

정우의 눈동자가 부드럽게 흔들렸다.

"하시연……."

"하하, 나 왜 이렇게 어른스럽지? 완전 멋진 여자 같아."

"역시 안 되겠다. 오늘 못 보내겠다."

시연은 어딜! 하며 발딱 일어났다.

"나 많이 늦었어. 배 여사한테 전화 백 통은 들어와 있을걸? 내일 낮에 병원 같이 가자."

서둘러 핸드백을 챙겨 나가려고 하는 시연을 앉은 채 바라보다가 정우가 말했다.

"하시연, 통금 풀리면 영화 보고 드라이브하자. 하고 싶은 거 다 하자."

시연의 걸음이 멈칫했다. 고개를 돌린 그녀가 생긋 웃었다.

"응……. 놀이공원도."

"좋아."

"동물 머리띠 하고."

"그래."

"커플 자전거도 탈래."

"그러자."

"NEO 콘서트도."

"기각."

시연이 푸핫 웃음을 터뜨렸다. 짜식, 좀 맞춰주면 안 되나.

"아 참, 그리고 호수는……."

"호수도 좋지."

“그게 아니라 강호수 미팅한대.”

한 꺼풀도 미적지근함을 남기고 싶지 않아 털어버리고자 말했지만.

“또 만났냐?”

파이터 이정우가 삐딱한 표정으로 저리 나왔다. 딱 반항기의 고딩 저리 가라다.

“미팅한다니까? 이제 좀 믿어줘라. 진짜 나 좋아하는 거 아니냐고 물었더니 펄펄 뛰어.”

“연막작전이군. 그 자식, 보통 방법으론 안 되겠는데.”

아무래도 강호수 건은 미해결 과제로 남겨야 할 것 같다.

질투쟁이 스트리트 파이터 이정우,

정말이지 두 손 두 발 다 들었다.

9. 이정우는 배? 하시연은 항구?

〈그날은 고마웠어요. 사실 시연 씨 오기 전에 상황 정리 다 돼서 안 오느니만 못했지만.〉

이게 칭찬이냐, 아니면 한판 뜨자는 거냐.

한 며칠 잠잠하더니 잊을 만하니까 또 시작된 진영의 문자를 보며 시연은 혀를 끌끌 찼다.

이진영은 그냥 이 콘셉트 그대로 밀고 나갈 모양이다. 아니면 하시연한테 문자 보내는 데 재미를 붙였다거나. 얘 친구 없나 보다.

가령, 짝사랑하는 남자의 애인한테 시비를 걸다가 문득 자신도 생각지 못한 우정을 발견한다? 그래서 결국 의도치 않게 입장을 초월한 우정을 키우고 싶어졌다, 뭐 이런 패턴? 이것도 일종의 '스톡홀름 증후군'이라고 할 수 있으려나?

〈만약 시연 씨가 나였다면 그 상황에서 시연 씨한테 전화할 수 있었을까요? 난 정말 정정당당하게 사랑하는 사람 같아요. 시연 씨와 다르게.〉

한마디 더 얄미운 소리를 보태주셨다.

"우정은 개뿔. 진영아, 약 먹을 시간이다. 정신 차려라."

시연은 설레설레 고개를 저으며 휴대폰을 던져 버리곤 그날도 신나게 하루 일을 시작했다.

이제 이틀 후면 이정우를 만날 수 있다. 배 여사의 기분이 괄목할 만큼 좋아진 상태라 이제 눈치 안 보고 마음대로 외출해도 되었다. 그래서 이틀 후 휴일, 정우와 데이트 약속을 잡아놓았다.

여담으로 배 여사님 친구분 얘기를 살짝 하자면, 딸의 혼전임신 사실에 경악하던 것도 잠시, 결혼 날짜를 잡고 예식장을 보러 다니는 등 이것저것 결혼 준비를 시작하며 기분이 아주 좋아졌다고 한다. 그러니 우정으로 똘똘 뭉친 어머니의 컨디션도 덩달아 좋아지신 거고. 다만 한 가지 문제가 있었다면.

"넌 언제 결혼할 거야? 똥차 될 생각은 아니지? 서른 되기 전에 할 거지?"

"정우는 결혼 생각 없다니? 그쪽 부모님한테 인사는 드린 거야?"

"손가락에 끼우는 거 동그란 그거, 정우가 그거 안 주더니?"

“연애 따로 결혼 따로 그딴 소리만 나와 봐. 아주 둘 다 빵에 끼워서 샌드위치를 만들어 버릴 테니까.”

툭하면 결혼 얘기로 사람 숨통을 조이기 시작했다는 것이다.

워낙 우정이 깊은 배 여사님이시라, 친구 딸이 결혼 날짜를 잡았으니 자기 딸도 그래야 한다고 거다. 도대체 왜 그래야 하는 거냐고요.

“난 결혼은 좀 천천히 할 생각이야.”

“왜! 그놈이 너랑 결혼할 생각 없대? 아니면 네가 딴마음 품은 거야? 어느 쪽이야?”

“어느 쪽도 아니야.”

“그럼 왜 그러는데!”

“아무런 마음의 준비도 안 했는데 덜컥 결혼해서 시어머니 생신이랑 NEO 콘서트 날이랑 겹치면 어떡해? 그럼 난 어딜 가라고.”

파리채로 등짝 맞아봤는가.

얼얼하다.

“근데 그러고 보니……”

쫓겨나듯 출근해 양고기 스테이크를 만들면서 시연은 말 들은 김에 정우와의 결혼에 대해 곰곰이 생각해 봤다. 이정우는 결혼을 할 거면 하시연이랑 하겠지? 몇 번 결혼이나 그 언저리 같은 얘기가 그의 입에서 나오긴 했지만, 이렇다 할 결정적인 프러포즈는 아직 없었다. 가만, 그 녀석, 나랑 결혼할 생각은 있는 거야?

로즈마리와 타임으로 양고기의 잡내를 없애던 시연이 고개를 번쩍 들었다.

"하시연, 너 무슨 생각 하는 거야? 엄마한테 말릴 거야? 이진영한테 말려든 걸로도 부족해서?"

겨우 정상적인 연인 관계가 된 지 얼마나 됐다고 또 결혼 타령인지.

시연은 혀를 끌끌 차며 다시 일에 집중했다.

❉

기대가 크면 실망도 크다고 했던가.

시연은 터덜터덜 집으로 돌아오고 있었다.

그날은 그렇게 기다리고 기다렸던 휴일. 바로 정우와 오랜만에 데이트다운 데이트를 한 날이었다.

그런데 데이트를 마치고 온 시연의 표정이 그리 밝지 않았다. 물론 정우와 함께 있을 땐 그렇지 않았다. 많이 웃고 즐겁게 걷고 손도 많이 잡고 보폭을 맞춰 나란히 걷고, 맛있게 먹고 음료수 하나에 스트로를 동시에 꽂아서 같이 쏙 빨아들이기도 하고.

날씨도 좋고 기분도 좋고 정우의 미소도 좋고 모든 게 다 좋았는데.

여느 때처럼 그는 시연에게 잘해주었고, 따뜻하게 안아주었고, 살갑게 챙겨주었다.

그런데 뭐가 문제지?

가만, 뭐가 문제였지?

"문제는 확실히 있었지."

잘해주고, 따뜻하게 안아주고, 살갑게 챙겨줬는데…… 딱 거기까지였다.

따뜻함이 뜨거움으로 넘어가지 않았고, 차 안에 있는데도 키스 한 번 안 해주었다. 집 앞에서 내려줄 때도, 절로 한숨이 나올 정도로 잘생긴 얼굴로 미소를 지어주긴 했지만 터프하게 붙잡아 키스하고 좀 더 같이 있고 싶다는 둥 헛소리를 전혀 하지 않았다. 늘 그러던 것처럼 능청스러운 야한 장난 한 번 없었고, 시연을 선동하는 짓궂은 말도 하지 않았다.

꼭 속성으로 신사 수업이라도 배운 사람처럼 매너로 중무장을 해서 그저 부드럽고 따스하게 시연을 보아주고 보내주었을 뿐이다.

"근데 그게 뭐가 문제지?"

문제 맞다. 평상시 이정우의 패턴을 봤을 땐 말이다.

"내가 밝히는 건가? 변태가 됐다는 증거?"

손만 잡아주었다고 해서?

따스하게 안아줬을 뿐 그 이상 진도가 안 나가서?

키스해 주지 않아서?

……밝히는 거 맞네.

아니, 그런 게 아닌 것 같다. 자신이 밝히는 게 아니라, 그 이전의 문제 같다.

이정우가 딱 그 정도의 선만을 지킨다는 게 아무래도 좀, 이상하지 않은가. 더욱 문제는 그가 그 선을 넘지 않으려고 아등바등 노력한 게 아니라 딱히 선을 넘을 마음 자체가 없어 보였다는 것.

상남자 이정우가. 이거 이상하지 않은가?

"안 이상하나? 내가 이상하나?"

게다가 문득 돌아보면 무슨 깊이 생각할 게 그리 많은지, 혼자서 딴생각에 빠져 있다가 시연이 부르면 그제야 고개를 돌려 웃어 보인 적이 한두 번이 아니었다.

핸드백을 질질 끌고서 거실로 들어선 시연은 기분이 꿀꿀할 때 습관적으로 직행하는 재연의 방으로 갔다.

언제나처럼 방문을 벌컥 열자 놀랍게도 컴퓨터 책상이 비어 있었다.

어쭈구리!

녀석이 게임을 끊었나 보다. 늘 바쁘게 돌아가던 본체도 얌전해져선 삐친 얌체처럼 팩! 삐뚤게 놓여 꺼져 있고, 모니터도 지구 최후의 날처럼 까맣다. 이 자식이 드디어 정신을 차리고 게임을 끊…… 은 게 아니라 대신 만화를 보는구나.

재연은 벽에 길게 기대 늘어져 앉아 키득거리며 만화책을 보고 있었다. 청년들이 이러니 이 나라의 미래가 그리도 밝은 거 아니겠는가. 시연도 재연의 옆자리에 아무렇게나 다리를 내던지고 기대앉았다. 무릎 위에서 플레어스커트가 팔랑거렸다. 오랜만에 정우를 만나는 거라 혹할 만한 아이템을 일부러 골라골라 입었는데.

바람이 불 때마다 아스라하게 팔랑거리는 스커트를 보며 침 좀 꼴깍 삼키라고.

눈썹도 예쁘게 다듬고 화장도 신경 써서 하고 혹시 몰라 속옷도 제대로 챙겨 입었는데…….

아무리 유리구두를 미친 듯이 떨구면 뭐 하냐고. 왕자가 계단을 안 보는데.

이러니까 꼭 자신만 이상한 여자가 된 것 같다. 이정우를 어떻게 해보려고 주책 떠는 음흉한 중년 아저씨가 된 듯한 느낌이다. 정작 순수 무공해 청년 이정우는 너무도 깨끗하고 청량해서 그 어떤 음흉한 생각도 안 하는데 말이다.

키스 이상 안 해줬다고 화난 게 아니다.

그냥 괜히…… 네가 왜 그러지? 그런 생각이 들어서 그렇지. 내가 갑자기 여자로서의 매력이 사라졌나? 이젠 날 만지고 싶지 않아졌나? 흥미가 떨어졌나? 피곤해서 그러나? 아껴주려고 그러나? 소중해서?

에라, 모르겠다.

생각하면 할수록 자신만 더 이상한 여자가 되는 것 같다.

에로 하시연 같아 생각 그만해야겠다.

하지만 생각지 않은 순간에 키스를 해주는 것과, 기대하던 순간에 키스조차 안 해준 것의 차이는 엄연히 컸다. 그 여파가 이렇게나 명확한 영향을 줄 줄이야.

"야, 1권 어디 있어?"

아무리 찾아봐도 1권이 안 보여서 재연의 다리를 툭 차며 물었더니, 재연이 신경질을 냈다.

"아, 1권 없어! 5권부터 빌렸어."

"이 자식, 이게 미친놈이네. 만화책을 빌릴 땐 안 읽은 사람을 생각해서 1권부터 빌려야 한다는 상식도 몰라?"

"하, 또 무슨 헛소리야? 꼴 보니 남친 만나러 나갔다가 바람맞았지? 그렇다고 왜 동생한테 난리야?"

"그래, 바람맞았다! 다 너 때문이잖아! 아침에 나가는 사람한테 저주나 퍼부으니 잘될 리가 있어?"

"바른 소리 했구면, 또 사람을 잡아요."

이 자식이 글쎄, 기분 좋게 꾸미고 나가는 사람 기분을 아주 확 망친 것이다.

"어때? 누나 오늘 예뻐? 뭔가 좀 달라 보여?"

정말 기분 좋게 물었는데, 주스 잔을 들고 자기 방으로 들어가던 저 백수 녀석이 이렇게 대답하는 게 아닌가.

"누나, 누나는 나한테 그런 거 묻지 마. 내가 보기에 누나는 꾸미든 안 꾸미든 치마를 입든 바지를 입든 한 치의 변화도 없이 느을, 똑같아."

저러고 있다.

하여튼 저 녀석 멋대가리 없이 말해서 속 뒤집힌 게 어디 한두 번인가. 누나로서 자신은 어떻게든 녀석이랑 친해지고 싶어서 이런 말 저런 말, 이런 애교 저런 애교 다 부리는데 녀석은 도통 관심이 없었다. 오죽했으면 군대 가기 전에 하루도 안 빼먹고 매일 열 통씩 문자를 보내지 않았겠나.

아침이면 '학교 잘 도착했어?'

점심 땐 '점심 맛있게 먹었어?'

오후엔 '수업 잘하고 있어?'

저녁엔 '술 한잔하는 거야? 재밌게 놀아.'

나름 자신의 입장에선 챙겨주려고 살갑게 문자를 보냈건만, 하루 종일 답 문자 하나 없다가 밤늦게야 딱 한 통 녀석이 답장을 보냈는데.

〈누나, 한 번만 더 쓸데없는 문자질 하면, 죽는다.〉

참 멋대가리 없는 녀석이다.

보통 남매들이 모두 이러나? 민약 이복 남매였다면 나힌데 빈해서 처절한 인생을 살았을 녀석이, 쯧쯧.

뭐랄까, 각성하기 전의 이정우랑 비슷하다고나 할까. 무뚝뚝하고 무심하고 자기 세계 외에는 그 어느 것에도 관심 없고. 간섭받는 거 귀찮아하고 건드리는 거 더 싫어하는.

"재연아."

시연이 부드럽게 동생을 부르자 녀석이 책에서 눈도 안 떼고 건성으로 대답했다.

"어, 왜."

"내가 누구 소개시켜 줄까? 자기 하는 일 확실하고 엄청 미인이고 성격도 시크한데."

"그딴 게 나랑 무슨 상관인데?"

"무슨 상관이긴. 소개시켜 주려고 그러지. 근데 너보다 연상이야. 한 다섯 살 정도?"

"사채 썼나? 어느 구역 마담한테 동생 팔아넘기려고 수작이야?"

이 자식……. 여차하면 이진영을 떠넘기려고 했는데 안 되겠군.

하긴, 내가 너랑 무슨 인생을 논하겠냐.

"하재연."

"아, 왜 또!"

"나가서 1권 빌려와, 이 자식아!"

✻

왠지 굉장히 조용한 하루하루가 지나가고 있었다.

왜 이렇게 조용한가 싶었더니, 놀랍게도 이진영의 문자가 없다. 그야말로 순식간에 문자가 뚝 끊긴 것이다. 물론 반가웠지만 갑자기 칼로 무 자르듯 싹둑 잘라 버리니 그건 그것대로 또 불안했다.

"이게 설마 밀당을 하자는 건 아니겠고."

그날 데이트 이후 정우와 통화를 해도 왠지 어색하고, 그날 이후론 아직 만나지도 않은 상태라 이정우 소식이 궁금했다. 이럴 때야말로 이진영 문자가 빛을 발할 땐데. 개똥도 약에 쓰려면 없다더니, 귀찮을 땐 시도 때도 없이 소식을 전해 나르다가 정작 필요할 땐 감감무소식이니 이진영은 역시 자신과 궁합이 안 맞나 보다.

물론 아니겠지만, 요즘 이정우의 행동을 굳이 어딘가에 비유하자면 처음 만남을 시작하게 된 남녀가 한참 설렘을 갖고 관계를 지속하다가 갑자기 한쪽이 이유도 없이 상대방에게 멀어지는 태도를 보이는 것과 같았다. 그러니 당하는 쪽은 이유를 알 수 없어 답답하고 별의별 추측 망상들이 다 떠오르는, 그런 상황 말이다.

정우와 자신의 경우와는 물론 달랐고, 그럴 리도 없겠지만 파생되는 감정의 여파는 그 경우와 비슷하니 이걸 어떻게 해야 할지 모르겠다. 게다가 확실하지도 않은데 괜히 정우를 붙들고 따져 대는 경솔한 행동은 절대 하고 싶지 않고. 몰아붙여서 피곤하게 만들고 싶지도 않았다.

"도대체 문제가 있으면 말을 하든가."

하지만 여자의 직감이란 무서운 거다. 이정우는 그날 이후 통화할 때에도 별일 없는 것처럼 굴었지만 시연은 뭔가 있단 걸 직감하고 있었다. 그리고 인내심을 갖고 조용히 이정우가 먼저 말해주기를 기다리고 있었다.

가만, 그리고 보니 아직 다친 데가 덜 나았나? 그래서 그날 그렇게 먼 거리를 유지하고 있었나? 그렇게 생각하면 이해가 좀 간다.

하지만…… 만약 그런 거였다면 차라리 대놓고 말했어야 정상이다. 그게 이정우 성격이다. 성격을 바꾸기로 했나? 갑자기 성욕이 확 줄었나? 그날따라 신사적으로 데이트만 하고서 고이 보내주는 멋진 모습을 연기하고 싶었나? 혹시, 배경자 여사가 정우를 찾아간 건?

'결혼도 안 하고 내 딸 데리고 지금 뭐 하는 건가! 결혼인가, 아닌가. 결혼할 게 아니면 당장 헤어지게!'

그러면서 정우의 얼굴에 물을 확 쏟아붓는…… 막장 드라마의 한 장면을 실없이 상상해 봤다.

아무튼 이래저래 생각이 많던 어느 날, 잠깐 중지되었던 이진영의 문자가 다시 도착했다.

헐.

아예 끝낸 줄 알았더니 잠깐의 소강기였던 건가.

고개를 절레절레 저으며 문자를 확인하던 시연의 고개가 갸웃했다. 문자가 뭐랄까, 좀 이상했다.

아주 길게, 인터넷 펌글 같은 게 도착해 있었다.

〈남자가 멀어졌음을 느낄 때

나랑 다른 사람을 대하는 태도가 같을 때.

만나자 해도 바쁘다며 잘 안 만나줄 때.

나와 한 약속보다 친구들과 한 약속을 중요시 여길 때.

질투 안 할 때.

비밀이 많아질 때, 뭔가 숨기는 것 같을 때.

날 귀찮게 여길 때.

대하는 태도가 예전과 달라졌을 때.

내가 먼저 하지 않는 이상 연락 잘 안 할 때.〉

"도대체 이게 뭐 하는 짓이야?"

시연은 부들부들 떨며 이 순간처럼 이진영이 미웠던 적은 처음이란 생각을 하고 있었다. 물론 문자의 내용은 펌글이었지만, 이게 이진영이 하고 싶은 말이라고 한다면 이건 엄청난 조소이고 경고 같은 거였다.

그리고 가장 중요한 건, 이진영은 뭔가를 알고 있는 것 같다.

CCTV를 붙여놓지 않은 한, 이렇게 하시연의 요즘 고민하고 있는 바와 딱 들어맞는 구절들을 보낼 수가 없었다.

몇 가지 사항에서 뜨끔해 버렸다. 그 몇 가지에서 자신을 향해 촉을 세우고 있음을 깨닫지 않을 수 없었다.

비밀이 많아질 때, 뭔가를 숨기는 것 같을 때.

대하는 태도가 예전과 달라졌을 때.

내가 먼저 하지 않는 이상 연락 잘 안 할 때.

그 세 가지 항목.

"남자가 멀어졌음을 느낄 때라……. 그걸 말하고 싶은 거니, 이진영?"

시연은 지금껏 진영의 문자를 무시했었다. 그건 이진영의 방식일 뿐, 자신의 방식은 아니므로 그녀가 문자를 보내든 말든 자신이 반응할 바는 아니었다. 하지만 이번만은 달랐다. 시연은 지금 처음으로 자신 쪽에서 전화를 걸었다.

얼마 안 가 진영이 전화를 받았다.

〈전화 올 줄 알았어요.〉

"알았어요? 그럼 내가 왜 전화했는지도 알겠네요?"

〈약 올라서? 기분 나빠서? 아니면 궁금해서?〉

"다 아니에요. 욕해주려고 전화했어요."

〈약 오르고 기분 나쁘고 궁금하게 만드니까 욕하고 싶은 거잖아요. 내 말이 맞네, 뭐.〉

"그래서 즐겁니? 재미있니? 너, 소시오패스 아니야? 왜 사람을 궁지에 몰아넣고 즐거워하지? 가학적인 취미 있니?”

〈선배님과 당신을 어떻게 할 수가 없어서 그래. 찢어놓고는 싶은데 선배님은 안 통하니 그나마 당신을 흔들 수밖에 더 있어? 약 오르면 자기가 더 꽉 붙잡아봐. 화나면 더 단단하게 자기 믿음을 붙들라고. 그런 문자에 흔들려서 나한테 전화하는 거, 이미 흔들리고 있단 증거 아니야?〉

시연이 멈칫했다.

〈내가 틀린 말 했어?〉

“아니, 당신 말은 틀리지 않아. 당신 행동이 틀렸지. 당신이 내뱉는 말처럼 당신 행동도 좀 더 똑 부러졌으면 좋겠어. 왜 말은 상대방 허를 찌르듯 하면서 행동은 유치찬란한 것들뿐일까? 특히 당신처럼 말과 글을 업으로 하는 사람이 어쩜 이렇지? 다른 사람 찌르라고 있는 게 글이야? 당신이 할 일은 글로 사람 마음을 감동 쪽으로 이동시키는 거지, 사람 마음을 그 자리에 파묻는 게 아니잖아.”

이진영이 조용했다.

“이제 더 이상 나한테 이런 유치한 문자 보내지 마. 참아준 건 당신이 예뻐서가 아니었어. 당신이 그래도 정우의 소중한 동료이기 때문이었지. 정우와 날 갈라놓지 못한다고 나한테 화풀이하지도 마. 내가 받아주는 거라고 오해하지도 마. 아무것도 하지 마. 그게 당신이 정우를 위해 해줄 수 있는 일이야.”

〈자기중심적인 논리뿐이군요.〉

“응, 내 중심적인 논리야. 왜냐하면 내 남자와 내 문제니까. 우리가 불안해 보인다면 우리가 해결할 일이고, 우리가 싸워도 그건 우리 일이야. 당신은 이렇게 조금만 건드려 보면 우리가 휘청거릴 것 같지? 하지만 그건 어차피 당신 생각이고, 우리 사이엔 전혀 어떤 지장도 없어."

〈훗, 그렇게 고집부리고 싶은 건 아니고요?〉

"당신 앞에 놓인 작은 유리 공 안에 있는 세상이 전부라고 생각하지 마. 가지지 못해 안달하는 건 누구나 다 가질 수 있는 감정이지만, 안달 난다고 잘못된 방법으로 깨뜨리려고 오기를 부리는 순간 년 추해시는 서야."

시연은 전화를 끊으려 했다.

하지만 진영이 빠르게 이은 말 때문에 그럴 수도 없었다.

〈좋아요, 더 추해지기 전에 마지막으로 말하죠. 선배님, 요즘 유난히 말수가 적어지고 때대로 생각에 빠지고 그러지 않던가요? 당연해요. 선배님 조만간 6개월 혹은 그 이상의 일정으로 팀 꾸려서 떠나야 해요. 시연 씨한테 말하기 힘드니까 혼자 괴로웠던 거 아니겠어요?〉

❋

시연은 종이가방 하나를 등 뒤쪽으로 들고서 정우의 오피스텔 앞에 서 있었다. 얼마 지나지 않아 정우가 걸어오는 게 보였다. 고개를 푹 숙인 채 뭔가 깊은 생각에 빠져 걸어오고 있는 정우를 직접 보자니 가슴이 찡했다.

저러다가 전봇대랑 부딪쳐도 모르겠다. 시연이 그 앞으로 가서 서자 정우가 멈칫해서 고개를 들었다. 지친 듯 생각 많던 얼굴이 시연을 발견하고 의식적으로 밝게 펴지는 걸 시연은 모르는 척 지켜보았다.

"기다렸어? 들어가서 기다리지."

그가 웃고 있다, 평상시와 다르지 않게.

그래서 시연은 정우가 더 짠했다.

바보.

"짜잔!"

그녀가 뒤에 숨기고 있던 종이가방을 보이며 활발하게 말했다.

"야식 좀 만들어 왔지. 네가 좋아하는 시나몬 롤."

전에 쓰레기통에 버렸던 시나몬 롤을 지금은 그때와 전혀 다른 마음으로 들고 있었다.

시연의 환한 얼굴을 보고 있던 정우가 그녀의 어깨를 감싸며 걸었다.

"들어가자. 다리 아프겠다."

정우는 시연을 소파에 앉혀놓은 뒤 좀 떨어진 둥근 스툴로 천천히 걸어가서 앉았다.

시연은 테이블에 챙겨온 접시와 커피, 그리고 시나몬 롤을 꺼내놓았다.

"먹어봐. 배고프지 않아?"

"괜찮아."

"그래서 안 먹겠단 소리야?"

"……먹을게."

말 잘 듣는 얌전한 아이처럼 정우가 시키는 대로 시나몬 롤을 조금 먹고 커피를 마셨다.

"맛있지?"

"맛있네."

힘이 쭉 빠진 것 같다. 저렇게 힘이 없는 정우는 처음 본 것 같다.

하시연, 도대체 그동안 얼마나 그 문제로 이정우를 잡았으면. 쯧쯧.

널 힘들게 한 건 아무래도 나인 것 같다, 그치?

"전 세계를 다니면서 고래를 쫓아다니기로 했다며?"

시연의 말에 커피를 내려놓던 정우의 손이 멈칫했다. 그가 천천히 눈을 들어 시연을 바라봤다. 곧 그의 입에서 헛바람 빠지는 것 같은 소리가 났다.

"또 어떤 입이냐? 이진영 입이냐?"

"그러게. 내가 왜 그걸 이진영한테 들어야 했을까?"

정우의 표정은 그저 고요했다.

"6개월 혹은 그 이상의 일정일 수도 있고."

"이진영을 아무래도 잡아야겠다."

"이진영은 문제가 아니야. 왜 말 안 해준 거야? 사실대로 말하면 내가 업어치기라도 할까 봐?"

정우가 물끄러미 시연을 응시했다.

"그런 간단한 문제가 아니야."

"간단한 문제 맞아."

"아니. 너도 알고 있어."

"난 몰라. 그래, 예전엔 알았는지도 모르겠지만 지금은 몰라. 날 믿어줘, 정우야."

"네가 싫으면 안 가겠다. 그런 생각을 하고 있었어. 하지만 그건 참 치사한 방식이지. 책임을 너한테 전가하는 얄팍한 수작이야. 가지 말라고 한다면 네 마음이 불편할 테고, 가라고 했다고 해도 내 마음이 불편했을 테지. 널 사방이 막힌 벽 사이에 가둬놓고서 선택을 하라고 강요하는 것과 뭐가 달라."

"애초에……."

시연이 자르듯 입을 열자 정우가 그녀를 쳐다봤다. 시연은 빙긋 웃었다.

"애초에 그 말을 하지 못하고 망설인 이유를 난 잘 모르겠어. 그게 네 일이잖아. 이번엔 좀 더 길어지는 것뿐이고. 내가 그 정도도 이해 못해줄 것 같아? 아니면 네 일 하라고 등 떠밀어놓고 막상 일 할 때가 닥쳐오니 '넌 또 그 모양이야!' 그러면서 투정이라도 부릴 것 같았어? 내가 그렇게 덜돼 보이니?"

시연이 잠깐 말을 끊고 한숨을 폭 내쉬었다.

"네 직업이 그러니 어떡해. 떨어져 있어야 하는 직업을 가진 사람들은 모두 다 우리처럼 이래? 그럼 그 사람들은 어떻게 연애해? 딴 사람들이 보면 엄청 유난 떤다고 그러겠다. 죽으러 가니? 내가 그렇게 못 미더웠어? 잠깐 떨어져 있어야 하면 떨어져 있는 거고, 난 내 일 하면서 너 기다리면 되는 거고. 도대체 뭐가 문제야? 내가 괜찮다는데. 나 예전의 어린애 같던 하시연 아니라니까?”

정우가 낮은 한숨을 흘렸다.

“시연아.”

“응?”

“우리, 평생 이래야 할지도 몰라. 그걸 언제까지 네게 강요해야 할까. 언제까지 네가 이해해 줄 수 있을까.”

“그러니까 내가 괜찮다고…….”

“중요한 섬은 그거야. 너의 그 괜찮다는 말이 내 이기심 같아서 싫다고.”

시연의 입술이 서서히 닫혔다. 잠시 생각하다가 시연이 굳은 얼굴로 물었다.

“그럼 뭘 어떻게 했으면 좋겠는데? 우리 데이트할 때에도 계속 그 생각하고 있었던 거지? 그럼 이제 결론이 나올 때도 됐겠네. 네가 생각하는 건 뭔데. 말해봐. 들어볼게.”

정우가 두 손을 깍지 끼고 그 위에 이마를 꾹 눌렀다. 낮은 소리가 흘러나왔다.

“내가 그만, 물러나 줘야 하는 건 아닐까…….”

“…….”

“그 말을 해야 하는데, 도저히 못하겠단 게 내 결론이야. 아무것도 해결된 게 없는 결론.”

시연의 눈동자가 흔들렸다. 천천히 소파에서 내려와 무릎걸음으로 정우의 앞으로 다가갔다. 그리고 숙이고 있는 그의 고개 이래로 얼굴을 쏙 넣었다. 얼굴을 바짝 치켜올려 그를 빤히 바라보자 그가 시연을 내려다봤다.

"……."

아무 말 없이 그가 엷게 웃어주었다.

슬프기도 하고 괴롭기도 한 그런 미소였다.

그런 미소일지언정 시연은 정우가 웃어주어서 다행이었다. 자신의 얼굴을 응시하며 낮게 웃음 지어주는 이 녀석이 좋으니까.

"그렇게 말했으면 가만 안 뒀을 거야."

"……."

"절대 말하지 마. 마음은 그런데 말하지 않은 거랑, 마음과는 다르다 하더라도 말해 버린 거랑은 전혀 달라. 그때부턴 이미 넌 한 번 이별해 버린 사람이 되는 거야. 아니, 더 심하게, 이별을 준비한 사람."

"시연아."

"내가 먼저 떠나주길 바라? 네가 그렇다면 그렇게 할게."

"하시연!"

"아니지? 난 그게 중요해. 그것만 아니면 우리가 이럴 필요가 전혀 없어. 난 기다리겠다고 했고, 넌 네가 하고 싶은 걸 마음껏 하고 돌아오면 되는 거야. 군대 가는 애인 둔 사람도 있는데, 넌 돈 벌러 가는 건데 뭐가 문제야?"

말하던 시연은 문득 어떤 생각이 들어 풋 웃었다.

"아, 맞아! 그러고 보니 너 군대 갔을 때 생각났다. 그때에 비하면 진짜 많이 발전한 거지. 그땐 아예 말할 필요성도 모르고서 사라졌었잖아. '해장국 먹자' 그게 '군대 갔다 올게'랑 같은 소리였을 줄 누가 알았겠어? 기다려 주든 말든 관심도 없이 넌 꼭 가야할 곳을 가버리는 사람이었지. 근데 지금은 봐. 내가 혹시 지쳐서 못 기다리고 배신 때릴까 봐 아주 속이 타들어가잖아."

정우는 씁쓸하게 웃으며 시연을 바라보고 있었다.

그렇다.

자신이 그렇게 많이 변했구나. 생각지 못한 사이에 서서히, 하나씩 변해 버렸나 보다.

그땐 지금보다 어렸고, 군대는 가기 싫거나 가고 싶거나 그런 의미를 지을 필요가 없는 일이었다. 당연히 가야 하는 곳이었고, 누구나 가야 하는 곳이었고, 그러니 만약 어느 순간 사라진다면 누구나 어련히 '아, 그 녀석 군대 갔을 거야'라고 당연히 생각해 줄 줄 알았다. 그런 어처구니없는 생각을 했던 것이다.

시연에 대한 생각도 마찬가지였다. 아직 어린 두 사람은 미래가 정해진 것도 아니었고, 그렇다고 특별히 헤어진다는 생각을 한 적도 없었다. 단지, 자신이 그녀와 헤어질 생각이 없었으니 시연도 그럴 줄 알았던 것이다. 그녀는 아이돌 따라다니는 것만도 바빠서 딱히 바람피울 시간도 없는 사람이었고, 자신은 기다려 달라느니, 나 이제 떠난다느니 그런 소리를 낯간지러워서 할 수도 없었다. 지금보다 더 비사회적이었던 성격이었기에 상대방이 기분 나쁘지 않게 완곡하고 세련되게 말하는 방법도 몰랐다. 그래서 그냥 아무렇지 않게 사라졌었다.

분명히 자신이 군대 간 동안 시연이 고무신 거꾸로 신어도 된단 마음은 없었는데, 확실히 말해주지 않은 이상 시연에겐 수많은 오해의 가능성이 열릴 수 있단 걸 전혀 알지 못했다.

하지만 지금은 그때와 달랐다. 이제 자신은 하시연을 사귀는 게 아니라 사랑하는 거고, 그저 만나는 게 아니라 앞으로 계속 같이 살아갈 사람으로 생각하고 있었다. 단지 여자친구가 아니라 지켜주고 보호해 주고 책임지고 싶은 사람이었다.

그랬기에 그때와 전혀 달라진 이런 상황에서 자신이 어떻게 결정해야 하는지 도무지 감이 안 잡혔다. 그저 스스로 무책임하고 이기적인 남자 같단 생각만 들었다. 이런 경우 어느 쪽을 선택해야 하느냐, 같은 판단을 한 번도 내려본 적이 없기에 낯설었는지도 모르겠다.

선택이라니.

그 선택이 가장 문제였다.

하시연과 일을 두고 선택을 해야 한다는 게 그를 혼란스럽게 했다. 당황해 버린 것 같다.

다만 결정해야 한다면, 하시연이 싫어하지 않는 쪽으로.

그녀를 외롭게, 힘들게 만드는 게 싫었다. 자신은 그랬었으니까. 시연을 만나지 못했던 그 짧은 며칠 동안 왠지 자신 같지 않게 불안하고 심지어 외로웠고, 무엇보다 시연이 보고 싶었으니까.

그래서 힘들었다.

"네가 무엇 때문에 나한테 지쳤었는지 알면서, 잘해보겠다고 해놓고서 결국 얼마 안 가 이런 상황에 처하게 한 나란 놈이 그저 한심한 거지. 우스운 거지."

"내가 왜 너한테 지쳤는지 알면서도 모든 걸 감수하고 그 일 그만두지 말라고 당당하게 외친 내 결심은? 그때 내 마음 가짐은? 이럴 줄 몰랐겠어? 네 일은 해. 그렇지만 근방 3㎞ 이내에서만 돌아다닐 수 있는 일을 해. 설마 그거였겠어?"

그 말이 웃겼는지 정우가 피식 웃었다.

못 말리겠다는 듯 시연의 머리를 짚더니 휙 흩뜨렸다.

"이성우, 진짜 이건 이렇게 심각하게 고민할 일이 아니야. 우리가 지금 이러고 있을 이유가 없다니까? 난 네가 한 몇 년 중동에 일하러 간다고 해도 보내줄 수 있어."

"뭐라는 건지."

"넌 내내 그걸 신경 쓰고 있었던 거야. 속으로 생각만 하고 내색은 안 하고, 넌 정말 아무렇지 않게 날 가장 많이 생각해 줘. 내가 받고 싶은 건 그 마음이지, 6개월, 8개월, 그런 시간의 구분이 아니야."

시연이 무릎으로 바닥을 누른 채 상체를 세워서 가만히 정지해 있는 정우를 끌어안았다. 그의 머리가 자신의 품속으로 들어왔다. 그의 머리 위에 자신의 머리를 기대고서 시연이 말했다.

"여자가 이 정도로 속을 다 보여줬으면 못 이기는 척 그만 넘어가 주라. 내가 멍게야? 속을 이렇게 다 파내서 너한테 보여줘야겠어? 난 뭐 자존심도 없는 줄 알아? 진짜 다 내려놓고 너한테 빌……."

정우가 손가락으로 시연의 입술을 눌렀다.

"……."

"내가 가기 싫은 거야."

그의 눈동자가 가라앉아 있었다.

"네가 좋다고 해도, 내가 네가 보고 싶고 그리울까 봐, 네가 지쳐서 도망이라도 갈까 봐 겁내고 있는 거라고."

시연의 눈동자가 흔들렸다.

"이렇게 내 마음이 커져서, 감당할 수 없을 정도로 약해진 내 마음이 불안한 거야."

"정우야……."

정우의 입술이 천천히 다가와 살짝 인사하듯 부딪쳤다. 그 짧은 접촉으로도 시연의 몸에서 힘이 쪽 풀렸다. 푹 꺼지려는 시연의 몸을 그가 받쳤다. 등을 단단하게 받쳐 안은 채로 그가 시연의 귓불을 물었다.

"하아……."

낮은 한숨이 저절로 흘러나왔다. 심장이 다 간질거렸다. 물에 풀어진 휴지처럼 온몸이 녹아내릴 것 같다.

"시연아……."

그가 귓가에 대고 시연의 이름을 불렀다. 시연은 가늘게 떨며 그의 옷자락을 꼭 잡았다. 이렇게라도 하지 않으면 견딜 수 없을 것 같아서였다.

"좋아해."

그가 나지막하게 고백했다.

"정우야……."

“좋아해.”

몇 번이고 반복한다.

“좋아해…… 시연아.”

정우야…….

“좋아해.”

끝나지 않을 것 같은 고백.

“사랑해.”

그의 눈동자가 부서진 듯 긴절하게 흔들렸다. 시연은 그 눈동자를 보는 것만으로도 왠지 가슴이 아파 그에게 손을 뻗었다. 손이 붙잡힌 채로 입술이 하나가 되었다. 그녀의 고개가 꺾이고 턱을 쥔 정우의 손에 힘이 들어갔다. 손등에 힘줄이 꿈틀거릴 정도로 시연의 턱을 세차게 거머쥔 그가 거칠게 시연의 입술을 탐했다. 탐욕스러울 정도로 거칠고 조심성 없는 키스였다.

그 순간의 기쁨이란.

역시 이런 게 이정우한테 어울리는 모습이었다. 그러니 그날 데이트 때 그렇게 낯설었던 거지. 거 봐, 그날 오해한 게 아니지. 내가 밝혀서 그런 게 아니라니까.

……하지만 지금은 밝히고 있었다.

기도하듯 양손을 위로 뻗어 그의 얼굴을 마주 감싼 채 적극적으로 키스에 응했다. 지칠 때까지 그의 입술을 맛보고 자신 쪽에서 더 자극했다. 입술이 빨리고 혀가 섞이는 음란한 소리가 공간을 완전히 싹 재울 때까지.

손이 떨리고 입술이 떨리고 온몸이 떨렸다.

세포 어느 한 곳 반응하지 않는 곳이 없었다.

키스하는 것만으로도 온몸이 젖고 그와 직접적으로 몸을 결합한 것 같았다.

이토록 은밀한 키스라니.

이토록 황홀한 자극이라니.

헐떡거리며 잠시 입술이 떨어졌을 때 시연은 숨을 몰아쉬며 그의 얼굴을 감싸 쥔 채 말했다.

"근데…… 오래 떠나 있을 거면 요리사 안 구하니?"

바로 목과 뒷머리가 잡혀서 다시 입술이 삼켜졌다.

더 뜨거워질 수 없는 서로의 몸을 샅샅이 어루만졌다. 조금이라도 더 닿고 만지고 비비려고 모든 수를 다 동원했다. 세포에서 일어날 수 있는 자극이란 자극은 다 느꼈다. 정우의 숨소리도 아예 헐떡이는 것처럼 거칠어져 있었다.

이정우를 완전히 흥분하게 했다.

자신이.

그 어느 때보다 탁하게 타오르는 눈동자로 그가 시연을 바닥에 눕히고 곧장 그녀의 안으로 파고들었다. 거침없는 침입. 잔뜩 흥분해 부풀어 오른 그의 것이 그녀의 젖은 내벽을 사정을 봐주지 않고 헤집고 들어오자 시연은 외마디 비명을 삼켰다. 이성을 잃은 듯 그가 헐떡이며 시연의 쇄골을 깨물었다. 잇자국이 남을 정도의 격렬한 입맞춤이 온몸에 쏟아졌다. 시연은 결국 참지 못하고 비명을 질렀다. 그런 시연의 허리를 들어 올려 그가 결합을 더욱 깊게 했다.

옷도 채 다 벗지 못한 채로, 그의 청바지가 골반에 반쯤 걸쳐져 있고 시연도 스커트를 입은 채로 위로 젖혀져 있었다. 까슬까슬한 옷의 천이 피부에 쓸리는 느낌이 더욱 외설적으로 느껴졌다.

꿈인지 현실인지 분간이 가지 않았다.

이 아픔은 현실인데 그가 주는 환락은 꿈인 것만 같다.

이 정도로 자신이 자극에 강한 여자인 줄 몰랐다.

이토록 은밀한 정사에 이렇게나 기뻐하고 있다니, 그런 자신의 정체성을 일깨워 준 이정우에게 경의를 표하고 싶다.

"돌아오면…… 우리 둘이 여행 가지. 어디라도 좋아…… 너와 같이 가는 거라면."

아마도 그런 말을 정우에게 한 것 같다.

무슨 정신으로 중얼거린 건지는 모르겠지만, 그 말을 하는 순간 정우가 물어뜯듯이 키스하며 속도를 올렸기에 더는 아무것도 생각할 수 없었다. 그래서 그의 대답도 듣지 못했다.

영원히 끝나지 않을 것 같은 극치의 쾌락이 뇌를 자극하는 것과 동시에 그가 체중을 실으며 시연의 몸 위로 엎어졌다. 뜨거운 숨결이, 젖은 살갗이, 모든 걸 태울 것 같은 숨소리가 시연을 덮쳤다. 시연은 그런 정우에게 농후한 입맞춤을 돌려주며 중얼거렸다.

"안아줘. 다시…… 한 번만 더."

10. 킬리만자로의 이정우

정우가 떠난 지도 벌써 2개월째.

아니, 아직 2개월인가.

이따금씩 걸려오는 전화와 짧은 이메일, 엽서와 사진.

정우는 아직 자신의 곁에 있었다.

시연은 정우가 있건 없건 매일매일 활기차게 살려고 노력했다. 잠깐 보지 못하는 것뿐, 어느 연인이라도 이 정도는 떨어져 지낼 수도 있다. 군대 두 번 보냈다고 생각하면 되지. 아니면 유학 보냈다고 생각하든가. 그것도 아니면 결혼자금 마련하러 원양어선 타러 갔든가.

"out of sight, out of mind. 내가 아주 싫어하는 말이지. 뭐가 눈에서 멀어지면 마음도 멀어져? 그깟 얼굴 잠깐 안 봐도 애정이 확고하다면야 뭐가 문제겠어? 안 그러니?"

이모가 옆에서 시연을 응원해 주었다.

"응, 그러게 말이야."

"그런 의미로 이모가 이번에 호주에 좀 갈까 하는데, 네 이모부가 아주 난리도 아니다. 트렁크에 자길 실어가라는 둥, 주머니에 넣어가라는 둥. 내가 캥거루냐? 나는 그 캥거루를 보러 호주에 간다는 거야."

결국 자기변호였나 보다. 시야에서 멀어져도 마음은 변하지 않을 거라는, 그 말을 이모부한테 내세우면서 또 싸돌아다니고 싶나 본데.

"이모도 이제 좀 그만하지?"

"내가 뭘?"

"솔까, 이모부 같은 분이 어디 있어? 그 정도로 자기 하고 싶은 대로 했으면 많이 했다. 이모부도 많이 참았다고. 말 나온 김에 임신이나 해버려! 애기 키우면서 이모부한테 가정의 따뜻함 같은 것도 좀 주고 그러라고."

"누가 제 엄마 딸 아니랄까 봐 잔소리는. 우린 이미 딩크족 하기로 20년 전에 약속했다니까?"

"애기는 하늘이 주는 거라더라. 별받을 소리 하지 말고 애기 가지도록 노력해 봐. 루프도 좀 빼고!"

이 이기적인 이모야! 라고 덧붙이려다가 한 대 날아올 것 같아 그건 참았다.

자신은 결코 아이를 키울 만한 인성이 못 된다며 일찌감치 아이를 포기한 이모, 하지만 그런 이모임에도 너무도 사랑하기에 모든 걸 감수하고 이모와 함께 사는 것만으로도 행복해하는 이 시대 최고의 아름다운 호구 이모부. 오죽했으면 이모의 제멋대로 라이프 스타일에 지쳐 '안선희 박사님'이 될 지경까지 처했겠는가.

이제 제발 그 착하고 멋진 이모부에게도 볕 들 날이 왔으면 좋겠다는 자그마한 소망을 품었건만 말이 안 통한다.

"근데 너 요즘 왜 그래? 애가 피곤해 보이는 게, 내가 그렇게 혹사를 시켰어? 그 좋아하는 뮤직탱크 닥본사도 통 안 하고."

"그러게 말이야. 대단히 한 것도 없는데 요즘엔 툭하면 졸리고 피곤해. 뭘 잘못 먹었는지 자꾸 헛구역질도 나고."

"피곤하니까 당연히 소화도 안 되지. 누가 들으면 임신한 줄 알겠다, 이년아."

순간 이모도 조용해지고 시연도 고요해졌다.

3초쯤 그렇게 있다가 둘이 동시에 웃음을 파! 터뜨렸다.

"무슨 소리야, 이모. 처녀한테 할 소리야, 그게?"

"그러게. 내가 아무리 막말이 취미라도 이번 건 좀 그랬지?"

하하하!

웃다가 둘이 또 동시에 뚝! 입을 다물었다.

시연의 표정이 심란해지고, 이모가 굳은 표정으로 조심스레 물었다.

"너 이번 달에, 했니?"

"아, 안 했어! 이모, 미쳤어? 정우 지금 인도양에 있잖아!"

"아, 그게 아니라! 이게 왜 오늘따라 더 반편처럼 굴고 있어? 생리 했냐고!"

“그, 그거? 아……. 내, 내가 지금 계산해 보고 있…….”

“안 했지? 지나갔지? 놓쳤지?”

이모의 추궁에 안 그래도 울상을 하고 있던 시연이 침을 꼴딱 삼키곤 눈을 들었다.

“이, 이모…….”

“야! 했어, 안 했어?”

“지, 지나갔어.”

“이런 븅신! 생리가 무슨 택시야? 뭐기 지나가고 말고야? 아, 그것도 몰랐어?”

“그거야…… 내가 원래 좀 불규칙해서…….”

시연은 하늘이 내려앉은 표정으로 울먹거리며 변명했다.

“아무리 불규칙해도 그렇지, 정우 이 또라이 자식, 콘돔도 안 썼어?”

“왜, 왜 욕은 하고 그래?”

콘돔은 죽어도 안 쓰는 이정우였다. 자긴 그런 거 안 키운다나 어쩼다나. 무, 물론 자신도 콘돔 안 쓰는 편이 훨씬 더 느낌도 그렇고 좋았……. 지금 이런 생각할 때가 아니잖아!

“시끄러! 이 한심한 게, 피임도 안 했냐고!”

“야, 약을…….”

“뭐야, 니들 약도 한 거야? 약 하면서 뒹군 거야?”

“그게 아니라 쫌! 어떻게 하면 생각이 그렇게 막 튈 수 있어? 피임약 말이잖아.”

“아, 피임약? 그거면 다행이고. 근데 피임약 먹었는데 왜 그래?

제대로 먹은 거야?”

“그게 아니라…….”

“뭐가 자꾸 그게 아니라야? 그게 아니면 뭔데. 아, 질질 끌지 말고 속 시원히 말 좀 해봐.”

“피임약을…… 내내 먹다가 얼마 전에 엄마 친구 혼전임신 사건의 와중에 잠깐, 끊었어.”

이모의 얼굴이 경악으로 굳었다.

하지만 시연의 낯빛은 더했다.

“끊었어?”

“응…….”

“끊었는데 그걸 알고도 정우랑 그 짓을 한 거고?”

“그, 그 짓이 뭐야. 그 짓이라고 그러지 말아줘.”

“지랄한다. 정우 이건 뭐 이딴 책임감 없는 새끼가 다 있어? 야, 그 새끼 어디 있다고? 인도양? 당장 일어서! 내가 당장 비행기, 아니, 배, 아니, 비행기 티켓 끊을 테니까 앞장서. 아니, 따라와. 아니, 앞장서.”

“이모, 제발 진정 좀 하고…….”

“진정하게 생겼어? 와, 이 자식. 오랜만에 뚜껑 열리게 하네.”

“이정우 탓이야?”

순간 이모가 멈칫했다.

“그럼 누구 탓인데.”

“굳이 따지자면 우리 둘 탓이고, 더 정확히 말하면 탓이 아니라 우리 두 사람이 만들어낸 사랑의 결실…….”

"결실 같은 소리 한다. 그래, 그 자랑스러운 결실 어디 바로 언니랑 형부한테 보여주고 죽도록 얻어터져 봐. 아마 우리 형부, 즉 네 아버지가 어느 고등학교 현직 교감선생님이라지? 아주 아침 조회하는데 딸이 결실을 얻었다며 자랑하느라 음악 틀어놓고 춤추고 그러시겠다, 응?"

"제발…… 그만 좀 비웃어. 나 토할 것 같아."

시연의 눈앞이 깜깜해졌다.

그렇다. 엄마도 엄마였지만 아버시까지. 이건 상상도 해보지 못한 일이고 충격이었다. 어째서 그렇게 무방비할 수 있었을까. 난 정말 반편이 맞는 걸까? 나름 조심한다고 했었는데, 잠깐 피임약을 중지한 자신의 잘못이 가장 컸다. 그 후에 연이어 정우와의 서걱거리는 데이트 사건이 있었고 또 이진영 사건도 있었고, 결국엔 정우가 떠난단 소리를 들었고, 그래서 정신없는 와중에 그날 밤…….

그렇다.

아무래도 그날 밤의 일인 것 같다.

"아직, 확실하진 않아."

"그치? 확실하지 않지? 그러니까 지금 당장 임신테스트기 사와서 나랑 네 엄마 있는 자리에 탁 까놓고 같이 테스트해 보자."

"이모!"

시연이 날이 선 퍼런 눈으로 째려보자 그제야 이모가 좀 진정했다. 하긴 이모도 놀랐을 테니 저리 나오는 것도 당언했다. 자신도 이렇게 정신이 없는데.

"내가 사다 주리?"

시연이 계속 생각에 잠겨 있자 이모가 시연의 눈치를 흘끗 보며 물었다. 시연은 천천히 고개를 가로저었다.

"아냐, 내가 해."

"그래, 뭐. 네 일이니까."

"그래. 내 일이야."

시연이 야무지게 입술을 깨물었다.

"이모, 나 성인이야. 내 선택이었고 내가 책임질 거니까, 이모는 빠져 줘. 엄마한테 절대 한마디도 전하지 마. 말해도 내가 해. 그러니까, 부탁할게."

이모가 물끄러미 시연을 보다가 어쩔 수 없다는 듯 고개를 설레설레 저었다.

"알았어, 이년아! 다 큰 계집애 일을 내가 감 놔라 배 놔라 할 수도 없고, 일단은 입 다물고 있을게."

"고마워."

"대신 확실하면 이모한테는 꼭 말해. 네 엄마와 달리 난 공평하니까. 게다가 네가 내 딸도 아닌데 네 엄마처럼 난리야 피우겠니?"

"우리 이모 참 시크해. 알았으니까 일단 이모 입부터 잘 단속해."

겉으론 아무렇지 않은 척해 보였지만 시연의 얼굴은 어쩔 수 없이 어두워졌다. 그런 시연을 응시하는가 싶던 이모가 입을 열었다.

"근데 하시연."

"응……."

"그 자식 그거, 혹시 다 알고 꽁무니 뺀 건 아니지?"

"아, 진짜, 이모!"

❋

뚜렷한 두 줄의 선.

내심 아닐 거라 기대했지만 결국 임신이었다.

레스토랑의 화장실에서 시연은 테스트기를 꼭 쥐고서 고개를 천천히 떨어뜨렸다.

"아니, 그게 아니라…… 임신이 싫다거나 그런 게 아니라…… 그냥 너무 놀라서. 너무 갑작스럽게 찾아온 일이라서……."

누가 묻지도 않았는데 시연은 누구에게인지 모를 변명을 중얼거리고 있었다. 그냥 중얼거림이 터져 나왔다. 미혼모도 아니니 괴로워 울 일도 아니고, 남자 쪽에서 생명을 부정하고 있는 것도 아니니 서러워 울 일도 아닌데…… 그래, 그런 일도 아니었지만 그래도 겁났다.

두려워지는 건 어쩔 수 없었다.

복잡해지는 건 어쩔 수 없었다.

어떡하지? 이제 난 어떡하지?

그저 드는 생각은 그런 것뿐, 도무지 안정이 되질 않았다. 꼭 처음으로 유리병을 손에 쥐게 된 아이처럼 허둥지둥 어쩔 줄 모르겠는 게 지금의 정확한 심정이었다. 조금만 움직여도 놓쳐 깨뜨리게 될 것 같은 불안함, 두려움.

'무서워. 겁나 죽겠어, 정우야.'

대비했어야 하는 일이었다.

조심했어야 하는 일이었다.

한 번쯤 의심했어야 하는 일이었다.

한 번쯤…… 겁을 냈어야 하는 일이었다.

하지만 언제나 이정우가 가까운 거리에 있었기에, 그가 옆에 있는 동안은 막상 이런 시뮬레이션을 따로 해볼 이유가 없었다. 그가 있다면, 이런 일이 닥치더라도 함께 얘기해 보면 될 테니까 그래서 그렇게 겁을 내지 않았던 것도 사실이었다.

자신이 경솔했다. 반편이 맞았다. 물론 같이 대비하고 같이 조심했어야 하는 일이지만, 결국엔 자신이 먼저 준비하고 먼저 조심했어야 할 일이었다. 이렇게 생명이 오기 전에 가장 신경 써야 할 사람은 다른 사람도 아닌 엄마가 될 가능성이 있는 자신이었다.

이미 생명이 온 지금에 와서, 무엇을 어떻게 해야 할지 아무것도 모른 채 허둥지둥하기만 하다니.

그래서 자신에게 욕을 퍼붓고도 싶고, 뱃속에 생겼다고 하는 생명에게는 미안하고, 이 모든 상황이 낯설고, 낯설어 미치겠고, 낯설다는 사실에 또 한 번 생명에게 미안해졌다.

뭐가 이렇게 정리가 안 되는 상황이 다 있을까.

혼전임신이라니.

배경자 여사에게 그것은 친구나 주변 사람들에게나 일어날 일이었다. 자신의 울타리 안에서는 결코 일어날 수 없는 일이었다. 하물며 아버지한테까지 소식이 전해진다면.

자신도 죽고.

이정우도 죽고.

그래도 태아는 살려주겠지?

이정우…….

가장 불안한 건, 옆에 이정우가 없다는 거였다.

"하시연? 안에 있지? 문 좀 열어봐!"

이모가 밖에서 화장실 문을 쿵쿵 두드리고 있었지만 시연은 마인드컨트롤하듯 크게 심호흡을 하곤 휴대폰을 꺼내 번호를 눌렀다. 하지만 정우의 휴대폰은 꺼져 있었다.

어차피 휴대폰을 꺼둘 때가 더 많았고, 자신에겐 위성 전화 같은 것도 없다.

"있더라도 어쩌려고. 생각도 참 짧지. 지금 전화해서 어쩌려고."

시연은 천천히 휴대폰을 내려놓고 눈가를 양손으로 꾹 눌렀다.

"정신 차려. 정신 차려야 해."

손이 덜덜 떨렸지만 무시했다. 테스트기를 휴지로 꽁꽁 감싸서 휴지통에 버리고 휴대폰을 챙겼다. 여전히 밖에선 이모가 정신없이 문을 두들기고 있었다.

달칵, 시연이 잠금장치를 열고 밖으로 나가자마자 이모가 돌진하듯 시연을 옆으로 휙 밀어버리곤 테스트기부터 찾았다.

"어디 있어? 어떻게 됐어?"

“그게…… 임신이야. 헤헤…….”

시연이 애써 웃으며 말하자 이모의 얼굴에 천둥이 내리친 듯 먹구름이 끼었다.

“임신이야, 헤헤? 헤헤? 지금 웃음이 나와? 이것들이 결국 일을 쳤구나, 쳤어!”

“그러게. 이렇게 됐어. 조심 못 한 내가 제일 바보지 뭐.”

시연이 멋쩍게 웃었지만 이모는 전혀 웃을 기분이 아닌 모양이었다.

“시끄러! 넌 바보면 되고 그놈은 미친놈이면 된다고 쳐. 그럼 애는? 애는 어떡할 건데?”

“그건 정우랑 상의할 일이야.”

“아, 상의? 인도양에 있는 놈이랑 상의?”

“아유, 이모, 그만 좀 해라. 왜 자꾸 정우까지 싸잡아서 그래?”

“그럼 너 혼자 잉태했어? 손뼉도 마주쳐야 소리가 날 거 아냐!”

“정우는 아무것도 모르고 있고, 오면 말하면 돼. 별일 아니야. 사랑하니까 관계했고, 그 결과로 생명이 온 것뿐이야.”

시연의 표정이 무척 담담해서인지, 이모도 스스로 진정 모드로 들어가더니 그냥 한숨을 푹 흘리는 걸로 심사가 뒤틀렸음을 표현했다.

“너, 내가 왜 애 안 낳는 줄 알지? 난 내가 가장 최우선인 인간이기 때문이야. 너무나도 사랑하는 남자조차 나 이상으로 소중한 존재가 되진 못했어. 가족도, 그 무엇도 나한텐 나 이상의 가치를 찾을 수 없어. 내가 이렇게 생겨먹은 인간이기 때문에, 내가 책임

져 줄 수 없을 것 같기 때문에 애기 낳는 걸 포기한 거야. 낳아만
놓고 엄마란 여자가 자기 할 일만 하고 싸돌아다니는 꼴을 보여줄
순 없으니까. 애는 무슨 죄라고, 자기 엄마가 미친년처럼 돌아다
니는 걸 감수해야 해?”

“그, 그래. 알아, 이모 마음.”

“이정우는 뭐, 다른 사람일 것 같니?”

그 말이 시연을 푹 찔렀다.

“이모…….”

“내가 본 정우란 녀석도 나랑 비슷하면 비슷했지 덜하진 않아.”

이모는 진지했다. 사람들은 자신과 비슷한 색깔을 가진 사람들
을 잘 알아보곤 한다. 이모 같은 사람은 더욱 그랬다. 이모는 정우
를 처음 볼 때부터 자신과 같은 주파수를 가진 인간이라고 확언했
다. 지금 이모는 그걸 말하고 있는 것이리라.

하지만 그건 이모의 생각이고, 이모가 본 이정우이고, 자신이
본 이정우는 다르기에 시연은 이모보다 더욱 진지하게 대답했다.

“정우는, 달라. 그래, 이모는 인정하지 못하겠지. 하지만 달라.
이모와 비슷한 면이 많다는 걸 부정하진 못해. 하지만 똑같다고
볼 수도 없어. 정우는 내가 알게 되면 실망할 결론 같은 거 내리지
않아.”

“그래. 그 말을 6개월 혹은 그 후에 그 녀석이 돌아오면 지금 말
한 대로 똑같이 말해봐. 그리고 또 6개월 후에 이번엔 남극 간다
고 하면 그때 또 말하고, 다음에 아마존 간다고 하면 그때 또 말하
고.”

"이모는 안 그런 사람이 왜 이렇게 부정적이야? 이모 같지 않게."

"서운하지? 서럽지? 하지만 내 생각이 맞으니까 그래. 난 정착하지 못하는 사람이야. 피에 방랑벽이 섞여 있어. 정우도 나랑 같을까 봐 걱정돼서 그런다고."

"이모, 자꾸 계속 그러면 나 진짜 확 울어버린다?"

"울어, 이것아! 이럴 때 안 울고 언제 울려고 눈물샘은 아껴두고 난리야? 너, 당장 어떻게 할래? 병원은 어떻게 다닐 거고 언니한텐 어떻게 말할래? 애 아빠 어디 있냐고 물으면 또 뭐라고 대답할래? 저쪽 부모한텐 뭐라고 할 건데? 언제까지 속일래? 누구한테 속 터놓을래? 누구랑 계획 세울래? 뭐 하나라도 제대로 정리된 거 있어? 있으면 그때 잘난 척해, 이년아."

결국 시연의 눈에서 눈물이 툭 터졌다.

안 울려고 했는데 이모가 자꾸만 사람 속을 박박 긁고 있다.

"누군 뭐 속 편해서 이래? 나라고 정우가 가장 필요하단 걸 모르겠어? 정우가 옆에 있어야 하는 거 모르겠냐고. 근데 상황이 그게 아닌데 어떡해. 내가 내 손으로 보냈는데 이제 와서 어쩌라고. 이제 와서 원망하고 나 왜 이렇게 만들었냐고 원망해? 상황이 변했으니까 다 접고 돌아오라고 해? 진짜 이모, 왜 그러냐. 안 그래도 호르몬 불균형으로 속상해 죽겠는데."

눈물을 질질 짜며 이모를 째려보자 이모가 쯧쯧 혀를 찼다.

"담담한 척하더라니, 결국 지도 불안해 죽을 지경이면서."

"그래서 그거 확인하니까 좋아? 무슨 이모가 이렇게 이진영스럽냐?”

“이진영은 또 뭐야.”

“어우, 이진영스러워! 이모 완전 이진영스럽다고!”

“우리, 평생 이래야 할지도 몰라. 그걸 언제까지 네게 강요해야 할까. 언제까지 네가 이해해 줄 수 있을까.”

문득 정우가 했던 말이 떠올랐다. 이 상황에서 떠올려 봐야 약이 될 순 없는 말인데, 왜 하필이면 그 말이 떠올랐는지 모르겠다. 이래서 호르몬 불균형이 무서운 건가 보다.

평생 이래야 할지도 모른다.

지금처럼 정말 필요할 때 없고 보고 싶을 때 없다. 앞으로도 그럴지도 모른다. 지금이야 처음이라는 위로라도 할 수 있지만, 그게 반복된다면 자신은 과연 견딜 수 있을까? 그때마다 저번처럼 어른스럽게 보내줄 수 있을까? 울고불고 매달리며, 또 갈 거면 다 끝내고 가라고 난리 안 칠 수 있을까?

매시간 모든 걸 같이하고 싶어 같이 붙어 있고 싶어 하는 게 사랑인데, 가장 필요할 때 없으면 자신이 참아낼 수 있을까? 후회하지 않을 수 있을까? 내 일만 하면서 내 인생을 발전시킬 수 있을까?

이모 말처럼, 이번이 단지 이번으로 끝나지 않을 가능성이 크기에 어쩔 수 없는 두려움이 일었나. 생각하지 말아도 되는 두려운 미래를 가정하게 되는 거다.

이번에만 운 나쁘게 함께 있지 않았다.

과연 미래에도 그렇게 말할 수 있을까?

늘 모든 걸 함께해야 하는 건 아니다.

임신 사실 정도야, 자신 혼자 감당하면 된다.

하지만 그걸 견뎌내고 겪어냈는데도 또다시 더 큰 상황이 닥쳐오면?

점점 더 그 크기가 커지면?

그땐 아예 짐 싸들고 같이 따라다닐까? 졸졸 따라다니면서 이정우를 귀찮게 하고 혹이 될까? 그럼 애기들도 같이 다니고? 유랑 가족이 되어서?

참, 별생각을 다 한다.

갑자기 시연이 언제 징징 짰냐는 듯 피식피식 웃어대자 이모가 눈을 크게 떴다. 입술을 잘근잘근 씹고 있다가 시연의 미친 짓을 목격한 이모가 화들짝 놀라서 시연의 얼굴을 확 감쌌다.

"왜 그래, 하시연! 막 미칠 것 같아? 돌아버릴 것 같아? 정신 차려, 이깟 일로 미쳐선 안 되지!"

"하아, 참. 이거 놔, 이모. 나 미치지도 돌지도 않았으니까."

시연은 이모의 손을 밀어내고 눈물도 꼼꼼히 닦고 코도 팽 풀었다. 한바탕 푸푸거리며 시끄럽게 세수도 마치고 거울에 얼굴을 비춰 보았다. 눈은 좀 부었지만 이 정도면 괜찮다.

"너 또 왜 그래? 왜 갑자기 거울은 보고 그래?"

"임신한 것치고 너무 예뻐서 그런다, 왜?"

이모를 밉지 않게 째려보며 대답하고는 픽 웃었다. 그랬더니 이모도 어이없다는 듯 피식 웃었다.

"이모 덕에 한바탕 터뜨렸더니 이제 좀 나아졌어. 됐어."

"글쎄, 되긴 뭐가 됐다는 건데?"

"괜찮다고. I'm OK."

"오케이 같은 소리하고 자빠졌다."

"아무것도 걱정할 건 없어. 지금은 그게 가장 중요하단 거."

"……."

"내가 할 일은 정우가 돌아오길 얌전히 기다리면서 여기 뱃속에 있는 우리 둘의 아기를 지키는 거야."

"걔가 돌아올 때쯤이면 애가 얼마나 커지는지 그건 알지? 그때 돼서 그 녀석이 발뺌할 수 있단 것도."

"나 참. 듣겠다! 그리고 이정우가 돌면 돌았지 발뺌할 녀석은 아냐."

"허이구, 웃기고 있다. 차라리 지금이라도 전화해서 의향을 물어, 이것아! 이게 무슨 옆집 애 초등학교 입학 선물 결정하는 일인 줄 알아? 너한테도 큰일이지만 정우한테도 뭔가 지구가 폭발하는 것과 비슷한 충격의 일일 수도 있다고. 그러니 일단 정우 그 녀석도 알아야……."

"그럼 이모 생각엔 정우가 그 먼 거리에서 나한테 기껏 한다는 말이, 애 지우라고 할 것 같아?"

이모가 멈칫했다.

"아, 몰라! 솔직히 톡 까놓고 말해서 그럴 수도 있지 않아?"

"없어. 그런 일 절대 없어. 그러니까 차라리 일이라도 편하게 하게 해줄래. 그리고 난 여기서 이 아일 지킬 거야. 엄마한테 발각되지 않도록.”

“그럼 내가 아주 입 조심해야겠네?”

“그렇지. 역시 이모는 똑똑해서 좋아. 이모, 걱정하지 마. 정우랑 내가 알아서 할게. 설령 이모의 예언이 맞아서 정말로 만약에 정우가 나중에 발뺌하더라도, 지금 내린 내 결정 후회하지 않을 테니까. 나 혼자라도 책임질 테니까.”

“야, 무섭게 왜 그래…….”

“그러니까 이모는 그냥, 내가 무슨 지경에 처하든 푸하하 웃으면서 네 인생이니 네 멋대로 해라, 그래 줘.”

“난 뭐 빨간 피 안 흘러? 나도 조카가 덜컥 애 배면 걱정은 되는 이모야.”

“그러게. 이모가 내 이모란 거 이번에 좀 깨달았네?”

“흰소리 말고, 언니한테 숨기면 그다음엔 어쩔 건데?”

“지금은 이 아가의 존재 이유를 설명하고 감싸줄 사람이 나밖에 없잖아. 근데 나 혼자로는 엄마한테 안 통할 게 뻔하고. 그러니까 지원군이 오면 그때 무슨 결론이 나겠지. 날 지지해 주든 아니든.”

“야야, 너 그거 아까 한 말이랑 정반대거든. 그건 정우 녀석을 확실히 믿는 건 아니란 소린데.”

“아무리 내가 사랑하는 남자라도 상대방 생각까지 내가 어떻게 단언해. 그저 믿고 기다릴 뿐이지. 내 편이 되어달라고 바랄 뿐이지. 그랬으면 좋겠다, 기대할 뿐이지. 그리고 같은 마음이란 게 확

인되면 행복하고 무척 기뻐지겠지."

"……진짜 낳을 생각이로군."

"쉿! 듣는다니까?"

"아, 누가!"

"애기가."

이모가 고개를 설레설레 저었다.

"야, 내가 아무리 애를 안 낳았어도 그건 아직 콩이거든, 콩! 못
들어. 들을 수가 없어. 그래서 난 그 콩보다 말만 한 조카가 더 중
요한 거라고."

시연이 피식 웃었다.

"말만 한 조카는 그래도 왠지 이 아기가 와줘서 행복하대."

처음엔 두렵고 겁이 먼저였지만…….

"왠지 설레고 즐겁고 기쁘대. 그럼 된 거지?"

✻

물레에서 진흙을 빚어 모양을 내고, 가마에 구워져 나와 단단해
진 흙 그릇에 유약을 바르고 그걸 또 가마에 굽고…….

도자기를 만드는 것, 아니, 도자기뿐 아니라 비단 무언가를 창
조한다는 건 아주 위대한 일 같다고 시연은 생각하고 있었다.

뱃속의 아이를 키우는 것도 이와 다르지 않으리라. 물론 생명을
도자기 하나에 비유할 수는 없었지만, 하나의 도자기를 탄생시키
기 위해 인내하고 조심하고 최선을 다해 집중하고 정성을 들이는

건 생명을 탄생시키는 것과 다를 바가 없었다.

시연은 요즘 호수에게 도자기 공예를 배우고 있었다. 얼핏 고상한 취미 같기도 하겠지만 태교 겸 정신 수양에 아주 많은 도움이 되었다. 배는 점점 불러오고 있었지만 아직 엄마에겐 여전히 아무 말도 하지 못했다. 다만 아무리 헐렁한 옷을 입어도 배 여사의 매의 눈을 피할 순 없을 것 같아 신메뉴 개발 핑계를 대고 이모가 작업실로 쓰기 위해 비워둔 오피스텔에서 혼자 지내고 있었다.

임신 사실을 알고도 또 세 달이 흘렀다.

그사이 정우와는 몇 번 통화가 되었다. 하지만 그때마다 짧은 통화였기에 그의 목소리를 듣는 것만으로도 벅차서 시연은 일단 임신 사실에 대해선 일절 함구했다. 기왕 멀리 있는 이정우에게 말을 한다 한들 뾰족한 수가 없는 일이라고 판단했다. 지구 반대편에 있는 정우가 전화상으로 이 일을 듣게 된다 한들 무슨 결정을 내릴 수 있을까. 도리어 심란해지기만 하겠지. 이기적인 판단일지 몰라도, 이번 한 번만 이정우가 이해해 주길 바랐다. 나중에 알게 되더라도 자신의 입장을 이해해 주기를.

예전에도 일정을 서두르다가 팔을 다친 일이 있었다. 그때의 상처가 아직도 정우의 팔에 길게 남아 있다. 그런데 지금은 그때보다 훨씬 더 멀고 위험한 곳에 나가 있다. 그러니 일단 그가 무사히, 아무 일 없이 돌아와 주는 것만이 지금으로선 가장 빨리 가는 길이라고 믿었다.

"열녀 났네, 열녀 났어. 야! 내가 너처럼 살았으면 이 시대에 안 살아. 무슨 수를 써서라도 조선시대로 타임 슬립 해서 갔지!"

이모는 여전히 제멋대로 하는 시연을 디스하는 데 열과 성을 다했다. 그래도 그나마 조카라고 입덧이나 웩웩 해대는 프로답지 않은 셰프를 자르지 않고 거둬주니 고마웠다. 게다가 보조 셰프까지 붙여주어서 일도 훨씬 수월해졌다. 보조 셰프라곤 해도 꽤나 알아주는 스펙을 가진 솜씨 좋은 사람이었다. 단언컨대 이모는 시연의 출산 이후까지 생각해서 미리 새로운 사람을 키워둘 심산인 거다. 하여튼 엎어져도 뭐 하나는 주워서 일어날 사람이었다.

물론 쉬운 시간은 아니었다.

누구에게도 말하지 못하고, 혼자 입덧하고, 혼자 고생하고, 혼자 태교하고, 혼자 태담하고.

정우가 돌아오면 이미 어엿한 생명이 되어버린 후라서, 그때엔 낳는 것밖에 길이 없을 것이다. 이미 그렇게 정해놓고서 정우에게 너무 큰 짐을 지우는 건 아닌지, 그에게도 선택의 기회를 줘야 하는 게 아닐까 하고, 그런 걱정은 여전히 계속됐지만.

시연은 정우가 이 생명을 부정할 리가 없다고, 그 믿음을 믿었다.

믿고 싶은 게 아니라 믿어지는 것.

그래서 자신의 선택을 시연은 자랑스럽게 여겼다.

돌아온 정우가 꼼짝없이 받아들여야 하는 상황이 아닌, 그도 기뻐해 줄 것이란 믿음.

자신만큼이나 설레어 해줄 거란 기대.

행복해할 거라고.

단지 자신은 자신의 일을 열심히 하면서, 호수한테 도자기 공예를 배우고, 그러면서 태교하고 여유를 가지려고 노력하고, 그 와중에 딸이면 이렇게 생기렴, 하며 걸그룹 사진 보여주고 아들이면 이렇게 생기렴, 하며 아이돌 그룹 사진 보여주고, 그렇게 살고 있었다.

그리고 그 어느 날, 어머니 배경자 여사로부터 연락이 왔다.

다음 주가 아버지 생신이니 독립이고 뭐고 그날은 반드시 집에 오라고.

"눈치채신 건 아니냐?"

호수가 물었다. 호수는 임신 사실을 알고도 그 어떤 세속적인 반응을 보이지 않았다. 안 그럴 줄 알았던 이모마저 근심 걱정 더 하기 노파심까지 덧얹어서 별의별 난리를 다 쳤는데도 호수는 그저 흐응, 그럴 줄 알았다는 식이었다. 태교를 위해 도자기를 배우고 싶다고 했더니 그 말에도 흐응, 그러고 싶으면 그러라고 했다.

그래서 짜식이 의외로 어른스러운 녀석이었구나, 속이 깊었어, 생각하며 흐뭇해했는데, 어느 날 가마 앞에서 혼자 소주를 까더니 한다는 말이.

"하시연, 난 다른 누구도 아니고 네가 미혼모가 될 줄은 몰랐다."

기가 막혔다.

"이정우가 양육비는 준대냐?"

이정우를 무슨, 여자가 애 가졌다고 무서워서 도망이나 친 그런 놈으로 만들어 버렸다. 안 그래도 손이 근질근질하던 차에 스트레스 풀 곳은 없고 호르몬은 불균형에, 그 치 떨리는 불균형의 극치를 정상으로 맞추기 위해 녀석을 제대로 쥐어 팼다.

"야, 그런 거면 진즉 말을 하지. 난 또 너랑 애기랑 버리고 날라 버린 줄 알았잖아."

도대체 다들 왜 이정우를 도망 못 보내서 안달인 걸까?

"내가 응? 그렇게 남자 도망치게 할 정도로 응? 매력 없는 여자로 보여?"

"어, 그래 보여."

"이게 진짜!"

"그게 아니고, 난 네가 정우 군 얘기도 안 하지, 결혼 얘긴 더 안 하지, 정우 군 소식도 없는 것 같지, 그래서 생각이 그쪽으로 뻗어 갔을 뿐이라고. 얘가 차였구나. 아이고, 어쩌나. 모르는 척하느라고 얼마나 고생했는데."

"안 되겠다, 너 좀 맞아야겠다."

"여태껏 때리고 뭘 또 더 때려? 넌 태교도 안 하냐? 태교하겠다고 찾아와서 도자기 하나 굽고 백 대 때리면 무슨 소용이야?"

그 말도 일리는 있다.

"아무튼 호출받았으니까 안 갈 수도, 그렇다고 갈 수도 없고. 어쩌냐?"

"가야지. 가서 뒈지게 얻어터져야지. 어머님 뒷목 잡고 쓰러지시고 아버님 가위랑 보자기 들고 달려 나오시고."

딱!

"왜 때려!"

예정이 더 길어지지만 않는다면 정우가 돌아오기까지 이제 한 달 정도 남았는데 제발 그전에 일이 터져 커지지 않기를 바랐다. 부디, 이정우는 아무것도 모르고 있는데 최악의 방법으로 모두에게 소식을 알리게 되는 일만은 없었으면 했다.

이 일만은 반드시 자신의 입으로 정우에게 말해야 했다. 그랬기에 다음 주가 오지 않기를 속으로 빌어보았지만, 그랬다가는 한 달 뒤도 오지 않을 거고 그럼 이정우도 못 보는 거니…….

✳

"머리 아프다, 정말……."

중얼거리며 시연은 레스토랑으로 출근하고 있었다. 혹시 언제 배경자 여사가 레스토랑으로 들이닥칠지 모르기에 미리부터 옷을 헐렁하게 입고서 자박자박 레스토랑의 정원으로 걸어 들어서던 시연의 걸음이 멈칫한 건 그때였다.

"아아……."

그녀의 눈에서 눈물이 핑글 돌았다.

울고 싶어도, 그렇게나 울고 싶어도 혹시 몰라 울지 못했었는데. 괜히 울어서 약해질까 봐 절대 울지 말자 다짐해서 더 울지 못했었는데.

막아두었던 눈물샘이 그제야 팍 터졌다.

미친 듯한 안도.

도저히 설명할 수 없을 정도의 안도감이 들어서…….

이정우가 여행길의 피로와 소금기를 온몸에 덕지덕지 묻힌 채 새까맣게 타서, 그래도 방금 물에 씻은 듯 맑은 검은 눈동자만은 반짝반짝 빛을 내며, 그 자리에 서 있었다.

정우야…….

"시연아."

그가 너무도 오랜만에 그 미소를 보내주었다. 자신이 너무도 좋아하는 그 미소를.

"뭐 하고 있어, 하시연. 이리 와."

그가 반짝이는 미소를 담은 채 전천히 팔을 벌렸다. 하지만 시연은 그 자리에서 굳은 듯 움직이질 못했다. 그제야 뭔가 이상하다는 걸 알아챈 그의 고개가 살짝 기울여졌다.

"왜 그러고 섰어. 설마 나 반갑지 않은 거냐?"

다리에 힘이 쭉 풀려 그냥 주저앉아 버렸다. 서러워서, 너무 서러워서 시연은 그만 엉엉 울어버리고 말았다. 그런 시연을 향해 정우가 놀란 얼굴로 달려왔다.

※

멘붕.

'멘탈 붕괴'라는 말이 있다.

한동안 이정우는 말 그대로 저 멘붕 상태에 빠진 것 같았다.

왜 하시연이 일정보다 한 달이나 더 빨리 날아온 이정우를 보고도 반가워하기는커녕 울기부터 한 건지, 왜 하시연이 잘 입지 않던 빅 사이즈의 옷을 걸치고 있었던 건지, 왜 얼굴이 피죽조차 못

먹은 사람처럼 안 좋아 보였던 건지.

그 모든 것의 원인을 알게 된 순간, 이정우는 그냥 그대로 굳어 버렸다.

마치 돌이 되어버린 사람처럼.

두 사람은 지금 정우의 오피스텔에 와 있었다. 1차 반응이 굳어 버린 거였다면 이어진 2차 반응은 분노였다. 보통 화가 난 게 아닌 듯 그 어떤 말도 하지 않고 표정을 싸늘하게 굳힌 채 시연을 바로 택시에 태워서 자신의 오피스텔로 날랐다. 그리고 지금 삼십 분째 아무 말도 안 하고서 저렇게 뚝 떨어져 벽에 기대서서 침묵을 고수하고 있었다.

시연은 지은 죄도 없이, 아니, 지은 죄에 대해 곰곰이 생각해 보며 소파에 앉아 있었다.

1차 반응, 2차 반응을 봤으니 3차 반응이 이제 곧 나올 타이밍이었다. 그에 반해 시연의 반응은 눈치 보기였다. 아까 전에 이정우의 얼굴을 보자마자 서러움이 폭발해 엉엉 울어버린 터라 이제 눈물도 말랐고, 앞으론 뭘 어떻게 해야 할지 도통 떠오르질 않았다. 이정우가 무슨 말이라도 해야 그에 따른 반박이든 동조를 요구하든 뭐라도 할 텐데.

그래, 이해한다. 어떤 반응이라도 달게 받아들여야 한다. 자신이 이정우였다면 아마 저 정도로 신사적으로 반응하지 못했을 테다. 팔짝팔짝 뛰고 땅을 구르고 난리가 났을 테지. 이게 보통 일이라야 말이지. 해서 시연은 먼저 대화를 시도했다.

"정우……."

"일단, 아무 말도 하지 말고 있어봐."

하지만 어렵사리 꺼낸 말은 단칼에 싹둑 잘렸다.

이정우, 정말 화났나 보다.

그래, 물론 화나는 이유는 안다. 하지만 이쯤 되니 슬슬 서운해지려 했다. 뱃속에 콩…… 아니, 아가를 담아서 다닌 것도 자신이고, 입덧하느라 뭐 하나 제대로 먹지 못한 것도 자신이고, 엄마의 매의 눈을 피해 간 졸이며 피해 다닌 것도 자신이고, 애기 아빠도 없이 죄지은 사람처럼 고개 푹 숙이곤 산부인과 다닌 것도 다 자신인데. 내가 뭘 잘못했다고?

아니네……. 잘못한 건 있네. 아니, 많네.

"내 멋대로 이런 결정 내려서, 화 많이 난 거지?"

더 이상 답답해 참을 수가 없어 시연이 결국 먼저 실토를 했다.

"화난 줄은 알아. 이해해. 하지만 나도 답답해서……. 너 없는 6개월, 아니, 5개월 동안 엄청 참았는데, 말하고 싶어도 하지 못해서 참았는데 또 참자니 도저히 갑갑해서 더는 못하겠어. 넌 그저 황당할지 모르겠지만, 난 그래, 좀 서운해. 먼저 나 위로해 줘야 하는 거 아닐까? 아니, 위로가 맞지 않는 말이면 혼자서 그 큰 결정 멋대로 내리느라 고생했다고, 뭐 그런 말이라도……. 아니, 뭐든, 무슨 말이라도 해줬으면 좋겠어. 너도 지금 화나겠지만, 너 떠난 뒤에 임신 사실 알게 된 내 마음은 어땠을지, 내가 어떤 마음으로 네게 아무 말 못했을지 안다면……."

"아니까."

"……."

"다 알겠으니까 아무 말도 못하겠단 건 모르겠니?"

정우가 천천히 등을 떼곤 시연의 앞으로 다가왔다. 그리고 마치 푹 꺾어지듯 시연의 앞에 무릎을 꿇고 앉았다. 양쪽 무릎 위에 꽉 쥔 주먹을 올려놓고서 그가 고개를 푹 숙였다. 시연의 눈이 커졌다. 그의 어깨가 가늘게 떨리고 있었다.

"저, 정우야……."

"왜 나한테 아무 말도 못했는지, 몇 번 통화하면서, 답장하면서도 끝끝내 한마디도 못했는지 알겠으니까. 얼마나 괴로웠을지, 힘들었을지, 혼란스러웠을지 너무 잘 알겠어서, 혼자 그 결정을 내리기까지 얼마나 많은 생각을 했을지……. 나로선 위로도 사과도 고맙단 말도, 그 어떤 말도 함부로…… 못하겠어."

시연의 눈에 다시 눈물이 핑 돌았다.

이정우, 그거면 돼. 그 말이면 됐어.

배척하지 않아서, 원망하지 않아줘서, 그것만으로도 고맙다구.

"미안해."

시연이 먼저 말했다.

"아무 말도 하지 않아서 미안해. 난 그저, 너한테 말하지 않는 게 더 나을 거라고 판단했어. 짧은 생각일지 몰라도 너에게 말을 하든 안 하든 내 결정은 똑같았을 거니까. 난 낳을 수밖에 없었으니까. 그걸 통보할 수도 없었으니까. 어차피 돌아올 거니까 그때 말하자고…… 그래서."

"왜 네가 사과를 해. 사과할 인간이 누군데. 나 같은 놈 때문에 네가 왜……."

그의 손등으로 눈물이 툭 떨어졌다.

시연의 눈이 확 커졌다.

"너…… 울어?"

생각지도 못한 일이었다. 이정우가 울 거라고는 상상도 못했다. 어쩌면 임신했단 걸 알게 되었던 순간보다 지금이 더 충격이고 놀라웠다. 그리고 두려웠다. 자신이 너무 커다란 일을 저지른 건 아닐까 싶어서.

"왜 울어. 울지 마, 미안해. 정우야, 내가 미안해."

"사과하지 마. 제발 사과하지 마."

시연이 그의 얼굴을 보려고 손을 뻗었지만 정우는 바로 그 손을 잡아 내리고 시연의 얼굴을 확 끌어안았다. 그래서 시연은 정우의 얼굴을 보지 못했다. 그가 눈물을 감추듯 그렇게 시연의 얼굴을 가슴에 안고서 놓아주질 않았다.

"이정우도 눈물이란 게 있었구나."

시연이 그의 가슴에 갇힌 채 중얼거렸다.

"아…… 들려. 이정우 심장 소리. 정말 돌아왔구나."

정우가 더욱 꽉 시연의 몸을 끌어안았다.

"내가 어떻게 하면 너한테 속죄할 수 있을까."

"그런 걸 왜 해. 내가 바라질 않는데."

"시연아……."

"이렇게 와줬잖아. 게다가 더 일찍 와줬잖아. 더 늦어지면 어쩌나 걱정했었는데, 그런 최악의 상황은 안 왔잖아. 이제 정말 배가 남산처럼 불러오면 그땐 어떡하나 싶었는데. 다음 주에 아버지 생신이라 집에 가야 해서 들키면 어쩌지, 그것도 걱정이었는데.”

정우가 시연의 어깨를 천천히 떼어냈다. 시연의 눈시울이 뜨거워졌다. 정우의 뺨을 타고 투명한 눈물 줄기가 새겨져 있었다. 가슴이 아팠다.

“울지 마, 정우야. 나 가슴 아파. 알고 있어? 임산부는 호르몬 불균형이라 막 우울해지고 그러면 안 돼.”

“하시연, 정말 너 때문에 가슴이 찢어지겠다.”

시연의 눈동자가 커졌다. 곧 엷은 미소가 입가에 돌았다.

“그 말, 전에는 그렇게나 원하던 거였는데, 이젠 싫어. 네가 가슴 찢어진다니까 내가 더 아파.”

정우가 시연의 얼굴을 안타깝게 쓸었다. 시연은 그 그리운 손길을 느끼며 천천히 눈을 감았다. 드디어 그가 돌아왔단 걸 피부로 느낄 수 있었다.

부부로 살다가 오랫동안 떨어져 사는 것과, 이렇게 하루만 안 봐도 보고 싶고 가슴 아플 시기에 오래 떨어져 있는 건 참 많이도 다르구나. 그걸 또다시 느끼게 해준 그의 부재였다. 그럼에도 그가 이렇게 눈앞에 와 있다는 것만으로도 모든 서러움과 원망 같은 것들이 눈 녹듯이 사르르 녹아내리다니.

정우는 너무도 가슴이 아팠다. 자신이 없는 사이에 이렇게 큰일이 있었다는 게 믿기지가 않았다. 이럴 줄 알았으면 자신이 떠났겠는가. 그 먼 길을 출발했겠는가.

그런데도 시연은 티 한 번 내지 않고 자신에게 늘 웃는 목소리만 들려주었었다. 그래서 더 아팠다. 한 번도 언제 오냐고 묻지도 않았고 한 번도 외로운 티조차 내지 않았다. 기다리는 뉘앙스조차 풍기지 않아서 오히려 이쪽을 불안하게 만들 만큼. 어떻게든 일정을 서둘러 할 수 있는 한 시간을 절약해 한 달이라는 시간을 벌었다. 그리고 모든 촬영이 끝나자마자 달려왔는데.

그건 차라리 자신의 사치였다. 자신이 무엇을 노력했다 한들 시연이 한 노력에 비할까. 어쩌면 하시연은 그때 지방 촬영에서 자신이 당했던 부상을 생각했던 건지도 모르겠다. 그래서 더욱 어떤 말도 하지 못한 건 아닐지.

그저 평범한 상황이었어도 그렇게나 늘 웃는 얼굴로 통화해 주기 힘들었을 텐데, 이런 상황에서조차 하시연은 일말의 내색도 하지 않았던 것이다. 불가능에 가까운 일.

그래서 더욱 미안했다. 죄스러웠다.

그저 가슴이 아팠다.

그리고.

"고마워."

"응?"

"날 믿고 기다려 줘서. 날 믿고 결심해 줘서. 날 믿고…… 우리 아기를 지켜줘서. 너무 자랑스러워서, 네가 자랑스러워서, 나 지금 미칠 것 같아."

시연의 눈이 터질 듯 커졌다. 결국 그 눈동자에서 방울방울 눈물이 맺히더니 뚝뚝 떨어지기 시작했다.

"정말로?"

정우가 시연의 손을 꽉 잡았다. 고개를 굳건히 끄덕이며 이제 안심하라는 듯 웃었다.

"그래."

"정말로 정말이지?"

"응."

"정말, 정말, 정말로 정말이지?"

"무슨 소릴 듣고 싶은 거야."

"내가 자랑스러운 거지? 내 선택이 잘못된 게 아니었던 거지? 내 멋대로 한 게 아니었던 거지?"

"그걸 말이라고 해? 그런 말, 하지 마."

"하지만. 널 믿었지만 그래도…… 그래도 이건 다른 문제니까……."

"다른 문제 아니야. 같은 문제야. 난 그저, 너한테 고맙고 미안하단 말밖에 할 수 있는 게 없어."

"응……."

시연이 울면서 고개를 끄덕였다.

"응……."

몇 번이고 고개를 끄덕이며 눈물을 닦는 그 모습이 사랑스러워 미칠 것 같았다.

"떠나기 전에 너한테 했던 말이 계속 가슴에 걸려 있었어. 평생 이래야 할지도 모른다고. 네가 언제까지 이해해 줄 수 있을까, 왜 그런 말을 했을까. 계속 후회했어. 그렇게밖에 말하지 못했었나, 난. 그런데도 넌 내 예상을 깨고 훨씬 더 어려운 상황을 견뎌줬어. 믿기지 않을 정도로. 힘들었지? 놀랐지? 두려웠지? 혼자서 많이,

무서웠지?"

시연은 대답 대신 정우의 목을 끌어안았다. 정우가 그런 시연의 팔을 가만히 다독였다.

"그렇더라도, 이런 인간이라도 네가 내 옆에 있었으면 좋겠다. 이런 이기적인 놈이라서 미안하다."

"정우야……."

"내 곁에 있어줘, 시연아. 절대 날 놓지 말아줘."

"그렇게…… 말해주길 바랐어. 내가 바라는 건 그저 그 말뿐이야."

"시연아, 나도 다른 남자들이랑 다르지 않아. 사랑하는 여자가 힘들지 않았으면 좋겠고, 내가 감수할 수 있는 건 되도록 내가 다 하고 싶은데. 말만 뻔지르르하지 한 번도 내가 감당한 건 없는 것 같아. 그래서 참 괴롭다."

시연이 천천히 몸을 떼어냈다. 그의 눈을 들여다보며 웃으며 울며 말했다.

"이정우, 네가 흔들리면 나도 흔들려. 하지만 네가 확고하면 나도 확고해. 내가 이 아기를 지킬 수 있었던 건, 네가 나한테 그만큼의 믿음을 주고 갔기 때문이야."

정우가 마치 눈부신 무언가를 바라보듯 시연의 얼굴을 바라보았다.

정우의 가슴이 쿵쿵 뛰었다. 하시연을 처음 알게 되고 지금까지, 그렇게 수많은 시간이 지나갔건만 지금이 가장 그를 심하게 매혹시키는 것 같았다. 그녀를 이대로 끌어안고서 짙은 키스를 돌려주고 싶어 미칠 것 같았다.

"너는 참, 내 상상을 뛰어넘은 여자야. 그래서 도저히 너한테서 벗어날 수가 없어."

"벗어났담 봐."

"어떻게 벗어나, 너처럼 대단한 여자한테서."

"말도 안 돼. 난 그냥 평범한 인간인걸? 하지만 난 네 앞에선 전혀 다른 사람이 될 수 있어. 좀 더 강하고 좀 더 현명하고 좀 더 다른 여자가 될 수 있어."

시연이 싱긋 웃었다. 정우는 그런 시연의 이마에 자신의 이마를 콩 기댔다.

두 사람이 동시에 미소 지었다.

"그래."

"날 지켜봐. 얼마나 잘해낼지 앞으로도 더더 많이 보여줄 거니까."

정우의 반짝이는 눈동자에 눈물이 핑글 돌았다.

"그래."

"사랑해."

"사랑해, 시연아."

눈으로 서로를 더듬었다. 이렇게 사랑스러운 서로가 세상 또 어디에 있을까.

"혼자 둬서 미안해. 혼자 견디게 해서 미안해. 그런데도 이렇게 널 붙잡아서 또 미안하다."

"있잖아, 정우야. 우린 떨어져 있는 시간이 많은 게 아니라, 잠

깐만 떨어져 있고 그 시간을 제외한 나머지 모든 시간을 같이 보
내는 거야.”

시연의 뺨을 타고 눈물이 흘러내렸다.

“그걸, 모르겠니?”

더는 견딜 수 없었다. 정우는 그대로 시연을 붙들고 키스했다.

불꽃이 터지듯 온몸의 감각이 터지고, 눈물이, 혀가, 입술이, 떨
어져 있던 시간들마저 모두 순식간에 뒤엉켜 섞여 하나가 되었다.
폭풍 같은 키스에 시연의 눈꺼풀이 파르르 떨리디가 서서히 감겼
다.

❋

〈잘 지내셨겠죠, 당연히?〉

“후우……..”

정우가 돌아왔다는 건 이 여자도 돌아왔단 것과 같은 뜻이란 걸
깜빡 잊고 있었다.

예의 그 건방진 문자가 또 울려대기 시작한 것이다. 진짜 이진
영스럽다. 반기지도 않는 문자를 꼬박꼬박 보내는 건 이 여자의
못된 버릇이다. 과연 정신 나간 여자일까, 철면피일까?

〈선배님 도착하자마자 거기로 달려가더군요. 진 이제 뭐 포기했음
요.〉

그나마 반가운 소리가 연이어 도착하긴 했는데, 저 소리에 왜 자신이 반가워해야 하는지 그걸 모르겠다. 그러거나 말거나 신경도 쓰지 말아야 하는 것을.

〈모처럼 선배님과 둘만 있는 시간이 많아져서 기대했는데. 매일 틀어박혀서 뭘 하시더라고요. 말도 걸지 못했어요. 아무튼, 임신 축하함요. 부디 결혼식엔 초대 말아주삼.〉

저렇게 마지막까지 꼴 보기 싫은 말을 끝으로 이진영의 문자는 정말로 더는 도착하지 않았다. 다행이다, 정말로.
그런데 초대 말아주삼, 은 또 뭐냐. 애냐? 얘 작가 맞아?
그나저나.
"임신한 걸 벌써 알고 있구나."
이정우도 이정우다. 혼전임신이 무슨 자랑할 일이라고 동네방네!
그럼에도 입가가 헤헤 하고 귀밑까지 걸리는 건 어쩔 수 없었다.
"봐, 아가야. 아빠 우리 아가를 엄청 예뻐해 주고 있나 봐. 엄청 기쁜가 봐. 행복한가 봐. 그렇지? 그래서 엄마도 행복해."
시연은 이제 볼록할 정도로 나온 아랫배를 어루만지며 나지막하게 중얼거렸다.
"이제 엄마 혼자 말고 아빠 목소리도 많이많이 들려줄게. 아, 맞

아, 우리 아기 태명도 짓고…… 그전에 외할머니한테 갔다 와야
되고, 할머니, 할아버지께도 어려운 인사를 드려야 하고, 할 게 많
네.”

쓸쓸하게 중얼거리며 시연은 달력을 넘겨보았다.

정우와는 이번 주 안으로 부모님을 찾아뵙기로 했다. 먼저 허락
을 받고 자기 부모님을 만나는 게 순서란다. 그게 맞는 순서인지
는 모르겠으나, 일단 시연은 지금 다른 게 눈에 안 보였다. 오로지
배경자 여사가 가장 무서웠다.

그나저나 어제 밤새도록 함께 지내고 오늘 아침 정우가 레스토
랑으로 시연을 데려다 주면서 그녀에게 떠안겨 준 게 있었다.

“나중에 봐.”

커다란 박스였는데 당장 열어보려는 시연에게 그는 그 말과 함
께 ‘오후 두 시’라는 시각 지정까지 해주었다. 뭐지? 두 시 전에
보면 폭발하기라도 하나?

그래서 시연은 궁금해 미칠 것 같았지만 두 시가 될 때까지 꾹
참았다. 그리고 드디어 두 시가 되자 드디어 상자를 얼른 열어보
았다.

“……이게 뭐지?”

그런데 좀 얼떨떨했다. 상자 안엔 상당히 많은 것들이 들어 있
었는데, 그게 다 편지였다.

국제 우편으로, 물론 소인은 찍히지 않았지만 하나하나 꼼꼼히
밀봉이 되어 있는 편지들.

시연은 고개를 갸웃하며 하나씩 봉투를 들어 살펴보았다. 전혀

생각지도 못한 내용물이라 궁금증보다 의아함이 더했다. 겉봉에
는 일련번호처럼 숫자가 적혀 있었고, 시연은 먼저 '1'이라고 쓰
인 것을 뜯어보았다.

하나씩, 하나씩 편지봉투를 열어보는 시연의 눈동자가 흔들렸
다. 그리고 결국 기쁨의 눈물이 흘러넘쳤다.

그건 정우가 떠나 있었던 동안 매일 하루도 거르지 않고 시연에
게 쓴 편지였다. 어느 것은 아주 길고 또 어느 것은 피곤한지 짧은
것도 있었다. 대부분 그날 어떤 경험을 하고 무엇을 느꼈는지 세
세하고 꼼꼼하게 일기 형식으로 그의 감정과 생각들이 적혀 있었
다. 그리고 시연에 대한 그리움, 보고 싶다는 말, 사랑한다는 말.

또한 중간쯤부턴 단지 편지뿐만이 아니라 뭔가가 하나 더 있었
다. 그의 사진이 어릴 때부터 현재까지 각각 봉투마다 한 장씩 편
지지와 함께 봉해져 있었던 것이다.

뭔가가 떠오르는 건 당연한 일이었다.

어떤 것과 같은 건지 따로 생각해 볼 필요도 없었다.

자신이 정우의 마음을 얻기 위해 했던 행동들과 똑같은 것이었
다.

처음엔 편지만 보내다가 어느 순간부터 사진을 함께 보냈었다.
그걸 정우가 그대로 시연에게 되돌려준 것이다. 도대체 이 많은
사진은 언제 챙겨간 건지, 그뿐 아니라 현장에서 찍은 생생한 사
진들도 있었다.

이정우가 여기에 있다.

이 많은 편지 안에 그가 활짝 웃으며, 때론 찌푸리며, 때론 진지

한 얼굴로 곳곳에서 살아 있었다. 그래서 시연은 편지 내용과 사진들만으로도 정우가 어떤 일을 했는지, 어떤 감동으로 일에 임했는지, 얼마나 치열하게 하루하루를 살았는지 알 수 있었다.

〈매일 틀어박혀서 뭘 하시더라고요. 말도 걸지 못했어요.〉

이진영의 그 문자는 바로 이 뜻이었나 보다.
떨어져 있었을 때에도 그는 자신의 생각을 하고 있었다. 자신이 그러했듯이.
그리고 마지막 봉투가 눈에 띄었다. 다른 건 다 국제 우편이었는데 이것 하나만은 색이 들어간 봉투였다. 잠시 지켜보다가 떨리는 마음으로 마지막 봉투를 뜯었을 때, 그 안에서 무언가가 툭 떨어졌다. 순간 시연의 눈이 커졌다.
그건 배 여사의 표현에 의하면 '손가락에 끼우는 거 동그란 그거'라고 하는, 반지였다.
청혼 반지.
그리고 편지지에는 이정우만의 반듯한 필체로 프러포즈의 글이 적혀 있었다.

마지막 편지는 돌아와서 쓰고 싶었어.
지금 내 옆엔 잠든 네가 있고,
네 고른 숨소리를 들으면서 이렇게 마지막 편지를 쓰고 있다
그저 네 얼굴을 보는 것만으로도 행복할 일이었는데

너는 더 크고 감사한 선물을 내게 주었어.

그 선물을 받고 내가 얼마나 설레는지 네가 알까?

네 말처럼 우린 앞으로 모든 시간을 함께 보낼 거야.

우리만이 아니라,

너와 나, 그리고 우리 토실이까지.

미안, 태명이 너무 늦었지?

그저 토실토실하게 지금처럼 잘 컸으면 좋겠다.

너 혼자 힘들었던 만큼 앞으론 내가 더 잘할 수 있게 해줘.

사랑해, 시연아.

나에게 와줘서 고마워.

사랑해, 시연아.

네 모든 시간을 내가 내 앨범 속에 갖고 있듯

내 모든 시간을 네가 맡아줘.

나를 사랑해 주고, 내가 사랑할 수 있게 해줘서,

감사해.

너와 같이 있으면 눈을 감고 있어도 꽃이 눈앞에서 피어나곤 했지.

내 삭막한 인생을 네 향기로 채워줘서, 진심으로 행복하다.

편지를 다 읽은 시연의 눈동자가 잘게 떨렸다. 천천히 편지를 끌어안고 눈물을 떨어뜨렸다.

"바보…… 당연하지. 내가 너 아니면 누굴 사랑했겠어. 네가 나 아니면 누굴 사랑하려고 했는데. 내가 눈 감았을 때 네가 피게 해 준 꽃은 훨씬 더 많았다구."

자신이 생각한 것 이상의 프러포즈였다. 그 이상의 프러포즈를 생각할 수가 없었다.

고마워, 이정우.

좋아해, 이정우.

정말이지 사랑해, 정우야.

그리고 그때 약속한 것처럼 휴대폰이 울렸다.

"응……."

시연은 휴대폰을 귀에 대고 울지 않은 척 그에게 대답했다.

〈우리 처음 만난 시각, 기억해?〉

시연의 눈이 커졌다.

"두 시…… 였어?"

〈응.〉

"그걸, 어떻게 기억해? 넌 그때 나한테 관심도 없었잖아."

〈모르겠어. 그때 버스에서 내리는데 틀어놓은 라디오에서 두 시라고 알리는 멘트가 들렸던 것 같아. 이상하게 그게, 기억에 남더라고.〉

시연의 입가에 미소가 돌았다.

"그랬었구나."

난 너한테 정신이 팔려서 아무것도 안 들리고 아무것도 안 보였는데.

〈이번 주에 부모님께 허락받으면 우리 여행 갈까?〉

시연은 멍한 표정으로 되물었다.

"그거, 기억해?"

그때 거의 반쯤 정신이 나간 채로 말했었는데.

〈이번엔 내가 말할 차례지? 어디라도 좋아, 너와 같이 가는 거라면.〉

시연의 입가에 포근한 미소가 돌았다.

〈어디든 가자.〉

"응."

〈그나저나 모처럼 프러포즈했는데 소감은?〉

"음…… 말 안 해줄래. 궁금해 보라지."

〈그럴 줄 알았어.〉

그의 웃음소리가 기분 좋게 넘어왔다.

"정우야, 나 있잖아, 예쁜 가정을 꾸리고 싶어."

〈그렇게 될 거야.〉

요란하지 않아서 더 믿음이 가는 말.

시연은 너무도 행복해서 삐죽거리며 투정을 해댔다.

"근데 이게 뭐야. 프러포즈 반지만 배달돼 오고 정작 사람은 안 보이고. 치사해. 다시 해!"

〈고개 돌려봐. 나 안 보여?〉

순간 시연이 천천히 고개를 돌렸다. 그랬더니 유리 너머로 보이는 레스토랑의 정원에 그가 서 있었다. 부드럽게 미소 지으며. 아주 멋진 정장 차림으로. 이전의 깔끔하고 단정한 하시연만의 연예인 같은 남자친구로 돌아와서 한 아름 꽃다발을 든 채로.

시연의 얼굴이 활짝 피었다.

"정우야……"

〈난 계속 너 보고 있었는데, 넌 내가 안 보였어?〉

무슨 소리.

네가 어디에 있든, 난 네가 보여.

"그 꽃다발 내 거 맞지?"

〈그동안 네가 나한테 피워준 꽃을 꺾어 왔지.〉

"뭐야, 이정우. 닭살 돋잖아."

〈그래서, 싫어?〉

"아니, 너무 좋아."

시연이 부드럽게 웃었다.

"빨리 들어와. 와서 반지 끼워줘. 꽃다발도 얼른 내놔. 다 내 거
니까."

정우가 휴대폰을 내리곤 살짝 눈을 내리감았다. 그리고 그대로
고개를 들어 당당한 걸음걸이로 시연에게로 걸어왔다.

성큼성큼 걸어오는 그의 머리카락이 햇살에 반짝이며 살짝 흔
들렸다.

시연은 그를 맞이하기 위해 자리에서 일어났다.

바라보는 서로의 시선이 한 치도 서로에게서 떨어지지 않았다.

Epilogue. 야동시연, 시연빠 정우의 더 행복하기

배경자 여사는 거품을 물었다.

"아무리 시대가 달라졌다고 해도 이건 아니지! 아닐세! 나는 이런 거 몰랐다. 몰랐네! 어떻게 혼전임신을! 그래서 옷도 그렇게 안 입던 걸 주워 입고 집까지 나가 있었던 거였어? 이런 망신을…… 어쩜 좋아. 어쩜 좋겠나!"

일단 아버지보다 배 여사가 더 문제였기에 먼저 말씀드리고 양해를 구하기 위해 아버지가 없을 시간으로 골라 찾아와 엄마를 독대했다. 하지만 계획은 보기 좋게 참패했고, 정우와 시연은 배경자 여사에게 제대로 당하고 있었다.

인사고 뭐고, 정우가 준비해 온 온갖 선물들은 구석에 팽개쳐지다시피 방치를 당한 채 두 사람은 꿇어앉아 배 여사의 으름장과 신세 한탄, 분노를 한 몸에 받고 있는 처지였다. 이런 큰일을 저지른 딸과 그 일이 있게끔 만든 예비사위를 통째로 묶어서 공평하게 윽박지르느라 어미도 저렇듯 딸용, 사위용, 두 가지였다.

"내가 친구들 앞에서 어떻게 얼굴을 들어! 들겠나!"

골고루 내려지는 폭언에 시연은 나 죽었소, 하며 납작 엎드려 있을 수밖에 없었다. 도저히 배 여사의 분노를 가라앉힐 방법을 찾아내질 못하겠다. 얼핏 보면 이모보다 매우 정상적으로 보이지만 알고 보면 이모를 능가하는 다혈질 여사가 바로 엄마였다. 잘못하면 육두문자도 걸쭉하게 쏟아실 수 있으니 매우 주외해야 했다.

"자네, 어디 할 말이 있으면 말해보게!"

배 여사가 바로 정우와의 단독 면담을 신청했다. 정우는 목숨이 몇 개는 되는지 시연을 뒤로하고 배 여사에게 직접적인 사과 배팅을 했다.

"변명하지 않겠습니다, 어머님. 모든 게 다 저의 부족한 탓입니다."

그는 우회전, 좌회전이 아닌 직진을 선택했나 보다. 그래서 바라보는 시연은 속이 상했다. 저렇게 내 탓이오, 하면 그렇지, 네 탓일 줄 알았어! 할 사람이 바로 배 여사님이었다.

"그게 왜 다 네 탓이야? 우리 탓이지! 그리고 엄만 왜 정우한테 그래? 그래서 사과하러 와서 백배 잘못을 통감하고 있잖아. 근데 그렇게 꼭 냉정하게 그래야겠어?"

"이보게. 애가 지금 내 앞에서 저렇게 눈이 홀딱 뒤집어져선 자네 편을 들고 있네. 이걸 어떻게 생각하나?"

배 여사가 가슴을 치자 정우가 시연을 돌아보곤 아무 말 하지 말라는 듯 신호를 보냈다. 시연은 속이 상해서 입술만 꾹 깨문 채로 화를 삭여야 했다.

"내가 딸한테 이런 취급을 당하고 있네. 그것도 잘한 짓도 아니고 무려 혼전임신을 저지르고 와선 저렇게 날 잡으려 들고 있다네."

"심려를 끼쳐 드려 죄송합니다. 판에 박힌 말 같겠지만 지금은 이것보다 더 진심인 말을 찾지 못하겠습니다. 실망시켜 드린 만큼 서로 사랑하면서 열심히 살겠습니다. 시연일 사랑하는 마음이 너무 커서 심려를 끼쳐 드렸으니 부디 용서해 주십시오. 부탁드립니다."

정우가 또 한 번, 왕에게 선처를 구하듯 읍소하며 엄마에게 거듭 애정을 구걸했다. 시연은 눈물이 글썽글썽해서 그런 정우를 쳐다보고 또 엄마를 쳐다봤다.

엄마, 제발…….

정우가 이렇게 빌잖아. 엄만 딸이 행복해지는 걸 바라지 않는 거야?

아니지? 이쯤에서 넘어가 줄 거지?

"나가게."

쨍! 하지만 시연이 보고 있는 거울에 금이 갔다. 그것도 엄청 큰 금이.

엄마가 단호하게 정우를 축출했다.

"엄마."

"너도 나가!"

바로 시연도 축출당했다.

시연은 눈물이 그렁그렁해서 엄마를 바라봤지만 전혀 통하질 않았다.

"뭐 하고 있어, 둘 다 나가라는대도!"

"엄마, 너무해, 정말."

시연이 훌쩍거리며 원망스러운 눈을 했다. 하지만 정우는 묵묵히 고개를 숙인 채로 그저 그 처사를 받아들이는 것 같았다.

이정우, 너 설마 우리 엄마 무서워서 여기서 물러나려는 건 아니지?

시연은 어쩔 수 없어서 좀 거들어달라는 듯 이모에게 눈짓을 했다. 지원사격을 위해 대동시켰던 이모는 옆에서 남의 일인 양 방관하고 있다가 그제야 정신을 차리곤 자신의 언니를 말리는 척을 했다.

"언니, 그쯤 하슈. 촌스럽게 혼전임신이 뭐 대수라고. 요즘엔 혼수로 애도 해 가고 그런다는데. 그리고 뭐, 시연이 얘가 애비 없는 애 덜컥 배 왔나? 이렇게 잘생기고, 능력 있고, 눈에 넣어도 안 아까울 사위까지 척하니 달고 왔는데. 집안 좋아, 외모 돼, 성격 좋아, 능력 있어, 이런 사위도 드물다니까?"

좋았어, 이모!

그렇게만 쭉 밀고 나가줘!

시연은 너무도 만족스러웠지만, 정작 중요한 당사자인 엄마는 아니었던 듯.

바로 그 화살이 이모에게 날아갔다.

"넌 뭘 안다고 끼어들어? 네 눈엔 이 사태가 정상이라는 거니? 딸년 어미가 돼서 그럼, 어이구, 아주 잘했다, 왜 아직도 애를 안 배 오나 했다, 이래야 한단 소리야? 애초에 네가 무슨 말 할 자격이 있어? 넌 왜 애를 안 가져? 남 서방은 무슨 죄야, 응? 조카년도 척척 갖는 애를 너는 왜 못 가지냐고! 아주 잘들 돌아가는 집안이지. 너도 나가!"

결국 이모도 쫓겨났다.

한꺼번에 세트로 내몰려진 세 사람은 그렇게 시연의 집 대문 앞에 황망히 서 있었다.

"가자, 정우야. 다음에 다시 와. 이모도 가."

시연이 훌쩍이며 정우의 팔을 끌려는데 그 순간 정우가 대문 앞에서 천천히 무릎을 꿇었다. 시연의 눈이 커졌다.

"너, 너, 지금 뭐 하는 거야?"

"변명의 여지가 없어. 내 잘못이야. 상황을 이렇게까지 만든 것도 나고. 좀 더 빨리 말씀드려서 충격을 덜 받으시게 할 방법도 있었어. 그때 내가 없었던 게 큰 잘못이야."

"네가 그러고 싶어서 그랬어? 하고 싶어도 할 수 없는 상황이었잖아."

"말했잖아, 변명의 여지가 없다고."

정우는 어느 일본 영화 속 무사처럼 단정하게 무릎을 꿇은 채로 꿈쩍도 하지 않았다. 옆에서 이모가 팔짱을 끼곤 피식 웃었다.

"정우 너, 보기보다 열정적이다? 보기엔 뭐랄까, 주변보다 온도가 몇 도는 내려간 그런 이미지? 그래서 내가 널 좀 오해했는데 말이지. 근데 오늘 보니까 뭔가 한 여자를 사랑하는 남자의 아우라가 막 느껴지는데? 오, 이 열기를 쑥 뽑아내서 작품 하나 만들고 싶네."

"이모는 지금 그런 말을 할 때야?"

"영감이 이럴 때 저럴 때 가려서 떠오르니? 하긴, 네가 천재의 세계에 대해 뭘 알겠어? 아, 난 몰라. 두 사람 일이니까 둘이 해결해. 울 언니지만 난 언니 무서워."

"치사해. 이 상황에서 도망가겠단 거지?"

"도망이 아니라 빠져 주는 거야. 정우 혼자서도 일당백으로 잘 해내겠는데, 뭘. 정우야, 아니, 이 서방, 수고해. 그리고 반드시 공주님을 차지하길 바랄게."

"여기서 인사드리겠습니다. 죄송합니다."

"좋아좋아. 내가 십 년만 젊었어도 널 품었을 것을."

자기가 무슨 미실이라도 되는 줄 아는지, 이모는 마지막까지 그런 헛소리를 작렬하고 날라 버렸다.

"정말, 이모가 저래도 돼?"

"이모님은 해주실 만큼 해주셨어."

"그래도⋯⋯."

"우리 일이야. 그렇지?"

"⋯⋯그래, 알아. 우리 일이지. 나도 알지만⋯⋯."

"날 못 믿어?"

"아냐. 믿어."

"그럼 조금만 참아. 내가 해결할게."

"그래도 우리 엄마잖아. 나도 같이할게."

정우의 옆에서 꿇어앉으려는 시연을 정우가 무섭게 끌어 올렸다.

"앉지 마!"

"헉! 놀라라."

“넌 어디 차에라도 가 있어. 어딜 앉겠다는 거야. 가.”

“그치만⋯⋯.”

“내가 해결할 일이야. 말했잖아. 너 혼자 고생시킨 만큼 앞으론 내가 더 하겠다고.”

시연은 애가 타 어쩔 줄 모르는 표정으로 정우와 집을 번갈아 봤다. 정우의 마음은 알지만 그렇다고 이렇게 푸대접받는 정우를 편한 마음으로 볼 수도 없었다. 눈에 넣어도 안 아픈 내 남친을 이렇게 고생시키는 건 더 못 보겠고.

엄마도 정말이지 너무한다. 당신 딸이 이 남자를 얼마나 좋아하는지 알면 이렇게는 못하실 거다.

“정우야, 그럼 이렇게 하자. 네 집에 가서 반대 받으면 그땐 내가 구박 다 받아줄게.”

정우가 고개를 설레설레 저었다.

“그걸 내가 보고 가만히 있을 것 같아?”

“저, 정말? 내 편 들어줄 거야?”

“말을 말자.”

정우가 어이없다는 듯 혀를 찼다.

“휴우, 말해놓고도 나 인사드리러 가자마자 시댁에서 구박받으면 어쩌나 고민했는데.”

“내가 사랑하는 여자야. 그 여자는 어느 집의 귀한 딸이고, 그 귀한 딸이 결혼도 하기 전에 임신을 하고 왔다면 어느 어머니라도 속상했을 거야. 우리 집하곤 사정이 또 달라. 그러니 그렇게 이해해 드려.”

시연의 눈에 눈물이 핑 돌았다.

그래, 이정우, 이해는 하는데…….

"용납이 안 돼. 우리 엄만 팔줘 엄마야!"

정우가 큭 웃고 있는데 그때 대문이 벌컥 열렸다. 당연히 배 여사님일 줄 알고 정우의 등에 바로 기합이 바짝 들어갔는데, 안에서 내몰리듯 튕겨져 나온 건 재연이었다. 어머, 저 자식 집에 없는 줄 알았더니?

"넌 왜 나와? 구경났어?"

"아, 몰라. 게임하고 있는데 쫓겨났어. 그딴 식으로 노름만 할 거면 너도 나가래."

어머, 고거 쌤통이다.

"아무리 그래도 너까지 내쫓고 그러냐, 상관도 없는 애를."

아닌 척 시침을 떼가며 헛소리를 흘리자 재연이 투덜거렸다.

"엄마도 참, 이상한 사람이야."

"그치? 그렇지?"

"사위 온다고 새벽부터 요란하게 잔칫상 준비하더니 막상 인사 오니까 왜 저 난리야? 막상 집에 도착한 사위 인상이 마음에 안 들 경우라면 몰라도, 누나 수준을 생각했을 때 매형보다 누나가 한참 기우는 것 같은데."

"뭐야?"

"처음 뵙겠습니다, 덜떨어진 누나 동생 하재연입니다."

"우선 칭찬 고마워. 이정우라고 하는데, 내가 지금 입장이 입장이라 앉아서 인사를 좀 받을게. 더불어 좀 창피하단 말도 추가하고."

"전혀 신경 쓰지 마세요. 누나를 데리고 가시겠다는 결심을 하신 자체로 이미 충분히 존경하고 있습니다. 앞으로 자주 뵙고 싶네요.”

저 나쁜 자식. 정우는 재연이 재미있는지 엷게 웃고 있었다.

시연은 속이 부글부글 끓고 말이다.

“그런데 진짜 우리 누나 사랑하세요?”

“야, 너 무슨 말이 하고 싶은데?”

“사랑해, 더없이.”

하지만 바로 이어진 정우의 대답에 재연에 대한 분노도 사르르 녹았다.

봤지, 이 자식아?

보란 듯 으쓱하며 쳐다봐 주자 재연이 이렇게 말했다.

“우리 누나 야동 봐요.”

근데 이 자식을!

정우가 큭 웃음을 터뜨리고, 시연은 푸르락누르락, 멘붕도 이런 멘붕이 없었다.

그날 저녁, 정우가 결국 정갈하게 차린 사위접대용 상을 잘 받아먹고 돌아간 후, 시연은 엄마를 심하게 째려보고 있었다.

한 번 정우를 내쫓았던 배 여사는 그 후 몇 시간 동안 정우의 반응을 지켜보다가 자기 마음에 들었던 건지, 결국 두 사람을 다시 불러들여 이런저런 충고와 가시 돋친 덕담을 한바탕 더 하신 후에야 새벽부터 준비했다는 잔칫상을 사위 앞으로 내밀었다. 그리고 사위를 배불리 강제로 먹이고 마지막엔 둘의 결혼을 허락했다.

물론 허락받은 건 정말이지 기뻤고, 아기를 받아들여 주신 것도 감사했지만, 정우도 너무도 다행이라 생각하고 감사해하는 것 같 았지만, 그렇게 사람을 잡아놓고 잡채며 갈비며 들이밀면 어느 누 가 속 편히 그 음식을 먹겠는가. 이정우, 모르긴 몰라도 지금쯤 소 화제 삼키고 있을 거다.

아무튼 정우가 가기 전 뒤늦게 퇴근하신 아버지는 이미 모든 사 실을 알고 계셨던 듯, 엄마와 달리 묵묵히 허락을 해주셨다.

"나 역시 딸자식이 혼인하기도 전에 아이부터 가졌다는 건 덮 어놓고 반길 순 없는 일이네. 하나 자네가 딸아이를 사랑하고 딸 아이 마음도 그런 듯하니, 그저 서로 아껴주며 잘살게나. 우리 식 구가 된 걸 환영하네."

그렇게 속 깊은 말씀을 해주셨다. 아버지, 브라보!

아무튼 그리고 예비 장인어른과 예비사위가 서재로 가서 잠깐 시간을 함께했는데, 그때 정우와 아버지 사이에 정우의 일이 화제 로 올라 꽤나 화기애애한 시간을 보냈다고 한다. 아버지는 정우가 촬영하고 연출한 다큐멘터리 작품들에 지대한 관심을 보이셨단 다. 특히 다큐 프로그램을 좋아하던 아버지로서는 굉장히 듣기 좋 고 묻기 좋은 화제였던 모양이다.

아무튼 그렇게 아버지에겐 고마웠는데, 그래서 상대적으로 엄 마가 더 미울 수밖에 없었다.

그렇게 미리 아버지와 말을 다 짜놓고 애초에 허락하실 생각이 있다면, 기왕 하는 거 쿨하게 산뜻하게 허락해 주시지 왜 사람을 그렇게 속 끓이게 하고 괄시하고.

게다가 더 충격적인 사실은 정우가 돌아가고 얼마 안 있어 도착

한 이모의 문자였다. 문자를 읽는 시연의 눈이 팽창되다 못해 실
핏줄이 툭툭 터질 정도였다.

시연은 곧장 주방으로 득달같이 달려가 따졌다.

"엄마, 이거 사실이야?"

"뭐가."

"엄마도 혼전임신이었다며! 바로 나!"

순간 그릇을 닦고 있던 엄마의 손이 멈칫하는 걸 시연은 봤다.
그대로 쩡 얼어버린 엄마를 시연은 있는 대로 째려보았다.

"이럴 수 있는 거야? 엄마한테 양심이란 게 있어?"

"누구냐. 어떤 입이야! 경임이 고년이지!"

"사실이야, 아니야? 그것만 말해! 사실이면 진짜 나도 안 참을
거야."

"안 참으면 네가 어쩔 건데. 엄마를 업어치기라도 할래? 지금
와서 엄마랑 아버지랑 결혼 못하게 반대라도 할래?"

"아, 몰라. 엄마 정말 너무해!"

"내가 그랬든 아니든, 딸은 그렇게 안 되길 바라는 게 부모 마음
이야!"

엄마는 딱 잘라 말하곤 다시 그릇 챙기는 척을 했다. 모르긴 몰
라도 뒤통수 엄청 따끔거릴 거다.

"그렇게 말하면 좀 멋질 것 같지?"

"안 멋져? 왜 안 멋져? 멋져서 돌아버리겠는데."

"하, 참."

"그리고 그렇게라도 해야 사위가 우리 딸을 더 소중하게 생각

할 거 아냐! 그럼 딸년이 시집도 가기 전에 덜컥 애부터 배서 왔는데 잘했다고, 얼른 데려가라고 등 떠밀어줘? 너, 생선 한 마리를 팔더라도 요 녀석이 제일 맛있고 비싸고 잡기 힘든 놈이라고 포장을 하는 거야. 그래야 사간 사람도 귀하게 생각하지. 생선도 그런데 딸자식 넘기는 게 오죽하겠어? 당장 얼씨구나, 허락했다가 나중에 우리 딸 서운하게 살면 그땐 어쩔 건데? 너는 그 녀석이 중요하지? 우린 네가 더 중요해. 알아?"

순간, 내가 생선이야? 라고 따지려던 시연의 눈동자가 흔들렸다.

"어, 엄마……."

그, 그런 깊은 속뜻이 있었을 줄이야.

생선이고 뭐고, 지금 엄마에게 미친 듯 감동했다.

"엄마아……."

시연은 그만 너무 미안해져서 애인한테도 특별한 일 아니고는 잘 안 해주는 백허그를 와락 해버리고 말았다. 그것도 싱크대 앞에서의 백허그.

이거 여자들 로망이야. 이걸 엄마한테 양보한 거라구.

"아, 징그러! 저리 떨어져!"

"엄마잉……."

"어디서 코맹맹이 소리야?"

"근데 엄마, 나 믿어줘. 아니, 정우 믿어줘. 엄마가 그렇게 미리 예방주사 안 놔도 우리 정우, 나중에 나 구박할 애 아니야. 얼마나 속도 깊고 나 사랑해 주고 멋지고……."

"허이구, 편드는 거 봐라. 그만해! 듣기 싫어!"

"왜? 왜 듣기 싫은데? 사원데?"

"부모는 다 내 딸이 사랑한다는 소리보다 사랑받는다는 소릴 더 듣고 싶은 거야. 그게 얼마나 듣기 좋은 소린 줄 알아?"

시연의 콧잔등이 시큰해졌다.

"엄마…… 진짜 오늘 감동이다. 배 여사님이 이렇게 멋진 분이었어?"

"몰랐어? 몰랐으면 이제부터라도 알고 시집가기 전에 효도나 왕창 해. 아, 저리 가!"

엄마가 시연의 손등을 탁 때리곤 떼어내려 했다.

"이잉, 싫어. 우리 엄마 물렁 삼겹살 배 더 만질래."

"요게 왜 이래, 간지럽게. 이래 갖고 퍽도 엄마 되겠다. 아, 떨어지래도!"

"싫어. 안 떨어질 거야. 시집갈 때까지 엄마랑 쭉 같이 잘 거야."

"징그러워 죽겠네. 아, 시집가기 전에 방구석에 있는 요상한 거나 다 떼어놓고 가! 아주 정신 사나워 죽겠어."

그러고 보니 정우가 돌아가기 전에 엄마가 딸 방을 구경시켜 주겠다며 정우를 시연의 방으로 굳이 끌고 갔었다. 정우로선 처음 보는 시연의 방이 궁금해서 신나게 따라 들어갔었겠지만, 아마 들어가자마자 바로 후회했을 거다.

왜냐하면 방엔 온통 NEO 포스터로 장식이 되어 있었으니까.

아니나 다를까, 사방도 모자라 천장에까지 붙어 있는 멤버들의 사진을 접한 정우의 얼굴이 흙빛으로 변했다. 바로 저주의 눈빛이 시연에게 날아들었다.

저, 정우 군? 나 요즘 태교 중이거든? 아빠가 엄마한테 그런 눈빛 보내고 그러면 못쓰거든?

"얘들은 일단 제쳐 두고. 이 서방, 내 딸이 고등학교 때부터 자네를 쫓아다닌다는 거 내가 다 알고 있었네."

그때 엄마가 생각지도 못한 말을 해서 시연은 깜짝 놀랐었다. 정우도 놀란 듯 배 여사를 바라보고 있었다.

"이, 엄마, 어떻게 알았어?"

"어떻게 안 게 뭐가 중요해? 알았단 게 중요하지."

내 친구년들 입이군.

"그렇게 연예인을 쫓아다니더니, 그나마 결혼은 자네랑 하겠다고 하니 다행이긴 한데, 나는 다행인데 말이지 이걸 참, 웃어야 할지 말아야 할지."

"웃어주세요, 어머님."

"그래, 자네가 그렇게 말하니까 웃긴 하겠는데, 아무튼 이제 자네 여자니까 확 붙들어서 더는 저 짓 좀 못하게 하게."

엄마의 지시 사항은 단순했다. NEO 빠순이 좀 그만하게 하라는 것.

"바라는 바입니다."

정우의 회심에 찬 대답도 같은 맥락이었던 것 같고.

하지만 두 사람이 생각하는 것처럼 그게 쉽진 않을걸?

아무튼 지금 시연은 엄마를 등 뒤에서 꼭 끌어안고 있었다. 자신은 아무래도 아직은 한참 부족한가 보다. 임신을 했다고 다 저절로 엄마가 되는 건 아닌 듯, 아가를 뱃속에 품고 있으면서도 부모 마음은 아직 한참은 더 배워야 할 것 같다.

엄마가 왜 정우를 괄시할 수밖에 없었는지.

그 깊은 마음을 깨닫는 순간 눈시울이 뜨거워지고 콧잔등이 시
큰해지는, 이와 똑같은 감동을 자신도 훗날 언젠가 이 뱃속의 아
이에게 줄 수 있을까?

✲

강원도의 펜션은 아늑하고 편안했다.

시연은 더욱 아늑하고 편안한 정우의 품에 안겨 있었다. 두 사
람은 지금 함께 여행 와 있었다. 이미 한 번 깊은 사랑을 나누었지
만 또다시 서로의 몸을 더듬으며 뜨거워지려 했다.

"아…… 그래. 아기한테 안 좋은 거 아닐까?"

막 시연의 가슴에 얼굴을 묻으려던 정우가 갑자기 멈칫하더니
중얼거렸다.

뭘, 이제 와서.

"있잖아, 내가 찾아봤는데, 임신 중에 사랑하면 오히려 더 태아
에게 좋대."

그러면서 시연이 정우의 머리를 확 끌어당겼다. 정우가 엷게 웃
으며 시연의 가슴을 어루만지고 키스했다.

지난주에 두 사람은 정우의 본가에 찾아가서 시연에게는 시부
모님이 될 분들을 만났다. 정우의 말대로 두 분은 점잖고 어진 분
들이었고, 배경자 여사와는 달리 그 어떤 구박도 없이 시연을 며

느리로 받아들여 주셨다. 이제 결혼식까지 두 달이 남아 있었다.

"정우야, 나 정말 행복해."

정우가 가슴에서 얼굴을 떼고 시연 쪽으로 누워서 한 팔로 자신의 머리를 받쳤다. 시연을 내려다보며 그녀의 머리카락을 쓸어주었다.

"뭐가?"

"그냥…… 뭐든 다."

"나 역시 그냥 밥장사 할까? 안 그래도 아버지도 슬쩍 운을 떼시던데."

"안 돼! 난 다큐멘터리 감독 이정우가 좋은 거지, 레스토랑 사장 이정우가 좋은 건 아니거든? 그리고 밥장사, 밥장사 하고 싶니? 아버님 들으시면 서운하시겠다."

"아버지 스스로 하시는 말씀이야. 넌 그런 거 신경 쓰지 마."

"그런가?"

시연이 배시시 웃었다.

"왜 또 이렇게 야하게 웃으실까?"

"왜긴 왜야, 유혹하려고 그러지."

시연이 바로 정우의 위로 올라갔다. 그의 아랫배를 깔고 앉자 정우의 눈동자가 흔들렸다. 시연은 입술 끝을 끌어 올리며 웃었다.

"나 야해 보여?"

"엄청."

"이제 더 이상 매력적으로 안 보이는 건 아니고?"

"넌 예전에도 그렇게 매력적이진 않았어."

"뭐야?"

시연은 벌을 주듯 정우의 목덜미를 꽉 깨물었다. 정우가 큭 웃음을 터뜨렸다.

시연은 자신이 깨문 자리를 혀로 핥아가며 애무를 시작했다. 요즘엔 자신도 자신이 왜 이러는지 모르겠다. 마치 그와 떨어져 있던 시간을 보상이라도 받으려는 듯 그와 사랑을 나눌 땐 자신이 더욱 적극적으로 나섰다. 마치 엄청 기다리던 사람처럼. 주책 맞게도 말이다.

섹스를 가르쳐 준 사람은 정우였지만, 도리어 자신이 그 안에 빠져서 허우적대고 있었다. 임신 중엔 호르몬이 변해서 여자가 더 적극적이 된다고도 하지만, 임신 탓이라고 하기엔 자신의 안에 갖고 있던 밝힘 본능을 도저히 모른 척하지 못하겠다.

이렇게나 적극적으로 나설 걸, 그때는 왜 그렇게 어떻게든 피하려고 했었는지.

그게 아까워서라도 더욱 누리고 싶은 건가?

"왜 이렇게 적극적이실까."

안 그래도 정우가 낮은 소리로 중얼거렸다. 하지만 싫진 않은가 보다. 자신의 애무에 정우의 표정이 변하는 게 보기 좋았다.

"몰라, 나 병 걸렸나 봐."

"무슨 병?"

"밝힘증."

정우가 혀를 찼다.

"야동은 확실히 끊었지?"

"이정우!"

시연이 얼굴이 빨개져서 항의했다. 하여튼 하재연 이 자식을!

"끊었어, 확실히. 아주 예전에."

"아닌데. 끊은 솜씨가 아닌데."

"증명해 줘?"

"뭘 어떻게."

"글쎄. 그걸 어떻게 증명하지? 뭔가 야동과는 차원이 다른 그런 테크닉을 구사해서……?"

정우가 고개를 절레절레 저었다.

"하아, 하시연. 넌 어떻게 머릿속에 그 생각뿐이냐."

정우가 시연을 잡아당겨 확 끌어안으면서 놀리듯 저렇게 말했다. 시연은 어이가 없었다. 자신은 결국 저런 말까지 듣게 될 지경에 처했단 말인가.

시연의 얼굴이 뻘게지고 그런 시연이 사랑스러워 정우는 미칠 지경이었다.

"농담이야."

"됐어."

"실은 내 머릿속이 더 야하거든."

정우가 순식간에 시연을 빙글 돌려서 위치를 바꾸었다. 아기에게 압박이 가지 않도록 조심스럽게 자리를 잡은 채 그가 웃으며 시연의 입술에 자신의 입술을 눌렀다. 스치듯 아릿한 키스에서 점점 깊은 키스로 변하고, 정우의 숨결이 늘 그렇듯 야수의 그것으로 변해가려는 찰나.

어? 이게 무슨 소리지?

시연의 귀가 활짝 열렸다. 순간 자동 반사적으로 정우를 확 밀어버리고서 벌떡 일어나자 정우가 갸웃해서 그녀를 쳐다보았다. 하지만 시연은 그런 정우가 보이지도 않는다는 듯 어딘가에 시선을 고정하고 있다가 그대로 시트를 몸에 둥둥 감고는 침대를 박차고 내려갔다. 뽀르르 그녀가 직행한 곳은 TV 앞이었다.

시트를 푹 덮어쓰고서 그녀가 입을 헤벌리고 쳐다보고 있는 건 주말 연예 프로그램이었다.

"너, 지금 뭐 하냐?"

정우가 어이가 없다는 듯 침대에 앉아서 그런 시연을 지켜보며 물었지만, 시연은 들리지도 않는 듯 이미 프로그램 속으로 빨려들어가 있었다. 자칫 잘못하면 브라운관 안으로 들어가겠다.

"와…… '준야' 다."

"어이, 하시연."

"쉿! 조용히 좀 해봐. '준야' 나왔잖아."

"준야가 뭔데."

"준야도 몰라? 애잖아, 지금 나온 저기 예쁜 애. 엄청 잘생겼지? 나 얼마 전에 NEO에서 준야로 갈아탔잖아."

정우가 손바닥으로 얼굴을 탁 쳤다.

굳이 실수를 지적하자면, TV를 꺼놓지 않았다는 것.

침대에서 일어난 정우가 청바지만 걸치고 시연의 옆으로 갔다. 이미 이 여자는 '준야' 란 놈이 사는 저 세계로 넘어간 후인 듯했다. 이럴 땐 옆에서 무슨 소릴 해도 못 듣는다. 그래서 정우는 포기했다는 듯 시연의 옆에 털썩 앉아서 그녀의 팔을 탁 붙잡았다.

거의 침을 흘릴 기세로 TV를 보고 있던 시연이 흘끗 그를 봤다.

"왜?"

"TV 속으로 들어갈까 봐. 그건 막아야지."

시연이 깔깔 웃었다.

"걱정 마. 들어가고 싶어도 그건 안 되니까. 가능했으면 오죽 좋겠냐만."

"너 옆에 내가 있단 건 인식하고 있는 거지?"

"당연하지."

그러면서도 TV에서 절대 눈을 떼지 않는다.

"이 욕심 많은 여자 같으니. 나 정도 되는 남자를 두고 저런 솜털도 안 가신 애를 또 욕심내고 싶나?"

시연이 어깨로 웃었다.

"너는 너고, 준야는 준야고."

"좋은 말로 할 때 그만해라, 이 애 엄마야."

"애 엄마는 뭐 눈 없나? 잘생긴 걸 어떡하라고."

"못 말리겠다."

못 살겠다는 듯 지끈거리는 이마를 손가락으로 누르는 그를 돌아보며 시연이 쿡 웃었다.

"감수해. 네가 선택했잖아."

그러면서 베에, 혀를 내미는 하시연을 누가 결혼을 앞둔 여자로 볼까. 그것도 곧 있으면 아이 엄마가 될 여자로 말이다.

그래, 누구 탓이겠는가. 자신이 선택한 걸.

네 말이 맞다. 내가 선택했으니 내가 감수해야지.

하시연은 준야 빠. 이정우는 하시연 빠.

참으로 아름다운 인연이 아닌가.

"기왕이면 편하게 봐."

정우가 시연의 고개를 자신의 어깨에 기대게 하고선 말하자 시연이 눈만 치켜떠 그를 올려다봤다. 잘생긴 정우의 턱이 보였다. 그리고 편안하게 미소가 잡혀 있는 예쁜 눈도.

"정우야……."

"감동했지?"

"아니, 불편해. 준야 볼 땐 나 좀 내버려 둬."

그대로 휙 고개를 들더니 자기 혼자 독립적으로 TV를 보는 게 아닌가.

정우는 그 얄미운 자신의 연인이자 미래의 아내를 어이없다는 듯 바라보다가, 더 참을 수 없어 그대로 확 덮쳤다.

"꺄악, 뭐야! 아직 안 끝났……!"

"안 끝난 건 내 쪽이야. 이 머릿속에서 준야고 뭐고 1분 만에 지워줄 테니까."

시연의 손이 허우적거리며 정우의 등을 때리고 할퀴었다. 하지만 그건 채 몇 초도 가지 못했다. 결국 그 손은 사랑하는 자신의 남자의 등을 어루만지고 있었다.

1분도 길었다.

다른 데 팔려 있던 시연의 정신을 제자리로 끌고 오는 덴.

"으응……."

이미 시연의 머릿속에서 예쁘장한 십구 세 소년 스타의 얼굴은 사라졌다. 그 자리엔 자신의 남자, 너무도 사랑하는 이정우의 얼굴이 꽉 채워졌을 뿐이다.

사랑해, 정우야…….

난 이제 네가 나 때문에 가슴이 찢어졌으면 좋겠다는 생각 같은 건 안 해.

네가 다른 곳에서 혹시라도 상처받아 돌아오면 내가 꿰매주고 호호 불어주고 치료해 줄게.

네가 내게 그리 해주듯이…….

이정우, 역시 나 잘 선택했지?

10년 전, 그때의 그 버스 안으로 돌아가서…….

네 옆에 자리를 잡고 서게 된 건 정말이지 나한테 큰 행운이었어.

사랑해, 이정우.

토실이 아빠야…….

The End

솔직한 연애 이야기.

그리고 '솔직한' 연애 이야기에는 '발칙한' 섹스 이야기가 형제인 양 따라붙게 되는 것 같습니다.

여기 갓 연애를 시작한 듯 서로에게 솔직하지 못한 오래된 커플이 있습니다.

그들은 남자의 성격적인 무관심 탓에, 혹은 여자의 점점 커져만 가는 서운함과 서러움 탓에 더 이상 진전이 되지 않는 커플이 되어버렸습니다.

사랑이 먼저냐, 섹스가 먼저냐.

이것은 로맨스 소설에서는 화두가 될 법한 문장이죠.

원 나잇 스탠드를 한 두 남녀가 결국 운명처럼 이끌려 커플이 되었다.

이건 섹스가 먼저인 경우이겠고,

서로 사랑하는 두 남녀가 운명과 같은 만남을 거듭하다가 하나가 되었다.

이건 사랑이 먼저인 경우이겠네요.

하지만 결국 로맨스 소설이 지향하는 바는, 두 사람이 서로가 서로를 지극히 사랑하였다.

그래서 보는 우리도 행복하고 쓰는 작가도 행복하였다.

그것이 아니겠는지요.

서로에 대한 마음은 지극하지만 자신의 일이나 꿈, 취미, 혹은 성향, 성격, 제삼자, 오해, 갈등 같은 것들로 그들이 갖고 있는 마음을 상대가 바라는 만큼 표현해 주지 못해 이별의 위기를 겪지만 결국 사랑을 확인하고 완성한다.

보편적이지만 쓸 때마다 매력적인 소재이긴 합니다.

정우와 시연의 이야기를 쓰며 행복했습니다.

애초에 두 사람이 초반에 삐걱거리게 된 진짜 원인은 섹스가 아니었죠.

그런데 표면적으론 '섹스가 안 되니까 헤어지자'가 되었죠.

사실은, 이미 뒤틀릴 대로 뒤틀려진 관계의 본질적인 문제점을 찾고 싶었던 게 아니었을까 싶습니다. 즉, '날 사랑하는 게 맞긴 맞는 거야?' 같은 투정이라고 할 수 있을까요.

속으로 사랑하는 만큼 겉으로 드러내지 못한 두 사람이 관계를 되돌아보고 하나씩 둘씩 서로가 원하는 것을 찾아주고 고쳐 가고, 그러다 보니 결국 문제는 섹스가 아니라 망설이는 자신이었다. 나와의 관계를 거부하는 너의 마음 안엔 어쩌면 나에 대한 실망감이나 나를 덜 사랑하는 마음이 섞여 있었을 수도 있으니 내가 바뀌어보겠다, 뭐 이런 진심 어린 노력(?) 같은 것을 남주가 보여주는 여정이 되었을 수도 있겠네요. 물론 여자주인공도 그만큼 노력해야 할 테지만요.

이해 없는 사랑은 폭력이라는 말이 있습니다.

정우가, 또 시연이 서로에게 그저 오래된 연인이라는 이유만으로,

사랑하고, 언젠가 결혼하고, 항상 함께 있고,

그런 건 너무 재미없잖아요?

오래된 연인이지만 실상 숨어 있던 문제들을 해결하고, 정말로 서로에게 의미 있는 존재가 되는, 서로를 이해해 주는 사랑을 할 수 있게 되기를 바라면서 작업을 했습니다.

이런 종류의 사랑도 있구나, 그렇게 생각하며 즐겁게 읽어주셨기를 바랍니다.

추운 날, 이렇게 또 책 한 권을 출간하며 독자님들과 만날 생각으로 따스함 한 조각을 살짝 챙겨봅니다.

이정숙 드림.

밀밭 장편 소설

염소흔 그녀는 화국의 수도 홍안에서 손꼽히는 미인이자,
온천여관에서 자라 밝은 성정을 가지고 있는 햇살아가씨다.

하지만 그녀가 가지고 태어난 운명은 귀왕의 제물이라 불리는 사신이었다.

수연청 그는 수국 수도 창해에서 명성이 자자한 주가의 공자이자,
사람에 대한 기대를 잃은 차가운 성정의 남자였다.

하지만 티 없이 맑은 그녀를 보자, 제 안의 무언가가 꿈틀대는 것을 느꼈다.

귀왕을 처단하는 자, 황제가 될 것이다.

그리고 소흔을 만나는 순간,
연청의 목표는 살아남아 그녀와 함께 하는 것이 되었다.

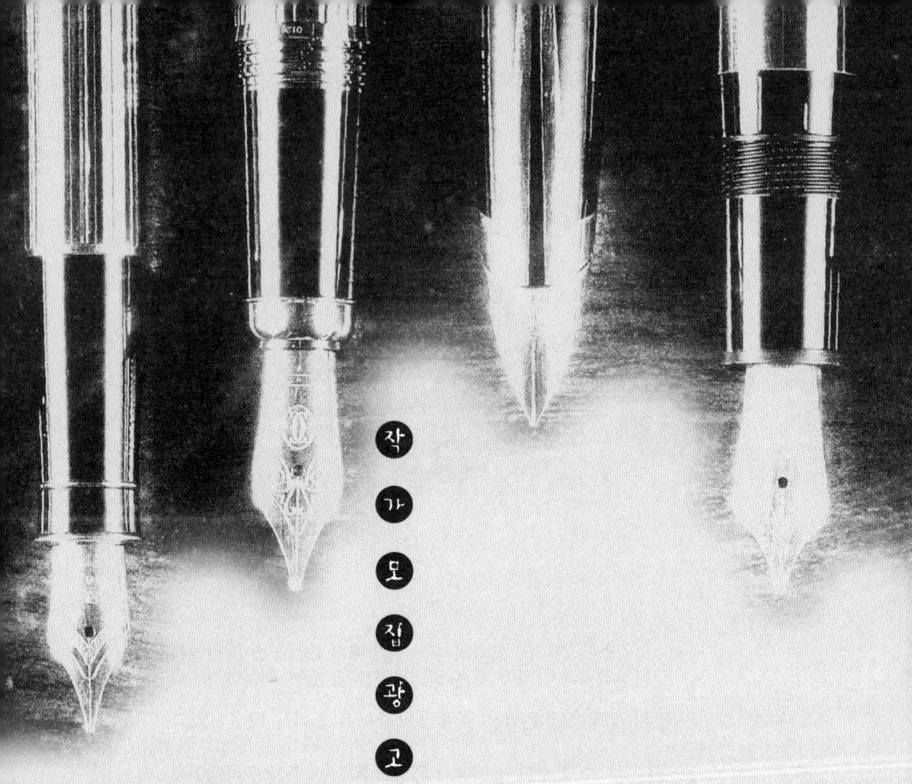

도서출판 청어람의 문은 항상 열려 있습니다.
실력있는 작가 분들의 많은 관심 부탁드립니다.

TEL:032-656-4452 • FAX:032-656-4453
http://www.chungeoram.com
e-mail:chungeorambook@daum.net